小学館文庫

THE MATCH
ザ・マッチ

ハーラン・コーベン
田口俊樹／北 綾子 訳

小学館

THE MATCH

ザ・マッチ

＊主な登場人物＊

ワイルド……………………………… 35年まえに森で発見された男。
ヘスター・クリムスティーン…… 著名な刑事弁護士。
デイヴィッド……………………… ヘスターの三男、故人。
レイラ……………………………… デイヴィッドの妻、弁護士。
マシュウ…………………………… デイヴィッドとレイラの息子、大学１年生。
サットン…………………………… マシュウの同窓生。
オーレン・カーマイケル………… ウェストヴィル署の署長。
ローラ・ネイサー………………… 〈クロー・セキュリティ〉の創設者。
ダニエル・カーター……………… ネヴァダ州の建築業者。
ソフィア…………………………… ダニエルの妻。
ピーター・ベネット……………… リアリティ番組の出場者。
ヴィッキー・チバ………………… ピーターの姉。
ケリー……………………………… ピーターの姉。
サイラス…………………………… ピーターの兄。トラック運転手。
ジェン・キャシディ……………… リアリティ番組の出場者。
マーニー…………………………… ジェンの妹。
ボブ・ジェンキンズ……………… リアリティ番組の出場者。〝ビッグボッボ〟。
ヘンリー・マクアンドルーズ…… ネット荒らし。
マーティン・スパイロウ………… ネット荒らし。
クリス・テイラー………………… 別名ザ・ストレンジャー。
キャサリン・フロール…………… FBIの科学捜査官。
ジョージ・キッセル……………… 捜査官。

故ペニー・ハバードとの愉しい思い出に

一九六六〜二〇二一

1

齢四十？　四十一？　それとも四十二？　になって——正確な年齢は本人にもわからない——ワイルドは実父を見つけた。

父親に会うのももちろんこれが初めてだった。母親にも会ったことがない。家族の誰にも。家族の名前もわからない。自分がいつどこで生まれたのかも。どのようないきさつでラマポ山地の森で、幼い頃からなんとか身を守り、ひとりで生活するようになったのかも。〝保護〟されたときにはまだ小さな少年だった。当時、ある新聞は〝置きざりにされ、野生化した少年！〟という見出しをつけた。別の新聞の見出しは〝現代のモーグリ！〟と叫んでいた。その救出劇から三十年以上が過ぎた今、ワイルドは血縁者——謎に包まれた自らの出自に対する曰く言いがたい答——から二十メートルと離れていないところにいる。

ワイルドの父親の名前は——つい最近わかったのだが——ダニエル・カーター。歳は六十一で、ソフィアという名の女性と結婚しており、カーター夫妻には三人の成人した娘——半分血のつながっているワイルドの姉妹だろう——シェリ、アリーナ、ローザがいた。夫妻の住まいはネヴァダ州ヘンダーソン市サンデュウ通りにある、寝室が四部屋のランチスタイルの家。カーターの仕事は住宅専門の総合建築業で、〈DC・ドリーム・ハウス建設〉という会社を経営していた。

三十五年まえ、森でひとりきりで暮らしている幼いワイルドが発見されたとき、彼を診察した医師たちは、彼の年齢をおよそ六歳から八歳のあいだと推定したが、いずれにしろ、彼には両親の記憶も彼の世話をしていた人の記憶もなかった。生き延びるためにひとりで山地のあちこちを漁っていた記憶しかなかった。人の住んでいない山小屋や夏のあいだしか使われない別荘に忍び込んでは、冷蔵庫やパントリーを漁ることで、生き延びていた。時には空き家で眠り、時にはガレージから盗んだテントで眠った。が、たいていの日——天気に恵まれれば——幼いワイルドは星空の下で眠るのを好んだ。

今もそれは変わらない。

発見され、野宿生活から〝保護〟されると、ワイルドは児童保護局を通じて一時的に里親に預けられた。メディアの注目を大々的に集めていたので、すぐに親か血縁者が名乗り出て、〝リトル・ターザン〟を引き取るはずだと誰もが思っていた。が、誰も現われない数日が過ぎ、それが数週間になり、数ヵ月になり、さらに数年になって、数十年が過ぎたのだった。

三十五年が。

誰も名乗り出てこなかった。

噂はあった、もちろん。ワイルドは地元の山で人知れずひっそり暮らす部族に生まれたものの、そこから逃げ出したのだとか、あるいは、部族の人たちは彼の世話をあまりしていなかったので、一族の子供だと言いだせないのだ、とか。小さな少年の記憶そのものがまちがっているのだと考える人たちもいた。その人たちの考えはこうだった――たったひとりで厳しい森の環境で生き延びられるわけがない、親もなくひとりで育って、こんなにきちんと話せるわけがない、こんなに賢いわけがない。きっと幼いワイルドの身にきわめて恐ろしいことが起き、対処メカニズムがその出来事のすべてを記憶から遮断してしまったのだ。その出来事はそれほど衝撃的なことだったのだ。

ワイルドにはそれが真実ではないことがわかっていた。まあ、どっちでもいいことだが。彼の子供の頃の記憶は、フラッシュバックのような不可解な光景の夢で甦るだけだった。階段の赤い手すり、暗い家、口ひげの男の肖像画、それと、夢に音が加わるときには女性の悲鳴。

ともあれ、ワイルド――彼の育ての父親は彼にぴったりの名前をつけた――は都市伝説のような存在になった。山地にひとりで暮らし、子供をさらう地元の鬼に。マーワー地区に住む親たちは子供が暗くなるまでにちゃんと家に帰ってくるように――広大な藪や森の中をほっつき歩きたがったりしないように――子供にこんなふうに言い聞かせた。暗闇が迫ると〝森から来た少年〟が隠れ家から出てくるよ、怒り狂って、獣のようになって、血に飢えて、と。

三十五年が過ぎてもなお誰にも彼の出自はわからなかった。彼も含めて。

今までは。

ワイルドは、通りをはさんで、カーターの家の反対側に停めたレンタカーの中から見ていた。ダニエル・カーターは玄関から出てくると、ピックアップトラックのほうに向かった。ワイルドは父親の顔をスマートフォンのカメラでズームアップして、写真を数枚撮った。ダニエル・カーターが現在、連棟式住宅の建設を手がけているのはわかっていた。全部で十二戸、それぞれ寝室が三つ、バスタブ付きのバスルームがふたつ、トイレだけのバスルームがひとつあり、会社のウェブサイトによれば、キッチンには〝チャコールグレーの高級収納棚〟が設えられ、〝当社について〟のセクションにはこう書かれていた——〝〈DC・ドリーム・ハウス建設〉は二十五年間、お客さまのご要望と夢を実現するために最高品質、最高価値の住宅を設計、建築、販売してまいりました〟。

ワイルドはヘスター・クリムスティーン——ニューヨーク市の著名な弁護士であり、彼にとって母親がわりでもある——に写真を三枚送った。自分と実の父と思われる男は似ているかどうか、ヘスターの意見が聞きたかった。

送信ボタンを押してから五秒後、ヘスターから電話で返事が返ってきた。

ワイルドは言った。「で？」

「あらまあ」

「〝あらまあ〟というのはおれに似てるってこと？」

「これ以上似てたら、ワイルド、あなたが老け顔アプリを使ったんじゃないかと思うところね」

「それはつまり――」

「あなたの父親よ、ワイルド」

彼は何も言わず、ただ電話を耳に押しつけた。

「大丈夫？」とヘスターは尋ねた。

「大丈夫だ」

「どれくらい彼を見張ってたの？」

「四日間」

「これからどうするつもり？」

ワイルドは考えた。「このまま関わらずにおこうと思う」

「それは駄目」

彼は何も言わなかった。

「ワイルド？」

「なんだい？」

「あなた、キャンディのお尻（キャンディ・アス）になってる」とヘスターは言った。

「キャンディのお尻？」

「孫から教えてもらったの。〝臆病者〟って意味よ」

「なるほど」

「さっさと彼のところに行って話しなさい。それでどうして森に小さな子供をひとり置き去りにしたのか訊くの。わかったらすぐに電話して。今のわたしは全身ワイドショーと化しているから」

ヘスターはそう言って電話を切った。

ダニエル・カーターの髪は白く、肌は日焼けしており、前腕はおそらく長年の肉体労働の賜物だろう、筋骨隆々としていた。ワイルドが見るかぎり、家族の結びつきはかなり強いようで、今も妻のソフィアがピックアップトラックに乗り込んだ夫に手を振り、笑顔で出勤を見送っていた。

このまえの日曜日、ダニエルとソフィアは裏庭でバーベキューをした。三人姉妹のふたり、シェリとアリーナと彼女たちの家族も一緒だった。ダニエルはシェフの帽子をかぶり〝妻の自慢の夫〟と書かれたエプロンをつけて、グリルを担当していた。ソフィアはサングリアやポテトサラダを給仕していた。日が沈みかけるとダニエルは焚き火に火を入れ、家族全員で実際にマシュマロを焼き、ボードゲームで遊んだ。その光景はノーマン・ロックウェルの絵さながらだった。ワイルドは彼らを見張っていれば、きっと痛みを覚えるだろうと思っていた。自分が手にすることができなかったあれこれを想像して。しかし、実際にはそんな痛みはほとんどなかった。

目のあたりにしたのはよりすばらしい暮らしではなかった。ただ単に別のものだった。

彼の心の大部分が空港に向かい、家に帰りたがっていた。この半年、彼はある母親とその娘とともに普通の家庭の暮らしもどきを経験していたのだが、今こそラマポ山地の奥深くにあるエコカプセルに戻るときだった。自分が属する場所に。どこよりくつろげる場所に。

ひとりになれる森の中に。

ヘスター・クリムスティーンや世間は〝森から来た少年〟の出自について〝全身ワイドショーと化している〟かもしれないが、彼自身はそうではなかった。これまでそうだったこともない。両親は死んでいるか、彼を捨てたか、そのどちらかというのが彼の考えだった。両親が誰であれ、捨てた理由がなんであれ、それが今さらわかって何が変わる？　何も変わらない。少なくとも今よりよくなることはない。

ありがとう、今の暮らしに充分満足しているから心配なく。人生に不必要な変化を加えなければならない理由などどこにもない。そう思っていた。

ダニエル・カーターがピックアップトラックのイグニション・キーをまわしたのがわかった。トラックはサンデュウ通りを走り、左折してサンドヒル・セージ通りにはいった。ワイルドはあとを追った。数ヵ月まえ、誘惑に負け、彼は巷（ちまた）で大流行しているインターネットの鑑定サイトのひとつに迷いながらも自分のDNAを送ったのだ。大したことじゃない、と自分に言い聞かせて。マッチしたことを知らせる連絡が来ても、無視すればいいだけのことだ。これはいつでも引き返せる第一歩のようなもので、それ以上のものでもなんでもない。

実際、結果が届いても驚天動地からはほど遠かった。最もよくマッチしたのはPBというイニシャルの人物で、はとこということだった。いやはやなんとも。PBは連絡を取りたがっていた。ワイルドはそれに応じようと思った。が、そこで彼の人生は彼にとんでもないカーヴを投げてきたのだ。彼自身驚いたことに、常に家と呼んでいた森を離れ、コスタリカに飛ぶことになったのだ。型にはまらない自由な家庭生活を試すために。

しかし、それは思ったようにはいかなかった。

で、二週間まえ、コスタリカを発つために荷造りをしていると、DNA鑑定のサイトからeメールが届いた。件名は〝重要な更新!〟で〝あなたの親族の中でほかの誰〟より〝はるかに多くのDNAがマッチする親族〟が見つかったということだった。この登録者のイニシャルはDC。eメールの最後にリンクが張ってあり〝詳細はこちら!〟と勧めていた。彼は本能の賢い声に逆らってそれをクリックした。

DCは、年齢、性別、そしてDNA型のマッチ度からするとワイルドの父親らしかった。

ワイルドはサイト画面を食い入るように見た。

さて、どうする？　自分の過去につながるドアが眼のまえにある。あとはノブをまわすだけだ。それでもワイルドはためらった。いかれたこの出しゃばりウェブサイトは、逆の仕事もしているはずだ。父親がサイトに登録しているという通知を自分が受け取ったということは、父親のほうも息子が登録しているという通知を受け取っているはずだ。そう考えるのが自然だろう。

だとしたら、DCはどうしてワイルドにコンタクトを取ろうとしないのか。

ワイルドは二日間そのまま放っておいた。ある時点では自分のDNAデータをすべて削除しようとさえ思った。こんなことをしてもいい結果は生まれない。そんなことはわかりきっている。つまるところ、どのような悪だくみがめぐらされていたのか。ワイルドはこれまであらゆる可能性を考えていた。幼い子供が何年も森の中で——はっきり言えば、死んでもかまわないという状態で——ひとり置き去りにされ、その後発見された裏には、どのような事情があったのか。

ワイルドはヘスターに電話をかけた。DNA情報から父親と思われる人物が見つかったのだが、先に進むべきかどうか迷っている。そう伝えると、ヘスターは言った。「わたしのアドヴァイスが聞きたい？」

「もちろん」

「あなたってほんと、どうしようもない〝ふにゃちん野郎〟ね」

「心強いアドヴァイスだ」

「ちゃんと聞きなさい、ワイルド」

「わかった」

「これでもあなたよりずっと歳を重ねてるんだから」

「それはまちがいない」

「黙って聞きなさい。これからある知恵を授けてあげようとしてるところなんだから」

「今の台詞(せりふ)はミュージカルの『ハミルトン』から持ってきた?」

「ええ、そうよ」

ワイルドは眼をこすって言った。「続けてくれ」

「耳に心地よい嘘(うそ)より耳ざわりな真実のほうがまし」

ワイルドは顔をしかめた。「今のはフォーチュンクッキーから?」

「気の利いたことを言おうと思わなくてもいいから。あなたはこのことから顔をそむけるわけにはいかない。それはあなたにもわかってるはずよ。あなたには真実を知る必要がある」

もちろん、ヘスターの言うとおりだった。過去につながるドアのノブをまわしたくなくても、これから一生ドアをじっと見つめて過ごすわけにもいかない。ワイルドはDNAサイトにもう一度ログインすると、DC宛てにメッセージを書き込んだ。短くシンプルに。

あなたの息子かもしれない者です。話ができますか?

送信ボタンを押すと、ウェブサイトからメッセージが自動返送されてきた。DCはもうデータベースには登録されていないということだった。ワイルドは父親がアカウントを削除していたことを奇妙に思った。不審にも思った。同時にすぐに心が決まった。真実を突き止めてやる。ドアのノブをまわしてなどいられない。ドアごと蹴破ってやる。ワイルドはヘスターに電話をかけ直した。

ヘスターという名にはみな聞き覚えがあるだろう。彼女はテレビのトーク番組『クリムスティーン・オン・クライム』の司会で有名な、伝説の弁護士ヘスターその人なのだから。彼女は人脈をたどって、何本か電話をかけた。ワイルドも〝フリーランス・セキュリティ〟なる怪しげな肩書きで仕事をしていた頃の伝手——ヘスターとは別の伝手——を頼った。十日かかって、ようやく彼らはある名前にたどり着いた。

ダニエル・カーター、六十一歳、ネヴァダ州ヘンダーソン市在住。

ワイルドはコスタリカ共和国リベリア市を発つと、ネヴァダ州ラスヴェガスへ向かった。それが四日まえのことだ。そして今、大型ピックアップトラック、ダッジ・ラムで建築現場に向かうダニエル・カーターのあとをレンタカー——ブルーの日産アルティマ——で尾けている。ためらうのはもうたくさんだ。カーターがタウンハウスの建築現場に車を停めると、ワイルドも路上駐車して車から降りた。工事の騒音はすさまじく、耳を聾するほどだった。

ワイルドが行動に出ようとすると、作業員がふたり、さきにカーターに近づいた。ワイルドは待った。作業員のひとりが安全ヘルメットを、もうひとりが耳栓のようなものをカーターに手渡した。カーターはそれらを身につけると、ふたりを従えて現場の奥にはいっていった。作業靴が砂漠の土埃(つちぼこり)を舞い上げた。彼らの姿を追いづらくなるほど。それでもワイルドはその場を動かず、見つづけた。ツーバイフォー材に支えられた看板には、凝った書体で〝三寝室ある高級タウンハウスが建ち並ぶ〈眺めのよい住宅地(ヴィスタ・ミューズ)〉(これ以上冴(さ)えない名称を誰が思いつく?)。分譲価格は二十九万九千ドルから〟とあった。その看板には赤いシールが貼られ、左から右へ文字が稲妻のように走っていた――〝分譲間近!〟。

ダニエル・カーターはもともと現場監督にしろ、建築請負業者にしろ、現場のボスがなんと呼ばれるにしろ、手が汚れることを嫌がる男ではなかった。それは明らかだった。ワイルドが眺めている今も自ら作業しながら、従業員に指示していた。ハンマーで梁(はり)を叩(たた)いてみせ、保護眼鏡をつけてドリルで穴をあけ、従業員の作業を点検して満足すれば、従業員にうなずき、そうでなければ、不備を指摘していた。そんなカーターに従業員たちは敬意を払っていた。それは見ているワイルドにも伝わってきた。もしかしたら――とワイルドは思った――自分の気持ちが無意識に投影されているのかもしれないが。そこのところは自分ではなんとも言えないが。

ワイルドは二度ダニエル・カーターがひとりでいるときを見計らって近づこうとした。そのたび誰かにさきを越された。この現場は忙しく、常に動きがあって、ひどくうるさく、ワイルドは騒音が苦手だった。ずっとまえからそうだった。父親が帰宅するのを待って接触することにした。

五時になると、作業員が帰りはじめた。最後に残った数人の中にダニエル・カーターがいた。彼はお疲れさまと手を振ると、ピックアップトラックに乗り込んだ。ワイルドはサンデュウ通りの彼の家まであとを尾けた。

彼の家のまえで車を停めた。ダニエル・カーターはエンジンを切り、トラックから降りると、そこでワイルドに気づいて足を止めた。家の玄関のドアが開いた。彼の妻、ソフィアが天使そのものと言ってもいいほどの笑顔で彼を出迎えた。

ワイルドは車を降りて声をかけた。「ミスター・カーター？」

彼の父親は開けたトラックのドアの脇に立っていた。そのさまは、まるで今すぐ運転席に戻って逃げようと考えているかのように見えなくもなかった。たっぷり時間をかけて侵入者を用心深く観察していた。ワイルドはどのようにことばを続けたらいいのかわからず、ここは単刀直入に行くことにした。

「ちょっと話がしたいんだけれど」

ダニエル・カーターはソフィアのほうをちらりと見た。彼らのあいだで何かが交わされた。三十年連れ添ったふたりだけに通じる語られざることばで。ソフィアは家の中に戻ってドアを閉めた。

「あんた、誰だ?」とカーターは尋ねた。

「ワイルド」彼は声を張り上げる必要がないように三歩近づいて言った。「あんたはおれの父親だと思う」

2

ダニエル・カーターはほとんどことばを発しなかった。

ワイルドが自らの過去やDNA鑑定サイトのこと、ふたりは父と息子にほぼまちがいがないという結論に至ったことについて話すのをただ黙って聞いていた。もしかしたら、両手を揉みしだきたくなるような気持ちになっていたのかもしれない。少しだけ顔色が青ざめたようにも見えた。が、感情をはっきりと表に出すことはなかった。カーターのその沈着ぶりにワイルドは大いに感じ入り、おかしなことに彼と自分自身とを重ね合わせていた。

ふたりはまだ家のまえの庭に立っていた。盗み見るように家のほうを振り返ってから、カーターが言った。「ちょっとドライヴしよう」

ふたりはピックアップトラックに乗り込み、押し黙ったまま走りつづけた。どちらも口を利こうとしなかった。ワイルドは思った。カーターはおれのことばに口が利けないほど驚き、ドライヴを利用して、カウントエイトを待つボクサーのように自分を落ち着かせようとしているのか。そうかもしれないし、そうでないかもしれない。人の心を読むのはむずかしい。カーターがただ呆然(ぼうぜん)としている可能性はもちろんある。一方、もしかしたら彼は世故に長(た)けた、抜け目のない男なのかもしれない。

十分ほど車を走らせて、フォードのカーディーラーの駐車場に乗り入れると、その一画にある六〇年代をテーマにしたダイナー〈マスタング・サリーズ〉のボックス席についた。その店はシートを赤いビニールクロスにしたりして、ノスタルジアを掻(か)き立てようと頑張っていたが、ニュージャージーからやってきた客としては、偽物にそうそうびっくりはできない。

「金がめあてか?」とカーターは尋ねた。

「いや」

「わたしもそうは思わなかった」と言ってカーターは長く息をついた。「きみの話を頭から疑うこともわたしにはできなくない」

「もちろん」とワイルドは同意して言った。

「父子鑑定検査もできる」

「もちろん」

「でも、その必要があるとも思えない。わたしたちはよく似ている」

ワイルドは何も言わなかった。

カーターはふさふさした白髪に手櫛を入れながら言った。「しかし、妙な話じゃないか。わたしには三人の娘がいる。知ってたかい？」

ワイルドは黙ってうなずいた。

「わが人生最大の恵みだ、娘たちは」とカーターは言って首を振った。「この件については少し時間が欲しい。かまわないか？」

「もちろん」

「きみには山ほど訊きたいことがあるだろう。それはわたしも同じだ」

若いウェイトレスが席に来て、ふたりに声をかけてきた。「いらっしゃい、ミスター・C」

ダニエル・カーターは彼女に微笑み返して言った。「やあ、ナンシー」

「ローザは元気にやってます？」

「元気でやってるよ」

「彼女によろしく伝えてください」

「伝えるよ」

「ご注文は？」

ダニエル・カーターはクラブハウス・サンドウィッチとフライドポテトのセットを頼んだ。そのあとワイルドのほうを手で示した。ワイルドも同じものを頼んだ。飲みものはどうするかとナンシーに訊かれると、ふたり同時に首を横に振った。彼女はメニューを下げて席を離れた。

「ナンシー・アーバンはうちの末娘と同じ高校に行ってたんだ」とカーターは彼女が声の届かないところまで離れるのを待って言った。「いい子だ」

「ああ」

「ふたりとも同じバレーボールチームにいたんだ」

「ああ」とワイルドは同じ返事を繰り返した。

カーターは少しまえ屈(かが)みになって言った。「どうにもよくわからない」

「それはこっちも変わらない」

「きみが話してくれたことがまだ信じられない。きみはほんとうに、ずっとまえに森で発見されたあの少年なのか？」

「ああ」とワイルドは答えた。

「あのニュースはよく覚えてる。きみはリトル・ターザンとかなんとかと呼ばれていた。ハイカーたちがきみを見つけたんじゃなかったかな？」

「ああ」

「アパラチア山脈で？」

ワイルドはうなずいた。「アパラチアのラマポ山地で」

「それはどこにある?」

「ニュージャージー」

「ほんとうに? アパラチア山脈はニュージャージーまで続いているのか?」

「ああ」

「それは知らなかったな」そう言って、カーターはまた首を振った。「わたしはニュージャージーには行ったことがない」

さあ、来た、とワイルドは思った。実の父親はワイルドが自らの人生の故郷と呼んでいる州には一度も行ったことがないと言う。そのことばをどう解釈すればいいのか。ワイルドにはわからなかった。

「ニュージャージーに山があるとは誰も思わないよ」とカーターは言った。話題になりさえすればどんなものにでもすがろうとするかのように。「人口過密と公害とブルース・スプリングスティーンとテレビドラマの『ザ・ソプラノズ』の州だ」

「確かに複雑な州だよ」とワイルドは言った。

「ネヴァダ州も同じだ。わたしが眼にしてきた変化を言ってもきみはきっと信じないだろうな」

「ネヴァダ州にはいつから?」とワイルドは尋ね、それとなく会話を脇道から戻した。

「この近くで生まれたんだ。サーチライトという町で。聞いたことは?」

「いや」

「ここから南に四十分ほど行ったところだ」そう言って、何かの足しになるかのように指差した。が、そこでその指先を見つめ、首を振って手をおろした。「わたしは無意味な世間話をしてる。すまん」

「いや、全然」とワイルドは言った。

「それにしても……息子とはな」もしかしたら眼を潤ませているのか。「どうにも理解が追いつかない」

ワイルドは何も言わなかった。

「いいだろう、ひとつはっきり言っておきたい。きみも疑問に思っているにちがいないだろうから」そう言って、彼は声を落とした。「わたしはきみの存在を知らなかった。息子がいるなんてまったく知らなかった」

「〝知らなかった〟というのは、つまり――」

「ずっとだよ。今の今まで知らなかった。まったくもって青天の霹靂だ」

ワイルドの心に寒々とした風が吹いた。これまでずっとこんな答を待っていたのか。こんな答に封をしたいがために、おれは無頓着を装ってきたのか。多くの意味でどうでもよかったのはほんとうだ。それでも好奇心はあった、もちろん。それがある時点で、知りえないことで自分を規定するのはもうやめようと思ったのだ。死ねとばかりに森に置き去りにされたものの、おれはどうにか生き延びた。そうした体験は明らかに人を変える。その人間を形づくる。その人間のすること、その人となりのすべての一部となる。

「さっきも言ったとおり、わたしには娘が三人いる。これほど時間が経ってから今になって、娘たちが生まれるまえに、息子を授かっていたとは——」彼は頭を振って眼をしばたたかせた。「まったく。いつまでも驚いてばかりじゃいけないが、落ち着くまで少し時間をくれ」

「時間はある」

「ワイルドと呼ばれてるんだっけ？」

「そう」

「その名前をつけたのは？」

「養父」

「うまい命名だ」と言ってカーターはさらに続けた。「いいお父さんだったか？　きみの養父は？」

ワイルドは今ここでは答える側に立ちたくなかった。それでも「ああ」と答え、答はそれだけにした。

カーターはまだワークシャツを着ていた。薄く土埃をかぶったままだった。胸ポケットに手を入れると、ペンと老眼鏡を取り出して言った。「発見されたのはいつだったのか、もう一度教えてくれ」

「一九八六年の四月」

カーターはそれを紙のテーブルマットに書きとめた。「で、当時の推定年齢は？」

「六歳か七歳。それくらいだろうということだった」

カーターはそれもメモした。「ということは、一年程度のちがいはあるとして、きみは一九八〇年頃に生まれたわけか」

「ああ」

カーターは自分が書いた文字を見つめながらうなずいた。「わたしの見当を言うと、きみの母親が身ごもったのは一九八〇年の夏だろうと思う。その九ヵ月後となると――一九八一年の三月から五月のあいだということになる」

小さな振動がテーブルを揺らした。カーターは携帯電話を手に取り、眼をすがめるようにして画面を見た。そして、「ソフィア」と声に出して読んだ。「女房だ。出たほうがよさそうだ」

どうぞ、とワイルドは不承不承身振りで示した。

「やあ、どうした……ああ、今、〈マスタング・サリーズ〉にいる」カーターは妻の声を聞きながら、ちらりとワイルドに眼をやった。「仕入れ業者だ。塩ビ管を発注してくれってせがまれてるところだ。そう、ああ、あとで話すよ」またことばを切ったあと、いたって真面目な口調でつけ加えた。「愛してるよ」

通話を切って、カーターはテーブルの上に携帯電話を置くと、それをしばらく見つめた。「妻と出会えたのはわたしの生涯で最高の出来事だ」そう言って、なおも電話を見つめたまま続けた。「辛かっただろうね、ワイルド。過去を知らずに生きてきたなんて。すまない」

　ワイルドは何も言わなかった。

「きみを信じてもいいのか？」とカーターは言い、ワイルドが口を開くまえに手を振って返事を制した。「愚問だったな。侮辱ですらある。きみに何かを求める権利などわたしにはないのに。それに、そもそも話すことばが信じられる人間もいれば、信じられない人間もいる。質問したからと言って何も変わらない。わたしがこれまでに会った最悪の嘘つきは、じっと相手の眼を見て約束するのがなによりうまいやつだった」

　カーターは組んだ両手をテーブルにのせた。「答が欲しくてきたんだろ？」

　声に出すと感情がもろに出てしまいそうで、ワイルドは黙ってうなずいた。

「できるかぎり話すよ。それでいいかな？　何から話そうか。そう……」宙を見上げ、まばたきをしたあと、彼は話しはじめた「ソフィアとわたしは高校三年のときにつきあいはじめて、お互いたちまち恋に落ちた。ふたりともまだ子供だったが。その年頃の恋人というのがどんなものか、わざわざ言うまでもないと思うが。いずれにしろ、ソフィアはわたしよりはるかに頭がよくてね。だから高校を出ると、大学へ進んだ。よその州へ行った。ユタ州の大学に進学したんだ。ソフィアの一族で大学まで行ったのは彼女が初めてだった。一方、わたしは空軍に入隊した。きみは兵役の経験は？」

「ある」

「どこの所属？」

「陸軍」

「実戦にも出たのか？」

ワイルドはその件には触れたくなかった。「まあ」

「わたしは戦場には行かなかった。時代的に運がよかった。ヴェトナムのあとの七〇年代、レーガンが一九八六年にリビアを爆撃するまで、よその国とはもう二度と戦争なんかしないとみんなが思っていた頃だ。今では馬鹿げて聞こえるかもしれないが、嘘じゃない。みんなそう思っていた。ヴェトナムでの敗北でみんながそういう気持ちになっていた。国全体がPTSDにかかっていたようなものだ。まあ、それはそれで悪いことではなかったんだろう。わたしはだいたいのところネリス空軍基地に配属されていた。ここから三十分くらいの場所にある。ただ、短期間、国外に派遣されたこともあった。ドイツのラムシュタイン空軍基地とか、イギリスのミルデンホール空軍基地とか。戦闘機に乗って出陣なんかはしていない。そこで建築舗装と建築資材を担当する部隊にいて、おもに基地の建設工事に携わっていた。そこで建築を学んだんだ」

横からウェイトレスのナンシーの声がした。「フライドポテトができたから、さきに持ってきました。やっぱり熱々にかぎるでしょ？」

カーターは愛想のいい笑みを大きく浮かべて言った。「これはこれは。気が利くねえ。ありがとう、ナンシー」

ナンシー・アーバンはふたりのあいだにフライドポテトの大きなバスケット、それぞれのまえには小さな皿を置いた。ケチャップはすでにテーブルに用意されていたが、ナンシーはテーブルの真ん中に置き直した。まるでケチャップがそこにあることをふたりに思い出させようとするかのように。彼女がいなくなると、カーターは手を伸ばしてポテトをひとつつまんだ。

「ソフィアとは、わたしがラムシュタイン空軍基地での夏季勤務に就く直前に婚約した。ふたりともまだ若かった。だから彼女を失うのが心配だったんだ。彼女のほうは大学で垢抜けした男たちと毎日会ってるわけだからね。わたしが知ってる高校時代からつきあっているカップルはみんな別れるか、子供ができてしかたなく結婚するかしていた。わたしはよりにもよって質屋で婚約指輪を買った」彼はそこで考える顔つきになり、眼を細くして言った。「きみはアルコールの問題を抱えちゃいないか、ワイルド？」

「いや」

「ドラッグは？　なんであれ、依存症と呼ばれるものは？」

ワイルドは椅子の上で身じろぎして答えた。「それもないね」

カーターは笑みを見せた。「いいことだ。わたしはアルコール依存症だった。もう二十八年飲んでいないが。でも、アルコールのせいにするつもりはないよ。すべてをアルコールのせいにするつもりはね。何が言いたいのか。わたしはヨーロッパでひと夏、羽目をはずした。この夏が独身最後のチャンスだと思ったんだ。愚かなことに、むしろ遊びまくるべきだと思ったんだよ。馬鹿騒ぎをするときには男は自分に都合のいい言いわけをあれこれ考えるものだが、そういうたわごとをあれこれ考えて。ソフィアを裏切ったのはその夏だけだ。あれからこんなに時間が経ってるのに、妻が眠っている姿を見てると、今でも時々罪悪感に駆られることがある。でも、やったことはやったことだ。一夜かぎりの情事。昔はそんなふうに言った。いや、今でもそんなふうに言うのか？」

彼は答を期待するようにワイルドを見た。

「たぶん」ワイルドは会話を続けるためにそう答えた。

「そうか。きみは結婚してるのか、ワイルド？」

「いや」

「わたしには関係のないことだ、すまん」

「いや、かまわない」

「とにかく一九八〇年の夏、わたしは八人の女性と寝た。ああ、人数は正確に覚えてる。哀れなもんだろ？　これまでの人生でソフィア以外に寝たことのある女性は彼女たちだけなのさ。だから、そう、結論ははっきりしている。きみの母親はこの八人のうちの誰かだ」

ワイルドは思った――一夜かぎりの情事で身ごもることに何か問題はあるだろうか？　あるとは思えなかった。皮肉なことに、ワイルド自身短いつきあい、もっとあけすけに言えば〝一夜かぎりの情事〟が一番気楽と思っている。彼にもガールフレンドはいた。気持ちをかよわせようとした相手はいた。が、どういうわけか、うまくいったためしがなかった。

「その八人の女性だけど」とワイルドは言った。

「ああ」

「名前とか住所とかはわからないんだろうか？」

「わからない」カーターは顎をこすり、視線を上に向けながら言った。「ファーストネームしか覚えていない、悪いが」

「誰もあんたに連絡してこなかったのか？」

「関係を持ったあとで？　ああ、誰からも連絡はなかった。いいかな、忘れないでくれ。これは一九八〇年のことだ。携帯電話もメールもない時代のことだ。わたしは彼女たちの苗字も知らない。向こうもわたしの苗字を知らない。きみはボブ・シーガー＆ザ・シルヴァー・ブレット・バンドを聞いたことはないか？」

「それほどは」

何かを言いたげな笑みを浮かべてカーターは言った。「それはもったいない。『ナイト・ムーブス』や『ターン・ザ・ページ』は絶対に聞いたことがあるはずだよ。それはともかく『ナイト・ムーブス』でボブはこう歌ってる。〝おれは彼女を、彼女はおれを利用した。でも、どっちも気にしていなかった〟。あの夏はまさにそんな感じだった」

「つまり、女性たちは全員が一夜かぎりの情事だった？」

「ああ、ひとりだけ週末の情事があったが。たぶんバルセロナだ。そのひとりだけは三夜の情事だな」

「女性のほうはあんたのことをダニエルとしてしか知らない」とワイルドは言った。

「たいていダニーと呼ばれていたが、まあ、そうだ」

「苗字はなし。住所もなし」

「ああ」

「自分が軍人だとか、どこの基地に所属しているとかも話さなかったのか？」

カーターは考えた。「話したかもしれない」

「しかし、たとえ話していたとしても」とワイルドは続けた。「ラムシュタイン空軍基地は巨大な基地だ。アメリカ人が五万人以上いる」

「あの基地にいたことがあるのか？」

ワイルドはうなずいた。イラク北部で極秘任務に就くため、その基地で三週間訓練を受けたことがあった。「だから、もし若い女性が妊娠して父親を見つけたいと思って、基地でダニーなりダニエルなりを捜しても――」

「待ってくれ」とカーターはワイルドのことばをさえぎって言った。「きみはきみの母親がわたしを捜したと思うのか？」

「それはなんとも言えないけれど。一九八〇年、わたしの母親は妊娠したあと、あなたを捜したかもしれないし、捜さなかったかもしれない。彼女にとっても一夜の情事だったのかもしれない。そういう一夜の情事を大勢の男と繰り返していて、誰が父親なのかもわからない、あるいは誰が父親であろうと、気にしていなかったかもしれない。そこはなんとも言えない」

「でも、きみの言うとおりだ」とカーターは言った。また顔から血の気が引いていた。「もしきみの母親がわたしを捜したとしても、あの基地のどこの所属なのかは突き止められなかっただろう。それに、そもそもわたしが向こうにいたのはたったの八週間だ。妊娠したと彼女が気づいたときには、もうアメリカに帰還していたかもしれない」

ナンシーがサンドウィッチを手に戻ってきて、一皿をカーターのまえに、もう一皿をワイルドのまえに置いた。そして、ふたりを交互に見た。そこで雰囲気を察したのか、足早に立ち去った。

「八人の女性」とワイルドは言った。「その中でアメリカ人は何人いたのかな？」

「それを知って何が変わる？」そのあと言い直した。「ああ、そうか、そうだな。きみはニュージャージーの森に置き去りにされた。つまり、きみの母親はアメリカ人だと考えるのが自然だな」

ワイルドは待った。

「ひとりだけだ。女性とはだいたいスペインで出会ったんだが、あそこは当時のヨーロッパ人にとって馬鹿騒ぎの中心地のような場所だった」

ワイルドは努めて息を整えて言った。「そのアメリカ女性について覚えていることは？」

カーターはフライドポテトをさらにひとつ取り上げ、親指と人差し指にはさんで見つめた。まるでフライドポテトが答を教えてくれるかのように。「名前はスーザンだったと思う」

「覚えてたんだね」とワイルドは言った。「出会ったのは——？」

「ディスコだよ、フエンヒローラの。コスタ・デル・ソル地区にある町だ。ハイと声をかけたら訛(なま)りのない英語が返ってきて驚いたのを覚えてる。当時あのあたりで休暇を過ごすアメリカ人は珍しかったから」

「あなたとスーザンはそのディスコにいた」とワイルドは続けた。「なんとか思い出してみてほしい。誰かと一緒だったということは——？」

「同じ連隊のやつが何人かいたと思う。でも、覚えてない。すまん。いたのはまちがいないと思うが。何人かでディスコのはしごをしてたんだと思う」

「スーザンがどこから来たのかは訊かなかった？」

カーターは首を横に振った。「実のところ、彼女がほんとうにアメリカ人だったのかどうかも確かじゃない。さっきも言ったとおり、当時あのあたりでアメリカ人の若い女の子なんてめったに見かけなかった。一九八〇年のあのあたりは若い女の子が集まるような場所じゃなかったんだよ。それでも、彼女は明らかにアメリカ英語を話したから、おそらくアメリカ人だったんだと思う。そもそも酒もけっこう飲んでた。彼女と踊ったのは覚えてる。誰でもするように。踊りまくって汗だくになったところで、店を出た」

「ふたりでどこへ？」

「何人かで金を出し合ってホテルに一部屋借りてあった」

「ホテルの名前は？」

「覚えてない。ただ、ナイトクラブのすぐ近くだった。高層ホテルだ。丸い形の建物だったのは覚えてる」

「丸い形？」

「そう、円塔形をした高層ホテルだった。よくめだつホテルで、わたしたちが泊まった部屋にはバルコニーがついていた。どうしてそんなことを覚えているのかと訊かれても困るが、とにかく覚えてる。ネットでホテルの写真を見れば、たぶん見分けられるんじゃないかな。そのホテルがまだそこにあれば」

それで何かが変わるわけでもないが。ワイルドは内心そう思った。スペインへ飛んでそのホテルに赴き、一九八〇年にスーザンという名の若いアメリカ人女性が一夜かぎりの情事を愉(たの)しまなかったかどうか訊いてみる？

「それが正確にいつのことかは覚えてないかな？」

「それは日付ってことか？」

「そう、日付でもなんでも」

「わたしがあそこにいた期間の後半だったと思う。確か六人目か七人目だったから、おそらく八月だ。それも推測にすぎないが」

「彼女もその丸い高層ホテルに泊まっていたんだろうか？」

カーターは顔をしかめた。「わからない。たぶんちがうと思う」

「彼女に旅行仲間は？」

「それもわからない」

「あなたが彼女に話しかけたとき、彼女に連れは？」

カーターはゆっくりと首を振った。「すまない、ワイルド。まったく覚えていない」

「彼女の外見は？」

「髪は茶色で、可愛かった。それ以外は……」とカーターは肩をすくめると、すまないと繰り返した。

ほかの可能性についても話し合った。アムステルダムから来たイングリッド。マンチェスターから来たラクエル、あるいはラケル。ベルリンから来たアンナ。一時間が過ぎた。さらにもう一時間。ふたりはサンドウィッチを食べおえ、すっかり冷めてしまったフライドポテトもたいらげた。ダニエル・カーターの携帯電話が数回鳴った。彼はそれを無視した。会話は続いたが、しゃべっていたのはほとんどカーターのほうだった。ワイルドは会話がとぎれたときに自分から口を開くタイプではなかった。

何度目かに電話が鳴ったところで、カーターは会計をしてくれるようナンシーに合図した。ここは自分が払う、とワイルドは言ったが、カーターは取り合わなかった。「せめてこれくらいはさせてくれ。そう言うこと自体、失礼な気がするが」

ふたりはピックアップトラックに戻り、サンデュウ通りの彼の家に引き返した。ふたりとも無言だった。ふたりの沈黙は、手で触ることができそうなほど濃密だった。ワイルドはフロントガラスから夜空を見上げた。これまでの人生、彼はずっと星を見上げて過ごしてきたと言っても言いすぎにはならないだろう。が、夕暮れどきを過ぎたばかりの空の色には特別なものがある。アメリカ南西部だけで見られる空は青緑がかっていた。

「今夜はどこに泊まるんだね？」と彼の父親は尋ねた。

「〈ホリデイ・イン・エクスプレス〉」

「いいホテルだ」

「ああ」

「ひとつ、頼みを聞いてくれないか、ワイルド」

ワイルドは父親の横顔を見やった。自分とよく似ているのは見まちがえようがなかった。カーターはフロントガラス越しにまっすぐまえを見すえ、ごつごつした両手で教科書どおりに十時十分の位置でハンドルを握っていた。

「言ってくれ」とワイルドは言った。

「わたしは家族に恵まれた。愛情深い妻、どこまでも愛(いと)おしい娘たち、おまけに孫までいる」

ワイルドは何も言わなかった。

「わたしたちはごくごく普通の人間だ。よく働いて、正しいおこないをしようとしている普通の人間だ。自分で立ち上げた事業もずいぶん長く続けてきた。誰かを騙(だま)したことなど一度もない。顧客には常に確実なサーヴィスを提供している。年に二回、わたしとソフィアは〈エアストリーム〉のキャンピングカーで、毎回ちがう国立公園に行って、休暇を愉しむ。昔は娘たちも一緒だったが、今じゃ、まあ、みんな自分たちの家族がいるからね」

カーターは余裕を持ってウィンカーを出し、両手を交差させてハンドルをまわした。そのあとワイルドを見て言った。

「彼女たちの人生に爆弾は落としたくない。そこはわかってもらえるかな？」

ワイルドはうなずいて「ああ」と言った。

「あの夏、こっちへ戻ってきたわたしをソフィアは空軍基地で出迎えてくれた。ヨーロッパはどうだったかと訊かれたよ。わたしは彼女の眼をまっすぐに見て、嘘をついた。大昔のことのように思えるが——実際そうだ。でも、誤解しないでくれ。それを理由にするつもりはないよ。それでも、今になってわたしたちの結婚生活があの嘘の上に築かれたものだとソフィアが知ったら……」

「わかるよ」とワイルドは言った。

「わたしが言いたいのは……いや、少し時間をもらえないか？　考える時間を？」

「考えるって何を？」

「妻と娘に話すとして——いや、話すかどうか。話さなければならないとしたら、どんなふうに話すか」

そう言われて、ワイルドは考えた。自分はそこまで関わりたいのかどうか。よくわからなかった。今の自分に三人の妹が必要だろうか。いや、それはない。父親が欲しいのだろうか。それもない。人との交わりを避けるのが彼の生き方だった。だから森でのひとり暮らしを選んだのだ。できるだけ人と関わらずにいられれば、それでよかった。ただ、彼がなんらかの責任を感じている相手がひとりだけいるが。今は高校の最上級生で、彼の名づけ子のマシュウだ。しかし、それはマシュウがデイヴィッドの子供だからだ。ワイルドのただひとりの友人だったデイヴィッドの。デイヴィッドはワイルドの不注意で命を落とした。自分にはデイヴィッドの息子に借りがある。ワイルドはそう思っていた。これまでもこれからさきもずっと。

彼の人生にもほかの人間はいる。人は——たとえワイルドのような者でさえ——孤島ではいられない。

だからと言って、おれの人生にこんな展開が必要か？　ワイルドは自問した。

サンデュウ通りにはいると、父親が身を固くしたのがわかった。彼の妻のソフィアと娘のアリーナが玄関ポーチの階段のところにいた。

「こういうのはどうかな？」ダニエル・カーターはそう切り出した。「明日の朝、一緒に朝食をとらないか。八時に〈ホリデイ・イン・エクスプレス〉に行くから。そのときにこの件について話し合って、今後どうするか決めることにしよう」

ワイルドがうなずいたときには、カーターはトラックを私道に乗り入れていた。ふたりがトラックから降りると、ソフィアが夫に駆け寄ってきた。カーターはここでも塩ビ管の仕入れ業者の話をした。が、ソフィアがふたりをうかがう様子を見るかぎり、彼女が夫の話に納得していないのは明らかだった。彼女の眼はワイルドからいっときも離れなかった。

あまりぶしつけには思われない程度の間（ま）を置いてから、ワイルドはわざと腕時計に眼をやった。それからもう行かないと、と別れを告げ、借りたレンタカーに急いで向かった。振り向かなくても、彼らが彼を見ているのはわかった。運転席に乗り込み、アクセルを踏んだ。

一度たりとも振り返らなかった。〈ホリデイ・イン・エクスプレス〉に戻り、荷物をまとめた。大したものはなかった。チェックアウトして空港に行き、レンタカー店に車を返した。ラスヴェガスからニュージャージーに帰る最終便に乗った。

窓側の席に腰を落ち着け、カーターとの会話を思い返した。彼の家庭に爆弾を落とすような真似はしたくなかった。自分自身にもそんなことは望んでいなかった。

これで終わった。そう思った。

が、彼のその考えはまちがっていた。

3

もとはザ・ストレンジャーと呼ばれていたクリス・テイラーが言った。「きみの番だ――キリン」

キリンは咳払いをして言った。「感傷的とは思われたくないけど――」

「きみはいつも感傷的だよ」そう言ったのはクロヒョウだった。メンバー全員が軽く笑った。

「ああ、そうだ。ただ、この件に関しては……つまり、こいつのしたことはただではすまされない」

「ハリケーンの最高レヴェル、カテゴリー5の苦痛を」とアルパカがすぐに同調した。

「黒死病の苦しみに相当する苦痛を」と仔猫も続いて言った。

「われわれが与えうる最も重い罰を受けるに値する者がいるとすれば」とクロヒョウが締めくくった。「こいつにほかならない」

クリス・テイラーは深々と椅子に坐り直し、壁に掛けられた巨大モニターに映る面々を眺めた。素人目には、パワーアップしたZoomミーティングのようにも見えるが、この話し合いはクリス自身が設計した安全なビデオ会議プログラムによっておこなわれていた。画面上には上段に三人、下段に三人の計六人がいた。彼らの実際の姿は、表情をリアルタイムで読み取り、3Dキャラクターに変換できるアニ文字のフルボディ版によって全身が隠されていた。そう、キリン、クロヒョウ、アルパカ、仔猫、シロクマ、そしてグループのリーダーであるザ・ストレンジャーはライオンのキャラクターによって。クリスの背景画像はありふれたものだ。マンハッタンのランドマークである〈トライベッカ・グリル〉を見下ろすフランクリン通りの高級ロフト。実のところ、彼はライオンのアニ文字は使いたくなかった。リーダーがライオンというのは、あまりにベタだし、〝群れ〟から離れすぎてしまうような気がしたからだ。

「先走って結論を出すのはひかえよう」とクリスは言った。「キリン、その件について詳しく話してくれ」

「申し立てをしてきたのは、あるシングルマザーで――シングルマザーだった、と言うべきか――名前はフランシーン・コーター」とキリンは話しはじめた。キリンのアニ文字を見ると、クリスはいつも子供の頃に行ったおもちゃ屋を思い出す――おもちゃ屋チェーン〈トイザらス〉のあのマスコット、キリンのジェフリー（ジェフリー・ザ・ジラフ）。おもちゃ屋に行けるのはとりわけ特別な日だった。両親に連れていってもらったのを今でもよく覚えている。店にはいると、その場所の純然たる魅力とすばらしさに畏敬の念さえ抱いたものだ。掛け値なしに幸せに満ちた思い出。

だからクリスはよく思う。キリンがそのアニ文字を選んだのは――キリンが誰（ゼイ）であれ――（グループのメンバーには、性別を問わない複数代名詞〝ゼイ〟が使われる）自分と同じ理由からではないかと。

「フランシーンのたったひとりの子供、息子のコーリーは、去年の四月にノースブリッジの学校で起きた銃乱射事件で亡くなった。まだ十五歳の高校二年生だった。音楽が好きで、才能もあって、春のコンサートのリハーサルに参加していたところ、銃を持った男が飛び込んできて、銃を乱射し、彼は頭を撃たれた。その銃撃で十八人の生徒が撃たれたのは、みんなも覚えていると思う。そのうち十二人が亡くなった」キリンはそこでことばを切って一息ついた。「ライオン？」

「ええ？」

「銃撃についてもっと詳しく話したほうがいいだろうか？」

「その必要はないんじゃないかな、キリン」とクリスあるいはライオンは応じて続けた。「メンバー全員がそのニュース記事のことは覚えているはずだ。異論のある人は？」

異論はなかった。

「了解。では、続ける」とキリンは言った。ヴォイスチェンジャー・アプリを使っていても、キリンの声が震えているのがクリスにはわかった。メンバー全員が声を変えるためになんらかのテクノロジーを使用している。セキュリティと匿名性を保つために。アニ文字はただ顔を隠すだけではない――ことばづかいも含めて、個人のあらゆる特徴を変えることができる。「たったひとりの息子を埋葬したあと、フランシーンは途方もない悲しみに襲われた。もちろん、それは察するまでもないことだけど、その悲しみを乗り越える彼女の方法は、悲しみを別の方向に向かわせるために行動を起こすことだった。ほかの親たちが、自分のようなひどい苦しみを味わうことのないように。彼女は銃規制法を支持するために声をあげはじめた」

「キリン？」

口をはさんだのはシロクマだった。

「ああ、シロクマ？」

「もしかしたら、こういうことは言いだすべきじゃないかもしれないけど、個人的にわたしは銃器所持規制には反対の立場にいるんでね。この女性の見解に反対だというメンバーがいる以上、たとえ彼女が深い悲しみを抱えた母親であっても——」

キリンはシロクマの発言をさえぎり、強い口調で言った。「これはそういう案件じゃない」

「わかった。ただ、この場に政治の議論は持ち込みたくない」

クリスが口をはさんだ。「その点については全員が同意してる。われわれの使命は極悪非道な人間を罰することであって、政治には関わらない」

「政治とは関係ない」とキリンは言明した。「フランシーン・コーターはある邪悪な人間に狙われている」

「続けて」とクリスはキリンにさきを促した。

「どこまで話したっけ？……そうそう、彼女は銃規制を支持している。さっきシロクマが言ったように、当然ながら、彼女とは反対の立場の人もいる。彼女としてもそれは初めからわかっていた。だけど、初めはただ物騒な物言いにすぎなかったものが、あっというまに彼女を標的にした全面的なテロ攻撃になった。殺害予告が何回もフランシーンのもとに届くようになった。ネット上でいつもボットにつけ狙われて、ひどい誹謗中傷を受けるようになった。住んでいる場所までネット上にさらされて、お兄さん家族のもとに転がり込まなきゃならなくなった。でも、そのあと起きたことに比べたら、こんなのはまだ序の口でしかなかった」

「そのあと起きたことというのは？」

「頭のいかれた陰謀論者が乱射事件など実際には起きていないと主張する動画を投稿した」

「ほんとうに？」と仔猫が言った。

「子供たちが無残にも撃ち殺される様子を映した防犯カメラの映像も、そういうサイコパスにしてみればなんの証拠にもならないってことだね」とクロヒョウが横から割り込んだ。

「銃乱射事件はでっち上げ」とキリンは続けた。「陰謀論者は動画でそう主張した。銃規制の支持者が人々から銃を取り上げるために企てたものだ、フランシーン・コーターはただの〝被害者役〟――それがなんであれ――にすぎないと。それだけじゃない。なによりひどいことに、コーリーという息子などそもそも存在しなかったなどとまで言いはじめた」

「ありえない。どうしたらそんなことが――？」

「ほとんどはただのつくり話だ。または、彼女の話の信憑性（しんぴょうせい）が損なわれるように誘導しようとしただけのものだ。たとえば、カナダに住むまったくの別人で、子供のいないフランシーン・コーターという女性を探してきて、動画の語り手がその人物に電話する。で、その〝フランシーン・コーター〟がコーリーという息子はいないし、そもそもいないのだから撃たれるはずも、殺されるはずもないと話している音声を流す。それだけ示して、ほら見たことか、全部デマだというわけ」

「どうしてそんなことをするのか、さっぱりわからない」とアルパカが言った。

「子供を亡くしただけでも充分すぎるほど辛いのに」と仔猫が言った。イギリス訛りがあるが、それもやはりヴォイスチェンジャー・アプリで変えてあるのかもしれない。「さらに頭のおかしなやつらに苦しめられるなんて」

「だけど、そんなたわごとを信じる人なんているんだろうか？」とシロクマが訊いた。

「どれだけ多くの人が信じているか知ったら、きみもさぞ驚くと思う」とキリンは答えた。

「いや、驚かないか」

「その陰謀論の動画では、ほかにも何か言ってる？」とクリスが尋ねた。

「意味のないことばかり。たとえば、〝高校の防犯ビデオにモノクロの映像とカラーの映像があるのはどうしてか？〟ともっともらしく問いかけて、事件の証拠は全部偽物だとほのめかすとか。あるいは、証拠写真を改竄したり、でっち上げたりもしてる。たとえば――考えるだけでも胸くそが悪くなるけど――乱射事件が起きた日よりあとにニューヨークメッツの試合を球場で観戦している、コーリーにちょっと似ている少年の写真をボットが何度も投稿してる。こんなコメントつきで。〝ノースブリッジ高校乱射事件で被害者のコーリー・コーター役を演じた少年が先週、野球の試合を観戦していた！〟なんて。で、その投稿を見た人たちがコメントするわけ。〝やれやれ、やっぱり嘘だったことのなによりの証拠だ。元気そうじゃないか。あの事件はでたらめだ。愚民諸君よ、主要マスコミの報道を鵜呑みにしてはいけない。自分できちんと調べなきゃ駄目だ。フランシーン・コーターは国賊だ〟とかなんとか」

「ぞっとする」とシロクマが言った。「でも、相手にしなきゃならない人数が多すぎて、これじゃ意味のある行動はとても取れない」

「わたしもそれが心配だった」とキリンは言った。「二本目の動画を見るまでは」

「二本目？」

「乱射事件はでっち上げだと主張した最初の動画は〝苦い真実(ビター・トゥルース)〟というアカウント名でユーチューブに投稿されていた。しばらくしてから削除されたけど、もう遅い。この世界ではよくあることだけど、削除されたときには視聴数が三百万回を超えていて、コピーも拡散していた。そのあたりの事情はみんなもよく知っていると思うけど、次に〝苦みの真実(トゥルース・ドゥ・ビター)〟を名乗る人物が二本目の動画を公開した」

「芸がないアカウント名だね」とクリスは言った。

「これっぽっちも。むしろこの男は同一人物だと世間に知らしめたかったんだろう」

「今、この男って言った？」とクロヒョウが気づいて口をはさんだ。

「言った」

「つまり、この人物は男ということ？」

「そうだ」

　誰も驚かなかった。ネット荒らしには女もいる、もちろん。が、男とは数がちがう。これは性差別ではない。純然たるデータがそう物語っているのだ。

「二本目の動画には……」キリンはそこでことばにつまった。衝撃に打ち勝とうとするかのように。

沈黙が流れた。

クロヒョウが沈黙を破り、いたわるように言った。「キリン、大丈夫？」

「ゆっくり時間をかけてかまわない」とクリスも言った。

「うん、ちょっと待って。あまりに見るに耐えない動画で。調査報告書にリンクを記載するけど、内容を大まかに言うと、男はコーリーの眠る墓地を訪れた。十五歳の少年の墓まで行った。ニンジャみたいな黒い装束を着て、覆面姿で。どこの誰だかわからないように。それはいいとして、男はある機器を持ってきていた。金属探知機みたいな、浜辺で宝探しをする人たちが持ってるようなやつだ。くそっ、持っていたのはきっとそういう類いのものだと思う。これは〝BCD〟——埋葬死体探知機（ブリード・コープス・ディテクター）——だと男は言って、それからほかの墓のまえで実際に使ってみせた。地面にかざすと、機器が検知を始めて、ザッピングノイズのような音がした。男は、その音で実際に地中に死体が埋まっているとわかると言った。そのあと、探知機をコーリーの墓の上にかざした。どうなったと思う？」

「まさか」とアルパカが言った。

「そのまさかだ。探知機の検知結果によれば、その墓の下に死体は埋まっていないと男は言った」

「世間はそれを信じた？」

「自分にとって都合のいい話なら」とクリスが言った。「人はどんなことだって信じる。それはみんなもわかってるはずだ」

「残念だけど、話はそこで終わりじゃない」キリンはそう言うと、大きく息を吐いて続けた。「動画の最後で、男はコーリーの墓に向けて立ち小便をした」

　またしても沈黙。

「で、その動画をフランシーン・コーターにまつわるあらゆるページに投稿した」

　さらに沈黙。

　沈黙を破ったのはクリスだった。歯を食いしばるようにして彼は尋ねた。「その男の名前は？」

「ケントン・フロウリング。しばらく時間がかかったが、十以上あったボットをたどっていくと、苦い真実（ビター・トゥルース）や苦みの真実（トゥルース・ドゥ・ビター）と同じアカウント登録情報に行き着いた」

「どうやってその男を突き止めた？」

「メディアの人間だと名乗って、彼の話を信じたふりをしてメールを送ったんだ。すると、男はこちらがメールに張りつけておいたリンクを踏んだ。あとはわかると思うが――」

「つまり、このフロウリングという男は、こういうえげつない動画を制作しただけでなく――」

「そう、コメントもほとんどはこの男の仕業だ。でたらめなコメントをするだけじゃなく、そのコメントに返信してたのもこの男だった。ネット上の攻撃はすべてのボットから一斉におこなっていた。さらに海外のボットファームを雇い、フランシーンへのとめどない攻撃に加担させている。ツイッター（現エックス）やフェイスブックなどに無数の投稿をするだけじゃなく、ときを選ばずフランシーンに電話をかけまくっている。コーリーの生々しい写真を同封した手紙を自宅に送りつけたり、フランシーンの車にビラを貼ったりすることまでやってる」

「で、フロウリングの仕事は？」

「三十六歳で大手保険会社の営業部長。稼ぎは六桁だ」

クリスは気づくと拳を握りしめていた。今の話――ケントン・フロウリングがまともな暮らしをしているという話――にはショックを受けてもおかしくないところだ。が、クリスは驚かなかった。たいていの人はこんなふうに考える。人に嫌がらせをする有害なネット荒らしは、その大多数が仕事もない負け組で、いい歳をして親と暮らす男が自宅の地下室から怒り狂ったようにメッセージを送りつけているのだろう、と。ところが、たいていの場合、彼らは教育水準も高く、仕事にも就いており、金銭的にも充分余裕があるやつらだ。そんな彼らに共通するのは、自分は軽んじられていると考え、まわりからの敵意にさらされていると思い込み、根拠もなく被害者意識を募らせている点だ。

「フロウリングには子供がふたり。妻とは最近別れている。以上が本件のあらましだ。動画と投稿を添付したファイルをメンバー全員に送った」

クリスは言った。「〈ブーメラン〉の全メンバーを代表してキリンに感謝したい。本件に精力的に取り組んでくれたことについて」

賛同のつぶやきが広がった。

「決を採ろう」とクリスは言った。「ケントン・フロウリングの案件をこのまま進めていくことについては、全員が賛成だろうか？」

全員が〝異議なし〟と答えた。これがこの日、〈ブーメラン〉の議題にのぼった六番目にして最後の案件だった。二名以上のメンバーが反対と言ったら、そのネット荒らしには干渉しない。それが決まりだった。この日は六件が議題にのぼり、そのうち五件が可決された。否決されたただひとつの案件は、リアリティ番組のスターである〝やさ男〟がネットでしつこくつきまとわれているというものだった。クロヒョウが議題に上げた案件だったが、この男、被害者とはいってもさして同情に値しない人物で、結局、もっと救済に値する案件に力を注ぐことになったのだった。

〈ブーメラン〉の行動原理はその名前に現われている。因果応報（カルマ）はブーメランのごとし――人に何かをもたらしたなら、それがなんであれ、いつか必ず本人のところに戻ってくる。この集団は、送られてきた事細かな被害申請書を徹底的に審査し、その上で処罰する〝標的〟

を慎重に選んでいる。以前、まだ〝ザ・ストレンジャー〟と名乗っていた頃、クリスには数々の失敗の末に学んだことがある。処罰を求めていいのは、加害者がその処罰に値すると疑いなく考えられる場合——合理的な疑いをはさむ余地がまったくない場合——にかぎられる。百パーセントの確信を得るには、キリンが送ったと言ったすべてのファイルをこのあと精査しなければならないが、あらゆる点がキリンの発表した内容と一致しているのは、クリスには見るまえからわかっていた。そこで問題が新たに見つかる可能性はかぎりなく低い。キリンはメンバーの中でも人一倍几帳面な性質なのだ。

「わかった」とクリスは言った。「それでは本件の対応に移ろう。キリン、ハリケーンのカテゴリーで言うと、どれがふさわしいだろう？」

キリンはためらわなかった。「カテゴリー5が必要な怪物がいるとすれば……」

「賛成」とクロヒョウがキリンのことばを最後まで聞かずに言った。「カテゴリー5だ」

ほかのメンバーもすぐに賛同した。

〈ブーメラン〉がカテゴリー5を採択することはそれほど多くない。ほとんどのネット荒しがだいたいカテゴリー2か、3に落ち着く。その場合の処罰は、信用格付を下げたり、銀行口座を空っぽにしたり、場合によっては脅迫状を送りつけるといったものとなる。懲らしめはする。が、破滅させはしない。

一方、カテゴリー5というのは、天変地異に見舞われたような目にあわせることだ。ダメージを与えるだけではすまない。破滅させるのだ。

そんなやつにも神なら慈悲をかけるかもしれない。が、〈ブーメラン〉がケントン・フロウリングに情けをかけることはない。それが今の採決で決まった。

4

四ヵ月後

有名人でもある敏腕弁護士ヘスター・クリムスティーンが見つめる中、彼女と争っているポール・ヒッコリー検事は、ネクタイを直してから最終弁論にはいった。

「陪審員のみなさん、本件はわたしがこれまでに検察官として起訴に持ち込んだ中でも、きわめて明白で疑問をはさむ余地のない殺人事件です。そういうことで言えば、わたしが勤務する地方検察局がこれまでに扱ったすべての案件の中でも、きわめて明白で疑問をはさむ余地のない事件です」

ヘスターは呆(あき)れて眼をぐるっとまわしたくなる衝動を抑えた。今はそういうときではない。せいぜい愉しいひとときを過ごすのね。

ヒッコリーは仰々しくリモコンを手に取ってモニターに向けると、親指で電源ボタンを押した。モニターが息を吹き返した。あらかじめ画像をモニターに映し出しておくこともできたはずだが、ポール・ヒッコリーは少しばかり派手な演出をするのが好みだった。ヘスターはわざと退屈そうな顔をした。陪審員が彼女を盗み見していたら気づくように。検察官の弁論など弁護側は屁とも思っていないことに。

ヘスターの隣りに坐っているのが彼女の依頼人で、この殺人事件の裁判の被告人、リチャード・レヴァインだった。ヘスターはかなりの時間をかけてリチャードと話し合ってきた。陪審員のまえではどのように振る舞い、どのような態度を取り、どのような反応を示すべきか(もっと重要なのは、どのような反応も示すべきでないことだが)といったことを。ヘスターの依頼人は今、テーブルの上で手をしっかり組み、まっすぐまえを見据えていた。万が一、検察官の思惑どおりになったら、これから一生、塀の中で過ごすことになるのに。

よくやってるわ、リチャード。

モニター画面には、前衛的なアーティストが集まるワシントンスクウェアの有名なアーチ門の近くに、十人あまりの人々が屯(たむろ)している姿が映し出されていた。ポール・ヒッコリー検事はまたもや仰々しく再生ボタンを押した。動画が始まってもヘスターは呼吸が乱れないように努めた。

動じては駄目――自分にそう言い聞かせた。

もちろん、ポール・ヒッコリー検事はこの動画をこれまでにも流していた。一度ならず。それでも、くどいほど見せて陪審員をうんざりさせるなどというのは愚の骨頂だ。残酷な画像を見ることに陪審員が麻痺(まひ)してしまったら逆効果になりかねない。そのあたりのことは彼もちゃんと心得ていた。

つまるところ、ヒッコリーはこの動画には腹にずんと効く力が——陪審員の感情に訴えかける力が——まだ残っていると思っているのだ。

動画には、青いスーツにノーネクタイ姿で、〈コールハーン〉の黒いローファーを履いた、ヘスターの依頼人であるリチャード・レヴァインが映っていた。彼はラース・コーベットという名の男に近づき、銃を持った手を上げると、いささかの迷いもなくコーベットの頭に弾丸(たま)を二発撃ち込んだ。

周囲からあがる悲鳴。

ラース・コーベットはくずおれ、地面に倒れたときにはもう死んでいた。

ポール・ヒッコリーは一時停止ボタンを押して、両手を広げた。

「これ以上の説明が必要でしょうか？」

彼は芝居がかった修辞疑問を投げかけ、その声を法廷内に響かせた。同時に、陪審員席を端から端まで歩き、自分のほうに顔を向ける陪審員たちと眼を合わせた。

「陪審員のみなさん、これは処刑です。われわれの住むこの市(まち)で起きた——われわれに最も愛されている公園のひとつの真ん中で起きた——冷酷きわまりない殺人事件です。それがすべてです。その事実に議論の余地はありません。ここに被害者であるラース・コーベットがいます」そう言って、彼は画面上、血だまりの中で倒れている男を指差した。「そして、ここにリチャード・レヴァイン被告人がいます。彼が発砲したグロック一九は射撃特性から犯行に使われた凶器だと断定されており、事件のほんの二週間まえに、被告本人がニュージャージー州パラマスの銃砲店で購入していることもわかっています。さらに事件を目撃した十四人が証言しましたが、いずれの証言もミスター・レヴァインが加害者であることを認めるものです。また、それぞれ異なる角度からこの事件を映した動画がほかに二本ありますが、それはすでにお見せしたとおりです」

ヒッコリーはそこで首を振った。「いやはや、これ以上の証拠が必要でしょうか？」

彼はそう言ってため息をついてみせた。ヘスターの眼にはそれがなんともメロドラマティックに映った。ポール・ヒッコリーは三十代半ばのまだ若い検察官で、ヘスターは彼の父親とロースクールで同期だった。その父親の名はフレアで、派手好みの弁護士だ（そう、〝派手な(フレア)〟が本名なのだ）。ヘスターの手強い商売敵(てごわいがたき)のひとりと言っていい。息子も優秀で、これからさらに成長するだろう——血は争えない——もっとも、まだ父親の域には達していないが。

「この重要な事実を否定する者は誰もいません。ミズ・クリムスティーンもほかの弁護側の方々も。ここにいるのが」――ヒッコリーはそこで一時停止した画面を力強く指差した――「リチャード・レヴァインではないと主張する人もいません。また、ミスター・コーベットを容赦なく殺害したのは彼ではないと主張している人がいるわけでもありません」彼はそこでことばを切り、陪審員席に近づいた。「それ以外は、どうでも、いいことです」

彼はことばを三つに区切って強調した。ヘスターはもう我慢できなくなり、陪審員のひとり――いかにもまわりの影響を受けやすそうなマルティ・ヴァンダーヴォートという名の女性――と視線を合わせると、共謀するかのように小さく眼をぐるりとまわした。

ポール・ヒッコリーはそっちの手はわかっていると言わんばかり、すばやくヘスターのほうを向いて続けた。「このあとはミズ・クリムスティーンがこのシンプルきわまりない物語をねじ曲げるために、あらゆる手を使うことでしょう。しかし、どうか陪審員のみなさん、騙されないでください。知性あふれるわれわれに彼女のペテンは通用しません。証拠がすべてを物語っています。これほど明白な事例はほかには想像することすらできません。リチャード・レヴァインは銃を買い、三月十八日にそれを違法に携帯してワシントンスクウェアに行った。ミスター・レヴァインが破壊的なまでにミスター・コーベットに執着していたことは、証言からも、電子情報を解析した結果からもわかっています。彼は事前に計画を立て、被害者のあとをこっそり尾けて、ミスター・コーベットを公開処刑したのです。絵に描いたような第一級殺人です。こんなことは言うまでもないでしょうが、殺人は悪です。法に反する行為です。だからこの殺人鬼を鉄格子の中に入れるのは、市民としてのみなさんの義務であり、責任なのです。以上です」

そう言って、ポール・ヒッコリーは椅子にどさりと腰をおろした。

ヘスターの古い友人でもある裁判官のデイヴィッド・グライナーが、咳払いをしてからヘスターのほうを見た。「ミズ・クリムスティーン？」

「少々お待ちを、裁判長」ヘスターは手で顔を扇ぎながら言った。「ごてごてと飾り立てるばかりで、まったくの見当ちがいの検察側の最終弁論に息が切れてしまって」

ポール・ヒッコリーが立ち上がって言った。「異議あり、裁判長――」

「ミズ・クリムスティーン」裁判長はヘスターの名を呼ぶことで、あまり熱意のこもらない警告を彼女に与えた。

ヘスターは手を振ることで謝罪の意を示すと、立ち上がった。

「陪審員のみなさん、わたしがヒッコリー検事に対して、……」ヘスターはそこでことばを切った。「あ、そのまえに、みなさんにご挨拶をさせてください」これはヘスターが最終弁論で使うテクニックのひとつだった。陪審員たちをじらして、彼女が何を言おうとしているのか疑問を持たせる。そんな時間を束の間設けるのだ。「陪審義務は厳粛で重要な市民の務めです。わたしたち弁護人は、みなさんがここにいてくださること、参加してくださっていること、この裁判の陪審に熱心に取り組んでくださっていること、さらに明らかに不当に投獄されようとしている人物に対して、いかなる偏見もお持ちでないことに心から感謝します。そういう案件はわたしにとって初めての案件でもなんでもありませんが」――ヘスターは陪審員に笑みを向け、誰が笑みを返してくれているか確認した。三人ほどいて、その中にはマルティ・ヴァンダーヴォートもいた――「みなさんはわたしがこれまでに見たこともないほど真剣かつ理性的に使命を果たそうとなさっている陪審員です」

もちろん、それは真っ赤な嘘だった。陪審員などみな変わらない。彼らはみな同時に退屈し、同時に心を集中させる。ヘスターのうしろ、三列目の傍聴席に坐っている陪審の専門家サマンサ・ライターは、今回の陪審員はみなとことん操りやすい人たちと思っているが、ヘスターの弁護もまたとことん常軌を逸したものだった。ポール・ヒッコリーが説明したとおり、証拠はみな圧倒的に不利なものばかりで、ヘスターのほうは、レースを始めたときから何キロも検察側に遅れを取っていた。しかし、そんなことは先刻承知。

「待って。なんの話だったかしら？」

これはヘスターがもう若くないことを思い出させるささやかな作戦だった。演じようと思えば、彼女はみんなの大好きなおばさんにもおばあさんにもなることができた。頭が切れて、フェアで、厳格で、それでいてちょっとだけ忘れっぽくなった愛すべき人物に。ヘスターのことは陪審員の大半がケーブルテレビのニュース番組『クリムスティーン・オン・クライム』で知っている。だから、検察側は常にヘスターを知らない人物を陪審員に選ぼうとしてきた。しかし、陪審員候補がその番組を見ていないと言ったとしても──実際、毎週見ている人はそう多くはないだろう──たいていの人がどこかで彼女を見ている。テレビのコメンテーターとして。だから、陪審員候補がヘスターを知らないと言ったら、それはまず嘘だろう。ヘスターはそんな人を歓迎した。なぜなら、そういった人たちはどういうわけか彼女の裁判の陪審員になることを強く望んでおり、ほとんどの場合、彼女の味方になってくれるからだ。何年もかかったものの、検察もそのことに気づいた。だから今ではもうヘスターのことを尋ねなくなっている。

「ああ、そうでした。わたしがヒッコリー検事の最終弁論を〝ごてごてと飾り立てるばかりでまったくの見当ちがい〟と言った理由でしたね？　みなさんその理由を知りたがっておられると思います」

おだやかな口調だった。彼女はいつも最終弁論をそんな口調で始めて、陪審員が少し身を乗り出すように仕向ける。そうすることであとで声を張り上げる〝タメ〟ができる。彼女の物語を構築するための〝タメ〟だ。

「ヒッコリー検事は、わたしたちがとっくに承知のことをしゃべりつづけていました。でしょ？　証拠という面では、検事のおっしゃるとおりです。あの銃がわたしの依頼人のものである点に異論はありません。ほかの点についても同様です。だからです。そんな確認で時間を無駄にする必要がどこにあったんでしょう？」

彼女はそう言うと、肩をすくめた。やるせなさを目一杯込めて。それでも検事が何か言う隙は与えなかった。

「しかし、それ以外のヒッコリー検事の主張は……まあ、失礼にあたるので、真っ赤な嘘とまでは言いませんが、検事局というのは政治家だらけの組織です。だから最低の政治家同様――近頃はひどい政治家が多すぎますけど――ヒッコリー検事も話をねじ曲げ、偏った歪んだシナリオだけを陪審員のみなさんに語り聞かせたのです。ああ、もううんざりです。みなさんだってそうでしょう？　政治家にも、マスメディアにもうんざり。SNSにもうんざり。わたし自身SNSをやってるわけではありませんが。孫のマシュウが時々SNS上のやりとりを見せてくれるんです。でも、あれはもうほんとうに〝クレージー村〟ですよ。そうは思いません？　近寄るものじゃありません」

短い笑い。

どれも聞き手の心をつかむテクニックだった。彼女の側から示すショーマンシップの一端。誰もが政治家やマスメディアを嫌っている。同じように弁護士も嫌っている。ヘスターは今の発言で自分を卑下もすれば、共感できる相手にも仕立てた。思えばこれは興味深い矛盾を表わしている。弁護士をどう思うかと訊かれれば、人はたいてい酷評する。が、あなたの弁護士をどう思うかと訊けば、みな称賛のことばを並べる。

「陪審員のみなさんもお気づきのように、ヒッコリー検事の主張はその大半が納得できるものではありません。そのわけは、彼が望むほど人生というのは白黒はっきりしたものではないからです。それはわたしたちみんなが身に染みて知っていることです。それこそ人間の性(さが)です。わたしたちはみな自分は唯一無二の複雑な存在だと思っています。だから自分の考えなど他人には読み取れない。そう思っています。と同時に、自分のほうは他人の考えを読み取ることができるとも思っています。世の中に、明確な白と黒などあるでしょうか？　もちろん、なくはありません。その件についてはあとで触れます。ただ、ほとんどの場合、人生はグレーです。それはわたしたち誰もが知っていることです」

スクリーンに眼を向けることなく、ヘスターはリモコンのスウィッチを押した。弁護側が持ち込んだモニターの画面にスライドが映し出された。ヒッコリー検事のモニターが五十インチなのに対し、ヘスターのほうは七十二インチ。検察側より大型だった。これは意図的なことで、陪審員の潜在意識に訴えているのだ。われわれには隠さなければならないことなど何もない、と。

「どういうわけか、ヒッコリー検事はこれをあえてみなさんに見せませんでした」

当然のことながら、陪審員の視線は彼女の背後の画像に集まった。それでもヘスターは振り返らなかった。どんな画像なのか、見なくてもわかっていることを示すために。振り返るかわり、彼女は陪審員の表情を観察した。

「わざわざ申し上げるまでもありません。これは手のクローズアップです。もっと正確に言えば、ミスター・ラース・コーベットの右手です」

画像はぼやけている。極端なクローズアップだからという技術的な理由もあるが、意図的な理由もある。照明や解像度を上げたほうが有利に働くなら、彼女はそうしただろう。裁判とはふたつの物語のせめぎ合いだ。被告人の利益のためには、このようにぼやけた形で拡大するしかなかった。画質などどうでもよかった。

「彼が手に握りしめているものが見えますか？」

陪審員の何人かが眼を細めた。

「少しわかりにくいかと思いますが」とヘスターは続けた。「黒いのは確かですよね。それに金属です。では、こちらをご覧ください」

ヘスターは再生ボタンを押した。画面上の手が上がりはじめた。極端なクローズアップのせいで、手は速く動いているように見える。これまた意図的なことだ。彼女は証拠品を並べてあるテーブルに近づくと、小さな銃を取り上げた。

「これはレミントンRM三八〇というポケットサイズのピストルです。色は黒で、金属製。人はどうしてこんな小さな銃を買うのか、その理由がわかりますか？」

陪審員の答を待つかのように、彼女は一呼吸置いた。もちろん、陪審員は何も言わない。

「まあ、言うまでもありませんよね？　その名が示しています、ポケットサイズ。簡単に携帯できるからです。隠し持っていて使える。ほかにわたしたちにすでにわかっていることは？ ラース・コーベットは少なくとも一丁、レミントンRM三八〇を所有していたという事実でした」

ヘスターは改めて不鮮明な画像を指差した。

「ラース・コーベットがそこに握っているのがその銃でしょうか？」彼女はまた間を置いた。今度はさっきより短かった。

「そう、まさにそこです。これでわたしたちには合理的な疑いが生じます。でしょう？ もうこれで終わりにしてもいいくらい。わたしは今すぐ坐っても。これ以上ひとことも発しなくても。みなさんが無罪の評決をくだすのは明らかなんですから。でも、続けましょう。もっとあるからです。もっともっと」

そう言って、ヘスターは弁護側のテーブルのほうを素っ気なく手で示した。「ラース・コーベットのレミントンRM三八〇が〝発見された〟。そういった主旨の証言がありました」彼女は指で引用符をつくりながら〝発見〟ということばを口にした。「自宅の地下室で。でも、ほんとうでしょうか？ 確かだと言えるでしょうか？ コーベットは多数の銃を所有していました。この裁判でも見ましたよね。彼はあらゆる種類の破壊的な武器を愛する〝武器フェチ〟でした。大型の恐ろしいアサルトライフル、マシンガン、リヴォルヴァー、その他もろもろ。見てください」

彼女はリモコンボタンを押した。検察側はコーベットがフェイスブックに載せているこの写真を証拠から排除しようとした。被害者がどんな容姿か、どんな服を着ていたか、家の中をどんなふうに装飾していたかは重要ではない、とポール・ヒッコリー検事は果敢に主張した。予備協議のとき、彼は裁判長にこう尋ねた。「これがレイプ事件だったら、裁判長はセクシーな服を着た被害者女性の写真を陪審員に見せる許可をミズ・クリムスティーンに与えますか？　われわれはお互いそんな下劣な人間ではないはずです」ヘスターはもちろん反論した。膨大な銃のコレクションを世間に見せびらかしているような人物には通常銃を使いたがる傾向がある。だから、少なくともリチャード・レヴァインの〝心理状態〟——コーベットによって真の危険にさらされていると思い込んだこと——の明確な裏づけになる。それが彼女の反論の骨子だった。

が、実のところ、ヘスターが陪審員にこの写真を見せたかったのには、さらに大きな理由があった。

「こうした男性が」——と彼女はコーベットを指差した——「常に合法的に銃を買っていたなどとみなさんはほんとうに思いますか？　彼は小型の拳銃を何丁も持っており、もしかしたらここで手にしているのも」——今度はコーベットが握っているぼやけた黒い塊を拡大してみせた——「そうして不法入手した一丁だったかもしれない。その可能性をみなさんは否定できますか？」

陪審員たちはスクリーンを注視している。

が、ヘスターとしては黒い塊の画像をあまり長く見てほしくはなかった。リモコンのボタンを押し、画面をコーベットがアサルトライフルを持っている写真に戻すと、弁護側のテーブルまでゆっくり歩き、今度は逆に写真が陪審員に注目される時間を引き延ばした。写真のラース・コーベットはこれ見よがしのクルーカットで、これまたこれ見よがしの薄ら笑いを浮かべていた。が、重要なのは背景だった。

コーベットの背後には、中央に鉤十字のマークのある赤い旗があった。

ナチス・ドイツの旗が。

が、それについてはヘスターは何も言わなかった。とりあえず今は。努めて声に感情がこもらないようにして、淡々と、中立的に、理性的に話を続けた。

「さきほどヒッコリー検事は、疑念の余地のない決定的な証拠もないのに、ラース・コーベットが握っていたのは銃ではなく、スマートフォンだったと主張しました」実のところ、ポール・ヒッコリーのその主張は確固たる証拠に基づくもので、彼はヘスターが用意した〝被告人が見たのは銃だった〟理論を審理中にすでに否定していた。コーベットの手を写した数枚の写真と、複数の動画と数人の目撃者の証言に基づき、あれは実際にスマートフォンだったと立証していた。リチャード・レヴァインとの遭遇を撮影しようとして、ラース・コーベットが顔のまえに掲げたスマートフォンだと。誰の眼にも明らかなように、銃弾がコーベットの頭部を貫通したあと舗道に落ちたスマートフォンだと。

ヒッコリーのその弁論には大いに説得力があった。だから、ヘスターはその点には深入りせず、論点を変えた。

「まあ、たぶん、ミスター・ヒッコリーの言われるとおりなのでしょう」ヘスターは取って置きの〝その点は譲ります、わたしってフェアでしょ？〟口調でそう言った。「そう、たぶんスマートフォンなのでしょう。断定はできませんけど。みなさんにも確かなことはわかりませんよね？　それよりわたしがお見せした手の画像について考えてみてください。いいですか、瞬時に判断しなければならないんですよ？　心臓はばくばくしています。みなさんは命に関わる危険を感じています。そんな状況の中、眼のまえにこの男がいるのです」――そこでヘスターは、ラース・コーベットがナチスの旗を背景に薄ら笑いを浮かべている写真を指し示した――「みなさんと、みなさんの家族を皆殺しにしたがっている男が」

ヘスターは陪審員席のほうを向いた。「あれがスマートフォンだという可能性に、みなさんは命を懸けられますか？　ええ、もちろんわたしにもできません」

ヘスターはゆっくり移動してリチャード・レヴァインのうしろに立ち、両手を彼の両肩にのせた。温かく。母のように。

「みなさんにわたしの友人のリチャードをご紹介します」ヘスターはどこまでも慈愛に満ちた笑顔で言い、視線をリチャードに移して続けた。「リチャードは六十三歳、孫がいます。

前科はなし。逮捕歴もなし。ただの一度もありません。飲酒運転もありません。なんにもなし。過去に一度だけスピード違反の切符を切られましたが。それだけです。彼は——こういう言いまわしはわたしは好きではありませんが、ここでは言わなくてはなりません——模範的な市民です。三人の子供の父親でもあります。息子がふたり——ルーベンとマックス、それから娘がひとり、ジュリー。孫は双子で、ローラとデブラ。妻のレベッカは乳癌を患い、長い闘病生活の末、昨年亡くなりました。彼女が余命宣告されると、ミスター・リチャード・レヴァインは妻のために長期休暇を取得して、介護に専念しました。これまでの二十八年間、大手のチェーン・ドラッグストアの本社に勤務し、その大半の期間、経理部門の責任者でした。地元ニュージャージー州リヴィングストンでは、町議会議員に三度選ばれています。ヴォランティア消防団の一員でもあり、時間とお金を多くの有意義な社会活動に捧げてきました。陪審員のみなさん、ここにいるのは善良な人間です。それを否定する人はこれまでこの法廷にもひとりも現われませんでした。リチャード・レヴァインは誰からも敬愛されているのです」

ヘスターはもう一度笑みを浮かべ、安心させるようにレヴァインの肩を叩くと、胸を張って大股で歩き、ラース・コーベットの写真が映し出されているスクリーンのまえに戻った。

「かつてラース・コーベットの妻だったディレイラがコーベットと離婚したのは、身体的虐待が原因でした。コーベットは妻に常習的な暴力を加えており、それは彼女が一年に三度も入院しなければならないほどひどいものでした。幸い、三歳の娘の親権はディレイラに与えられて、コーベットには元妻への接近禁止命令が出されています。当然のことながら、そんなコーベットにはきわめて多くの逮捕歴と前科があります。脅迫、治安紊乱行為、それに──これは重く見る必要があります──拳銃の不法所持です。陪審員のみなさん、この写真を見てください。この写真には何が写ってますか？　ことばを飾らずに言いましょう。人間のクズです」

ポール・ヒッコリーが顔を紅潮させ、立ち上がりかけた。ヘスターのほうがさきに手を上げた。

「ヒッコリー検事、あなたにはクズが見えないんでしょうね、たぶん。わたしにはそのあたりのことはよくわからないけれど。でも、それは今ここではどうでもいいことです。リチャード・レヴァインの眼にもクズは見えなかったことでしょうから。彼が見たのはもっと悪いものです。彼の祖父はホロコーストの生存者でした。アウシュヴィッツで連合軍に救助されたのですが、半餓死状態でした。死にかけていました。祖父の家族には救助が間に合いませんでした。祖父の母親、父親、まだ幼かった妹も──全員アウシュヴィッツで亡くなりました。殺されたのです。ガス室で。そのことについて少し考えてみてください」

ヘスターは、ラース・コーベットが映し出されているスクリーンにさらに近寄った。

「次に想像してください。ひとりの男があなたの家に押し入ってきて、その男がみなさんの家族を、家族全員を殺すところを。その男は自分がすることをみなさんに話して、そのあとそれを実行するのです。さらに、みなさんの大切な人たち全員を殺したあとで宣言します、いつかまた戻ってきて今度はみなさんを殺すと。最終的なゴールはみなさんの死であることを明確にします。それから何年か経ちます。みなさんには新しい家族がいます。すると、みなさんの家にまたあの男がやってきます。階段を駆けあがってきます。手には銃のように見える何かを持って」

ヘスターはそこでことばを切り、廷内が静まり返るのを待って続けた。「みなさんはそんな怪物に推定無罪の特権を与えますか？

ヒッコリー検事は」――ここからは怒りもあらわな非難の口調で――「被告人の行為は正当防衛ではないと言いつづけています、ラース・コーベットは身体に危害を及ぼす脅迫などしなかったと。冗談でしょ？　ヒッコリー検事は嘘つきなのですか、それとも、そう、馬鹿なの？　ラース・コーベットはこの国のナチス武装集団のリーダーでした。彼が悪意のあるメッセージを発信していたSNSには数千人のフォロワーがいました。陪審員のみなさん、ナチスのメッセージは明白です。彼らには明確なゴールがあります。殺せ、虐殺しろ、です。わたしの友人のリチャードを含む特定の民族の絶滅です。そんなことはないなどと思っている人がここにひとりでもいるでしょうか？　いたとしたら、無邪気にもほどがあります。あの日、ラース・コーベットは出動していたのです――彼の信者を結集させ、善人を殺し、ガス室に送ろうとしていたのです。リチャードや彼の三人の子供や双子の孫のような善人を」

今やヘスターの声はかなり大きくなっていた。そして震えていた。

「ヒッコリー検事は、ラース・コーベットには〝権利〟」——また指で引用符をつくった——「があったと言うでしょう。ナチスであったコーベットの先祖がわたしの依頼人の先祖を虐殺したように、みなさんとみなさんの家族全員をガス室に放り込んで虐殺しろと主張する権利があったと。ご自身をリチャードの立場に置き換えてみてください。みなさんならどうします？　家でじっと坐って、ナチスがまた台頭し、さらなる虐殺を始めるのを待ちますか？　わたしたちは自衛もせず、ガス室に送られるのをじっと待っていなければならないのですか？　コーベットのゴールがなんだったかは誰もが知っています。彼やその仲間が公然と宣言してるんですから。世を憂う市民として、他者への思いやりある人間として、模範的な生活を送る愛情あふれる父親として、祖父として、みなさんもワシントンスクウェアに行って、こうした殺人鬼たちが吐き出す憎悪のことばを聞いてみてください。恐ろしくなるはずです。言うまでもありません。胸の中では心臓が狂ったように早鐘を打つことでしょう。そんな中、この邪悪な男、あなたを殺すと宣言しているこの男、大量の銃器を所有していることが今や明らかになったこの男が、何か金属でできた黒いものを持った手を持ち上げかけたのを眼にしたとしたら……」

ヘスターの声は今はか細く、半ばすすり泣くようになり、眼には涙が浮かんでいた。彼女は頭を垂れ、眼を閉じた。

「これは明白な正当防衛です」

ヘスターはひとすじの涙を流しさえした。

「本件は誰の眼にも疑いの余地のない正当防衛です。それもその場のいっときの衝動などではなく、七十年という時を経て、大西洋を渡って受け継がれてきた防衛本能に基づく正当防衛です。ミスター・レヴァインの防衛本能はDNAに刻まれたものです。みなさんのDNAにも、わたしのDNAにも刻まれているものです。この……」ヘスターは鉤十字の旗のまえに立つラース・コーベットをまた指差した。「この男は」ヘスターは吐き捨てるように言った。「みなさんを殺そうとしているのです。みなさんの愛する人々も。手に何か黒いものを持って。それをみなさんのほうに向けているのです。あのおぞましい過去、強制収容所、ガス室、血にまみれたあのむごたらしい死。それらすべてを墓から甦らせ、あなたとあなたの愛する人たちを逆に墓に引きずり込もうとしているのです」

ヘスターは被告席のほうに戻り、依頼人のうしろに立つと、またリチャード・レヴァインの両肩に両手を置いた。「リチャードはなぜ引き金を引いたのか。そのことを問おうとは思いません」

ヘスターは眼を閉じ、もうひとすじ涙を流した――そのあとまた眼を開くと、陪審員をきっと見すえて言った。

「わたしはむしろこう問いたい。〝引き金を引かない人がどこにいるでしょう？〟」

裁判官が最後の説示をしているところで、ヘスターは孫のマシュウがひとりでうしろの壁に寄りかかって立っているのに気づいた。心がざわついた。いいニュースを届けにきたはずがない。前回マシュウが突然彼女の仕事場に現われたのは、クラスメイトが失踪したからだった。それで彼女に助けを求めに来たのだ。

今度は何？

マシュウはミシガン大学の一年生だ。少なくともヘスターの知るかぎり。こちらに戻ってきているということは、学年が終わったからかもしれない。今は五月。学年が終わる時期？ヘスターにはわからなかった。彼が戻ってきていることも知らなかった。だからよけい困惑した。マシュウ本人からも彼の母親のレイラからも聞いていなかった。レイラはヘスターの義理の娘だ。いや、より正確には元義理の娘と言うべきか。

自分の末息子が亡くなって寡婦となった女性のことはなんと呼べばいいのだろう？

「起立」

ヘスターもリチャード・レヴァインも起立した。審議のために陪審員が法廷を出ていった。じっとまえを向きながら、リチャード・レヴァインがヘスターに小声で言った。「ありがとう」

ヘスターは刑務官に拘置所に連れ戻されるレヴァインに軽く会釈した。重大な事件の裁判もこの段階になると、たいていの弁護士が賢者を演じることを愉しむ。自分たちの主張の強みと弱みを分析し、陪審員の仕種(しぐさ)から彼らの考えを読み取って結果を予測しようとする。ヘスターはその賢者役をテレビ番組で演じることによって生計――少なくともその一部――を立てている。彼女にはその才能があり、自分とは直接関わりのない問題を考える、頭の体操としても、人の心の内を読むことを愉しんでいる。それでも、自分が抱えた案件については――今回のように彼女自身、心と魂も相当に注ぎ込んでいる案件の場合は――何も考えないことにしていた。人生における多くの物事同様、陪審員も予測不能のものとして悪名高い。ケーブルニュースで見る〝天才〟コメンテーターたちのことを考えるといい。彼らがこれまでに何かを正しく予想したことが一度でもあっただろうか？　チュニジアの男性が焼身自殺し、アラブの春が始まると誰が予想した？　われわれは起きている時間の半分をスマホ画面を見るようになるなどと誰が予想した？　トランプにバイデン、コロナウィルス、その他もろもろについて誰が予想した？

古いイディッシュ語の言いまわしにあるように、まさに〝人は計画を立て、神は笑う〟だ。

ヘスターは自分にできることはすべてやりきった。陪審員がどのような判断をくだすかはもはや自分の管轄外だ。これまた歳を重ねて初めて得られる知見だ。心配は自分の手の届く範囲に留(とど)めておくこと。手が届かないことについては関知しないこと。

これぞ彼女の平安なき平安の祈り。

ヘスターは孫のもとへ急いだ。少年から男性になりつつある、顔だちの整った孫の中に、亡くなった息子の面影が重なるのを見るたび心がざわつく。マシュウは十八歳になり、ディヴィッドよりすでに背が高くなっている。母レイラが黒人のため、ヘスターの孫は肌の色の濃い二重人種（バイレイシャル）だが、その立ち居振る舞い――癖や壁に寄りかかって立つ姿、まわりを見まわして部屋全体の雰囲気をとらえるところ、歩き方、話すまえにためらうところ、質問に対して熟考するときに左を見るところ――何もかもがデイヴィッドだった。ヘスターはそれを見て愉しんでいた。と同時に、心を押しつぶされてもいた。

マシュウのところへ行くと、ヘスターは言った。「何があったの？」

「何もないよ」

ヘスターは〝疑い深い祖母〟のしかめっ面をしてみせた。「あなたのお母さん……？」

「お母さんは元気だよ、お祖母ちゃん（ナナ）。元気にしてる。変わりないよ」

彼がまえに彼女を驚かせたときにも台詞は同じだった。あのとき彼のその台詞は必ずしも正確なものではなかった。

「アナーバーからはいつ帰ってきたの？」と彼女は尋ねた。

「一週間まえ」

彼女は努めて傷ついたように聞こえないように言った。「電話してくれなかったのね？」

「裁判が大詰めになると、ナナはどうなるかみんな知ってるもの」とマシュウは言った。ヘスターとしてはなんと返せばいいのかわからなかったので、連絡をくれなかったことに対する非難はあとまわしにして、孫の体に両腕をまわし、抱き寄せることにした。マシュウ——いつもやさしい孫だ——も抱き返した。ヘスターは眼を閉じて時間を止めようとした。ほんの一秒か二秒、ほとんど時間が止まった。

眼を閉じ、孫の胸に顔を埋めたままヘスターはもう一度尋ねた。「それで何があったの?」

「ワイルドのことが心配なんだ」

5

「ワイルドからずいぶん長いこと連絡がないんだ」とマシュウは言った。

ふたりはヘスターの車、キャデラック・エスカレードの後部座席に坐っていた。長年ヘスターの運転手でもあり、ボディガードがわりでもあるティムがハンドルを切り、車はジョージ・ワシントン・ブリッジの上下二層に分かれた道路の下の道路にはいった。彼らはニュージャージー州に向かっていた。より正確には、山間の郊外の町ウェストヴィルに。今からずいぶんまえ、ヘスターと亡夫アイラはこの町で三人の息子を育てた。現在、長男のジェフリーはロスアンジェルスに住んで歯科医をしている。次男のエリックはなんらかの金融アナリストで、ノースカロライナで暮らしている。三男でマシュウの父親のデイヴィッドは、マシュウが七歳のときにワイルドと話したのはいつ？」とヘスターは尋ねた。

「最後にワイルドと話したのはいつ？」とヘスターは尋ねた。

「空港から電話があったときだよ。しばらく留守にするって言ってた」

ヘスターはうなずいた。ワイルドがコスタリカに出発したときのことだろう。「じゃあ、もう一年近く経つのね」

「うん」

「ワイルドがどういう人かわかってるでしょ、マシュウ？」

「わかってる」

「でも、彼はあなたの名づけ親だものね」ワイルドはデイヴィッドの親友だった――そしてワイルドにとって、デイヴィッドはおそらくただひとりの友人だった。「だったら、そうね、もっとあなたのそばにいてくれないと――」

「そういうことじゃないよ」とマシュウは彼女のことばをさえぎって言った。「ぼくはもう十八歳だよ」

「つまり？」

「つまり、もう大人ってこと」

「もう一度訊くわね。つまり？」

「つまり、ぼくが大きくなるまでずっと、ワイルドはそばにいてくれてたってこと」そのあとつけ加えた。「あんなにぼくのそばにいてくれた人はお母さん以外に誰もいない」

それを聞いてヘスターは上体を傾げ、マシュウから距離を取って繰り返した。「お母さん以外に誰もいない。ふうん」

「そういうつもりじゃ――」

「お母さん以外に誰もいない」ヘスターは首を振って三度繰り返した。「あんまりだわ、マシュウ」

彼はうつむいた。

「そうやって悪びれてお祖母ちゃんを困らせようとしても無駄よ。わたしにはそんなのは通用しないから。わかった？」

「ごめん」

「わたしはマンハッタンに住んで、マンハッタンで仕事をしてる」と彼女は続けた。「あなたとあなたのお母さんはウェストヴィルに住んでる。でも、できるかぎりあなたたちに会いにいってたつもりよ」

「わかってる」

「あんまりだわ」と彼女は繰り返した。

「そうだよね。ごめん。ただ……」マシュウは彼女をまっすぐに見た。その眼がデイヴィッドの眼にあまりにそっくりで、彼女は思わずたじろいだ。「お祖母ちゃんにはワイルドのことは悪く思ってほしくない。いい？」

ヘスターは眼をそらして窓の外を見た。「わかった」

「とにかく心配なんだ。それだけだ。外国に行っちゃって――」

「ワイルドなら何ヵ月かまえに帰ってきてる」とヘスターは言った。

「どうしてわかるの？」

「彼から連絡があったからよ。彼がいないあいだ、わたしが人に頼んで、彼が〝わが家〟って呼んでるあの金属管みたいなトレイラーハウスの管理をしてもらってたのよ」

「ちょっと待って。じゃあ、ワイルドはもう森に帰ってるの？」

「そうだと思うけど」

「でも、彼とはまだ話してないんだね？」

「彼が戻ってきてからはね。でも、去年彼と連絡を取ったのだって六年ぶりのことよ。わたしと彼はだいたいそんな感じなのよ」

マシュウはうなずいた。「ますます心配になってきた」

「どうして？」

「半年まえからぼくはウェストヴィルにいなかった。でも、今は帰ってきてる。帰ってきてからもう一週間になる」

マシュウの言わんとすることはヘスターにもよくわかった。マシュウとレイラの家のすぐ裏の森にいるときには、ワイルドは始終ふたりのことを見守っていた。それはたいてい山の中の隠れた高台からだったが、ときには真っ暗な裏庭にひとり坐っていることもあった。またときには——少なくともいっときのあいだは——レイラのベッドの中からということも。

「もし彼が外国から帰ってきて、元気でいるなら」とマシュウは続けた。「ぼくたちに会いにきてくれてるはずだよ」

「でも、必ずそうするかどうかはわからない」

「ああ、それはね」とマシュウは認めた。

「それに、彼には少しまえに大変なことがあったから」

「大変なこと？」

ヘスターはマシュウにどこまで話すべきか一瞬迷い、そのあと別にかまわないだろうと思い直した。「彼の実の父親が見つかったのよ」

マシュウは眼を大きく見開いた。「マジで？」

「マジで」

「お父さんはどこにいたの？　いったい何があったの？」

「わたしもよく知らないのよ。もし知っていたとしても、わたしから話すべきことじゃないわ。いずれにしろ、うまくいかなかったみたい。ワイルドは森に帰ってきて、わたしとの連絡手段だった使い捨て携帯を捨ててしまった。それきり音沙汰なしよ」

ティムがハンドルを切り、車は十七号線を北に向かった。三十年間、ヘスターはことマンハッタンとのあいだを行き来して、通勤したのだった。彼女もアイラもこの土地での暮らしに満足していた。知り合いの夫婦がみなそうしていたように、彼らもまた苦労してなんとか仕事と家庭を両立させ、息子たちが全員独立して家を出ていくと、ウェストヴィルの家を売り、マンハッタンにアパートメントを買った。それが彼らの長期的な計画だった。懸命に働いて、子供たちにできるだけのことをしてやり、〝老後(ゴールデン・イヤーズ)〟は伴侶とともに都会で暮らす。が、悲しいかな、計画どおりにはいかなかった。〝人は計画し、神は笑う〟というのはヘスターのお気に入りのことばだが、そのことばの翻訳のひとつ――〝神を笑わせたいなら、あなたの計画を神に話せばいい〟――のほうがむしろ彼女には合っていた。

「ナナ？」

「何？」

「このまえのときにはワイルドにどうやって連絡を取ったの？」

「それってあなたがナオミを捜してくれって頼んできたときのこと？」

マシュウはうなずいた。

ヘスターは大きくため息をつき、頭の中でいくつかの選択肢を考えた。「お母さんは今、家にいる？」

マシュウは携帯電話で時間を確認した。「たぶん。どうして？」

「とりあえず、あなたを家のまえで降ろすわ。それで、一時間後に戻るわ。お母さんさえよければの話だけど」

「いいに決まってるよ」

「何か予定があるかもしれないじゃない」ヘスターは言った。「知ってるでしょ？　わたしは人のプライヴァシーに首を突っ込むような人間じゃないの」

マシュウは大声で笑った。

「せいぜい人を馬鹿にしてるといいわ。でも、マシュウ、そういうことをする人は誰にも好かれないから」

「それってナナのことだよね」

「確かに」

マシュウはヘスターに向かって笑みを向けた。その笑みに彼女は胸が張り裂けそうになった。「ぼくを降ろしてからどこに行くの？」

「ワイルドを捜してみるわ」

「ぼくも行っちゃ駄目？」

「とりあえずわたしに任せて」

マシュウは不満そうな顔をした。が、ヘスターの口調は、これ以上抵抗しても無駄だとはっきり告げていた。マシュウたちの乗った車は、車の販売代理店が建ち並ぶあたりで、古くからあるニュージャージー・ハイウェーを降り、その二分後には別世界にいた。車は右折し、左折し、さらに二度右折した。ヘスターはその道行きを知りすぎるほど知っており、その丸太造りの大きな美しい家はアパラチア山脈のラマポ山地のふもとに建っている。

その家のまえにメルセデス・ベンツSL550が停まっていた。「お母さん、新しい車を買ったの？」とヘスターは尋ねた。

「ううん、あれはダリルの」

「ダリルって？」

マシュウはただヘスターを見た。ヘスターは深く激しいあの胸の痛みを努めて感じないようにして言った。

「なるほど」

ティムはダリルのメルセデスのうしろに車を停めた。

「ワイルドを見つけたらすぐ知らせてよね」とマシュウは言った。

「電話するわ」

「電話じゃなくて、わかったら戻ってきて。お母さんはきっとナナにダリルを紹介したがってるはずだから」

き？」

ヘスターはゆっくりすぎるくらいゆっくりうなずいて言った。「マシュウはダリルが好

マシュウは返事のかわりにヘスターの頬にキスをして、車から降りた。

ヘスターは、孫息子がデイヴィッドと同じ歩き方で玄関のほうへ歩いていくのを見送った。

ヘスターとアイラはこの家を四十三年まえに建てた。よく言われることながら、そのことがずっと昔のことのようにも思えれば、まるで昨日のことのようにも思える。アイラとヘスターはデイヴィッドとレイラにこの家を売ったのだが、ヘスターはあまり気が進まなかった。デイヴィッドは自分が育った家で自分の子供を育てるわけで、そのことがなんだか奇妙に思えたのだ。しかし、結局のところ、それは多くの理由から理に適ったことになった。この家が大好きだったデイヴィッドとレイラは、この家の内装を完全につくり変え、自分たちの家にした。アイラのほうは、そもそもこの家が家族に引き継がれることを喜んでおり、よくやってきては、山歩きや釣りといった、ヘスターはあまり好きではないアウトドア活動の拠点にした。

それでも、とヘスターは思う。バタフライ効果を信じるわけではないが、デイヴィッドとレイラにほかの家を買うよう強く勧めていたらどうなっていたか。そんなことを考えだすと気が変になる。頭では自分のせいではないとわかってはいる。それでも、もしそうしていたら、いくらかは過去が変わっていたのではないだろうか？　山道があんなにすべりやすいと

きにデイヴィッドが車を走らせることもなかったのではないか。デイヴィッドの車が山道から谷へ落ちることもなかったのではないか。そのあとすぐにアイラが心臓発作――悲しみのあまり、とヘスターは思っている――で死ぬこともなかったのではないか。

ヘスターは思った――心配は自分の手の届く範囲に留めておくことだ、などというわたしの英知もその程度のものだ。

「レイラには恋人がいるみたい」と彼女はティムに言った。

「レイラは美しい女性ですから」

「わかってる」

「あれからずいぶん経ちました。ほんとうに長いときが」

「わかってる」

「それにマシュウももう大学生です。今はレイラはあの家でひとりきりです。彼女のためにも喜んであげるべきだと思います」

ヘスターは顔をしかめた。「わたしの家族関係について、思いやりあふれる意見を聞くためにあなたを雇っているわけじゃないから」

「わたしのほうも特別料金を請求したりしませんから」とティムは言った。「どちらへ？」

「わかってるでしょ？」

ティムはうなずき、袋小路で車をUターンさせた。ヘスターが思っていたより時間がかかった。ワイルドは以前からカムフラージュを施し、ハリファックス・ロードからはずれたその小径を見つけづらくしていたが、今ではカムフラージュの草木が伸びすぎており、ティムにもその小径にキャデラック・エスカレードを乗り入れることはできなかった。車を路肩に停めて、彼は言った。

「ワイルドはもうこの道を使ってないんじゃないでしょうか？」

そういうことなら、ヘスターにはもう打つ手がなかった。恋人のオーレンに頼んで、このあたり一帯をパークレンジャーに捜索してもらうことはできるかもしれない。しかし、ワイルドのほうで見つかりたがっていなければ、彼はもう見つからない。一方、彼に何か悪いことが起こっていたとしたら、冷たい言い方になるが、もう手遅れだろう。

「歩いていってみる」とヘスターは言った。

「いいえ、ひとりでは駄目です」ティムはそう言うと、巨体に似合わないすばやい動きで運転席から降りた。厚くて広い胸板、体に合っていないスーツ、それに軍人のようなクルーカット。それがティムだ。そんな彼はわざわざスーツの上着のボタンをとめてから——仕事中はスーツを着ることにこだわっている——ヘスターのために後部ドアを開けた。

「ここにいて」とヘスターは言った。

ティムは警戒するように眼を細め、まわりを見て言った。「危険です」

「ティム、銃は持ってるわよね？」

彼は脇腹を軽く叩いて言った。「もちろん」

「すばらしい。だったらここからわたしを見張ってて。誰かがわたしを拉致しようとしたら、撃ち殺しちゃってちょうだい。あ、待って。もしその男性がいかす人（ハンキー）だったら、わたしを拉致させてあげて」

「ワイルドもいかす人ですよね？」

「わたしの歳に見合ったいかす人よ、ティム。それはそうと、わたしのことばをすぐに理解してくれてありがとう」

「ちなみに、アメリカ人は今でも〝いかす人〟なんて言うんでしょうか？」

「わたしは言うの」

ヘスターは茂みの切れ目に向かって歩いた。前回ここに来たときには、車が通れるだけのスペースがあった。ティムがここに車を乗り入れると、ワイルドが設置したなんらかの人感センサーが作動し、そのまま待機していると、まもなく彼が現われる。ワイルドとはだいたいいつもそんなふうにして会ってきた。人目につかない彼の暮らしはもはや芸術の域に達しており、そんな暮らしを送る理由のひとつが身の安全を確保することだった。軍で機密に関わる仕事をしたことと、同じ里親に引き取られたローラとともに民間警備会社を経営したことから、ワイルドにもそれなりの数の敵がいる。そんな敵の中には彼を見つけて殺したがっている者もいるだろう。それがうまくいくかどうかは別にして。

しかし、ヘスターの知るとおり、一番の理由は彼の子供時代のトラウマのせいだった。ワイルドは思い出せるかぎり幼い頃から、どういうわけかずっとひとりだった。まさにこの森の中でたったひとりで生き延びていたのだ。それがどれほどのものか、想像するまでもない。幼いワイルド本人によると、森にいたあいだに彼が面と向かって話した相手は、同じ年頃の男の子ひとりだけだ。裏庭でひとりで遊んでいたその男の子を見つけ、ワイルドは近づき、その後、ふたりの奇妙な秘密の友情が始まるのだが、息子の話し声を耳にした母親が、誰と話しているのかと尋ねると、男の子は空想の友達だと答えた。いろいろな意味で〝無邪気な〟母親は疑いもせずそのことばを信じ、ワイルドが発見されてようやくほんとうのことがわかったのだった。

その幼い少年こそ――ジャジャーン！――ヘスターの末の息子のデイヴィッドだった。

ヘスターが足を踏み入れたあたりは草木が伸び放題になっていた。それでも、その奥の開けた場所――前回、ティムが車を停めた場所――はまだそのときのままだった。何をどうしたらいいのか、ヘスターにはわからなかった。人感センサーや監視カメラがないか探してみたが、もちろんワイルドのことだ。簡単に見つかるような場所に仕掛けるはずもなかった。大声で呼んでみようかとも思ったが、ワイルドの仕掛けは声を感知して作動するようなものではないだろう。ワイルドは無事で、すぐに現われるかもしれないし、もしかしたら面倒に巻き込まれているのかもしれない。いずれにしろ、それはそのうちわかる、なんらかの形で。

十五分ほど経ったところで、ティムが藪を掻き分け、開けた場所に現われた。そして、ヘスターの脇に立った。ヘスターはスマートフォンでメールをチェックした。レヴァイン事件の陪審は今日のところは審議を終えていた。評決には至っていなかった。別に驚くことではない。審議は明朝再開される。マシュウからテキストメッセージが二件届いていた。ひとつは何かわかったことはないかというもの、もうひとつは家に寄ることを改めて彼女に促すものだった。

さらに十五分が過ぎた。

ヘスターの心は不安（ワイルドが無事じゃなかったら？）と、怒り（もし無事なら、どうして名づけ子を放っておくの？）のあいだで揺れ動いていた。が、そういう感情とは別に、ひとつわかっていることがあった。ワイルドは幼少期に置き去りにされたことをまだ克服できていない。だからいまだに人とほんとうの絆を結べないでいる。教科書どおりの診断ながら、それはそれで的を射ている。それでも、マシュウとレイラのためならワイルドは一瞬の迷いもなく自らの命を擲つだろう。何があろうとも守り抜くだろう——それほどの激しい思いでワイルドはふたりを愛している。一緒に暮らしたり、ずっとそばにいたりといったことはできなくても。なんとも逆説的なことに。矛盾もしている。しかし、振り返れば、たいていの人間がそうではないか。われわれは、言動にぶれがなく、予想を裏切らず、表裏がないことを人に求める。そんな人などいるわけがないのに。

ヘスターはティムを見やった。ティムは肩をすくめて言った。「もういいのでは？」

「ええ、そのようね」

彼らは藪を抜け、もとの場所に引き返した。停めておいたエスカレードに眼を向けると、長髪で顎ひげを生やした男がそこにいた。腕組みをしてボンネットに気楽に寄りかかっていた。

「どうした？」とワイルドはふたりに尋ねた。

ヘスターとワイルドはしばらくじっと見つめ合った。ティムが沈黙を破った。

「車の中で待ってます」

ワイルドを見たとたん、ヘスターの心の水門が開け放たれた。さまざまな記憶がほとばしる水のようにどっと押し寄せ、彼女はそのとめどない波に呑み込まれた。海辺でよそ見をしていたらいきなり体ごと波に持っていかれ、立ち上がろうとしても、そのたび新たな波に海中に引き戻されてしまう。それに似ていた。まず森で見つかった幼いワイルドの姿が見えた。ティーンエイジャーの頃、デイヴィッドとキッチンにいるワイルドが見えた。高校ではスポーツ万能の人気者だったワイルド、ウェストポイント陸軍士官学校の士官候補生だったワイルドの姿も見えた。デイヴィッドとレイラの結婚式では花婿の付添いを務めてくれたワイルドの姿も。彼のタキシード姿はかなり浮いていたが（ワイルドにはメインの花婿付添人代表を務めてもらうべきだったのだろうが、その役目は花婿が自分の兄弟から選ぶものだとヘスターが進言したのだ)。名づけ親として、生まれたばかりのマシュウを抱くワイルドの姿も、ずっと眼を伏せたまま、デイヴィッドが死んだのは自分のせいだとヘスターに告げるワイルドの姿も見えた。

「顎ひげを伸ばしたのね？」ヘスターはようやく口を開いた。

「気に入った？」

「ちっとも」

ワイルドは相変わらずゴージャスだった、もちろん。幼いワイルドが森の中で発見されたとき、新聞各紙は現代のターザンだと騒ぎ立てたものだが、やがて成長するとともに、ワイルドはまさにその呼び名にふさわしい体つきになった。全身が石のように堅い筋肉でできているような体に。髪は薄茶色、瞳には金色が散り、肌は小麦色。そんな彼が今、クロヒョウのように微動だにせず立っている。それでいながら——じっとしていながら——いつでも獲物に飛びかかれる。彼の場合、それも正確に。彼の佇(たたず)まいはそんなことを思わせる。

「また、誰かが行方不明になったのか？」とワイルドは尋ねた。

前回、ヘスターがこんなふうにワイルドに会いにきたときは確かにそうだった。

「そう」とヘスターは言った。「あなたがね」

ワイルドは何も言わなかった。

「そのことを言ってきたのが誰かわかる?」とヘスターは続けて言った。「あなたのことが心配で心配で、捜してほしいってわたしに頼んできたのが誰かわかる?」

ワイルドはゆっくりとうなずいた。「マシュウだ」

「いったいどうしちゃったの、ワイルド?」

ワイルドは何も言わなかった。

「どうして自分の名づけ子を放ったらかしにするの?」

「放ったらかしになどしてないよ」

「マシュウはあなたを愛してる。あなたはあの子にとっていちばん身近な存在だから……」

声が消え入りそうになった。ヘスターは話題を変えることにした。「わたしはあなたに頼まれたことをすべてやってあげたわよね?」

「ああ」とワイルドは言った。「感謝してる」

「それでどうなったの? 父親を捜しあてたあと」

「行きづまった」

「そう、それは残念。で、次はどうするの?」

「次はない」

「あきらめるつもり?」

「そのことはまえに話し合ったはずだ。おれはどういういきさつで森に捨てられたのか、それを探るのは大切じゃないってことは」

「マシュウはどうなの？」

「マシュウがどう――？」

「マシュウも大切じゃないの？　あなたが奇妙なことをしても、ただ肩をすくめて〝あら、ワイルドがどんな人かは初めからわかってることじゃないの〟って思わなくちゃならないのは、わたしにもわかってる。でも、あなたの奇行をもってしても、マシュウを放ったらかしにすることの言いわけにはならない」

ワイルドはしばらく考えてから、やがてうなずいて言った。「そう言われてもしかたがないな」

「だったら何があったの？」

「マシュウは大学生だ」

「もう自宅に戻ってる。休みにはいったから」

「ああ、知ってる」

ヘスターはうなずいた。「あなたは今でもレイラとマシュウから眼を離さずにいる」

ワイルドは答えなかった。

「だったら、なぜ……？」ヘスターはそう言いかけて首を振った。「まあ、いいわ。とりあえず車に乗って。一緒に行きましょう」

「いや」

「えっ？」

「今日じゅうに連絡する」とワイルドは言った。「マシュウにはそう伝えてくれ」

ワイルドは踵を返し、森に向かって歩きだした。

「ワイルド？」

ワイルドは足を止めた。

ヘスターは声に感情がこもらないように努めた。この話を持ち出すつもりはなかった。少なくとも今は。何度か顔を合わせる中で無理なくこの話ができればいいと思っていた。が、実のところ、それは彼女のやり方ではなかった。ワイルドのやり方でもなかった。ふたりを永遠に結びつけている悲劇を今ここでワイルドにぶつけたら、ワイルドは森の奥深くに姿を消してしまうのではないか。ヘスターの心の一部はそのことを怖れていた。「あなたが出国する直前」声がうわずっているのが自分でもわかり、ヘスターは感情を抑えて続けた。「山道のあの場所まで、オーレンに連れていってもらったの。斜面のところまで」

ワイルドは背を向けたまま動かなかった。ヘスターのほうを振り向かなかった。

「にわか造りの十字架がまだそこにあった。道端に。あれからこんなに経ってるんだから、雨風にさらされて、色褪せてしまってるみたいだったけど、その十字架はデイヴィッドの車が道をはずれた場所を今でも示していた。このことはたぶんあなたも知ってると思うけど。

十字架がまだそこにあるということは。今でも時々行ってるんでしょ？」

ワイルドはまだヘスターと顔を合わせようとしなかった。

「その斜面を見下ろしたわ。車が横すべりして落ちた場所を。そのときのことを全部想像してみた――ありとあらゆることを。凍結した道路に闇」

「ヘスター」

「あの夜、ほんとうは何があったのか教えてくれる？」

「もう話したよ」

ヘスターの眼に涙があふれた。「あなたは自分のせいだと言いつづけた」

「そのとおりだったからだ」

「もうそんな話は信じない」

ワイルドはぴくりとも動かなかった。

「そう、これまでもすべてを信じてはいなかった。そう思う。長いことずっとショックを受けたままだった。真実を知らなくちゃならないなんて思いもしなかった。あなたと同じよ。あなたもずっと自分の過去を探ろうとしてこなかった。わかったからといってどうなる？あなたはずっとそう言いつづけてきた――森の中に置き去りにされた少年に変わりはないんだからって。わたしもそうだった。わかったからといってどうなる？　ってずっと自分に言い聞かせてきた――わたしの息子はずっと死んだままなんだからって」

「頼むから——」ワイルドはゆっくりと振り向き、ヘスターと向かい合った。ふたりの眼が合った。「すまない」

「あなたはまえにもそう言った。あなたのせいだなんてわたしは一度も思ったことがないのに。だから、もう謝らないで」

彼はその場に立ち、途方に暮れているように見えた。

「ワイルド？」

「マシュウに伝えてくれないか、あとで連絡するって」ワイルドはそう言い残すと、茂みの中に姿を消した。

6

マシュウに関してヘスターの言ったことが正しいのはワイルドにもわかっていた。離れるべきではなかった。

状況が変わったというのは——マシュウはすっかり大人になって大学にかよっているというのは——彼の言いわけでしかない。もっと大きな問題として、レイラには近頃ちゃんとしたボーイフレンドができた。十一年まえにディヴィッドが亡くなって以来、彼女にとって初めてと言える真剣な相手だ。それをどうこう言う権利はワイルドにはない。そういう立場にもいない。彼自身関わろうとも思わない。これまでは――ワイルドの希望的観測にしろ――彼の存在がレイラの慰めになっていた。彼が果たすべき役割があった。が、今はもうない。逆に彼の存在は混乱を招きかねない。

だから、距離を置くことにしたのだ。

もちろん、ワイルドは森の中からレイラとマシュウをひそかに見守りつづけていた――だからマシュウが帰ってきていることも知っていた――それでも、彼が見張り番をする回数は次第に減ってきている。適切な保護監視とおぞましいストーカー行為とは紙一重だ。

とはいえ――とワイルドは思う――レイラはレイラ、マシュウはマシュウだ。だからおれはただ言いわけをしているのにすぎないのだろう。ひとえに自己中心的だったことの。この一年、個人的な人間関係においておれは危険を冒しすぎた。もう危険は要らない。

そんなところに、ヘスターがあの事故の話を持ち出してきた。これにはさすがに驚かされた。彼女はどうしてあんな話をしたのだろう？　それも今になって。

ワイルドは一本の木のところで立ち止まり、ステンレス製の秘密の金庫を掘り出した。この手の全天候型のコンテナが森のあちこちに六個隠してある。どれにも偽のＩＤと現金、パスポート、武器、使い捨てのスマートフォンが入れられている。

ワイルドはその金庫を小脇に抱えるとマイクロホーム――エコカプセルという名前の最新

式の自給自足型住宅――に急いで戻った。その最先端の住宅は狭小で、生活スペースは六・五平方メートルに満たないほどだが、ワイルドが必要とするもの――折りたたみベッド、テーブル、戸棚、ミニキッチン、シャワー、排泄物を灰にする電気焼却トイレ――はすべてそろっており、太陽光発電と風力発電の両方を装備している。楕円形という形は、熱の放出を最小限に抑えるだけでなく、雨水をタンクに集めて濾過し、すぐに使えるようにする役目も果たしている。また、そのカプセルは移動が可能で、迷彩色が施されており、言うまでもないが、最新鋭のセキュリティ機能が完備され、居住者の居場所は誰にも容易には突き止められない。

金庫を開けて軍用の使い捨てスマートフォンを取り出す。安全機能がついており、事実上追跡不可能だが、〝事実上〟ということばは曲者だ。能書きをどれだけ聞かされようと、テクノロジーというものには必ずバックドアが存在する。追跡し、発見する方法が必ずある。注意を怠ると、何をしているのかのぞき見るやつが必ず回線の向こう側に出てくる。今もワイルドはVPNやインターネットの匿名化技術をいくつも組み合わせ、努めて追跡されにくくする手間を惜しまなかった。

安全なプロトコルを確立すると、そのデバイスに電源を入れてテキストやメールをチェックした。ほんのいっときワイルドは、もしかしたら父親が――ダニエル・カーターと呼んだほうがしっくりくるが――連絡してきてはいないかと思った。そんなことなどあるはずもないのに。ワイルドのほうからは一切連絡先を教えなかったのだから。とはいえ、実のところ、最初に警報が鳴ったときにも——ヘスターが茂みの小径を越えて森の中にはいってきたときにも——ワイルドは、ダニエル・カーターがやってきたのではないかと思ったのだった。何も伝えず、別れの挨拶もせず、ワイルドが飛行機で去ったあと、父親は自分で調べてワイルドの居場所を突き止めたか、あるいはヘスターに助けを求めたかして……やってきたのではないか、と。

どうでもいいことだ。

ワイルドは数ヵ月ぶりにメッセージをチェックした。マシュウから何件か来ていた。どれも短く、基本的にワイルドがどこにいるのか尋ねるものだった。姉同然のローラからは二件。最初のメッセージは居場所を尋ねるもので、二件目は次のようなものだった。

はあ、こういうのはやめてちょうだい、ワイルド。

ローラにも連絡しなくては。

エイヴァからも、ナオミからも、レイラからも連絡はなかった。

次のメッセージにワイルドは驚いた。

それはPBから届いたもので、DNA鑑定のウェブサイト〈DNAユアストーリー〉のメッセージ・サーヴィスから送られてきたものだった。リンクを開くと、PBとのこれまでのやりとりが古い順に並べられていた。

PBから最初にメッセージが送られてきたのは一年まえ、彼がコスタリカに発つまえのことで、次のように書かれていた。

宛先　WW
差出人　PB

匿名ですみません。わけあって、本名を人に知られたくないのです。わたしの生まれは複雑で、わかっていないことだらけです。あなたはこのサイトで見つかった一番近い親戚です。あなたの生まれもわたしと同じように複雑で穴が多いのでしょうか？　もしそうなら、その穴を埋める答を差し上げられるかもしれません。

ワイルドは数ヵ月後にようやく返信した。父親に会うために、コスタリカの空港でラスヴェガス行きの便を待っているときに。

宛先　PB

差出人 WW

返信が遅れてすまない。ここで父親を見つけたから、彼のDNAデータにリンクを張っておくよ。もしきみのほうでも血縁者だという結果が出たら、知らせてくれるかな？ それによって、母方の血縁者なのか、それとも父方なのかがわかるから。よろしく。

が、ラスヴェガスを訪れたあと、ワイルドはそれ以上この件を追及したり、eメールをチェックしたりしないことを選んだ。そんなことをしてなんの意味がある？ 今になって気づいたのだ。自己憐憫にひたっているように聞こえるかもしれないが、そうではないことに。自分はなにより孤独を求めていることに。自分はただそういう人間だということに。そんな彼を診察した精神科医たちはこぞって騒ぎ立てた。幼少期の育ち方が彼をこんなふうにしてしまったのだとか、生まれてから最初の五年間がいかに重要であるかとか。その間誰からも愛情をかけられなかったことや、スキンシップや心の触れ合いがなかったことや、ほかの人間と関わりを持つことなく、ひとりで過ごしたことのすべてが、彼に取り返しのつかないダメージを与えてしまったのだと。

そうかもしれない、とワイルドは思う。

なんとも言えないが。そもそもそんなことを気にしているのかどうかも彼にはわからなかった。自らの出自を本気で探ろうとしなかったのは、そのことに意味を見いだせなかったからだ。そんなことをしても、生まれて最初の五年間が変わるわけではない。自分が〝普通でない〟ことはわかっているが、それが不幸だとは思っていない。それとも不幸なのに、自分で自分を欺いているだけなのだろうか。森で暮らしていれば、たいていの人間に見られる自己欺瞞に陥る可能性が低くなるというわけでもないのだから。

今日は内省ばかりしている。きっとマシュウのことがあったからだろう。それにレイラのことも。

特にレイラ。

明るい赤の文字で〝新着メッセージ、ここをクリック！〟とあった。指示どおりクリックすると、メッセージが現われた。

宛先　WW
差出人　PB

あなたのお父さんはわたしの血縁者ではありませんでした。つまりわれわれはあなたの母方で血のつながりがあるようです。父親との面会がうまくいくといいですね。ぜひその後の経過を教えてください。

前回あなたにメッセージを送ってから、わたしの人生は悪いほうに大きく変わりました。わたしのことを知ったら、あなたもおそらくほかのみんなと同じようにわたしを嫌うことでしょう。みんなから警告は受けていました。上がるものは必ず下がる。そんなふうに言いますよね？　高く上がれば上がるほど、落ちたときの衝撃は激しくなります。わたしの場合は、まあ、なんの心配も苦労もなく上がりました。そういう場合の墜落の衝撃はどれほどのものか、誰にだって容易に想像がつくでしょう。

要領を得ないことばかり言ってすみません。どこから始めたらいいのかわからないのです。わたしについてはデマがあふれています。でも、どうか信じないでください。

もはや万策尽きました。どうすれば生き延びられるのかすらわかりません。そんなことを思っていたら、あなたからメッセージが届いたのです。まさに溺れかけている人間に放られた救命具のように。あなたは運命を信じますか？　わたしは信じたためしがありませんでした。わたしには信頼できる家族がいません。自分や自分の生い立ちについて知っていると思っていたことはすべて嘘でした。あなたはわたしのはと、こです。そんなことにはなんの意味もありません。それはわかっています。でも、もしかしたらなんらかの意味があるのかもしれません。もしかしたらそこにすべての答があるのかもしれません。今すぐあなたから返信があれば、それが運命ということになるのかもしれません。

これほど途方に暮れて、孤独を感じたこともありません。じわじわと追いつめられながらも、そこからどうしても逃げることができないのです。わたしはただ眠りにつきたい。ただ安らぎが欲しい。すべてのことを遠ざけたい。あなたに、まだ会ったこともない人に、こんなことを書くわたしをあなたはきっと頭のおかしな人間と思うことでしょう。そうなのかもしれません。彼らはまずわたしに嘘をつきました。今はわたしについての嘘を言いふらしています。彼らの攻撃には容赦がありません。が、これ以上、わたしには抵抗できそうにありません。抵抗しても事態を悪化させるだけです。

わたしに電話をしてもらえないでしょうか？　お願いです。プライヴェート用の携帯電話の番号を以下に載せておきます。この番号は誰にも言わないでください。わたしが説明すれば、あなたにも事情がわかると思います。

ワイルドは梢(こずえ)の向こうの空を見上げた。このメッセージは四ヵ月まえに送られてきたものだ。ＰＢがどんな危機に瀕(ひん)していたのか、それはわからないが、今頃はもう決着がついているだろう。たとえ決着がついていないとしても、自分にできることはなさそうだ。どうやら、PBには悩みを聞いてくれる相手が必要だったようだが、それはワイルドの得意とするところではなかった。

ヘスターは今頃はもうマシュウのところにいるはずだ。彼らをいつまでも待たせるわけにはいかない。

とはいえ、電話をかけることで失うものが何かあるだろうか？懸念がないわけではなかった、もちろん。まず自己紹介をしなければならない。自分が匿名のWWだとPBに伝え、すぐに返事をしなかったことを謝らなければならない。それから？　やりとりはどこに向かう？

ワイルドは山の反対側のデイヴィッドの家に向かいはじめた。デイヴィッドが亡くなって十一年が経つというのに、まだデイヴィッドの家だと思ってしまう。二百メートルほど歩いたところで、足を止めてスマートフォンを取り出した。PBに電話をかけた。電話を耳にあてると、呼び出し音が鳴るたびに胸の中で心臓が激しく鼓動した。心のどこかではわかっていた。この決断は――ひどく悩んでいるらしいPBに連絡するという決断は――すべてを変えるかもしれない。ワイルドは超能力といったものなど信じていないが、人間も動物とともに生きていると、ある種の体のざわめきのようなものが信じられるようになる。危険を察知する本能というのはほんとうにある。誰でも持っている。人類が長らく生き永らえてきたということは、自分ではわからなくても、そうした原始的な本能がDNAの一部に組み込まれているのだろう。

DNAと言えば……

PBの電話は六回呼び出し音が鳴ったあと機械的な音声に切り替わった――この携帯電話に留守番電話は設定されていません――面白い。

ワイルドは電話を切った。さて、どうする？

匿名でメッセージを送ろうかとも思ったが、具体的に何を書けばいいのかわからなかった。このメッセージはWWからだと伝えたいのかさえ。

それとも、このまま放っておくべきか？

それは選択肢にはならない。少なくとも今回は。追跡すれば母親にたどり着けるかどうかは別にして、PBは助けてくれと言ってきているのだ。頼れる相手もおらず、PBは必死になっていた。なのにそんな彼の嘆きを四ヵ月放置したのだ。

ワイルドは短いメッセージを送った。

WWだ。遅くなってすまない、PB。よかったらメッセージか電話かくれないか。

彼は携帯電話をポケットに差し込むと山を降りはじめた。

7

十五分後、ワイルドはラマポ山地とクリムスティーン家の裏庭とを隔てる森のはずれに立っていた。二階の右手の窓で人影が動くのが見えた。レイラの寝室だ。考えると落ち着かなくなった。それでも事実は事実だ。ワイルドは人生最高の夜を何度もあの部屋で過ごした。今では薄れつつあるものの、最初にこの森のはずれまで来たときの記憶がいきなり甦った。六歳のディヴィッドが兄ふたりと庭で遊んでいた。庭にはかなり凝ったシダーウッドのブランコや、すべり台やプレーハウス、それにうんていがあった。ワイルドは――父親に会ってはっきりしたわけだが――そのとき五歳だった。その日まではほかの人間と話をしたことがなかった。

少なくとも、彼の記憶の中では。

ただ、幼くともワイルドは話し方を学んでいた。冬のあいだ、ニューヨーク州とニュージャージー州の州境にある湖畔の山小屋で過ごすことが多かったからだ。この手の山小屋は普通、夏にしか使われない。そんな山小屋に行ってはドアか窓が開かないか試したのを覚えている。どれにも鍵がかかっていてがっかりしたことも。それでも最後にはある山小屋の半地下の小さな窓を蹴って、体の小さな子供が通れるだけの穴をあけたのだった。幸運なことにその山小屋は冬を越せるようにしてあった。それはつまり、人が来るかもしれない危険は常にあるということだったが、同時に幼いワイルドが水道も電気も使えるということでもあった。その山小屋にやってくる一家には子供か孫がいたのだろう。おもちゃがあり、さらに重要なことに、『セサミストリート』や『リーディング・レインボウ』といったPBSテレビの子供向け番組のビデオがあった。ワイルドはそのビデオを何時間も見て過ごし、声に出して真似てみた。ワイルドはターザンやモーグリに喩えられたが、ちがうのはその点だ。外の世界があることも、世界は自分や森より大きいということも学んでいた。

デイヴィッドの兄たちは弟の面倒を見るように言われていたはずだが、プレーハウスを独占しようと競い合っていた。ワイルドはそんな彼らを眺めた。思いきって森のはずれまで出て、自分の仲間である人間が交流する様子を眺めるのはこれが初めてではなかった。ハイカーやキャンパーや、山小屋の住人にさえ、姿を見られてしまったことも何度かあった。そんなときにはひたすら逃げた。中には警察に通報した者もいただろうが、実際のところ、なんと伝えられる？　「森の中で少年を見かけた」だから？　ワイルドは腰布ひとつで走りまわっていたわけではない――服は忍び込んだ小屋から調達していた――つまるところ、わかるのはひとりでうろついている少年がいたというだけのことだ。

この〝野生の少年〟の噂は広まりはしたが、だいたいのところ暑さのせいだとか、疲労やドラッグ、脱水症状やアルコールが見せた幻覚だと片づけられた。クリムスティーン家の上の男の子たちは芝生の上で大騒ぎしていた。笑いながら取っ組み合い、転げまわっていた。ワイルドは半ば魅せられたようにそれを見つめた。そのとき裏口のドアが開き、子供たちの母親が叫んだ。「あと十五分で夕食よ。二度は言いませんからね」

ワイルドがヘスター・クリムスティーンの声を聞いたのはそのときが初めてだった。

兄ふたりが庭を転げまわっているのを眺めていると、すぐそばから声がした。「やあ」

彼と同じくらいの歳の少年だった。

ワイルドは逃げようとした。この少年がどんなに頑張ろうと、迷路のような森を走るワイルドに追いつけるわけがない。が、いつもなら逃げろと命じる本能がそのときには留まれとワイルドに命じていた。それほどに単純なことだった。

「やあ」とワイルドは答えた。

「ぼくはデイヴィッド。きみの名前は？」

「名前はないんだ」とワイルドは言った。

ふたりの友情はこんなふうに始まったのだった。

今はもうデイヴィッドはおらず、残された妻と息子がこの家に住んでいる。

裏口のドアが開いた。マシュウが庭に出てきて言った。「やあ、ワイルド」

ふたりの男——そう、ワイルドにしてもマシュウがもう少年でないことは認めざるをえなかった――は庭の真ん中まで互いに歩み寄った。マシュウに腕を体にまわされ、ワイルドは他人と身体的な接触をするのはいつ以来だろうと思った。ラスヴェガスから帰ってから誰かに少しでも触れただろうか？

「すまん」とワイルドは言った。

「もういいよ」

「いや、よくない」

「そうだね、よくない。こっちはずっと心配してたんだから、ワイルド」

マシュウは心が痛くなるほど父親に似てきた。ワイルドは会話の流れを変えることにして言った。「大学はどうだ？」

マシュウは顔を輝かせて言った。「すごいなんてもんじゃない」

裏口のドアがまた開いた。レイラだった。彼女と眼が合うと、ワイルドは心臓がでんぐり返しをしたような気分になった。レイラは首元の開いた白いブラウスに細身の黒いスカートという恰好（かっこう）だった。法律事務所から帰ってきて上着を脱ぎ、仕事用のパンプスから白いスニーカーに履き替えたのだろう。一秒か二秒、彼は見つめた。ただ見つめた。誰かにそのことに気づかれようとまるで気にならなかった。

レイラは軽やかに階段を降りて庭にやってきた。そして、ワイルドの頬にキスをして言った。

「会えて嬉しいわ」

「おれも」とワイルドは言った。

彼女は彼の手を取った。ワイルドは顔が赤らむのを覚えた。彼は何も言わずに彼女のもとから去った。電話をかけることも、メールやメッセージを送ることもしなかった。

ややあって、ヘスターがドアから顔を出し、大声で言った。「ピザよ！　マシュウ、テーブルの用意を手伝って」

マシュウはワイルドの背中を叩き、小走りになって家に戻った。彼が行ってしまうと、レイラはワイルドのほうを向いて言った。

「あなたはわたしになんの借りもない。わたしのことはいくらでもほっといてくれてもかまわない」

「おれは――」

「最後まで話させて。あなたはわたしになんの借りもない――でも、名づけ子にはある」

ワイルドはうなずいて言った。「わかってる。すまない」

彼女は眼をしばたたき、顔をそむけた。「帰ってからどれくらい経つの？」

「数ヵ月」

「それじゃあ、ダリルのことは知ってるわね」

「きみはおれになんの借りもない」とワイルドは言った。

「もちろん」

ふたりは家にはいった。四人――ワイルド、レイラ、マシュウ、ヘスター――はキッチンテーブルを囲んだ。テーブルには〈カラブリアス〉のピザが二枚置かれていた。一枚は三人の年長者で分け合い――もう一枚はほとんどマシュウがひとりで食べた。食べているあいだ、ヘスターはコスタリカ滞在についてワイルドを質問攻めにした。ワイルドはまともに答えなかった。レイラは黙っていた。

マシュウがワイルドを肘でつついて言った。「ネッツとニックスが試合してる」

「今年はどっちの調子がいいんだ?」

「ほんとにどこか遠くに行っちゃってたんだね」

ふたりはそれぞれピザを一切れ手に取り、大画面テレビのある居間に移った。そして、心地よい沈黙にひたって試合を見た。ワイルドはスポーツ観戦が好きだったためしがない。スポーツは見るよりやるほうが好きだった。見るだけでは心から愉しめなかった。マシュウの父親はスポーツすべてを愉しんだ。兄たちと試合を見にいくだけでなく、選手のカードやグッズを集めたり、記録を取りながらこんなふうに夜ふけまで試合を見たりもした。

そのうちレイラとヘスターも加わった。ふたりとも試合より携帯電話を見ているほうが長かったが。ハーフタイムになると、ヘスターが立ち上がって言った。「そろそろ市(まち)に戻るわ」

「オーレンの家に泊まるんじゃないの?」とレイラは尋ねた。

オーレン・カーマイケルは定年間近のウェストヴィル署の署長で、彼もまたこの地で家族を養った男だった。ヘスターとアイラの友人で、ヘスターの子供ふたり（ひとりはデイヴィッド）のバスケットボールのコーチでもあった。ヘスターは夫に先立たれ、オーレンは離婚しており、それでふたりはつきあいはじめたのだ。

「今夜はやめておく。レヴァイン裁判の陪審員は明日の朝にも結論を出しそうだから」

「車まで送るよ」とワイルドは言った。

ヘスターは眉をひそめた。ワイルドと家のまえの小径を歩いて、家の中に声が聞こえないところまで来ると尋ねた。「なんなの？」

「何もないよ」

「あなたはこんなふうにわたしを送ったりしない人よ」

「確かに」

「で？」

「〈DNAユアストーリー〉からおれの父親の住所を突き止めるのは大変だった？」

「すごく大変だった。でも、なぜ？」

「あのサイトを通じて別の人物のことを詳しく知りたいんだ」

「別の親族ってこと？」

「ああ、はとこだ」

「本人に連絡を取って普通に会うことはできないの？」

「ちょっと複雑なんだ」とワイルドは言った。

ヘスターはため息をついた。「あなたはいつもそうね」

ワイルドは待った。

「わかった。詳細を送ってちょうだい」

「あんたは最高だ」

「ええ、ええ、わたしは最高（ボールズ）よ」ヘスターはそう言って家を振り返った。「で、どうなの？」

「なんの話？」

「あなたがレイラを見る眼つきの話。彼女があなたを見る眼つきの話でもあるわね」

「何もないよ」

「彼女にはつきあっている男がいる」

「知ってる」

「だと思った」

「邪魔をするつもりはないよ」

ティムがヘスターのために車のドアを開けた。彼女はワイルドを強く抱きしめ、小声で言った。「もう二度といなくならないで。いいわね？　森にいてもどこにいてもいいから。たまには連絡して」彼女は彼から離れ、顔を見上げた。「わかった？」

ワイルドは黙ってうなずいた。ヘスターは車の後部座席に乗り込んだ。その車が袋小路を出ていくのを彼は見送った。それから携帯電話を取り出して、ローラに電話をかけた。彼女が電話に出ると、家庭によくある騒がしさが聞こえてきた。ローラ・ネイサーには五人の子供がいる。

「もしもし？」

使い捨ての携帯電話を使っているので、自分の名前が相手に表示されないのはわかっていた。「連絡しなかったことを怒るところは飛ばさないか？」

「絶対に飛ばさない」と彼女は言った。

「ローラ――」

「いったいなんなの――Fワードを口にしないのは子供たちがいるからよ。でも、ほんとうに、ほんとうに、とことん、あなたを罵りたい。まったくどうしたっていうの、ワイルド？待って。答えないで。あなたはどうしちゃったのか。そういうことをわたしよりよく知ってる人がほかにひとりでもいる？」

「ひとりもいない」

「そのとおり、ひとりもいない。こんなことはもうしないってあなたは前回も約束した」

「ああ」

「ルーシーがチャーリー・ブラウンごとアメフトのボールを蹴るみたいなものよ」

「ルーシーはボールを蹴ったりしない」

「ええ？」

「ルーシーはボールを押さえてるんだけど、チャーリー・ブラウンが蹴ろうとした瞬間にボールを引っ込めるんだ」

「ふざけてるの？ そういう言い合いを今したい、ワイルド？」

「そう言いながら、きみは笑ってる、声でわかるよ、ローラ」

「わたしは怒ってるの」

「怒ってるけど、笑ってもいる」

「一年近く経つのよ」

「わかってる。また妊娠したのか？」

「してない」

「おれは何か大事件を見逃してる？」

「この一年で？」ローラはため息をついて言った。「何をしてほしいの、ワイルド？」

「ある携帯電話の情報を調べてほしい」

「番号を教えて」

「今？」

「いいえ、一年待ってから教えて」

ワイルドはPBが教えてくれた番号を伝えた。十秒後、ローラは言った。「面白いわね」

「何が？」

「〈PB&J〉というペーパー・カンパニーがこの携帯電話の請求書の送付先になってる」

「所有者は？　住所は？」

「所有者名はなし。登記上の住所はケイマン諸島。誰の電話番号なの？」

「おれのはとこのだと思う」

「なんですって？」

幼いワイルドは森で発見されたあと、親切で裕福なブルワー夫妻に里子として引き取られた。ブルワー夫妻には三十人以上の子供が世話になり、全員が夫妻のおかげでよりよい人生が送れている。数ヵ月の一時預かりの者が大半だったが、ワイルドやローラのように正規の養子になる者もいた。

「これが込み入った話でね」と彼は言った。

「あなた、実の両親を捜しているの？」

「いや。でも、そう、探してはいた」

「それで、DNA鑑定のサイトに自分のDNAを送った？」

「ああ」

「どうして？」

「〝込み入った〟のどの部分がわかりにくいんだい？」

「それはあなたがこれまでに〝込み入った〟話など一度もしたことがないからよ。まあ、そういう話ができるとも思えないけど。込み入らないヴァージョンでいいから話して」

彼はPBとのやりとりを話した。父親のことは黙っていた。

「そのメッセージを読んで」彼が話しおえると、ローラは言った。

ワイルドはメッセージを読み上げた。

「このPBという男性は有名人なの？」

「あるいは、自分ではそう思っているのか」とワイルドは言った。

「ただ感傷的になってるだけならいいけれど」

「つまり？」

「つまり、あなたが今読み上げたのは、自殺しようとする人の遺書みたいだったってことよ」とローラは言った。

メッセージに込められた絶望と必死さにはワイルドも気づいていた。もちろん。

「そのペーパー・カンパニーについて何かわかるかやってみてくれるか？」

「うちに寄ってわたしと子供たちに会ってくれる？」

「ああ」

「これは交換条件じゃないわ。どっちみち情報は手に入れてあげる」

「わかってる」とワイルドは言った。「愛してるよ、ローラ」

「ええ、わかってる。コスタリカから戻ってきたの？」

「ああ」

「ひとりで？」

「ああ」

「まったく。残念だわ。で、森に戻ってるの？」

「ああ」

「まったく」

「問題ないよ」

「そうでしょうとも」とローラは言った。「それが問題なのに。〈PB&J〉については探ってみるけど、何がわかるかはなんとも言えない」

彼は電話を切ると、家の中に戻った。レイラは居間からいなくなっていた。マシュウは試合の後半戦を見ながら、ノートパソコンでネットサーフィンだかなんだかをしていた。ソファに坐る彼の隣りにワイルドはどさっと坐って尋ねた。

「お母さんは？」

「二階で仕事してる。お母さんにボーイフレンドがいるのは知ってるよね？」

ワイルドは質問には質問で返すことにした。「おまえは大丈夫なのか？」

「ぼくが大丈夫じゃない理由なんてある？」

「訊いてみただけだ」

「ぼくが決めることじゃない」

「そうだな」とワイルドは言った。

テレビではコマーシャルが終わり、中継が再開した。マシュウは腕を組んでまた試合に集中しながら言った。「ダリルはちょっと上品すぎるけど」

ワイルドはあたりさわりなく「そうか」とだけ答えた。

「たとえば、短縮形を絶対使わないんだよ。たとえばいつも〝アイ・アム〟なんだ。〝アイム〟とは絶対言わない。〝ドント〟のかわりに〝ドゥ・ノット〟とかね。マジでイラつく」

ワイルドは何も言わなかった。

「上下セットのシルクのパジャマなんか持ってるし。黒のやつ。スーツみたいなやつ。トレーニングウェアでさえ上下そろいなんだから」

ワイルドはやはり何も言わなかった。

「なんとも思わない？」

「人食い鬼みたいなやつだな」とワイルドは言った。

「そう思う？」

「いや、思わない。お母さんには幸せになることをしてもらおうよ」

「〝ワイルドおじさん〟がそう言うなら」

ふたりともしばらく黙り込んだ。ワイルドにとって、かつてマシュウの父親と一緒に過ごしたのと同じ心地よい沈黙だった。

数分後、マシュウが言った。「観察がものを言う」

「なんのことだ？」

「何か気になってることがあるんでしょ、ワイルド？　ダリルならきっと、そう、〝気になってる〟じゃなくて、〝気になっている〟って言うだろうけど」

ワイルドは思わず笑みを浮かべた。「確かにイラつかされるな」

「でしょ？」

「実の父親に会った」

「待って。マジで？」

ワイルドは黙ってうなずいた。マシュウは姿勢を正し、ワイルドの話に意識を集中させた。彼の父親もよく同じことをした。あなたこそ世界で一番大切な存在だと相手に思わせる能力が彼の父親にはあった。その能力を息子も受け継いでいるようだ。心の内をさらすのはワイルドの得意とするところではなかったが、それでもいきなり行方をくらますという愚行を犯して心配させたのだ。マシュウに対して、ワイルドにはせめて事実を話すぐらいの借りがあった。

「その人はラスヴェガスに住んでる」

「ヤバいじゃん。ギャンブラーとか？」

「いや、建設の仕事をしている」

「どうやって見つけたの？」

「血縁者探しのＤＮＡ鑑定サイト」

「ワオ。で、ヴェガスに行ったの？」

「ああ」

マシュウは両手を広げてさきを促した。「で？」

「で、父親はおれの存在すら知らなかったし、母親が誰なのかもわからないそうだ」

ワイルドが詳しい話をするあいだ、マシュウは黙って聞いていたが、ひととおり話が終わると、怪訝（けげん）そうな顔をして言った。「それってなんか変」

「何が？」

「相手の名前を覚えてないなんてさ」

「それのどこが変なんだ？」

マシュウはもう一度怪訝そうな顔をして言った。「だって、ほら、あんたみたいに大勢の女と関係を持ってる人なら、相手の名前なんていちいち覚えてないかもしれない。それならわかるよ、ワイルド。キモいけど、理解はできる」

「それはどうも」

「だけど、あんたの父親——ダニエル・カーターって言ったっけ？——はそうじゃない。それまでひとりしか経験がなくて、そのあともひとりとしかやってない。それも同じ相手とか。普通なら、そのあいだに関係を持った女の名前くらい覚えてるものじゃないかな」

「おれに嘘をついたと思うのか？」

マシュウは肩をすくめて言った。「変だって思う。それだけだよ」

「おまえはまだ若い」

「母親があんたを身ごもったとき、あんたの父親もまだ若かった」

ワイルドはうなずいて言った。「なるほど。それは言えてるな」

「電話してもうちょっと問いつめてみたら？」

ワイルドは何も言わなかった。

「このまま終わりにしようなんて思ってないよね、ワイルド」

「思ってない。むしろ逆だ」

「どういう意味？」

「おまえに話したのもそのためだ。力になってほしいことがあるんだ」

マシュウは満面の笑みを浮かべた。「喜んで」

「鑑定サイト経由で別の血縁者からメッセージが届いた。その人物はＰＢと名乗ってる」ワイルドはPBから最後に届いたメッセージをマシュウに見せた。マシュウは二度読んでから言った。「ちょっと待って、これが届いたのはいつ？」

「四ヵ月まえだ」

「正確な日付はわかる？」

「ここに書いてある。それがどうかしたか？」

マシュウはメッセージが表示された画面を見つめたまま言った。「どうしてもっと早く返事をしなかったの？」

「読んでなかった」

マシュウはさらに食い入るように画面を見て言った。「そういうことか」

「そういうこと？」

「どうりで気もそぞろだったわけだ」

「どういうことだ？」

「あんたは罪悪感に苛まれてる」とマシュウはやはり画面を見つめたまま言った。「血のつながった人が必死で助けを求めていたのに、その叫びに気づいてもいなかったんだから」

ワイルドはマシュウを見て言った。「手厳しいな」

「でも？」

「でも、そのとおりだ。それはともかく、ＰＢは自分は有名人だとにおわせているとは思わないか？」

「盛ってるだけかもしれないけど」とマシュウは答えた。

「そうかもしれない」とワイルドも認めて言った。

「まあ、ソーシャルメディアではよくある話だよ。クラスメイトが歌ってる動画を自分のユーチューブのチャンネルにあげたら、視聴回数が五万回になった。今じゃ本人はすっかりドレイクにでもなった気でいる」

　ドレイクが誰なのかわからなかったので、ワイルドは黙っていた（カナダ出身のラッパー）。

「だけど、この人はなんていうか……」マシュウは言いよどんだ。

「なんだ？」

「サットンならわかるかもしれない」

「サットン？　おまえが八年生のときから熱をあげてる子か？」

　マシュウの口元がゆるみ、顔がにやけた。「正確には七年生のときからだね」

「クラッシュ・メイナードとつきあってるあの子のことか？」

「つきあってた」マシュウはもはや笑いをこらえきれなかった。「あんたはずいぶん長いあいだいなかったからね、ワイルド」

「何がどうなってる？」

「サットンとつきあいはじめてもうすぐ一年になる」

ワイルドも笑顔になって言った。「それはそれは。よかったな」

「うん」とマシュウは頬を染めて答えた。「うん、すごくうまくいってる」

「でも、そういう話は今しなくてもいいよな?」

マシュウはくつくつと笑った。「いいよ」

「ほんとに?」

「そっちのほうならご心配なく。アドヴァイスが要る段階はもう過ぎたから」

「それはそれは」

「アドヴァイスはお母さんからもらったから。すべてうまくいってる」

試合の中継がコマーシャルで中断すると、マシュウは言った。「そういうわけだから」

「なんだ?」

「シャワーを浴びてくる」そう言って、立ち上がった。「慌ただしくて悪いけど、今夜はサットンの家に泊まる約束をしてるんだ」

「へえ」とワイルドは言い、それからつけ加えた。「お母さんは了解してるのか?」

マシュウは顔をしかめて言った。「本気で訊いてる?」

「ああ、おまえの言うとおりだ。おれが口を出すことじゃない」そう言って、ワイルドも立ち上がった。「おれもそろそろ帰ったほうがよさそうだ」

マシュウは一段飛ばしで階段を駆け上がり、自分の部屋に消えた。レイラに別れの挨拶をしようとワイルドも階段をのぼりかけたところで、電話が鳴った。ローラからだった。

「何かわかったのか？」

「大当たり」とローラは言った。

「聞かせてくれ」

「〈ＰＢ＆Ｊ〉の住所がわかった。それがとんでもない場所なのよ」

8

〈ＰＢ＆Ｊ〉の住所はマンハッタン、セントラルパーク・サウス通りにある〝スカイ〟というシンプルな名前の超高級分譲マンションの七十八階だった。プラザ・ホテルに近い、高さ四百二十メートルの光り輝く超高層ビルで、居住空間のあるビルとしてはニューヨーク市内で二番目の高さだ。

「ただのリッチじゃないんだからね。めたくそリッチってやつ」とローラは言った。

「めたくそ？」

「俗語辞書に載ってた」

ワイルドとしてはそういうことばをことさら知りたいとも思わなかった。「そこを〈ＰＢ＆

J〉自身が所有してるのか？」

「さあ。とりあえず、そこが郵便物の宛先だってわかっただけよ」

「部屋の所有者が誰なのか、割り出せないかな？」

「購入者の情報は入手できない。でも、聞いて。そこのマンション、最低価格が一千万だって」

「米ドルで？」

「ううん、ペセタで」とローラはふざけて言った。「嘘。ドルよ、もちろん。ちなみにメゾネットタイプのペントハウスは今、七千五百万ドルで売りに出されてる」

ワイルドは思わず手で顔をこすり、時間を確認した。「そこなら車で一時間以内に行ける」

「今すぐ出発すれば四十六分で着くってルート案内アプリのナビは言ってるけど」

「確かめてみよう、レイラに車を借りられるかどうか訊いてみる」

「あーらあらあらあーら」とローラは歌うように、からかうようにゆっくりと言った。「レイラと一緒なの？」

「マシュウもね。さっきまではヘスターもいた」

「言いわけはしなくてもいいから」

「してないよ」

「わたし、レイラのこと好き。ていうか、大好き」

「彼女にはつきあってる男がいる」

「そう。でも、あなたのほうにも誰かいる。でしょ?」

「誰かいる?」

「〈スカイ〉に住んでる超富裕層の親戚のことよ。ほかにも何かわかったら連絡して」

ワイルドは階段の下から二階に向かって声をかけた。マシュウは大きな音をたてて駆け降りてくると、歩をゆるめることなくワイルドとハイタッチをして玄関に向かった。そして、「またね!」と大声で言い、出ていった。大きな音をたててドアが閉まった。

呆気に取られていると、階段の上からレイラの声がした。姿を見せて彼女は言った。「あの子はもう大人」

「ああ」

「最低」

「ああ」

「あの子、今夜はガールフレンドと過ごすのよ」

「ああ、さっき本人から聞いたよ」

「子離れできない母親には絶対ならないって誓ったのに……」

「わかるよ」と言い、ワイルドはレイラのほうを向いて尋ねた。「車を借りてもいいかな?」

「もちろん、どうぞ」

「朝までには返すよ」

「気にしないで。明日のお午頃(ひる)までは必要ないから」

「わかった」

「キーの置き場所は知ってるわね」

ワイルドはうなずいた。「ありがとう」

「おやすみ、ワイルド」

「おやすみ、レイラ」

レイラは仕事部屋に戻った。ワイルドは玄関に置かれたバスケットの中から車のキーを取り出した。レイラの車は、以前はBMWだったが、今は黒いメルセデス・ベンツSL550に変わっていた。ダリルのと同じ車種だ。ワイルドはそのことについて眉をひそめた。カーラジオの設定をクラシック・ロック専門局に換えて、ニューヨーク市に向けて車を走らせた。ジョージ・ワシントン・ブリッジは驚くほど空(す)いていた。橋の上層の道路にはいり、一番右側の車線をゆっくりと進んだ。セントラルパーク・サウス通りから北に百ブロック以上離れたここからでも、〈スカイ〉は確認できた。高層階が雲に突き刺さっていた。

車は〈パークレーン・ホテル〉の地下に停めた。〈スカイ〉は全面ガラス張りの無表情な塔だった。ロビーもガラスと白と金属で統一され、すべてが光り輝いている。ここまで来る車中で、ワイルドはあれこれ考えた。どんなふうにアプローチしたらいいか。ここまでわざわざ足を運ぶ意味はあるのか。ほんとうの望みは叶えられるのか。ワイルドは〈スカイ〉の中にはいった。

男性警備員は、まるで路上生活者が吐いた痰でも見るかのようにワイルドを見た。「デリヴァリーは通用口からだ」

ワイルドは何も持っていない両手を広げた。「食べものを運んでるように見えるか？」

受付カウンターの奥から、きちんとした身なりの女性が出てきてワイルドに尋ねた。「どのようなご用件でしょう？」

当たって砕けろ、だ。「七十八階を頼む」

そこで受付係と警備員は合点がいったように顔を見合わせた。

「お客さまのお名前は？」

「WW」

「はい？」

「WWと伝えてくれればいい」

受付係はもう一度、警備員をちらりと見た。ワイルドは彼らの表情を読み取ろうとした。こういった建物のセキュリティは厳しいのが普通だ。別に驚くことではない。たとえどうにかしてこの警備員をやり過ごせたとしても、警備員はエレヴェーターのところにもふたりいる。彼らの表情と型にはまった対応は、警戒心や懸念というより、疲労とあきらめに近いものに基づいているように思える。これまでにもここで同じようなやりとりを何度もしており、今もただ機械的に応じているだけなのだろう。

受付係はカウンターの奥に戻ると、電話に手を伸ばした。そして、受話器を耳にあて、おそらく一分くらいはそうしていた。ひとことも発しなかった。そのあとワイルドのところに戻ってきて言った。「ご不在のようです」

「変だな。会いにこいってPBに言われたんだが」

警備員も受付係も何も言わなかった。

「PBはおれのはとこなんだ」

「あっそう」警備員は、これまでにも同じ台詞を百回は聞いたとでも言わんばかりに言った。「こんな真似をするには、あんた、ちょっと歳を取りすぎてない？」

「どういう意味だ？」

受付係が制した。「フランク」

警備員のフランクは首を振りながら言った。「そろそろお引き取りいただく時間です、えーと」――お手上げだとでもいうように眼を小さくまわし――「ミスター・ＷＷ」

「メッセージを残したいんだが」とワイルドは言った。

「誰に？」

「ＰＢに」

受付係と警備員はワイルドをまじまじと見た。

「お気づきかと思いますが」と受付係が言った。「どなたが当マンションの住人でいらっしゃるのか、あるいは住人ではいらっしゃらないのか、といった質問にはお答えできかねます」

彼らの心の内を探ろうと、ワイルドは彼らの顔を観察した。どこか妙だった。

「メッセージを残せるのか、残せないのか？」

とはいえ、メッセージになんと書くか。すぐには判断がつかなかった。DNA鑑定サイトを通じて連絡を受けたWWだと伝え、追跡不可能な携帯電話の番号を書き残す。それが一番簡単だ。それでも、とワイルドは思った。おれはそんなことがほんとうにしたいのだろうか？　そんなふうに、自分に注意を向けるような真似をしたいのか？　そこで改めて思った。そもそもおれはいったいこんなところで何をしてるんだ？　PBのことを知りもしないのに。彼に対して責任があるわけでもないのに。これまで自分が何者なのかという謎がわからなくても、なんの支障もなく生きてきた。

なのに、いったいおれはここで何をしているのか。

「もちろん、メッセージはお預かりします」受付係はそう言ってペンと紙を取ってきた。

「IDを拝見できますか？」

ワイルドはジョナサン・カールソン名義のIDを持っていた。ただ、それを見せたところで、WWとPBはは、と、こだという話に疑問を抱かせるだけのことだ。実際の話、そんなことをしてどんな意味がある？　まだ充分に使えるIDをこんなところで無駄に使いたいのか？

そんなことはしたくなかった。

「やっぱりあとで彼の携帯にかけてみるよ」とワイルドは言った。

「ええ」とフランクが応じて言った。「どうぞお好きに」

ワイルドはセントラルパーク・サウス通りを西に向かった。もしかしたらこんなふうに思う人もいるかもしれない。いわゆる〝森から来た少年〟である彼にとって、マンハッタンのような都会の街並みはさぞ居心地が悪いのではないかと。実際はその逆だった。ワイルドはニューヨークという市が好きだった。ニューヨークの街並み、ざわめき、ネオンの輝き、都会の営み、そういったものが気に入っていた。それは彼という人間と矛盾することだろうか？　たぶん。ただ、もしかしたら異なるからこそ彼を惹きつけるのかもしれなかった。下に落ちなければ上にはのぼれない。光がなければ闇もない。それと同じように、都会というものがなければ田舎のよさはわからない。ここは人がひしめく、とてつもなく大きな市ではあるけれども、そっとしておいてもらえる。大勢の人に囲まれながらひとり自由に歩きまわり、じっくりと物事を観察することもできる。そのせいかもしれない。

それより今必要なのは、思索にふけるのではなく、コロンバス・サークルの〈メゾンカイザー〉でコーヒーとパン・オ・ショコラを買うことだ。

途中でATMに寄り、彼の一日の限度額である八百ドルを引き出した。ちょっとした計画があった。〈スカイ〉の警備員や受付係といった従業員が退勤するのを待ち、賄賂を使って〈PB&J〉の住所に実際に住んでいる居住者についての情報を手に入れる。それでうまくいくだろうか？　いや、そうは思えない。警備員のほうが受付係より賄賂が利きそうではあるが。いや、そんなふうに考えるのは性差別というものだ。

通りを渡って公園側に行き、〈スカイ〉の従業員が出てくるのが見えるよう石塀のそばに陣取った。買ってきたコーヒーを飲んだ。実に旨かった。ワイルドはパン・オ・ショコラを食べて思った。どうしておれはもっと頻繁に都会に出てこないのか。PBのことを考えた。彼の望みはなんなのか。何が彼をあそこまで追いつめていたのか。何があって、この光り輝く高楼のような場所に住む男が、たとえDNAがいくつか一致しているとはいえ、会ったこともない人間に接触しようとしてきたのか。

一時間ほど経ったところで携帯電話が鳴った。

レイラだった。

ワイルドは電話に出て言った。「ハイ」

「ハイ」

いっとき沈黙が流れた。

「マシュウはもう出かけたわ」

「何をしてるにしろ、それが終わったら来てくれる？」

「なんだ、レイラ？」

「ワイルド？」

「知ってる」

そのことばを訊き返す必要はなかった。


ともに疲れ果て、ワイルドは深い眠りに落ちた。六時少しまえに眼を覚ますと、横でレイラが眠っていた。彼はしばらく彼女の寝顔を見つめた。それから寝返りを打ち、両手を頭のうしろで組んで天井を見つめた。レイラは織り目のとても細かい、贅沢（ぜいたく）な白いシーツが好きだ。そういう贅沢はワイルドにはむしろ卑猥（ひわい）に思える。が、そういうものがよく思えることもある。たとえば今のようなときには。


レイラが体の向きを変えてワイルドの胸に片手を置いた。ふたりとも裸だった。

「ハイ」とレイラは言った。

「ハイ」

レイラが身を寄せてきた。ワイルドは彼女をしっかりと抱き寄せた。

「それで」とレイラは言った。「コスタリカは？」

「コスタリカがどうかした？」

「うまくいかなかった？」

「うまくいった」とワイルドは答えた。「でも、続かなかった」

ワイルドはレイラを愛していた。レイラもワイルドを愛していた。初めの頃は、ふたりとももっと家族のような親密な関係を築こうとした。が、それはうまくいかなかった。ワイルドのせいだった。デイヴィッドの幽霊のせいだとも考えられなくはない——初めの頃は特に——あるいは、人と深い関わりを持つことへのワイルドの怖れのせいだとも。が、実のところ、そうではなかった。そういうわけではなかった。たいていの人間にとって正常と思える関係がワイルドにはただ合わないのだった。レイラにはそれが理解できなかった。で、そういうサイクルが今も続いているのだ。レイラがほかの男とつきあいはじめても、ワイルドは何も言わなかった。むしろうまくいくことを願った。レイラには幸せになってほしかった。しかし、レイラとほかの男の関係はいつも先細りになって終わってしまうのだ。が、それはレイラがワイルドへの思いを大切にしているからではなかった。魂の伴侶(ソウル・メイト)だったデイヴィッドの死をいまだに乗り越えることができないからだ。だから誰とつきあっても、長続きしない。つきあってもすぐに終わってしまう。それでまた淋(さび)しくなる。それでもおれがいる。ワイルドはそう思った。森にひとりで彼女を待っているおれが。人と深く関わることのできないおれが。

同じことの繰り返し。

ワイルドは、コスタリカで別の女性とその娘と一緒に、最後にもう一度だけ〝正常な関係〟というものを試そうとした。彼女たちとの家庭生活は驚くほどうまくいった。うまくいかなくなるまでは。どんな関係にも終わりがある。彼はそう結論づけた。おれの場合はそれが早い、それだけのことだ。

「今何時？」レイラが訊いてきた。

「もうすぐ六時だ」

「マシュウはお午まえには戻らないと思う」

「どっちにしても、もう行かなきゃならない」

「わかった」

ワイルドの一部はダリルのことを訊きたがっていた。が、彼の大部分は訊きたがっていなかった。贅沢なシルクのシーツから抜け出して、シャワーを浴びに向かう自分に、彼女の視線が注がれているのがわかった。ミスター・エコである自分の暮らしに不満は何もないが、レイラの家で水圧が強くて際限なく流れ出る熱いシャワーを浴びるのは、彼の数少ない贅沢のひとつだった。彼女があとからはいってくるのを期待したが、そういうことは起こらなかった。彼が部屋に戻ると、レイラはバスローブを着て、ベッドのへりに坐っていた。

「大丈夫？」と彼は尋ねた。

「ええ」そう答えて彼女はそのあと言った。「愛してるわ、ワイルド」

「おれも、レイラ」

「あなたがコスタリカに渡った理由の中にはわたしとのこともあったの？」

ワイルドはこれまで彼女に嘘をついたことがなかった。「理由のひとつではあった」

「それはわたしのため？　それともあなたのため？」

「ああ」

レイラは笑った。「彼女とはけっこう長かったわね」

「〝彼女たち〟だ」とワイルドは訂正した。「ああ、長かった」

「こういうことってもっとシンプルであるべきよね？」

ワイルドは自分の服を着て、彼女の横に腰をおろし、スニーカーのひもを結んだ。沈黙が心地よかった。言いたいことがあった。が、それは急ぐ話ではない。彼は立ち上がった。彼女も立ち上がった。ふたりは長いあいだ抱き合った。この部屋には多くの歴史が詰まっていた。デイヴィッドもこの部屋にいた。いつもいた。ふたりともそれは否定しない。が、今ではそのことが気にならなくなっていた。ふたりが体を重ねることにうしろめたさを覚えることは、もう何年もまえになくなっていた。

ワイルドはまた電話するとは言わなかった。彼女に電話してくれとも言わなかった。ふたりともわかっていた。次の行動は彼女次第だ。

ワイルドはひとりで階下に降りて、居間を通り抜けた。キッチンのドアを開けると、驚いたことにマシュウがいた。キッチンテーブルについてシリアルのボウルをまえに坐っていた。

マシュウはワイルドを睨みつけて言った。「血は争えないみたいだね」

「なんの話だ？」

「いろんな女と寝たりとか、浮気したりとか」

ワイルドは答えなかった。彼の母親が説明するか、しないか。どちらにしろ、適切と思ったことをするだろう。それは彼の役割ではなかった。裏口に向かって歩きながら言った。

「またな」

「〝血は争えない〟の意味を知りたくないの？」

「おまえが話したいなら」

「簡単なことだよ」とマシュウは言った。「PBが誰だかわかった」

9

ワイルドは彼の隣りに腰をおろした。マシュウは眼のまえの冷たいシリアルから眼を上げなかった。

「母さんとはもう終わったんだと思ってたよ」

　ワイルドはやはり何も言わなかった。

「あんたがよく泊まってたことは知ってた。こっそり抜け出す足音がぼくに聞こえないとでも思ってた？」

「おまえとこの話をする気はない」とワイルドは言った。

「じゃあ、ぼくもPBの話をする気はないよ」

　ワイルドは何も答えず、シリアルの箱を引き寄せて手のひらに少し出し、いくつか口に放り込んで、マシュウの機嫌が直るのを待った。

「お母さんには今いい感じの人がいるんだよ」とマシュウは言った。「話しただろ？」

「おまえとはこの話はしない」

「なんで？　ぼくはもう子供じゃない」

「だったら子供みたいなことを言うな」

「いい？　ぼくは朝の六時に家からこっそり出ていったりはしない」

　マシュウはスプーンに山盛りのシリアルを口に突っ込んだ。

　ワイルドは言った。「〝血は争えない〟というのはどういう意味だ？」

「あんたとPBのことだよ」

「おれたちがなんだというんだ？」

「テレビでリアリティ番組は見たことある？」

ワイルドはぽかんとした顔をした。

「わかった」とマシュウは言った。「馬鹿な質問だった。でも、聞いたことくらいはあるでしょ？『バチェラー』とか『サヴァイヴァー』とか」

ワイルドはただマシュウを見返しつづけた。

「PBの本名はピーター・ベネット。大人気のリアリティ番組で優勝したんだ」

「優勝した？」

「そう」

「クイズ番組みたいに？」

「ちょっとちがう。『ジェパディ！』みたいな番組とはちがう。『ラヴ・イズ・ア・バトルフィールド（愛は戦場）』って聞いたことない？」

「あるよ」とワイルドは言った。「パット・ベネターだろ？」

「誰、それ？」

「歌手だ」

「どんな歌を歌ってるの？『ラヴ・イズ・ア・バトルフィールド』っていうのはリアリティ番組だよ」

「テレビ番組で勝つ？」

「そのとおり。まったく、ほんとうに知らないんだね、ワイルド？　コンテストみたいな番組で、三人の女と二十一人の男が真実の愛を見つけるために競い合うんだ。でも、そこに至るまでの道のりは険しくて、司会がいつも言うんだ、こりゃ残酷！　って。愛は戦争と変わらないって。それじゃ、質問、戦争はどこでおこなわれる？」

「戦場（バトルフィールド）？」とワイルドはわざとふざけて訊き返した。

「正解」

「真面目に言ってるのか？」

マシュウはうなずいて言った。「最後にはたったひとりの女性が男性をひとり選ぶ。運命づけられたカップルの誕生だ。最後に戦場に立っているのはそのふたりだけ。その場ですぐに婚約して、めでたしめでたしってわけ」

「戦場で？」

「そう。実際、一番最近のシーズンの舞台はゲティスバーグ（南北戦争の激戦地として知られる）だった」

「それで、おれの親戚のPBは――」

「ピーター・ベネット」

「ああ、そいつが優勝者なのか？」

「その人と真の恋人ジェン・キャシディがね」

「ジェン？」

「そう」

ワイルドは言った。「冗談だと言ってくれ」

「何が？」

「ピーター・ベネットとジェン」ワイルドは言った。「それって〈PB&J〉のことか？」

「賢いんだね、ワイルド？」

ワイルドは首を振って言った。「なんだか会う気が失せてきた」

それを聞いてマシュウは笑った。「ふたりともすごい有名人だよ。いや、だったって言うべきかもしれないけど。これは一、二年まえの話だから」

「彼がその番組で優勝した時期のことか？」

「そう」

「で、PB&Jはもう破局してるんだな」ワイルドは言った。

「どうしてそう思うの？」

「まずひとつ――おれだけかもしれないが――一生をともに過ごすパートナーと出会うのにいい方法とは思えないからだ、テレビ番組のコンテストなどというのは」

「ワイルドおじさんは今や恋愛のエキスパートってわけ？」

「そう言われてもしかたないか」とワイルドは認めて言った。「手厳しいが、そう言いたいのはわかるよ」

「ふたつめは？」

「ふたつめは、おまえはおれに腹を立てて言った。〝血は争えない〟って。だから、PB——ピーナツ・バターにしろ何にしろ——がそのジェンって子を裏切ったにちがいない」

「鋭いね」とマシュウは言った。

「どうしてそんなによく知ってるんだ？」とワイルドは尋ねた。

「ぼくは一、二度しか見たことがないんだけど、サットンが大学の女子社交クラブのメンバーと一緒に毎回欠かさず見てるんだよ。番組のまえに腹ごしらえをして、大笑いして見るんだそうだ」

「で、PBは今どこにいるんだ？」

「ピーター・ベネット？」

「ああ」

「問題はそこなんだ。誰も知らないんだよ。行方がわからなくなったんだ」

キッチンのドアが開いた。タオル地のバスローブを着て、しかめ面をしたレイラがはいってきた。

「なんなの、これ」と彼女は言った。「人の話し声が聞こえると思ったら」

ふたりの男は無言で彼女を見た。マシュウが言った。「どういうことか説明してくれる？」

レイラは息子に視線を向けた。「今ここで？」

「ママとしてはそうするべきだと思うけど」

「その必要はないわ。これからもわたしはあなたの母親で、あなたはわたしの息子なんだから」

「ダリルとは別れたの？」

レイラはワイルドをちらりと見た。それからマシュウに視線を戻した。「そんなことよりいったいここで何をしてるの？　サットンのところで泊まってくるんじゃなかったの？」

「うまく話をそらしたね」

「話をそらしてなんかいないわ。母親なんだから訊いて当然でしょ？」

「じゃあ、言うけど、確かに、サットンのところに泊まってくるつもりだったよ。だけど、ワイルドにどうしても話したいことができたんで、車の鍵を取りに戻ったら、階上からなんだか知らないけど、物音が聞こえてきたってわけ」

沈黙。

レイラはワイルドを見た。彼が次に取るべき行動はひとつしかないことをわからせる一瞥だった。

ワイルドは立ち上がってドアまで歩くと言った。「あとはふたりで」

ちらりと振り返ることもなく、裏口から外に出ると、彼は眼を閉じて大きく息を吸った。昨夜の出来事についていっとき思いをめぐらせた。レイラはいったい何を望んでいたのだろう？　どうして電話してきたのだろう？　これからどうするつもりなのだろう？　おれのほうからまたいなくなるのが賢い選択なのかもしれない。彼女の人生を複雑にしたりしないように。が、そんなふうに考えることは、取りも直さずレイラに対する侮辱のような気がした。彼女は自分の意志で行動できない女ではない。彼が救世主の真似事などしなくても、自分がどうしたいのか、どうするべきか判断できる。

森のへりまできたところで、ローラに電話をかけた。まだ早い時間だったが、もう起きているか、そうでなければ携帯電話の電源を切っているはずだった。最初の呼び出し音で出た。電話の背後から、五人の子供が朝食をとる騒がしい音が聞こえた。

「どうしたの？」とローラは尋ねた。

ワイルドは、ピーター・ベネットについてマシュウから聞いたことを詳しく伝えた。

「彼の行方がわからないということは――」とローラは言いかけた。

「まだなんとも言えない。これから調べてみないと」

「でも、彼の名前はわかった。それで充分よ。クレジットカードと電話料金の請求先情報から追ってみる。いつものように。彼の居場所を突き止めるのはそうむずかしくないはずよ」

「頼む」

「〈クロー・セキュリティ〉にトニーという新人がはいったんだけど、彼、家系図関係に強いのよ」

「どうして警備会社に〝家系図関係〟が必要なんだ？」

「実の親を捜してるのは自分だけだと思ってた?」

「生みの親について知らされていない養子からの調査依頼か?」

「そういうのはむしろ減ってきてる。今起きてるのは、DNA鑑定サイトに登録する人がものすごく増えてることよ。たいていは興味本位で。自分のルーツを知りたいとか思うわけ。それで、自分の父親——ほとんどの場合が父親ね。中には母親や両方の親という場合もあるけど——が実の父親ではないと知る破目になる。それで家族が木っ端微塵になる」

「想像できなくはないな」

「たいていの場合、父親のほうは何も知らないの。実の子だと思って育てた子供が大人になって——二十歳、三十歳、四十歳になって——自分の妻がほかの男と寝ていたことを知るわけよ。自分の人生が嘘だらけだったことを」

「それはあまり愉しいこととは言えないだろうな」

「想像もつかないわね。いずれにしろ、ピーター・ベネットの血縁関係についてはすぐにトニーに調べさせるわ。あなたとつながりのある人がまた見つかるかもしれない」

「ありがとう」

「何かわかったら連絡する」そう言って、ローラは電話を切った。

ワイルドはエコカプセルから充電してあるパソコンを持ち出した。三キロほど離れたところに、位置情報を知られることなくインターネットに接続できる場所があった。〝ピーター・ベネット〟と〝PB&J〟をグーグル検索した。そのヒット件数の多さにまず驚いた。『ラヴ・イズ・ア・バトルフィールド』に関するファンサイト、ソーシャルメディアへのアクセス、ポッドキャスト、ソーシャルニュースサイト〈レディット〉の掲示板やらなにやらが数百万とまではいかなくとも、少なくとも数十万はあった。

ピーター・ベネット。

ワイルドは、ネットに掲載された膨大な数のはとこの画像のいくつかをとくと眺めた。自分の顔とベネットのそれに似たところがあると思ったかと言えば、答はイエスだった。いや、そんな気がしただけかもしれないが。きっと似ているだろうという推量、あるいは似ていてほしいという願望のせいもあるかもしれない。それでも、彼の濃い肌の色、垂れた瞼、口の形……何かがそこにある気がした。ピーター・ベネットのインスタグラムには二百八十万人のフォロワーがいた。これはかなり多いのだろうとワイルドは推測した。三千件を超える投稿にざっと眼を通すと、そのほとんどが笑顔のピーター・ベネットと輝けるジェン・キャシディの写真で、ふたりが愛し合っていて、しかも裕福であることが否が応でも伝わる構成になっていた。これを見たら、多くが憧れを通り越して妬みの感情を抱くのではないか。ジェン・キャシディのプロフィールのリンクをクリックすると、フォロワーはなんと六百三十万人とあった。

面白い。リアリティ番組のスターは女性のほうが断然多くのファンを獲得するものなのか?

ワイルドはさらによく知ろうとピーター・ベネットのページに戻った。ベネットのプロフィール画像は上半身裸で、胸は脱毛されていた。腹は彫刻されたようなシックスパックだったが(筋力というよりむしろ)見栄えのよさを誇示しているようだった。この二年、ピーター・ベネットは自分とジェンの写真――モルディヴでの休暇、舞台の初日やプレミア試写会への出席、有名ブランドの服の試着、やたらと贅沢な料理をつくっているところ、ジムでトレーニングをしているところ、洒落たレストランで夕食をとっているところ、クラブで踊っているところ――を一日に最低一枚は投稿していた。しかし、その投稿は去年あたりから次第に少なくなり、滝の流れる断崖の風景写真――四ヵ月まえ――を最後にとだえていた。撮影場所はフランス領ポリネシアのアディオナ・クリフスで、その写真のキャプションにはこう書かれていた。

ただ安らぎが欲しい。

PBのあの嘆きのメッセージとまったく同じことばだった。今や疑いの余地はなかった――PBはピーター・ベネットだ。

ワイルドはその最後の投稿をクリックしてコメントを読んだ。

さっさと飛び降りろ！

バイバイ！

おまえが死ぬのが待ちきれないよ。

堅い岩の上に落ちてもすぐには死にきれずに悶え苦しみますように。そのあと、やってきた動物に皮膚を食いちぎられて、ヒアリとかに尻の穴からはいり込まれて……


ワイルドは坐り直した。いったいこれは……？

彼はページをさかのぼった。最後から一、二ヵ月の写真はベネットひとりで写っていた。ジェンはいなかった。ワイルドはページをさらにさかのぼった。#PB&Jのハッシュタグのついた最後の写真の日付は五月十八日だった。#ドリームカップル——ふたりを指してよく使われるハッシュタグ——はカンクンでそろいのビーチチェアに坐り、ふたりとも一方の手にフローズン・マルガリータを持ち、もう一方の手に有名なブランドのテキーラのボトルを持っていた。スポンサーか。それぐらいワイルドにもわかった。ふたりで写っているほぼすべての写真に広告料が払われているのだろう。

その美しいカップルの最後の写真のあとはベネットのページに三週間ばかり——こうしたソーシャルメディアの世界における寿命——新しい投稿はなかった。三週間後の投稿には飾り気のない図形の内側に次のようなことばが引用されていた。

耳にしたことをすぐに信じるな。

嘘は真実より広まるのが早い。

カンクンでのジェンとの最後の写真は、合計十八万七千四百五十四人が〝いいね〟を押していた。

一方、この引用の〝いいね〟の合計は？　七百四十三。

ワイルドはその後の二時間、はとこの可能性のある男についてとことんネットで調べて過ごした。掲示板、ソーシャルメディア、クソとしか思えないコメントを読んだ。読んでいるうち、ワイルドは今すぐシャワーを浴びて、森のさらに奥深くに消えてしまいたくなった。

今のところはこれぐらいにしておこう。とりあえずわかったのはこんな内容だった。

ピーター・ベネットは『ラヴ・イズ・ア・バトルフィールド』というリアリティ番組の出場者だった。ハンサムで、魅力的で、親切で、礼儀正しく謙虚なベネットは、すぐにそのシーズンで一番人気のある男性出場者になった。そのシーズンの最終回——ジェン・キャシディが最終戦で悪童ボブ・〝ビッグボッボ〟・ジェンキンズではなく、ピーター・ベネットを選んだ回——はそのテレビのネット局の過去十年で最高の視聴率を叩き出した。

それが三年まえのことだ。

このような番組でとりあえずつきあいはじめる多くのカップルとちがって、ピーターとジェン——そう、PB&J——は世間の予想を裏切って別れなかった。彼らの結婚式は——もちろん婚約パーティもバチェラー・パーティもバチェロレッテ・パーティもカップル・シャワーもブライズメイズ・ランチョンもグルームズメンズ・シガーナイトもウェルカム・パーティもスタッグ・アンド・ドウ・パーティ（それがなんであれ）（挙式費用を集めるためのパーティ）もリハーサル・ディナーも結婚式の翌朝のブランチも新婚旅行も——大々的にテレビで放送され、ソーシャルメディアにおける一大イヴェントとなった。彼らの生活はすべて、大衆に消費されるために商品化されていた。ワイルドにはそう思えた。が、幸福なカップルはそんなことなどまったく意に介していないようだった。

完璧な人生だった。あとPB&Jに欠けているのは子供だけ。掲示板にジェンがいつ妊娠するかについて憶測が載りはじめた。さまざまな考察がなされ、最初の子供が男の子か女の子かで賭けもおこなわれた。が、年が替わってもジェンが妊娠しないことがわかると、ピーターとジェンは共同で、ワイルドがそれまでのふたりのソーシャルメディアで見たことのない厳粛な調子で、〝幸福なカップル〟には不妊の問題があることを発表した。そして、ふたりはこの問題を乗り越えると宣言した。あらゆる問題を解決する自分たちのやり方で。すなわち愛と絆で。

それと世間の注目で。

ピーターとジェンはふたりが耐えなければならない不妊治療を——注射、手術、治療、採卵、精子の採取まで——記録しはじめた。が、三回の体外受精は失敗に終わった。ジェンは妊娠しなかった。

すべてがドカンと爆発したのはそのあとだ。

その爆発は『リアリティ・ラルフ』というビデオ・ポッドキャストで最も残酷な形で起きた。ラルフは、同じ問題で悩む人たちに希望と支援を与えられるよう、不妊の取り組みについて話してほしいと偽って、彼女を自分の番組に呼んだ。

ラルフ：それでピーターはこのストレスにどう耐えてる？

ジェン：彼はすごい人よ。わたしって世界じゅうで一番幸運な人ね。

ラルフ：きみが、ジェン？

ジェン：もちろん。

ラルフ：ほんとうに？

ジェン：（硬い笑い声）何が言いたいの？

ラルフ：ピーター・ベネットはぼくたちが思ってたような人間じゃないってことだよ。この写真を見たら……

ラルフは当惑しているジェンにテキストメッセージ、スクリーンショット、男性器の写真を見せて、これらはすべてピーター・ベネットによって送られたものだと言った。ジェンは震える手で水のボトルをつかんだ。

ラルフ：こういったものを見せることになって、ほんとに申しわけないんだけど——
ジェン：こんなの、いくらでも加工できるでしょうが。
ラルフ：だから専門家に依頼して調べてもらったんだけど、残念なことにこれらはピーターの携帯電話やパソコンから送られたものだった。その、よりプライヴェートなその写真だけど——あなたの夫じゃないって言いきれるかな？

沈黙。

ラルフ：みなさん、さらに悪い知らせがあります。こちらにひとりの女性をお招きしたいと思います。

ジェンはマイクをはずすと、色をなして椅子から立ち上がった。

ジェン：冗談じゃない、こんなこと——

ラルフ：ゲストの方、どうぞ。

ゲストのマーニー：ジェン？

ジェンは凍りついた。

ゲストのマーニー：ジェン？（すすり泣いている）ほんとうにごめんなさい……

ジェンはことばを失った。マーニーはジェン・キャシディの妹だった。さっきのテキストメッセージやスクリーンショットのいくつかを示しながら、彼女はピーターにずっと言い寄られていたと語りはじめた。あるおぞましい夜が来るまで。その夜、マーニーはピーターのいるまえで酒に酔った。酔いつぶれるくらい。あるいは——断言はできないが——睡眠薬を盛られたのか。

ゲストのマーニー：眼が覚めたら……（まだすすり泣いている）……わたし、裸になっていて……ひりひりと痛くて。

反応はすばやくまぎれもなかった。〝#ピーター・ベネット追放〟がほぼ丸一週間、ツイッターのトップテンにトレンド入りした。過去に放送された『ラヴ・イズ・ア・バトルフィールド』の出場者たちがこぞって、テレビやラジオ、ポッドキャスト、ライヴ動画、さまざまなSNSに登場して、飽くなきファンたちに、ピーター・ベネットにはどこか〝妙なところ〟があると思っていたと語った。ピーター・ベネットが番組プロデューサーに取り入って、自分は好青年であると信じ込ませたことは〝厳然たる事実〟とする匿名のリークもあれば、プロデューサーたちは彼がどんな役柄もこなせる社会病質者(ソシオパス)であることを知った上で、好青年ピーター・ベネットを〝つくり上げた〟のだと主張する者たちもいた。

それに対してピーター・ベネットは自らの潔白を訴えたが、さらに増えつづける多数派の意見にその声は掻き消された。ジェン・キャシディに関して言えば、沈黙を貫き、雲隠れすることを選んだようだが、〝ジェンと親しい人物からの情報〟によると、彼女は〝打ちひしがれて〟〝離婚を考えている〟とのことだった。〝個人が個人的なことで苦難のときを過ごしているあいだは、そのプライヴァシーを尊重してほしい〟というのが彼女の声明だったが、喜びに満ち足りた日々を人々に見せびらかしていた者が、悲劇のときにだけプライヴァシーを守れるわけもなかった。

ワイルドの携帯電話が振動した。ローラからだった。

「悪いニュースよ」と彼女は言った。

「どうした？」

「ピーター・ベネットはもう死んでると思う」

10

「あなたのはとこについてググってみた？」とローラは言った。

「ああ」

「じゃあ、ＰＢ＆Ｊの浅ましいストーリーの一部始終を知っているってことね？」

「充分すぎるくらいに」

「鬼ヤバ。この言い方、合ってる？」

「合ってる、たぶん」

「ほとんどの人が彼はあの自殺の名所から飛び降りたと思ってる」

「きみも同意見？」

「ええ、そうね」

「どうして？」

「だって、ピーター・ベネットは死んでいるか、うまく隠れているかのどちらかだけど、ここまで徹底して隠れられる人なんてめったにいないもの。調査はまだ途中だけど、これまでのところ、彼がクレジットカードを使ったり、支払いをしたり、携帯電話を使用したりした形跡は一切ないわ。ATMからお金を引き出してもいない。なんの動きもない。だからああいったSNSの投稿に加えて、あなたに送った謎めいたメッセージとか、自業自得にしろ何にしろ信用を失って苦しんでることとかを考えると、そう、事実を受け入れましょうよ。彼が世界じゅうから憎まれている事実を考えてみて。そういった一切合切をミキサーに入れてすりつぶしたら、出来上がるのはたぶんとてつもなく悪いものよ」

ワイルドはローラに言われたことを考えてから言った。「彼の家系については何かわかった？」

「ピーター・ベネットの父親は四年まえに亡くなっていて、母親のシャーリーはアルバカーキの高齢者施設にはいってる」

「つまり、そのどちらかとおれは血がつながってるってことか」

「そうね。あと彼には三人の兄姉がいる。その中で一番役に立ちそうなのは？　ピーターの姉のヴィッキー・チバよ。彼女は弟のマネージャーだか広報担当だかをやっていて、夫のジェイソン・チバとニュージャージーのウェスト・オレンジに住んでいる」

「なるほど」

「ウェスト・オレンジがわたしの家から目と鼻の先だってこと知ってた？」

「ああ」

「今からヴィッキー・チバの住所を送るわね。彼女に会ったら、そのあとは……？」

ローラは最後までは言わなかった。言うまでもないと思ったのだろう。ウェスト・オレンジまでは道が空いていれば、三十分とかからない。ワイルドは十七号線沿いの〈ハーツ〉でレンタカーを借り、午(ひる)まえにはチバの家に着いていた。玄関の呼び鈴を鳴らすと、ヴィッキー・チバがためらいがちに木のドアを開けて姿を現わした。スクリーンドアの鍵は閉めたまま。

「何かご用？」

真っ白な髪をしていた。混じりけのない、まばゆいばかりの白。修正液のような白だった。それは年齢によるものというより、わざと脱色したもののように思われた。その白い髪を眼の上でまっすぐに切りそろえ、腕にはじゃらじゃらと音がするブレスレットをつけ、耳には長い羽根のついたイヤリングをさげていた。

「あなたの弟のピーターを捜してるんだけれど」

ヴィッキー・チバは驚きもしなかった。「あなたは？」

「ワイルド」

彼女はため息をついた。「ファンの人？」

「いや、おれはあなたたちのはとこにあたる者だ」

スクリーンドアを閉めたまま、ヴィッキー・チバは腕を組み、品定めするかのように彼を上から下まで見た。

ワイルドは言った。「ピーターのことだけれど——」

「弟がどうしたっていうの？」

「彼はDNA鑑定サイトに登録していた」

彼女の眼がほんの一瞬きらめいた。

「で、おれたちのDNAが一部マッチしたんだよ」とワイルドは続けた。「はとこだった」

「ちょっと待って。あなたの顔、なぜか見覚えがあるんだけど」

ワイルドは何も言わなかった。これまでもたびたび同じような経験をしていた。もう三十年以上もまえのことだが、〝森から来た少年〟は大きなニュースになった。当時、ヴィッキーはまだ十三、四歳くらいだったはずだが、その後も年に一度ほどの頻度で、ネタに困ったケーブルテレビ局が〝あの人は今〟のような特集で、ワイルドを取り上げている。彼の〝協力〟を得ることもなく。

「つまり」とワイルドはこのまま話を進められることを期待して言った。「きみとおれもはとこということだね」

「そうなの」と彼女は抑揚のない声で言った。「で、弟から何が欲しいの？　お金？」

「さっきおれに見覚えがあると言ったね？」

「ええ」

「森から来た少年の話を覚えているかな？」

ヴィッキーは指を鳴らすと、人差し指をワイルドに向けた。「だから、わたし、あなたを知ってるのね」

ワイルドは待った。

「どうして森の中でひとりきりになったのか、結局、わからなかったんでしょ？」

「そう」

「待って」そこでようやく合点がいったらしく、彼女の口が〝O〟の形になった。「わたしたちは親戚っていうわけ？」

「そうらしい」

ヴィッキーはすぐさまスクリーンドアの鍵をはずした。「はいって」

家の中のインテリアは、まさに彼女の外見が想像させるものそのものだった。誰もが〝ボヘミアン〟というラベルを貼りそうな自由奔放さに満ちていた。ごちゃごちゃした模様、ふぞろいな材質、無秩序な重なり合い、さまざまな色の渦。実際には何ひとつ動いていないのに、何もかもが漂い、さまよっているように見える。テーブルの上には水晶玉らしきものがあり、その横にはタロットカードや、数秘術の本が置かれていた。ひとつの壁を巨大なタペストリーが覆い、そこには蓮華座(れんげざ)のポーズで坐っている人物のシルエットと、頭頂部(クラウン)から会陰部(ルート)まで順に七つのチャクラストーンが描かれていた。いや、チャクラの正しい順序は下から上か？　ワイルドは思い出せなかった。

「うさん臭いものを見るみたいな目つきね」とヴィッキーは言った。

ワイルドはそういった議論には興味がなかった。だから、ただ「いや、とんでもない」とだけ答えた。

「わたしの人生では大いに役立ってる」

「だろうね」

「あなたがここにいるのだって偶然じゃない」

「もちろん」

「でも、正直言って驚いたわ。弟がＤＮＡ鑑定サイトを利用してた？」

「そう」

ヴィッキーは首を振った。そのはずみでイヤリングの羽根が頬にあたって撥(は)ねた。「弟らしくないわ。それで弟は自分から名乗ったの？」

「いや。イニシャルだけ」

「名前は言わなかった？」

「そう」

「じゃあ、どうやって弟の正体を突き止めたの？」

その点には深入りしたくなかったので、ワイルドははぐらかした。「きみの弟さんは行方不明らしいね」

「行方不明じゃないわ」とヴィッキーは答えた。「ピーターは死んだのよ」

11

ヴィッキーはことの経緯を知りたがった。ワイルドは話した。

「待って」とヴィッキーは聞きおえると言った。「整理するとこういうことかしら。わたしたちと血がつながってるある女性が一九八〇年、ヨーロッパ旅行に出かけた。そして、旅先で休暇中の兵士と出会い、妊娠した。ここまでは合ってる？」

ワイルドは黙ってうなずいた。

「そのふたりのあいだに生まれた男の赤ちゃん、つまりあなたはどういうわけか、ほんの幼いうちに森に捨てられて、なんの記憶もないまま暮らしはじめた。でも、やがて保護されて、養育されて、それから三十五年だか経った今でも、いったいどうして森の中で暮らす破目になったのか、まだわからずにいる」ヴィッキーはそう言って、とくとワイルドを見た。「そういうこと？」

「そうだ」

ヴィッキーは考える顔つきで眼を上げて言った。「その女性がわたしの血縁者なら、これまでにわたしが何か聞いていそうなものだけど」

「その女性は妊娠を隠していたかもしれない」とワイルドは言った。

「なるほどね」とヴィッキーは同意した。「今の話からすると、あなたのお母さんは、そう、若くて十八歳、少なくとも二十五歳よりは下のときにあなたの生物学上のお父さんと出会ったわけよね？」

「そんなところだろう」

彼女はしばらくそのことを考えてから言った。「わたしの父はもう死んでるし、母のほうは……まあ、なんて言ったらいいか、まともだったり、まともじゃなかったり、今はそんな状態なのよ。でも、家系をたどりたいなら、あなたの役に立てるかもしれない。父方の親戚に、血縁関係を調べるのが趣味っていう人が何人かいるのよ。きっと手伝ってくれると思う」

「それはありがたい」とワイルドは言って、そのあとギアを切り替えた。「きみはなぜ弟さんが死んだと思うんだ？」

「正直に教えて。あなたは視聴者なの？」

「『ラヴ・イズ・ア・バトルフィールド』とかそういう番組の。そういう興味も含めて、ここに来たわけ？」

「いや」とワイルドは答えた。「そんな番組のことはつい今朝まで聞いたこともなかった」

「だけど、DNA鑑定サイトを通じて、ピーターと連絡を取り合ったんでしょ？」

「身元は知らなかった。彼はイニシャルしか名乗らなかったから」そのあと言い添えた。「ピーターのほうからさきにおれのほうに連絡してきたんだ」

「ほんとうに？」ヴィッキーはそう言って、ワイルドの携帯電話を身ぶりで示した。「ピーターが書いた文面を見てもいい？」

ワイルドはDNA鑑定サイトのメッセージアプリを開き、携帯電話を彼女に手渡した。弟のことばを読むうち、ヴィッキーの眼が涙で潤んだ。「ワオ」と彼女は抑えた声で最後に言った。「今となっては読むのがつらい」

ワイルドは何も言わなかった。

「すごく傷ついて、すごく苦しんでたのね」メッセージを見つめたまま、彼女は首を振った。

「弟のSNSは何か見た？」

「見た」

「じゃあ、彼に何があったのか、知ってるのね？」

「視聴者？」

「多少は」とワイルドは言った。「最後の投稿のあと、弟さんはあの崖から飛び降りたと思う？」

「ええ、もちろん。あなたは思わないの？」

ワイルドはあえて答えなかった。「弟さんは遺書を遺したりはしなかった？」

「遺書はなかった」

「なんらかのメッセージをきみに送ったりもしなかった？」

「ええ」

「だったらほかの誰か、たとえば母親とかジェン・キャシディとかに遺書を送っていたということはないかな？」

「わたしの知るかぎりないわね」

「遺体は見つかっていない」

「アディオナ・クリフスから飛び降りた人の死体が発見されることはめったにないわ。自殺の名所なのはそのせいもあるのよ。地の果てから飛び降りる。そういうことね」

「あれこれ訊いたのは」とワイルドは言った。「彼が亡くなったことをどうしてきみはそこまで確信してるんだろうと思ったからだ」

ヴィッキーはしばらく考えてから言った。「理由はいくつかあるわ。まずひとつ、まあ、この理由はあなたはきっと気に入らないと思うけど。まったく理解できないだろうから」

ワイルドは何も言わなかった。

「この宇宙には生命の躍動がある。細かく説明するつもりはないけど。チャクラを遮断している、懐疑的な人にはなおさら。説明しても意味がないもの。でも、弟はもう死んでしまってるってわたしにはわかるのよ。弟がこの世界から去ったことが肌で感じられるの」

ワイルドはため息を呑み込んで、少し間を置いた。そして、その間が鈍い音とともに着地するに任せてから言った。「理由はいくつかあると言ったね？」

「ええ」

「ひとつ目はピーターが亡くなっていると感じるからということなら、ほかの理由は？」

ヴィッキーは両手を広げた。「生きてるなら弟はどこへ行っちゃったの？」

「さあ」とワイルドは言った。

「もしピーターが生きてるなら」と彼女は続けた。「今、どこにいるの？　あなたは今の状況について、わたしが知らないことを何か知ってるの？」

「いや。でも、差し支えなければ、おれは彼を捜したい」

「どうして？」そう言ったあと、ヴィッキー・チバは気づいたようだった。「ああ、待って。わかった」彼女はワイルドの携帯電話を掲げてから返して言った。「責任を感じてるのね。ピーターがこんな切迫したメッセージを送ってきたのに、返事をしなかったから」

ヴィッキー・チバはワイルドを責めている口ぶりではなかった。が、だからと言ってワイルドの罪悪感が消えるわけでもなかった。

「あなたの気が楽になるかどうかわからないけど、わたしも自分を責めてる。ねえ、ピーターの顔を見て」ヴィッキーは四人の人物が写っている額入りの写真を取り上げた――ピーター、ヴィッキー、あとのふたりもきっときょうだいだろうとワイルドは思った。

「きょうだいの写真？」

ヴィッキーはうなずいた。「ベネット家の子供四人。わたしが一番上で、これは妹のケリー。わたしたち姉妹はとても仲がよかった。それから弟のサイラスが生まれた。ケリーとわたしはものすごくサイラスを甘やかしたものよ。でも、それもピーターが生まれるまでのことだった。見て、この顔。よく見て」

ワイルドは言われたとおりにした。

「感じない？」

ワイルドは何も言わなかった。

「この写真からでもピーターの純真さ、ナイーヴさ、もろさが感じ取れる。わたしたちにもそこそこ魅力はあったと思う。でも、ピーターは？　あの子にはとらえることのできない何かがあった。あのリアリティ番組では――もちろんすべてが脚本どおりで、フェイクだったけれど――それでも、視聴者は虚像の奥にある出演者の真の姿を見抜いていたんだと思う。ほんとうのピーターは善良そのものだった。〝いい人すぎる〟っていう言いまわしがあるでしょ？」

ワイルドはうなずいた。〝いい人すぎる〟人がどうして義理の妹に薬を盛って、レイプするのかと尋ねてみようかとも思ったが、そんなことを訊いたら、ヴィッキー・チバは頭から否定するか、まったく心を閉ざしてしまうか、そのどちらかだろう。どちらにしろ、今、彼女をそんなふうにしてしまうのは得策ではない。ワイルドは別の質問をした。「ピーターのことでは自分を責めていると言ったね？」

「ええ」

「理由を話してもらえるかな？」

「弟がこんなことになったのはわたしのせいだからよ」とヴィッキーは言った。「あの子はスターになることがわかっていた。で、タロットを読んだ。すると、そのことに関してわたしは受動的ではなく、能動的になるべきだって出たのよ――何度占ってもそういう結果になった。〝受動的にではなく能動的に〟って。わたしはそれまでずっととても受動的に人生を送っていた。でも、そう、ピーターのために番組の出演申込書を書いたのよ。だからと言って、何かが起きるとは思ってなかった。いえ、もしかしたら、わかっていたのかもしれない。今となってはわからない。でも、ピーターの心に長期的な影響を与えるなんてほんとうに想像もしていなかった」

「長期的な影響というのは――？」

「有名になると人は変わる。ありふれた言いまわしよ。それはわかってる。でも、有名になって無傷でいられる人なんていない。名声という光を浴びるのは、誰にとっても温かくて心地いいものよ。きわめて依存性の強い麻薬みたいなものね。セレブはみんな否定するでしょうけど——あの人たちは、自分たちはもう名声を追い求めるなどというレヴェルにはいないふりをするから——でも、リアリティ番組のスターにとっては、有名になるというのはもっと悲惨なものよ」

「悲惨なもの？」

「リアリティ番組のスターはずっとスターでいられるわけじゃない。絶対に終わりが来る。わたしはしばらくハリウッドで働いていたことがあるんだけど、よく耳にしたものよ。〝有名なスターほど感じがいい〟って。でも、あなた、知ってる？　それが真実だってこと——有名なスターはほんとうにいい人が多いの——でも、どうしてだかわかる？」

　ワイルドは首を振った。

「それだけの余裕があるからよ。スーパースターは、自分の名声はいつ枯渇してしまうんだろうなんて心配が要らないからよ。でも、リアリティ番組のスターは？　その正反対ね。リアリティ番組のスターもそれぐらいわかってる。最初にあてられた光が一番明るいってことぐらい。その光はそのあと時間とともに弱くなる」

　ワイルドは彼女が手にしている家族写真を示して言った。「弟さんもそうだった？」

「そんな中では、ピーターは誰よりうまくやってるって、わたしはそう思ってた。ジェンと幸せな人生をつくり上げるだろうって。でも、すべてがばらばらになってしまった……」彼女の声が小さくなり、その眼がまた潤みだした。「ピーターはまだ生きてるってほんとうに思ってるの？」

「なんとも言えない」

「わたしが言いたいのは、それは変だってことよ」と彼女は努めてきっぱりとした口調で言った。「だってピーターが生きていたら、絶対わたしに連絡してくるはずだもの」

ワイルドは待った。ヴィッキー・チバもすぐに察するはずだった。

「でも、同時に、ピーターがこの世を去る決心をしたのなら」――ヴィッキー・チバはそこでことばにつまった。あふれかけた涙をこらえ、落ち着きを取り戻してから続けた――「わたしに連絡をしてきたはずよね。そのことを伝えるために。別れを告げるために」

ふたりは無言で佇（たたず）んだ。いっときが過ぎた。ワイルドがさきに口を開いた。「ちょっと話を戻そう。最後にピーターを見たのはいつだね？」

「弟はしばらくわたしとここにいた」

「ここに？」

「そう」

「だったら彼が出ていったのは？」

「ピーターの投稿履歴は見たのよね？」

「いくつかは」とワイルドは言った。

「インスタグラムに最後の投稿をする三日まえに出ていった」

「最後の投稿というのは断崖の写真？」

「そう」

「どうしてそうなったんだ？」

「どういう意味？」

「彼はしばらくここにいた。きみはさっきそう言った」

「ええ」

「どうして出ていくことになったんだね？　そのとき彼は何か言わなかった？」

彼女の眼にまた涙が浮かんだ。「ピーターは、表面上は元気になってきているみたいだった。〝耳にしたことをすぐに信じるな〟という投稿があるけど、あれは見た？」

ワイルドは黙ってうなずいた。

「その投稿を見て、わたしは最悪な状態からは脱しつつあるのかもしれないって思ったのよ。でも、今にして思うと、ただ強がってたのね。勝てないとわかってる戦いに向けて、自分を奮い立たせていたのよ」彼女はそう言って、机が置かれた部屋の隅に行った。机の上にはコンピューターがあった。「弟の投稿の下についてるコメントは読んだ？」

「ああ」とワイルドは言った。

「悪質だったでしょ？」

「ああ」

「ここにいた最後の数日で、ピーターはあのコメントを全部読んだのよ。ひとつ残らず。理由はわからない。わたしはやめるように言ったんだけど。弟はそれらのコメントに執着していた。あの最後の日にも弟は読んでいた。さらに何百通ものDMにも眼を通してた」

「DM？」

「ダイレクトメッセージ。あなたが登録したDNA鑑定サイトのメッセージ・サーヴィスみたいなものよ。インスタグラムのフォロワーは直接メッセージを送れるの。ほとんどが未読のままよ。ピーターの人気絶頂期にはわたしも頑張って読んだけど――読むことが弟にとって大切だったから。ファンにやさしく接することがね――でも、多すぎてとても無理だった。いずれにしろ、そんな中、とことんひどいメッセージを弟は受け取った。それが――そのあたりのことははっきりとは言えないけれど――そのメッセージがとどめを刺したんだと思う」

「それを受け取ったのはいつのことだね？」

「弟がここを出ていくまえの日か、そのまえの日ね。ピーターを煽（あお）りつづけてる気色悪いやつがひとりいたんだけど、そいつにしてもあのメッセージはひどすぎた――わたしは弟が激しい怒りをあらわにするのを初めて見た。たいていピーターはただ戸惑っていた。どうしていいかわからず。怒るのではなく。世界からいきなり顔を殴られたようなもので、自分の置かれた状況を把握しようとしてた。原因を突き止めようとしてた。でも、あのメッセージを見て、弟はその人物を見つけたがった」

「ひどすぎるメッセージを送ってきた人物を？」

「そう」

「そのメッセージにはなんと書いてあったんだね？」

「わからない。あの子は見せてくれなかったから。いずれにしろ、そのあとすぐ荷物をまとめて出ていった」

「家を出ていこうと思っているとも、どこへ行くとも言わなかったんだね？」

ヴィッキーは首を振った。「わたしが仕事から帰ってきたときにはもういなくなっていた」

「きみは連絡を取ろうとした」

「ええ、もちろん。でも、返事はなかった。ジェンに電話したら、ふたりはもう何週間も口を利いてないって言われた。彼の友達にも電話してみた。何もわからなかったので、警察に行った。そのときには三日経っていた」

「警察はなんと言ってた？」

「警察に何が言える？」とヴィッキーは言って肩をすくめた。「ピーターは一人前の大人だもの。だから警察はわたしの話を聞いて、書類をつくって、わたしを追い払った」

「問題のメッセージ——彼を怒らせたメッセージ——を見せてもらえないか？」

「どうして？」とヴィッキーは首を振って言った。「憎しみにあふれていて、しばらくすると耐えがたくなるようなメッセージよ」

「それでも見たい。きみさえよければ」

ヴィッキーはいっときためらった。が、そう長くはためらわなかった。インスタグラムのアプリを立ち上げると、弟の投稿履歴に移動した。あの断崖の写真とキャプションが表示された。

ただ安らぎが欲しい。

彼女はそのまえの投稿が出るようにカーソルを動かした。ワイルドはまたその写真のことばを読んだ。

耳にしたことをすぐに信じるな。

嘘は真実より広まるのが早い。

「プロフィールの名前がＤｏｇＬｕｆｅｇｎｅｖというこの気色悪いやつがよくコメントを残していた」とヴィッキーは言った。「いつもひどいことばかり書き込んでた。〝おまえは報いを受けることになる〟とか〝真実を知ってるぞ〟とか、〝決定的な証拠がある〟とか、〝おまえは死んだほうがいい〟とかそんな類いよ。このピーターの投稿の下にあるのがそう」

彼女はＤｏｇＬｕｆｅｇｎｅｖが書いたコメントへ飛んで画面を下にスクロールした。ＤｏｇＬｕｆｅｇｎｅｖのプロフィールの写真は大きな赤い押しボタンに〝有罪〟と書かれたものだった。彼はコメントしていた。

ＤＭをチェックしろ。

ヴィッキーは言った。「ＤｏｇＬｕｆｅｇｎｅｖはたぶん犬(Dog)好きか何かなのかもしれないけど」

「いや、ちがう」とワイルドは言った。

「ちがう？」

「ＤｏｇＬｕｆｅｇｎｅｖ」とワイルドは言った。「Vengeful God（〝復讐の神〟の意）を逆から読んだんだよ」

彼女は頭を振って言った。「このイカれ頭。このくそイカれ頭」

「こいつがきみの弟に直接送ったメッセージを見せてもらえるかな?」

ヴィッキーはためらった。「正直に言ってもいい?」

ワイルドは続きを待った。

「それはやめておきたい。メッセージをあなたに見せるのは」

「なぜ?」

「万物には一定の流れというものがあるのよ。メッセージを見せちゃうと、その秩序を乱すような気がする」

ワイルドはまたひとつため息を呑み込んだ。「おれもコスモスを乱したくはないよ。でも、謎を放置するほうがコスモスにはよくないんじゃないか? そういう疑問はかえってライフ・フォースを乱したりするんじゃないか?」

ヴィッキーはいっとき考えた。

「重要と思わなきゃ頼みはしない」とワイルドは言い添えた。

ヴィッキーはそのことばにうなずくと、キーを打ちはじめた。その数秒後、眉をひそめて手を止めた。そして、なにやら小さくつぶやいてから、さらにキーを叩いた。「おかしいわね」

「どうした?」

「ピーターのインスタグラムのアカウントにはいれない」ヴィッキーはそう言って、ワイルドと眼を合わせた。「〝パスワードがちがいます〟って出ちゃう」

ワイルドはヴィッキーに近づいて言った。「最後にサインインしたのはいつ？」

「覚えてないわ。普通はログインしっぱなしにしてるから。そういうテクニカルなことは、わたし、得意じゃないのよ」

「ピーターは自分のSNSを自分で管理していた？」

「あの頃までは。彼とジェンがひと月に六桁稼いでいた頃は、広告と権利関係のマネージメントは、いっときプロの事務所に任せていたこともあったけれど」

「ひと月に六桁？」

「軽くね。ピーターが番組で勝ち抜いた年はどれほどだったか？　おそらく七桁近くいってたでしょうね」

ワイルドには理解の及ばない数字だった。「ひと月で？」

「そう」ヴィッキーはまたログインを試して首を振った。「パスワードを変えたのかしら。わたしたちにメッセージを見せたくなかったのかしら」彼女は眼をしばたたいて涙をこらえ、顔をそむけて言った。「あなたが善意でやっていることはわかってる。でも、ワイルド、これは見てはいけないってことなんじゃないかな」

ヴィッキーはコンピューターをシャットダウンしようとした。それを見て、ワイルドはふと思いついた。

「わかった。とりあえずインスタグラムのことは忘れよう。彼のメールは見られるかな？」

「ええ」

「もうチェックはした？」

「最近はしてない。する必要がある？」

「何か手がかりがあるかもしれない。たとえばここ何週間かのあいだに彼が送信してるとか――」

「あの子はめったにメールを使わなかった。テキストメッセージばっかりだった」

「でも、確かめる価値はあるんじゃないか？　誰かに連絡しようとしていたかもしれない。逆に誰かが彼に連絡を取ろうとしてたかもしれない」

ヴィッキーは改めてブラウザを開くと、Gメールのアイコンをクリックして、表示された彼女自身のメールアドレスにPBennet447で始まる文字列を上書きして、ピーターのパスワードを打ち込んだ。そして、受信箱の中身に眼を走らせた。

「それらしいのはある？」とワイルドは尋ねた。

彼女は首を振った。「新着のはメーリングリストとか仕事関係とか広告がらみのものばかり。どれもピーターが消えたとき以降、開封されてない」

彼女は〝消えた〟と言った。そのことにワイルドは気づいた。〝死んだ〟ではなく。

「送信箱もチェックしてみてくれ」とワイルドは言ったが、実のところ、彼女の弟のeメールにサインインさせるのが彼のほんとうの目的ではなかった。ただ、彼女の注意を逸らせたかったのだ――ヴィッキー・チバから手に入れたかったものは、すでに手に入れた。「何か送信してる?」

ヴィッキーは求めに応じてクリックした。「新しいものも何か引っかかるようなものもないわね」

「ここを出てから彼が誰かと話したり連絡を取ったりしたかどうか、わかるかな?」

「電話は調べた。一度も使ってなかった」

「ほかのきょうだいとは?」

ヴィッキーは首を振った。「ケリーは彼女の夫と三人の子供とフロリダに住んでるんだけど、ピーターとはここ何ヵ月も話してないそうよ。サイラスは……サイラスとピーターは可愛いふたりの赤ちゃんだった。でも、サイラスはピーターにずっと嫉妬していた。どうしてかは言うまでもないわよね。ピーターのほうがルックスがよくて、人気もあって、運動神経もよかったからよ。それはともかく、ピーターとサイラスが最後に話をしたのは、きょうだい全員で番組に出たときだと思う」

「全員で『ラヴ・イズ・ア・バトルフィールド』に出た?」

ヴィッキーはうなずいた。「シーズンの終盤に『家族と対決』っていう回があったの。ファイナリストが自分の家族にジェンを紹介するのよ。そのファイナリストがピーターとビッグボッボだったってわけ」

「ビッグボッボ？」

「もうひとりのファイナリスト。ボブ・ジェンキンズ。自分で〝ビッグボッボ〟って名乗ってたのよ。まあ、番組側としては家族全員を登場させて山場をつくりたかったのね。ジェンのことを胡散臭(うさんくさ)そうに見て、ねちねち質問して、一波乱起こすのがわたしたちの役どころだった。そういう趣旨で番組側はきょうだい三人を勢ぞろいさせたがった。でも、サイラスは嫌がった」

「それでも出た？」

「ええ。ギャラがよかったから。それにユタの素敵なリゾートにただで泊まれるんだもの。出ない手はないって割り切ったのね。でも、出演したのはいいけれど、ずっと機嫌が悪かった。全体で二語もしゃべってないんじゃないかな。ミームで人気者になっちゃったけど」

「ミーム？」

「確かネタ画像のことをそう言うんじゃなかったかしら。SNSで面白い画像とか動画が拡散されることよ。サイラスの場合、〝だんまりサイラス(サイレント)〟とか〝むっつりサイラス(サルキング)〟とか名づけられた彼の画像が投稿されて、さらに彼の不機嫌に関してのコメントが付くわけ。〝寝起きのわたし〟みたいな。サイラスはそれに怒りまくって、番組を訴えるとさえ言った」

「サイラスは今どこに？」

「わからない。トラックの運転手で年じゅう移動中だから。携帯電話の番号を教えましょうか？」

「助かる」

「サイラスがお役に立てるとも思えないけれど」

「ジェンはどうかな？」

「どうって？」

「ピーターはまだ彼女と連絡を取っていたんだろうか？」

ヴィッキーは首を振った。「破局する頃にはもうやりとりもしてなかった」

「きみとジェンはよく話すのか？」

「以前はね。つまりごたごたのまえは。わたしたちはみんな仲がよかった。でも、彼女はピーターの裏切りにとことん打ちのめされた」

「ということは、きみもピーターは裏切ったと思うんだね？」

ヴィッキーはためらってから言った。「ピーターは裏切ってないって言ってた」

ワイルドは続きを待った。

「そういうことが今もまだ問題になる？」

「非難してるんじゃない。おれはただ……」

「ただ、なんだっていうの？」ヴィッキーの口調が険しくなった。「あなたには関係ない。

わたしはあなたが家系をたどるのを手伝うとは言った。あなたはそのためにわたしのところに来た、でしょ？　森の中に置き去りにされた理由を知りたくて。ちがう？」

いきなりワイルドの心にひとつの思いが湧いた。わかっているかぎり、人生でこれは二度目の体験だった。一度目はほんの数ヵ月まえのことで、相手は父親だった。今、おれは自分の血縁者と話をしている。そんなことは自分にはなんの意味もないことだろうと思っていた。答がわかっても、気持ちに区切りがついたり、人生が変わったりもしないだろう。そう思っていた。明らかにワイルドと関わりを持ちたくないと思ってる父親との出会いのあとは、その気持ちがなおさら強くなった。それなのに今、血のつながりのある相手と顔を合わせ、ワイルドは相手に強く惹かれていた。それは明らかだった。

「ヴィッキー？」

「何？」

「きみはチャクラとか感受性とか、そういう類いの話をするけど――」

「茶化すのはやめて」

「茶化しちゃいないよ。だけど、今度のことには辻褄の合わないことが多すぎる」

「それでも同じことよ。これはあなたには関係のないことよ」

「もしかしたらそうかもしれない。それでもおれはこの件についてもっと調べようと思う。きみの協力が得られようと得られまいと。それがきわめてうまくいけば、なんらかの報告がきみにできるかもしれない。一方、最悪の場合でもきみはおれに時間を無駄づかいさせられただけのことだ」

「わたしは時間を無駄にはしてないわ」とヴィッキー・チバは言って、そのあとつけ加えた。「わたしたちは、はとこでしょ？　協力するわよ」

12

ローラが言った。「ピーター・ベネットは十中八九死んでる」

「わかってる」

「なのに、どうして彼を捜しつづけたいのか、わたしにはわからない」

ローラ・ネイサーはワイルドと里子同士で、今は家族とともに一九七〇年代に建てられた典型的なスキップフロアの家に住んでいる。裏手に増築した部屋があり、前庭には子供たちの遊具——ラクロス用ゴールがひとつ、自転車、三輪車、ホッピング、蛍光オレンジ色のプラスティック製のバット、人形、おもちゃのトラックがそれぞれ数個ずつ——がまるで誰かがとんでもなく高いところからばら撒いたかのように乱雑に散らばっていた。

ワイルドはそんなローラの家のキッチンテーブルについて坐っていた。彼女の子供たちのひとりを膝に乗せて。別のひとりは顔じゅうをジャムまみれにして、ジャム入りドーナッツをほおばっていた。年長のふたりは部屋の隅でTikTokにダンス動画を投稿しようと奮闘していた。そのためワイルドは同じ歌を何度も聞かされていた。同じ質問を何度も繰り返しされていた。〝どうしてあなたはそんなにわたしに執着するの?〟。

ワイルドは、膝の上の子供がむずからないよう、リズミカルに膝を動かしながら言った。

「血縁の家族を捜せってきみは何年もおれに言いつづけてきた」

「そうよ」

「何度もしつこく言ってたよね。うんざりするほど」

「そうよ」

「なのに?」

「ピーター・ベネットのお姉さん――なんていう名前だっけ?」

「ヴィッキー・チバ」

「そう、彼女は家系図をつくってみるって言ってくれたのよね?」

「ああ」

ローラは両の手のひらを上に向けて言った。「彼女は弟より年上、だからおそらく家族のことは弟より多く知ってるはずよ。確認だけど、あなたに必要なのはそれだけよね? ピーター・ベネットについてインターネットでわたしも調べたけど、彼ってメジャーリーグ級のクソ浣腸野郎なのよね。そんな男をどうして助けなくちゃいけないの？」

それを説明するには時間がかかりすぎる。それにそもそも意味がない。ワイルドはそう思った。ローラにとってもおれにとっても。「おれの動機についてはとりあえず先送りにしないか？」

「そうしたいなら。何か食べものを用意する？ 〝用意〟っていうのは、つまりもっとピザを注文しようかってことだけど？」

「いや、大丈夫」

「いいのよ。気にしないで。もう注文しちゃったのよ。わかった。わたしは何をすればいいの？」

ワイルドはローラのノートパソコンを顎で示した。「使っていいかな？」

ローラはキーをいくつか叩いてから画面をワイルドのほうに向けた。ワイルドは膝の上の幼いチャーリーがずり落ちないように腰に片腕をまわし、もう一方の手でキーを打ってGメールにアクセスした。

「なんなの？」

「ヴィッキー・チバがピーターのeメールアドレスとパスワードを入力したのをおれは見てた」

「当てさせて。で、パスワードを記憶した？」

ワイルドはうなずいた。

「彼女に気づかれずに？」

ワイルドはもう一度うなずいた。

「パスワードは何？」

「ＬｏｖｅＪｅｎｎ４４７」

パスワード欄に入力し、リターンキーを叩くと、思ったとおりピーターのアカウントにログインできた。eメールに眼を通した。が、ヴィッキーの言ったとおりだった――役に立ちそうなものもピーター個人に宛てたものもなかった。ごみ箱フォルダもチェックしたが、そこにも何もなかった。あとでもっと詳しく調べることにした。

「４４７が表わすものに心あたりは？」とローラは尋ねた。

「ないな」

「あなたはピーター・ベネットの姉を信用していない。そういうこと？　そう、あなたのはいとこと言うべきかしら？」

「いや、そういうわけじゃない」

弟がインスタグラムのパスワードを変更していたことがわかると、ヴィッキーはプライヴァシーを侵害されるのに難色を示した。ワイルドはそのことをローラに説明してから、″ＬｏｖｅＪｅｎｎ４４７″というパスワードを使って、ピーターのインスタグラムへのサインインを試した。

サインインできません。パスワードがちがいます。

もちろん、それは意外でもなんでもなかった。その表示の下に、パスワードを忘れ、リセットしたい場合はこちら、というメッセージがあった。クリック。たいていのウェブサイト同様、インスタグラムでもパスワードのリセットをクリックすると、登録されているeメールアドレス宛てにリンクが送信される。

登録されているeメールアドレスは――（ドラムロール）タラタラタラタラ、ジャジャーン――ヴィッキー・チバがサインインするのを盗み見てアクセスに成功した、まさにそのGメールアドレスだった。

「賢い」彼の説明を聞いてローラは言った。「初歩的な手だけど、でも、賢い」

「初歩的だけど賢い。それこそおれの墓碑銘だ」ワイルドはそう言って、インスタグラムからメールが届くのを待った。メールが届くと、パスワードを適当に変えた。そのあとインスタグラムに新しいパスワードでサインインして、メッセージのアイコンをクリックした。リクエストのメッセージが山ほどあった。ワイルドはメインフォルダーをクリックした。

DogLufegnevからのメッセージが一番上にあった。

ワイルドはメッセージのやりとりをクリックして開いた。ローラは彼の肩越しに画面をのぞき込んで見ていた。

DogLufegnev：ピーター、復帰するつもりなら、おまえを叩きのめす。おまえが何をしたか知ってるぞ。証拠もあるぞ。

ピーター：きみは誰だ？

DogLufegnev：おまえにはわかってる。

ピーター：いや、わからない。

DogLufegnevはそのあと一枚の画像を送信していた──マーニーがビデオ・ポッドキャストで提示したものよりもっと生々しい画像だった。その画像の下にもメッセージがあり、それは大文字で書かれていた。

DogLufegnev：おまえは絶対わかってる。

タイムスタンプがないため、ピーター・ベネットがどれほど早く返信したのかはわからなかった。

ピーター：会って話そう。ぼくの電話番号を教える。頼む。

ローラは幼いチャーリーの眼を覆って言った。「ワオ」

「ああ」

「この画像、男性器にうまく光があたってる」と彼女は言った。

「印刷しようか？」

「スクリーンショットを送ってくれるだけでいいわ。それで？　ドッグなんとかは会おうというピーターの申し出に返信しなかったの？」

「ここではしてない。だけど、ピーターは彼あるいは彼女に携帯電話の番号を教えた。だから、電話したか、テキストメッセージを送った可能性はある。いずれにしろ、ＤｏｇＬｕｆｅｇｎｅｖは追跡できそうか？」

ローラは冷蔵庫を開けてリンゴをひとつ取り出すと、息子のイライジャに放った。「この男──女かもしれないけど──このドッグなんとかがピーター・ベネットの携帯電話にテキストメッセージを送るか、電話してたら一番いいわけよね」

「ドッグがそうしてなければ？」

ローラは肩をすくめた。「インスタグラムから追跡することもできるけど、そっちのほうがむずかしい。最近はこの手の仕事がすごく多いのよ。主に企業からの依頼だけど。中傷や迷惑行為のためにものすごくたくさんの偽アカウントがつくられてる。たとえば、まあ、あなたのはとこのアカウントを見てみるといい。殺害予告が届いてる。正気じゃないわ。どうしてこういう連中は知りもしない人のことがそんなに気になるの？　まあ、それはともかく、こういう案件はしょっちゅうよ。たいていはもっと具体的な動機があるものだけど」

「いずれにしろ、きみならそいつらがどこの誰だか突き止められる、だろ？」

「できることもある。デジタル・フットプリントはかならず残るから。よくやるのは、メタデータを追跡したりリンクを解析したり詳しい検索ツールを使ったり。実際に殺害予告が届いてるような深刻な案件の場合には、令状を発行してもらってそいつのＩＰアドレスの開示請求をすることもある。あなたもこのドッグなんとかを見つけたいのよね」

「ああ」

「うちで一番腕の立つスタッフたちにやらせてみるわ」

「ありがとう」

「でも、ワイルド？」

　彼は続きを待った。

「あなたはピーター・ベネットになんの借りもないのよ」

13

ワイルドは自分宛てのメッセージを確認した。レイラからの連絡はなかった。彼はこのさきどうなるのかなりゆきを静観することにした。レンタカーを返却し、エコカプセルに向かってラマポ山地を登った。森の中は静かで、ひっそり閑としていた。が、まったく音がしないわけではない。森の中は静まり返ってはいても、生命に満ちあふれ、そこには威厳と奇跡がある。木々のあいだをぶらついていると、背中や肩の筋肉から強ばりが取れていくのが感じられた。呼吸も自然と深くなっていた。歩く速度もゆっくりになっていた。リラックスした頭でピーター・ベネットについて新たな観点から考えてみた。

ローラは、ワイルドにはピーター・ベネットになんの借りもないと言った。そうかもしれない。しかし、だからなんなのか。借りがなければ人助けをしてはいけないのか？

携帯電話を取り出し、ヴィッキーから教えられた彼女の弟――ワイルドのはとこ――サイラスの携帯電話の番号にかけた。三回目の呼び出し音で応答があった。

「誰だい？」と相手の声がした。

車が行き交う低い音が聞こえた。サイラスはトラックに乗っているのだろう。

「ワイルドという者だけど、この番号はあんたの姉さんのヴィッキーから教えてもらった」

「なんの用だい？」

「おれはあんたのはとこなんだ」

ワイルドはDNA鑑定、ピーターからのメッセージ、さらに彼を捜していることを伝えた。

「なんだかな」ワイルドの説明を聞きおえると、サイラスは言った。「やたらと混み入ってるみたいだけど、いずれにしろ、おれたちはあんたの母さんのほうの血縁者ってことか？」

「そうらしい」

「で、あんたの母親はあんたの父親にあんたのことを何も話さず、森に置き去りにしたのか？」

完全にそのとおりというわけではなかったが、ワイルドはわざわざ訂正することもないと思って言った。「まあ、そんなところだ」

「なんでおれに電話してきた、ワイルド？」

「ピーターを捜してるんだ」

「なんのために？　あんた、警察か？」

「ちがう」

「あんた、バトラー（戦士）なのか？」

「バトラー？」

『ラヴ・イズ・ア・バトルフィールド』の熱狂的なファンをそう呼ぶんだよ、バトラーって。あんた、バトラーなのか？」

「いや」

「バトラーはネットでおれをさんざんこけにしやがった。まったく、あのクソ番組。ほとんど毎日——今でもだ！——どこかのまぬけ野郎が突然やってきて言うんだからな。〝ヘイ、あんた、あのむっつりサイラスじゃないか！〟ってな。マジでムカつく。わかるか？」

「想像できるよ」

「いずれにしろ、みんなピーターはもう死んだものと思ってる」

「あんたもか？」

「おれにはなんとも言えないよ、わがはとこさん」そう言うと、サイラスは鼻で笑った。

「はとこか。変な気分だな」

「ああ、ちょっと」

「ピーターとはもう長いこと話してない。正直なところ、おれたちはあまり仲がよくなかった。そのことはもうヴィッキーから聞いてると思うけど。あんた、DNA鑑定サイトであんたとピーターのDNAが一部マッチしたって言ったな？」

「そうだ」

「どれか教えてくれるか？」

「どのサイトか？〈DNAユアストーリー〉だ」

「ああ、なるほどな」とサイラスは言った。

「何がなるほどなんだね？」

「なんであんたとおれのDNAはマッチしなかったのかってことさ。おれは自分のDNAを〈ミートユアファミリー〉ってサイトに送ってた」

「そのサイトではあんたとDNAがマッチする人間はいなかった？」

「いや、二十三パーセント、マッチするやつがいた」

「その人はどういう親類だったんだ？」

「いろんな可能性があるみたいだったけど、一番ありそうなのは、そう、半分血のつながったきょうだいだった。そう、おれの親父(おやじ)は遊び人だったんだよ。でも、ヴィッキーには言わないでくれよな。姉さんは、フィルはすばらしい父親だったって思ってるから。こんなことを知ったら悲しむだけだ」

「自分に半分血のつながったきょうだいがいることを彼女も知りたいはずだとは思わないのか？」

「どうかな。いや、あんたの言うとおりかもな。彼女には話すべきかもしれない。それで何かいい結果が得られるとも思えないけど」

「その親族には連絡を取ってみたのか？」

「取ろうとはした。〈ミートユアファミリー〉のアプリからメッセージを送ってみたんだ。だけど、返事がなかった」

「その情報を送ってくれないかな？」

「その情報？　――ああ、その相手のか？　でも、どういう情報が送れるかな。そいつのアカウントはもう削除されてるんだよ」

妙だ、とワイルドは思った。ワイルドの父親ダニエル・カーターのときと同じだった。

「その人の名前とかイニシャルとかはわからないんだね？」

「わからない。〈ミートユアファミリー〉は双方が同意しないかぎり個人情報を教えてくれない。だから彼、あるいは彼女か、そいつが誰であれ、そいつのことは何もわからない。わかってるのは、おれたちのDNAが二十三パーセント、マッチしてるってことだけだ」

「それって変な気分のものだろうね」ワイルドは言った。

「ええ？」サイラスは言った。

「どこかに半分血のつながったきょうだいがいるかもしれないのに、お互いそれ以上のことは何も知らないというのは」

「まあね。だけど、今はああいうサイトで〝変な〟ことがわかってしまうやつが大勢いるはずだよ。おれの友達で、自分の親父が実の父親じゃないことを知ったやつがいてさ。かなり参ってたよ。そいつは母親にも打ち明けなかった。両親に離婚してほしくなかったんだろうな」

「ほかにもＤＮＡがマッチする人はいたんだろうか？」

「ことさら気になるような結果は出なかった。でも、家に戻ったら、今わかってることを全部パソコンからあんたに送るよ。それはそうと、あんたはどこに住んでる？」

「ニュージャージーだ」

「ヴィッキーの家の近くか？」

「そう遠くはない」ワイルドは言った。「あんたは？」

「家があるのはワイオミング州だけど、めったに帰らない。今は〈イエロー運輸〉の貨物を積んでケンタッキーを走ってる」そこで彼は咳払いをして言った。「ニュージャージーもしょっちゅう通ってる。おれたちはどれぐらい近い関係なんだ？」

「おれとあんたは曾祖父か曾祖母が同一人物だ」

「大して近くはないな」とサイラスは言った。「だけど、まったくの無関係ってわけでもない」

「ああ、まったくの無関係ってわけでもない」

「あんたにとっちゃ特にそうだよな。悪く取らないでほしいんだが、あんたにはおれたちのほかには誰もいないわけだからな。そのうち会ってちょっと話ができたらいいな。コーヒーでも飲みながら」

「今度はいつニュージャージーを通る？」

「すぐ行く。ニュージャージーを通るときには、たいていヴィッキーのところに泊まってる」

「次に来たときには」ワイルドは言った。「電話してくれ」

「そうするよ、わがはとこ。うちの親戚のことで何か思いあたることがないかおれも考えてみるよ」

「そうしてもらえるとありがたい」

「ピーターをまだ捜すつもりなのか？」

「ああ」

「そっちもうまくいくといいな。誰も責めるつもりはないけど、ピーターをあのくそリアリティ番組に引きずり込んだのがヴィッキーだ。それにはもっともな理由があったんだろうけど、あいつはああいう世界には向いてなかった。ピーターを見つけるためにおれにできることがあったら……」

「そのときは連絡するよ」

サイラスは電話を切った。ワイルドは携帯電話をズボンの尻のポケットに入れ、そのまま山を歩きつづけた。深呼吸して新鮮な山の空気を肺いっぱいに吸い込んだ。顔をゆっくり上げて心地よい陽射しに向け、考えが勝手に流れるままに任せた。その流れは、たいていいつもそであるように、強い親しみを覚え、癒やされもするあの美しい顔にたどり着いた。レイラの顔に。

携帯が鳴ってわれに返った。ヘスターからだった。

「やあ」半ば夢うつつのような心地よさにできるかぎり浸りながらワイルドは言った。

「大丈夫？」

「ああ」

「食用マリファナでも食べたみたいな声をしてるけど」

「人生に酔ってハイになってるだけだ。何かあったのか？」

「メッセージを読んだわ」とヘスターは言った。「DNA鑑定サイトで見つけた親族がどこの誰なのかはもうわかったのね？」

「彼が誰なのかはわかった。だけど、どこにいるのかはまだわからない」

「説明して」

「『ラヴ・イズ・ア・バトルフィールド』っていうリアリティ番組を見たことはないかな？」

「全話欠かさず見てる」とヘスターは言った。

「ほんとに？」

「嘘よ。決まってるでしょ。そもそも意味がわからない。リアリティ番組？　こっちは現実から逃れるためにテレビを見るのに。でも、なんなの、その番組がどうしたの？」

山歩きをしているだけなので時間はあった。ワイルドは、ピーター・ベネットという人物に行き着いたものの、そのピーターはスキャンダルにまみれ、姿を消してしまったことを伝え、さらにその後の一連の出来事について詳しく話した。ワイルドが話しおえると、ヘスターは言った。「あらまあ」

「ああ」

「あなたは家族を見つけた。ところが、その家族はほかのどの家族もそうであるように崩壊してたってわけね」

「おれは幼い頃に森に捨てられた」とワイルドは言った。「だから、端からまともな家族とは思ってなかったけどね」

「なるほど。で、その行方不明のはとこを捜すつもりなの？」

「ああ」

「その人が自殺したことをただ確認するだけのことになるかもしれない」とヘスターは言った。

「かもしれない」

「そうだとしたら――」

「そうだとしたら、それが答ということだ」

「そのまま終わらせるつもり？」

「ほかに何ができる？」

「じゃあ、次のステップは」とヘスターは仕事の話をするときの口調になって言った。「何かしら知っていそうなのは、その人の妻にしろ元妻にしろ、なんでもいいけど、ジェンなんとかって人ね」

「ジェン・キャシディ」

「デイヴィッドと同じ苗字？　あらやだ、当時は彼に夢中になったものよ」

「誰だ、それ？」

「デイヴィッド・キャシディ。『人気家族パートリッジ』（一九七〇～七四年に放送されたアメリカのテレビドラマ。キャシディは長男役）は知ってる？」

「ああ」

「女の子はみんな彼の髪型がいいとか笑顔が素敵だとか騒いだものよ。だけど、お尻もなかなかのものだった」

「貴重な情報をどうも」とワイルドは言い、話を本題に戻した。「ジェン・キャシディにはどうやって近づいたらいいかな？」

「ハリウッドのエージェントには知り合いが大勢いるから」とヘスターは言った。「わたしたちのどちらかと会って話をしてくれないか訊いてみる」

「ありがとう」

「ドッグなんちゃらとかいうネット荒らしの身元はローラに頼んで調べてもらってるんでしょ？」

「ああ」

「それはさておき」ヘスターは努めて淡々とした声で言おうとしたのだが、その意図はとことん的をはずしていた。「ゆうべはレイラとやったの？」

「ヘスター」

「どうなの？」

「あんたはオーレンとやったのか？」とワイルドは言い返した。

「チャンスさえあればいつもやってるわ。オーレンのお尻はデイヴィッド・キャシディよりずっとセクシーなの」そう言ってからヘスターはつけ加えた。「そうやって質問することで話をはぐらかして、あなたはわたしの元義理の娘について質問させないようにしてるの？」

　ワイルドはまだ山を登っていた。「今、どこにいる？」

「オフィスでレヴァイン裁判の評決を待ってるところ」

「評決が出るのはいつ頃になる？」

「さあ」と答えたあと、ヘスターはまた同じことを言った。「そうやって質問することで話をはぐらかして、あなたはわたしの元義理の娘について質問させないようにしてるの？」

　ワイルドは黙ったまま何も答えなかった。

「わかった、わかった。わたしが口を出すことじゃないわね。何本か電話をかけてみるわ。何かわかるかもしれない。また連絡する」

ワイルドはエコカプセルに戻り、少しメンテナンスした。彼が帰国して以来、雨が少なく水が不足していたので、一番近い小川に行って水のタンクを満タンにした。エコカプセルには車輪がついており、トレーラーにつなぐことができるので、ワイルドは数週間おきに場所を移動させていた。そうやって誰にも見つからないようにしていた。ただ、干ばつなどで水不足になる場合に備えて、常に山の水路のいずれかの近くにはとどまっていたが。

水を補充しおえると、いつもの見張り場所に向かった。そこからは袋小路の突きあたりにあるレイラの家が望めた。車はなく、なんの動きもなかった。

携帯電話がまた鳴った。ローラからだった。

「わたしたち、ついてるみたい。ある意味では」

「説明してくれ」

「ＤｏｇＬｕｆｅｇｎｅｖが使っているインターネット・サーヴィス・プロヴァイダー（ＩＳＰ）を突き止めた。その〝ドッグ〟とやらは大規模なボットファームをつくっていて、そのうちのいくつかを使って、いかにも別々の人が投稿しているように見せかけてあなたのはとこのアカウントを荒らしていたみたい。つまり、ピーター・ベネットに関する悪意のある投稿をするだけじゃなく、大勢の人がその投稿に同意しているように見せかけてたってこと」

「珍しいことじゃない」とワイルドは言った。

「そうだとしても、ひどいわね。いったい最近の人間はみんなどうしちゃったのよ？」

「ＤｏｇＬｕｆｅｇｎｅｖの名前か住所は？」

「一応は。ＩＳＰの仕組みは知ってる？」

「よく知ってる」とワイルドはふざけて言った。

「わかったのは、そのＩＳＰの請求書の宛先の住所。そこに住んでる人なら誰でもドッグの可能性がある」

「ああ、それはわかる」

「ＩＳＰの請求書の送付先はヘンリーとドナ・マクアンドルーズの家。住所はコネティカット州ハーウィントン、ウェイク・ロビン・レーン九七二。そこから車で二時間のところね」

「すぐに向かうよ」

今度はレンタカーは使わなかった。車両登録情報にマッチしないか、あるいは、追跡不可能なナンバープレートを取り付けた車、要は彼が使っているプリペイド携帯電話の車両版を〝借りられる〟ところがあり、今回はそれを使うほうがいいと判断した。さらに、黒っぽい服とマスクと手袋に加え、万が一必要になった場合に備えて、適度で巧妙な変装道具も持っていった。用心深さと偏執症とのあいだには微妙な境界線がある。それはワイルドも自覚している。自分がどちらかというと偏執症寄りかもしれないことも。それでも、細心の注意を払って行動するに越したことはない。

インターステート二八七号東線を進み、かつてタッパン・ジー・ブリッジが架かっていた場所を渡った。橋は取り壊され、現在は新しくできたばかりの〝州知事(ガヴァナー)マリオ・M・クオモ・ブリッジ〟となっている。ワイルドとしては、マリオ・クオモ元ニューヨーク州知事に含むところはないが、それでも、ひとりの政治家を顕彰するために完璧な名前――〝タッパン〟はこの地に縁(ゆかり)のある先住民族の名前、〝ジー〟はオランダ語で〝海〟を意味する――をどうして変えなければならなかったのか、不思議でならない。

一キロ進むごとに周囲の景色がどんどん田舎っぽくなってきた。コネティカット州リッチフィールド郡には木々が鬱蒼(うっそう)と茂ったすばらしい森がたくさんある。五年まえ、ワイルドはラマポ山地を離れて身を隠さなければならなくなったことがあるのだが、それでも東海岸にとどまっていたかったので、このあたりの森で二ヵ月暮らしたことがある。

ウェイク・ロビン・レーンに着いたときには日が暮れ、通りも静まり返っていた。ワイルドは車を減速させた。どの家も数エーカーはありそうな広大な敷地に建っており、生い茂る葉のあいだから家々の明かりがまたたいていた。

が、ウェイク・ロビン・レーン九七二の家には明かりがついていなかった。

ワイルドはまたしても野生の直感の疼(うず)きを覚えた。人類が〝進化〟して、信頼できる権威に認められた、鍵のかかる頑丈なねぐらで暮らすようになって以来、大多数の人がはるか昔に心の奥底にしまい込むか、あるいは衰退させてきた生存本能の疼きだ。ワイルドはそのまま突きあたりまで車を走らせ、右に折れてローレル通りに出た。ウィルソン池のそばを通り過ぎ、カルミア自然保護区の近くの人目につかない場所に出た。看板によると、この自然保護区は郡のオーデュボン協会（野鳥保護から始まり、広く自然環境保護運動をおこなっている団体）によってつくられたものだという。ワイルドはすでに黒い服を着ていた。手袋をはめ、黒いキャップをかぶり、念のため薄手の黒いスキーマスクをポケットに入れた。あたりは真っ暗だったが、なんの支障もなかった。ワイルドは空と星を頼りに森の中を何キロも歩くことができた。必要な場合に備えて――森の中で〝生き延びられる〟といっても、暗闇で眼が見えるわけではない――懐中電灯も持ってきていたが、今夜の空は雲ひとつなくすっきりとしており、余裕で移動できた。

十五分後、ワイルドはマクアンドルーズ家の裏庭にいた。この家については、出発するまえに不動産データベース〈ズィロー〉で調べてあった。マクアンドルーズ夫妻は二〇一八年一月にこの家を三十四万五千ドルで購入していた。広さは約二百四十平方メートル、ベッドルームとバスルームがそれぞれ三つずつある比較的新しい家で、人里離れた二エーカーの敷地の中に建っていた。

昔から映画でよく聞く台詞を借りて言えば、この家は――〝静かだ、静かすぎる〟（一九三四年製作の映画『テキサスの幸運な男』のジョン・ウェインの台詞が嚆矢。その後の映画でもよく使われる）。

家の裏手の明かりはついていなかった。

マクアンドルーズ家の人々はもう全員寝ているか——まだ九時だが——あるいは誰も家にいないのだろう。ワイルドの携帯電話が振動した。ワイルドは左耳に入れていたエアポッドをタップして応答した。ハローと言う必要はなかった。ローラもちゃんと心得ていた。

「ヘンリー・マクアンドルーズは六十一歳、妻のドナは六十歳。夫妻には子供が三人いる。全員男で、歳は上から二十八歳、二十六歳、十九歳。今、もっと詳しく調べてる」

ローラはそれだけ言うと電話を切った。

その情報をどう受け止めればいいのか、ワイルドにはわからなかった。年齢と性別から犯人像に迫るとすれば、マクアンドルーズ夫妻より三人の息子の誰かがDogLufegnevである可能性が高いが、それでも疑問は残る。果たして三人の息子たちの中に、今もこの家で両親と一緒に暮らしている者がいるのかどうか。

ワイルドはマスクをかぶった。全身が覆われ、肌は一切見えなくなった。最近はたいていどの家にもなんらかのセキュリティシステムか防犯カメラが設置されている。どの家もというわけではないが、気にしなければならない理由としてはそれで充分だ。ワイルドは家に近づいた。カメラに映るか、誰かに目撃されるかしても、頭から爪先まで全身黒ずくめの男というだけでは、何もわからないのと変わらない。

家のすぐそばまで近寄り、花壇で屈んで小石をいくつか拾った。低い姿勢を保ったまま、家の裏手のスライドドアのガラスめがけて小石を投げて待った。

反応なし。

次にもっとスピードをつけて二階の窓に投げた。昔ながらのやり方――原始的ながら、家の中に誰かいるかどうか確認するためのきわめて有効なやり方。もし明かりがついたら、すぐに立ち去ればいい。そうすれば、誰にも見つかることなく森の中にまぎれ込める。

今度は少し大きめの石を一度にいくつか投げた。大きな音がした。それが狙いだ、もちろん。

反応なし。悲鳴も叫び声も聞こえず、明かりもつかず、中から窓の外をのぞく人影も見えない。

結論。この家には誰もいない。

もちろん、絶対とは言えない。誰かが家の中でぐっすり眠りこけていないともかぎらない。が、実のところ、ワイルドはそこまで心配はしていなかった。とりあえず鍵のかかっていないドアか窓がないか探すことにした。なかったとしても、どんな家でも侵入できる道具を持ってきていた。おかしなものだ。ワイルドは覚えていないくらい幼い頃から家に侵入していた。言うまでもないが、まだ幼かった〝森から来た少年〟は道具など使わなかった。窓やドアに手をかけて、全部鍵がかかっていれば、次の家に移る。ただそれだけだった。一度――おそらく四歳か五歳の頃だと思うが――どうしようもなく腹がへっていたときのことだ。誰もいなくて、かつ鍵がかかっていない家をどうしても見つけられず、石で半地下の窓を割って家の中にはいったことがあった。そのときの記憶が急に甦った。腹をすかせた子供の辛さを思い出した。そのときは恐怖と必死の思いが警戒心に勝（まさ）ったわけだが、地下室の窓を通り抜けたときに、ガラスの破片で腹を切ったことも思い出した。今の今までそんなことはすっかり忘れていたのに。あのとき傷の手当てはできたのだったか？　小さな少年には二階のバスルームで救急箱を見つける知恵があったのか？　それとも、傷口にシャツを押しあてただけだったのか？　傷は深かったのか、浅かったのか？

思い出せなかった。覚えているのはガラスの破片で怪我（けが）をしたことだけだった。彼の記憶はいつもそうだった。壊れた欠片のように、断片的にしか思い出せないのだ。一番古い記憶は、階段の赤い手すり、暗い色の床板、口ひげを生やした男の肖像画、それから女の人の悲鳴だ。そのイメージはこれまで何度となく夢に見てきたが、それらが何を意味するのか——なんらかの意味があるとして——ワイルドにはいまだにわからない。

まず一階の窓から取りかかった。鍵がかかっていた。次は裏手のドア。ここも鍵がかかっていた。それから、ガラスのスライドドアを試してみた。

ビンゴ。

ワイルドはいささか驚いた。窓にはきちんと鍵がかかっているのに、どうしてスライドドアには鍵をかけなかったのか？　うっかり閉め忘れたということはある、もちろん。考えすぎることはない……だとしても。

またしても直感が疼いた。

屈んで身を低くし、スライドドアをほんの数センチだけ開けた。それから、さらに数センチ開けた。ドアはレールの上をすべって簡単に開いた。音はしなかった。屈んだままさらにドアを数センチ開けた。ゆっくりと。用心しすぎかもしれない。が、過信より恐ろしい敵もいない。ワイルドは耳をすまして待った。

反応なし。

通れるくらいまでドアを開け、居間にはいった。ドアを閉めようかとも思ったが、急いで脱出しなければならなくなったときのことを考えると、出口が開いているほうが時間の節約になる。まるまる一分、じっと立ったまま、物音がしないか耳をすまして待った。

何も聞こえなかった。

部屋の隅の机の上に大きなコンピューターが置かれていた。

これまたビンゴ。

家の中には誰もいない。それは確かだ。なのに胸に疼く直感を振り払うことができない。ワイルドは超自然現象を信じるような迷信深い人間ではない。そんなものは一切信じていない。とはいえ、室内に今にもひび割れそうなほど緊迫した空気が漂っているのはまちがいない。

何を見落としてる？

それが何かわからなかった。ただの想像かもしれない。その可能性はもちろんある。それでも、やはり念には念を入れるに越したことはない。低い姿勢を保ったまま這って机のほうに移動した。それこそまさにマクアンドルーズ家に侵入した目的だった。机の上のコンピューターからできるだけすべてのデータをダウンロードし、ローラの会社の専門家に詳しく分析してもらう。ここに来たのはそのためだ。マクアンドルーズ家の家族を直接問い質すことも考えたが、それで何かがわかるとも思えない。それよりネット荒らしのＤｏｇＬｕｆｅｇｎｅｖが、ピーター・ベネットを破滅に至らしめた不名誉な写真をどうやって手に入れたのか。そのことのほうがずっと大きな手がかりになる。

　コンピューターはウィンドウズのＯＳを搭載したＰＣで、パスワードがかかっていた。ワイルドは持参したＵＳＢメモリをふたつ取り出し、ひとつをＰＣのＵＳＢポートに差し込んだ。そのＵＳＢには、mailpv.exe や mspass.exe など自動的に実行されるあらゆるハッキングツールが組み込まれていて、ＵＳＢポートに差し込むだけで、フェイスブックにしろ、アウトルックにしろ、銀行口座にしろ、あらゆるサーヴィスのパスワードを収集できる。

　もっとも、そのすべてが必要なわけではなかったが。

　ＰＣにサインインするパスワードさえあればよかった。それがわかれば、ＰＣに保存されているデータを丸ごとバックアップし、ふたつめのＵＳＢメモリにコピーして持ち出せる。映画ではこの作業に時間がかかる場合が多いが、現実にはほんの数秒でパスワードが無効化され、五分もあれば全コンテンツのコピーが完了する。

　コンピューターのロックが解除されると、ワイルドはブラウザを立ち上げ、履歴を確認した。コンピューターを調べて使用者のすべてがわかったのは昔の話だ。最近はスマートフォンでネットサーフィンや検索をする者がほとんどだ。ｅメールやテキストメッセージをのぞき見することは可能だが、その大部分は〈シグナル〉や〈スリーマ〉といったメッセージアプリで高度に暗号化されていて、内容まではわからない。

　ブラウザのブックマークのトップはインスタグラムだった。

　妙だ。インスタグラムは一般的にスマートフォンで利用するアプリで、コンピューターからアクセスするのは珍しい。ワイルドはすぐにリンクをクリックした。インスタグラムの画面が表示された。プロフィール欄にＤｏｇＬｕｆｅｇｎｅｖというハンドルネームが表示されてもおかしくなかった。が、画面に現われたのは〝慈愛あふれる看護師（NurseCaresLove）24〟という名だった。プロフィール欄の写真は、三十歳を超えているとは思えないアジア系らしき女性だ。画面の右側にプロフィールを切り替えるボタンがあった。ワイルドはそのボタンをクリックした。

　数十ものアカウントが登録されていた。

　ありとあらゆる信条、性別、国籍、職業、宗教のアカウントが並んでいた。ワイルドは画面を下にスクロールしながら、その数を数えた。これらのアカウントのデータを万一ＵＳＢ

メモリに取り込めなかった場合に備え、携帯電話を取り出してアカウント一覧のスナップショットを撮った。三十個を超えたところで、ようやくＤｏｇＬｕｆｅｇｎｅｖに出くわした。ＤｏｇＬｕｆｅｇｎｅｖのプロフィールをクリックし、画面に表示されるのを待った。フォロワー数は四十六人で、ワイルドが見るかぎり、どれもこのコンピューターに保存されている別のアカウントのようだった。ワイルドはプライヴェートメッセージのアイコンをクリックした。ローラの家で見たのと同じＤｏｇＬｕｆｅｇｎｅｖとピーター・ベネットのやりとりの記録が残っていたが、それより興味を惹かれたのは——はるかに興味深かったのは——その上にあるメッセージ、すなわちＤｏｇＬｕｆｅｇｎｅｖが一番最近受け取ったメッセージだった。

送信者の名前は〝クロヒョウの一撃（PantherStrike）88〟で、シンプルかつ冷徹なメッセージだった。

見つけたぞ、マクアンドルーズ。おまえはいずれ報いを受ける。

ほう、とワイルドは思った。このクロヒョウなる人物もマクアンドルーズを見つけ出したということか。

ＵＳＢメモリのライトが短く二回点滅し、コンテンツのコピーが完了したことを告げた。

ワイルドはUSBメモリを引き抜き、ポケットにしまった。そのあとPantherStrike88のプロフィールをクリックした。が、何も情報はなかった。誰にしろ、このアカウントをつくり、脅迫メッセージを送った人物は、すでにアカウントを削除していた。

いったい何があったのか。

家に侵入して初めて物音が聞こえた。

車だ。

ワイルドは急いで表に面した窓のそばに移動した。ちょうど車が左方向に走り去り、テールランプが見えなくなるところだった。なんでもない。車が一台通り過ぎただけのことだ。通りはまた静まり返っていた。

が、ワイルドはまたしても直感の疼きを覚えた。

コンピューターのある居間にそっと戻った。このままもう少しとどまってコンピューターをさらに詳しく調べるか、今すぐ立ち去るべきか思案していると、最初のにおいが宙を漂い、彼の鼻に届いた。

ワイルドは凍りついた。

心臓が胃袋の中に沈むかと思うほど驚いた。地下室に通じているらしいドアのそばに立ち、ドアに寄りかかって大きく息を吸った。

勘弁してくれ。

ドアを開けたくなかった。すぐ逃げたかった。が、それはできない。今はまだ。

ワイルドは手袋をはめた手を伸ばし、ドアノブをまわした。ドアがほんの少しだけ開いた。それだけだった。それだけで充分だった。それまで外に出ようと必死でドアを叩いていたかのように、ひどい腐敗臭が一気に流れ出てきた。

ワイルドは明かりをつけ、階段を見下ろした。

血が見えた。

それも大量に。

14

ベッドで仰向けに横になっていると、ワイルドから電話がかかってきた。ヘスターはちょうど行為を終えたところで、まだ息があがっていた。隣りには、天井を見つめ、笑みを浮かべている彼女の――〝ボーイフレンド〟などと呼ぶにはわたしは歳を取りすぎてる?――恋人のオーレン・カーマイケルがいた。

「すごくよかった」電話が鳴る直前、オーレンは彼女にそう言っていた。

ふたりはマンハッタンにあるヘスターのメゾネット式のアパートメントにいた。ヘスター同様、オーレンもかつてはウェストヴィルで元妻のシェリルと一緒に、今はもう成人している子供たちを育てていた。その家はすでに売っていた。オーレンは長いあいだずっとヘスターの人生の周辺にいた。彼女の息子のうちふたりのバスケットボールのコーチでもあった。また、幼いワイルドが森で発見されたときの捜索隊の一員でもあった。

オーレンはヘスターに笑みを向けた。

「何？」

「なんでもない」

「だったら、どうしてそんなに嬉しそうに笑ってるの？」

「〝すごくよかった〟のどこがわかりづらいんだ？」

夫のアイラが亡くなったあと、ヘスターは男とつきあうのはもう充分だと思っていた。怒りや苦痛をたくさん抱え、ひどく傷ついてもいたが、そのせいでそう決めたのではなかった。彼女はアイラを愛していた。アイラは魅力的で、やさしく、頭がよくて、ユーモアに満ちた人だった。最高の人生のパートナーだった。そんな夫を亡くして、ヘスターには誰かとまたデートする自分の姿がまるで思い描けなかった。仕事は多忙をきわめており、充実した生活を送っている中、いずれ誰か新しい相手とデートする気になるかもしれない、などと思うと、思っただけで怖気が走った。人生をただひどく面倒なものにするだけのように思えたのだ。いつかまた、アイラではない男のまえで裸になるのかと思うと、恐ろしくもあり、うんざりもした。誰がそんなことを必要としている？　ヘスターにはそんなものは必要なかった。

加えて、相手がウェストヴィル警察署長のオーレン・カーマイケルというのも驚きだった。肩幅が広く、体にぴったりした制服をまとった超セクシーなオーレンは彼女のタイプではなかった。オーレンのほうもそれは同じだった。ところが、彼女は恋に落ち、彼も恋に落ち、今ふたりはこうして一緒にいる。このことを知ったらアイラはどう思うだろう。ヘスターはそう考えずにはいられなかった。彼女が幸せでいることを喜んでくれると思いたかった。もしアイラがオーレンの離婚した妻――いまだにビキニ姿の写真をSNSに投稿している、派手好きの元妻――のシェリルとつきあったとしたら？　ヘスターも同じようにアイラの幸せを願っただろう。その一方、『屋根の上のバイオリン弾き』の主人公の夢に出てくるフルマセーラのように、幽霊になった自分がアイラに取り憑いている姿も思い浮かぶが。

アイラにはまた新たな相手と幸せになってほしい。立場が逆なら、ヘスターはそう願っただろう。アイラも同じように彼女の幸せを願ってくれるのではないか？　そうであってほしい。いや、もしかしたらアイラは嫉妬するかもしれない。昔のヘスターにはちょっと浮気性のところがあったから。それでも、オーレンと一緒にいると、彼女はうっとりするほど幸せだった。お互い、もっと深い関係に進む心づもりもできていた。とはいえ、自分たちの歳を考えると、それにどれほどの意味があるだろう？　子供？　冗談でしょ！　結婚？　そんな必要がある？　一緒に暮らす？　それもない。ヘスターは自分だけの居場所が好きだった。

始終まわりに男がいるのは嫌だった。たとえオーレンのような素敵な男性であっても。そんなふうに思うのは、彼に対する愛が足りないということなのか？　それはなんとも言えなかった。オーレンのことはできるだけ愛しているが、かといって、十八歳、あるいは四十歳の頃と同じように愛したいとは思わない。

ただひとつ、いつも胸が痛む事実がある。オーレンとの関係は――そもそも公正に比べられるものではないけれど――アイラとの関係よりはるかに肉体的だった。そのことに彼女は罪悪感を覚えた。アイラとの性生活は年を経るごとに少なくなっていた。それは普通のことだ、もちろん。人生を築き、それぞれに仕事を持ち、妊娠し、幼い子供たちを育て、疲れ果て、プライヴァシーもない。何度となく繰り返されてきた物語だ。それでもアイラはそのことを嘆いていた。「もっと情熱的な関係が恋しい」と言っていた。ヘスターはそれを〝男はもっとセックスがしたい〟というありきたりの欲望の表われと見て、意に介さなかった。が、今となっては果たしてほんとうにそうだったのかどうか。

ある夜、デイヴィッドが車の滑落事故でなくなる少しまえのこと、アイラがウィスキーのグラスを持って電気もつけず、暗い部屋で椅子に坐っていたことがあった。アイラはめったに酒を飲まず、飲むとすぐに酔った。ヘスターは部屋にはいり、黙って彼の背後に立った。アイラは彼女がそこにいるとは知らなかったのだろう。

「もしわたしが死んで、きみが誰かとつきあうことになったら」とアイラはむしろ自問するように言った。「新しい相手にもわたしたちと同じような性生活を望むか？」

ヘスターは何も答えなかった。が、その問いかけを忘れたことはなかった。アイラは、自分の古いベッドでおこなわれていることが気に入らないかもしれない。あるいは、わかってくれるかもしれない。若い頃は相手との関係に多くを求めがちだ。年を経て振り返ると、そのことがよくわかる。

また電話が鳴った。

オーレンが訊いた。「評決が出たのか？」

その夜、ヘスターとオーレンは夕食をとりながらレヴァイン裁判について話し合っていた。

「きみは司法のシステムを信じているのか？」法執行機関の一員であるオーレンはそう尋ねた。「それとも信じていないのか？」

「信じてるわ」とヘスターは答えた。

「きみの依頼人のしたことは正当防衛なんかじゃない。それはおれもきみも知ってる」

「それはわたしたちにはわからない」

「もし彼が刑罰を免れたら、司法のシステムは機能していないってことになるんじゃないのか？」

「その逆じゃないかしら」

「その逆？」

「システムは柔軟に機能してるってことかもしれない」

そう言われて、オーレンは考えた。「レヴァインには彼なりに犯行に及ぶだけの理由があった。そう言いたいのか？」

「ある意味では」

「殺人犯は誰でも自分には人を殺す正当な理由があると思ってる」

「確かに」とヘスターは言った。

「そのために人を殺してもかまわないというのか？」

「相手がナチの場合にかぎっては」ヘスターはオーレンの頰に軽くキスして言った。「相手がナチならなんの問題もない」

ヘスターはベッドの上で起き上がり、携帯電話を見た。「評決じゃない」そう言って応答ボタンを押し、電話を耳に押しあてた。「もしもし？」

「今、ひとりか？」とワイルドは尋ねた。

声が震えていた。ヘスターは嫌な予感がした。「いいえ」

「ひとりになれるか？」

ヘスターは声には出さずに〝ちょっと失礼〟とオーレンに伝えた。オーレンはうなずき、わかったと示した。居間に移動し、寝室のドアを閉めてからヘスターは言った。「お待たせ。どうしたの？」

「これは仮の話だけど」

「わたしが聞きたくない話ってことね？」

「たぶん」

「話して」

「仮におれが死体を見つけたとする」

「やっぱり聞きたくなかった。どこで？」

「おれが本来いるべきではない個人の家で」

ワイルドはとこを捜す過程でマクアンドルーズの家に侵入したことを説明した。

「死んでるのは誰だかわかる？」

「この家の家主。ヘンリー・マクアンドルーズ」

「あなたはまだ家の中にいるの？」

「いや」

「あなたが家の中にいたことを警察が突き止める可能性は？」

「ない」

「自信満々ね」とヘスターは言った。

ワイルドは何も答えなかった。

「死んでからどれくらい経ってる？」

「おれは病理医じゃない」

「でも?」

「少なくとも一週間は経ってると思う」

「興味深いわね」とヘスターは言った。「その人の奥さんや子供が通報してしかるべきだとあなたは思ってる。わたしに電話してきたのは法律上のアドヴァイスが欲しいからよね」

　ワイルドは今度も何も答えなかった。

「選択肢はふたつ」とヘスターは続けた。「その一。警察に通報して、正直にすべてを話す」

「おれは他人の家に侵入してる」

「それはなんとでもなる。たまたま通りかかったら、奇妙なにおいがしたとか」

「で、全身黒ずくめの恰好をして、マスクをかぶり、手袋をはめて、人気(ひとけ)がなく、数エーカーはありそうな私有地に建つ家のスライドドアから忍び込んだ。気軽に散歩を愉しめるような場所など近くにはない土地で――」

「説明はつく」とヘスターは言った。

「ほんとうに?」

「時間はかかるかもしれないけど、検死でその人が少なくとも一週間以上まえに死んでいたと判明すれば、あなたが殺したんじゃないことが警察にもわかる。わたしなら、あなたを釈放させられる」

「選択肢その二は？」とワイルドは訊いた。

「警察に信じてもらえないのが心配なの？」

「自分から通報したら、警察はおれのことをあれこれ調べる。おれの過去も、何もかも。メイナードの事件も調べ直すかもしれない」

ヘスターはそこまで考えていなかった。メイナードの一件は表向きは〝普通の〟誘拐事件と見なされていた（前作『森から来た少年』で起きた事件）。実際は普通とはほど遠かった。いろいろと事情があって、真相は秘密にされた。「なるほど」とヘスターは言った。

「それに、もしおれが正直に話したらどうなるか――まず容疑をかけられそうなのは誰だと思う？」

「よくわからないんだけど……ああ、そうか。あなたのはとこね？」

「ほかに誰がいる？」

「そうね。だけど、考えてみて、ワイルド。もし彼がその人を殺したのなら、あなたは彼を守りたい？」

「いや」

「インターネット上で攻撃されたからといって、殺人の正当な理由にはならない」とヘスターは言った。

「相手がナチじゃなければ」

「ジョークのつもり？」

「うまいジョークじゃないけど。ピーター・ベネットが関わっているかどうかはわからない。何が起きてるのか、こっちにはなんの手がかりもない」

「いずれにしろ、死体をそのまま放置して朽ちさせるわけにはいかない」とヘスターは言った。「法律の専門家としてアドヴァイスするなら、通報しなさい」

「選択肢その二は？」

「これがその二よ。その一は何もかも正直に話すこと。その二は匿名で通報すること。ほんとうはその一を勧めたいところだけど、わたしの依頼人は頑固だから」

「でも、あんたはその依頼人の言い分にも一理あると思ってる」

「まあ、そうね」ヘスターは携帯電話を反対の手に持ち替えて続けた。「こうしましょう。警察にはわたしから通報する。そうすれば、彼らは発見者の名前を教えろとは言えない。弁護士と依頼人間(かん)の秘匿特権があるから。一方、彼らからの情報は常にはいってくるかもしれない。この通話を追跡する手段はないのよね？」

「ない」

「それなら大丈夫。何かわかったら連絡する」

ヘスターはそう言って電話を切った。寝室に戻ると、オーレンが服を着ているところだった。彼女はそれを止めなかった。泊まっていってくれてもちっともかまわないのだが、お互いそうするのをためらっていた。

「大丈夫か？」オーレンは逞しい上体にTシャツを着ながら訊いた。

「コネティカット州リッチフィールド郡の警察に知り合いはいる？」

「捜せばいると思う。どうして？」

「死体を発見したって通報しなくちゃならない」

15

　ワイルドはアーニーの店に戻って車を返した。アーニーはあらゆる手を尽くして、この車には絶対に足がつかないようにしてくれるはずだ。今回のような事態の場合、通常は車を解体し、部品としてさばくことが多かった。アーニーは詳しい事情を訊いてはこなかった。ワイルドのほうも何も言うつもりはなかった。そのほうが双方にとって安全だから。

　ローラが迎えにきた。ワイルドは彼女にUSBメモリを渡し、チャイルドシートを装着したホンダのミニヴァンで送ってもらう車中で、事情を説明した。彼の話にローラの表情が一気に険しくなった。

「そのUSBメモリは」とローラは言った。「わたしが自分で分析するほうがよさそうね」

「できるのか？」

「まあ、そんなにむずかしいことじゃないから。誤解しないで。うちの専門家たちを信用してないわけじゃないの。彼らは口が堅いわ」

「でも、きみとしては彼らを面倒に巻き込みたくない」

「死体の登場となるとね」

ワイルドはうなずいて言った。「ああ」

「でも、わたしは悪役になるつもりはないから。もし警察が殺人犯を特定するのに役立ちそうなものが見つかったら、ちゃんと届け出るからね。いいわね？」

「ああ」

「犯人があなたのはとこだとしても？」

「だとしたらなおさら」

ローラはハンドルを切って十七号線を降りた。「あなたがそうしたいなら、うちに泊まってくれてもかまわないけど。安全なインターネットも使えるし」

「いや、大丈夫だ」

十分後、ローラはウィンカーを出して路肩に車を停めた。あたりは真っ暗だった。ワイルドは彼女の頬にキスして車を降り、森の中に姿を消した。今夜はもうほかにできることはない。エコカプセルに帰って、少し眠るつもりだった。エコカプセルまであと百メートルほどのところで、携帯電話が振動した。レイラからのテキストメッセージだった。

レイラ：来て。

ワイルドは返信した。マシュウとは話したのか？

レイラ：キレるわよ。
ワイルド：ええ？
レイラ：二度も〝来て〟って言わせたらキレるわよ。

ワイルドは闇の中でひとり笑いをして、レイラの家の裏庭に向かった。ダリルのことはそれほど気にならなかった。それは彼女の問題であって、ワイルドが心配することではない。レイラとは少し距離を置こう、それが彼女のためだから、とも考えなかった。そんなのはレイラに対して上位者ぶってるだけのことだ。ちがうか？　ワイルドはレイラには飾ることなくありのまま接していた。彼女のほうも事情は承知している。そんな彼女が自ら決断できるように〝手を貸す〟？　いったいおまえは何さまなのだ？　彼女の決断の正否に疑問を呈す？

お門ちがいもはなはだしい。

レイラは裏口で彼を出迎えた。マシュウは家にいなかった。ふたりはすぐに二階に上がった。ワイルドは服を脱ぎ、シャワーを浴びた。レイラもあとからはいってきた。朝七時、かなり久しぶりに長時間眠ったあと、ワイルドは眼をしばたたいて開けた。レイラはベッドのへりに坐り、窓から裏庭の先の森を眺めていた。ワイルドは無言で彼女の横顔を見つめた。

レイラが窓のほうを向いたまま言った。「このことについては話し合わなくちゃいけない」

「わかった」

「でも、今日じゃない。まだ整理しなくちゃならないことがいくつかある」

ワイルドは起き上がった。「おれは帰ったほうがいいか？」

「いいえ」レイラはワイルドに向き直って言った。その瞬間、ワイルドの鼓動が胸を叩いた。

「あなたのほうは何か話したいことがある？」

彼は話したくはなかった、正直に言えば。話すことで頭を整理しようとする人もいる。それで問題が解決することもある。が、ワイルドはその逆だった。自分の心の内に秘めておくことで、理解が深まることのほうが多かった。答がおのずと浮かび上がってくるまでプレッシャーを与えつづけるのだ。喩えて言えば、ことばにして外に出すのは、風船から空気が洩れる感覚に似ていた。

だとしても、ことばは相手にぶつかって跳ね返ることで意味を持つことがある。レイラのように洞察力のある相手ならなおさら。そうすることで、レイラにいくらかの喜びや満足感を与えられるということもある。だから、ワイルドはピーター・ベネットについて話せることだけ彼女に話した。昨夜、死体を見つけたことは除いて。

「オッカムの剃刀（かみそり）（無用な複雑化を避け、最も簡潔な理論を採るべきだという考え方）」ワイルドが話しおえると、レイラは言った。

ワイルドは黙って続きを待った。

「最もありえそうな答は、あなたのはとこが結婚生活も名声も彼の言うところの人生も台無しにしたスキャンダルのせいで、われを失って——それらに終止符を打った」

ワイルドは黙ってうなずいた。

「でも、あなたはそうは思ってない」

「そこまで確信はないが」

「ピーター・ベネットの身に何が起きたにしろ、おそらくそれは彼がリアリティ番組のスターだということと関わってる」

「たぶん」

「わたしが思うに、あなたはそういう方面には明るくない」

「何か考えがあるのか？」

「ある」

「どんな？」

「そういう分野に関してはあなたを教育してあげられる」
「どうやって？」
「あと一時間もしたら、マシュウとサットンがここに来る」
「おれは帰ったほうがいい？」
「いいえ、ここにいて。あなたを教育するのはあの子たちなんだから」

四人――ワイルド、レイラ、マシュウ、サットン――はそのあと何時間か『ラヴ・イズ・ア・バトルフィールド』のピーター・ベネットとジェン・キャシディが出演していたシーズンをストリーミングサーヴィスで見た。

サットンがワイルドを見て言った。「こういうの、嫌いでしょ？」

嘘をつかなければならない理由はワイルドにはなかった。「ああ、嫌いだ」

あえて言うまでもない。この手の番組は馬鹿げていて、同じことの繰り返しで、巧妙に仕組まれていて、誠実さのかけらもなく、あらかじめすじがきが決まっていて、さらには虐待にも近い。それが番組を見たワイルドの感想だった。出場者の大半は無傷ではすまず、嘲笑われ、馬鹿にされ、悪者にされていた。傷ついていたり、頭がおかしくなったりしたようにも見せかけられていた。とはいえ、陳腐と真実は紙一重ということもなくはない。ワイルドはできるだけ偏見を持たず、かつ多くを期待せずに見た。自分がこの番組のターゲット層の視聴者からかけ離れていることは重々承知していたが、それを差し引いても『ラヴ・イズ・ア・バトルフィールド』は想像していたよりはるかに低俗で滅茶苦茶な代物だった。一方、マシュウとサットンは手を握り合って番組を見ていた。ワイルドはふたりの右側にある椅子に坐って見ていた。レイラは居間を出たりはいったりしていた。

「わたしのパパは文明の終わりを告げる番組だって思ってる」とサットンは言った。

ワイルドはそれを聞いて笑みを浮かべた。

「でも、実のところ、これって文明そのものよ」とサットンは続けた。「親はこういう番組を見て言うわけ。〝まったく、この出場者たちは子供たちにとってとんでもなく悪い見本だ〟とかなんとか。でも、ほんとうはその逆。これは教訓なのよ」

「教訓？」とワイルドは訊き返した。

「事故ったポンコツ車みたいになりたい人なんていないってこと」とサットンはテレビ画面を示して言った。「喩えて言えば、犯罪番組を見て、誰かを殺したくなる視聴者も出てくるんじゃないかって心配するようなものよ。普通はこういう番組を見たらこう思うわけ。〝ワオ、あたしはこうはなりたくない〟って」

なかなか面白い指摘だ。ワイルドはそう思った。だからといって、のぞき趣味を煽るだけの低俗番組に関する感想が変わるわけでもなかったが。実際、出場者は自分たちの役どころをちゃんと心得ており、それをどう判断するかはワイルドの役目ではなかった。毒にも薬にもならないものをどうしてわざわざ軽蔑しなきゃならない？

そこまで思い、考え直した。ほんとうに誰かの人生の毒になることはないのか。

無名の若者――それもたいていは感情的ですぐに爆発しそうな若者――を担ぎ出し、ガソリンまみれにして、名声という火種に満ちたテレビ番組に放り込むのは、端から問題を起こしてくれと言っているようなものではないのか？

ピーター・ベネットはこのテレビ番組に破滅させられたのか。

『ラヴ・イズ・ア・バトルフィールド』のストーリー展開は、何もかもが大仰に誇張されてはいたものの、おおむねワイルドが想像したとおりのものだった。それでも実際にエピソードをいくつか見たおかげで、番組全体の特徴がつかめた。出場者が大勢いて（賢明にも出場者の名前は画面の下部にスクロールで表示される）あらかじめ仕組まれたドラマがあれやこれや展開する。が、最後には誰もが何度となく見たことのある単純な物語に落ち着く。ジェンはふたりの男のうちどちらかを選ばなければならない。ひとりは危なげな色香を漂わせた〝ビッグボッボ〟。うぬぼれ屋のボブ・ジェンキンズは番組の中で自ら〝ビッグボッボ〟と名乗り、つくられたドラマの合間に流れる馬鹿げた〝インタヴュー〟では、自分のことを三人称で話した（「ビッグボッボはぷりっとしたケツが好みなんだ、お嬢さんたち。ぺったんこなケツはお呼びじゃない。わかったか？」）。もうひとりがハンサムで人好きがしてやさしいピーター・ベネット。番組では、家に連れて帰り、ママとパパに会わせるのにこれ以上ない若者という役どころだった。で、当初ピーターはジェンにとって〝安全牌すぎる〟相手と目されていた。が、視聴者の反応も踏まえ、ついにはそうしたニュアンスもなくなる——ビッグボッボは意地悪で、その魅力は見せかけで、調子のいい悪党で、騎士のようなヒーロー、ピーターこそジェンが真実の愛と満ち足りた人生を手に入れる道だと露骨に示される。彼女が真実を見抜きさえすれば。

同時に、番組ではひたすら予告映像を流し、とりわけシーズンが佳境にはいると、ジェンはビッグボッボを選ぶだろうと執拗に見せかける。それでかえって視聴者にはわかってしまう。ジェンがピーターを選ばないわけがないことが。それでも、制作陣は最終決戦の回の〝対決〟シーンを大量の煙で隠し、いかにもビッグボッボが勝ったかのように見せかけるなど、あらゆる手を尽くして視聴者を〝はらはらどきどき〟させようとする。最後にはジェンがビッグボッボを捨て、ピーター・ベネットが〝ジェンのハートを射止めた勝者〟となるすじがきのために。

さあ、ハンカチのご用意を。

「ビッグボッボの家族はすごく愉快な人たちだったでしょ？」とサットンが言った。「で、彼の母親はシニア版『バトルフィールド』に出ることになった」

「シニア版？　それってつまり……？」

「『バトル』とそっくり同じことを年配の出場者がやるの。家族とご対面の回はすごく面白かった。ピーターのお兄さんのサイラスを見た？　番組のあいだじゅう、ひとこともしゃべらなかった。いかにもトラックの運転手って感じのキャップをひたすら引っぱって目深にかぶってた。で、不機嫌な人ってことでちょっとした有名人になっちゃったくらい。サイラスはともかく、お姉さんたちは普通にいい人に見えた。つまり、スターになれる素質のある人はいなかった。でも、ビッグボッボの母親は？　あの人はすごく面白かった」

「ビッグボッボは最後に負けて、さぞ取り乱したんじゃないか？」とワイルドは尋ねた。

「そうでもない」とサットンは言った。「でも、ビッグボッボのことを聞いたことがない人がいるなんて、わたし、信じられない」

ワイルドは黙って肩をすくめた。

「いずれにしろ、ビッグボッボはそのあとすぐにスピンオフ番組の『戦闘地帯(コンバット・ゾーン)』に出場した」

「スピンオフ番組？」

「要は敗者復活戦みたいなものね。『バトル』で負けた人気のある出場者が集められて、どこかの島に置き去りにされ、そこで互いに親しくなって、ゴシップとドラマが山盛り生まれるのよ。ビッグボッボはそんな島でいつもいろんな女の人と〝前線〟にいた。ブリタニーもディライラも彼に恋したけど、彼は銃殺隊に処刑させた。初回のエピソードで。ふたりとも。番組でふたり同時に処刑されたのはそのときが初めてだったと思う」

ワイルドは無表情を保って言った。「ジェンとピーターはどうなった？」

「PB&Jになった」とサットンは答えた。「ふたりは番組史上、視聴者から最も好かれたカップルだったんじゃないかな。あなたがこの番組をくだらないと思ってるのはわかってる。それはわたしたちも同じ。だけど、パーティみたいに集まって、一緒に見ながらあれこれ言ったり、笑ったり……そう、そういうことなのよ、ワイルド。わたしの言ってる意味、わかる？」

「たぶんわかると思う」

「それともうひとつ。これはわたしの個人的な考えかもしれないけど、でも、真実だと思う」

「何が？」

「確かにすじがきはあるし、あらかじめ決められた物語になるように編集もされてる。それはそのとおりだけど、出場者だっていつまでも視聴者を騙せるわけじゃない」

「どういうことだ？」

「あなたのはとこのピーターもそう。ただ演じてただけじゃない。ほんとうにいい人なんだと思う。一方、ビッグボッボのほうはマジクソ浣腸野郎よ。ただ単に役割を演じてるんじゃない。しばらくすれば、いくら隠そうとしたところで実際はどんな人なのかわかる。カメラはほんとうの彼らの姿を映し出す」

ワイルドの携帯電話が振動した。ヘスターからひとことだけの短いメッセージが届いた。

電話して。

ワイルドはみんなに断わって家の外に出た。オンラインニュースでコネティカット州の殺人事件やマクアンドルーズについて何か報道されていないか確認したが、今のところまだ何もなかった。ヘスターに電話した。呼び出し音が鳴ると同時にヘスターは電話に出た。

「さきにいいニュースを話すわ」とヘスターは言った。「悪いニュースはすごく悪いから」

「わかった」

「ジェン・キャシディのエージェントと連絡が取れた。ジェンは何かのプロモーションの仕事でニューヨーク市内にいて、会ってくれることになった」

「どうやって同意を取りつけたんだ？」

「あのね、わたしは自分のテレビ番組を持ってるのよ。ジェンのエージェントにしてみれば、それさえわかれば充分だったんじゃないの？　彼女の経歴にとってプラスになるとでも思ったんじゃないかしら。それはどうでもいい。とにかく彼女に会ってくる。あなたのはとこのピーターについても話を聞けると思う。それがいいニュース」

「で、悪いニュースは？」

「コネティカット州の殺人事件の被害者は、やっぱりヘンリー・マクアンドルーズだった」

「ああ」

「ヘンリー・マクアンドルーズ」とヘスターは繰り返した。「ハートフォード警察署の元副署長のヘンリー・マクアンドルーズ」

ワイルドは胃が重くなるのを感じた。「警察の人間なのか？」

「定年して、勲章ももらってる」

ワイルドは何も言わずに続きを待った。

「警察の身内が死んだのよ、ワイルド。どういうことになるか、わかるわよね？」

「まえにも言ったけど、殺人犯を守るつもりはないよ」

「訂正。警察官殺しの犯人よ」

「そうらしいね」

「オーレンはひどく憤慨してた」

「とりあえずわかっていることを教えてくれ」

「マクアンドルーズは少なくとも二週間まえに殺されていた」

「捜索願いは出てたのか？」

「いいえ。ヘンリーと妻のドナは別居してる。夫があの家で暮らしていて、妻のほうはハートフォードに住んでる。ずっと連絡を取っていなかった」

「死因は？」

「頭を三発撃たれていた」

「ほかには？」

「今のところそれだけ。すぐにマスコミが嗅ぎつけるわ。ワイルド？」

「なんだ？」

「オーレンになら話せる。オフレコで」

「今はまだそのときじゃない。でも、マクアンドルーズのコンピューターを調べるようにオーレンから警察に伝えてもらってくれ」頭の中で何かがはまる音がして、ワイルドはひらめいた。「それと、定年してからマクアンドルーズが何をしてたのか知りたい」

「どういう意味？」

「たとえば、働いてたのか、それとも年金で暮らしてたのか？」

「それが殺人となんの関係があるの？」

「もしおれのはとこが殺人に関わっているとしたら――」

「その可能性が高い、ちがう？」

「そうかもしれない。おれにはわからないけど。いずれにしろ、マクアンドルーズは何をしていたのか？　匿名でネット荒らしを愉しんでるよくいる手合いだったのか、それとも誰かに雇われてやっていたのか？」

「どっちにしても、誰が有力な容疑者として浮かび上がるか、わかるわよね？」

言うまでもない。ピーター・ベネットだ。

16

ツイッターの投稿を読んでいたクリス・テイラーの眼に、ある記事の見出しがとまった。

コネティカット州で男性が殺される。

記事の内容はそれほど興味を惹くものではなかった。ほかの州で起きた殺人事件で、彼にはなんの関わりもない。ただ、この事件がなぜここまでソーシャルメディアで話題になっているのか、それがなんとなく気になった。記事のリンクをクリックし、クリスは血の気が引いた。

ハートフォード警察署の元副署長、ヘンリー・マクアンドルーズがコネティカット州ハーウィントンの自宅の地下室で、まるでギャングの処刑さながら射殺されているのが見つかっ

た。

なるほど、被害者は警察を退職した元副署長か。だとすれば、ふつうの殺人事件より関心を集めているのもうなずける。

ヘンリー・マクアンドルーズ。

その名前に心あたりがあった。しかもいい心あたりではなかった。

クリスは新しがり屋御用達(ごようたし)のビーニー帽(つばなしのニット帽子)を脱いだ。彼はいかにも新しがり屋らしいひげも生やしている。新しがり屋のスリムなジーンズに皮肉屋のスニーカー、シンプルなTシャツといういでたちは、ザ・ストレンジャーと名乗っていた頃のおたくっぽい見た目を変えようとしたもので、その目論見(もくろみ)はそれなりにうまくいっている。とりわけ、めったに自分の部屋から出ない人間にとっては、それで充分だった。イメージチェンジを図るまえのクリスは、人類にとって有害と彼が考える他人の秘密を暴露していた。彼自身の人生も秘密のせいで吹き飛んだ。だから、彼の哲学はいたってシンプルだった。そうした秘密は白日のもとにさらされなければならない。ひとたび明るみに出てしまえば、秘密は枯れて朽ちる。

が、その考えはまちがっていた。

実際に枯れて、朽ちる秘密もあったが、一方、日にあたることで栄養を蓄え、よりいっそう強大になって、破滅をもたらす秘密もあった。その反動の大きさにクリスは驚いた。真実を明らかにすることで不正を正せると考えていたのに、結局、裏目に出ることも少なくなかった。彼はそのことを身をもって——血と暴力をともなって——学んだ。無実の人が傷つき、殺されたことさえあった。それでも、善行が妨げられたからといって、そこであきらめる？　何もできない？　ただ両手を上げて降参し、全人類を蝕む悪意に満ちた不届き者の好き放題にさせる？　そうしていたほうが楽だっただろう。クリスはかつて自分が加担したことで生まれた混乱からうまく逃れていた。また、数々の〝武勇〟で得た金もある。だから、悪を正そうなどとよけいなことは考えず、そのまま悠々自適の暮らしを続けることもできなくはなかった。が、彼はそういう人間ではなかった。何もかも忘れようとしたこともあったが、忘却は彼の得意科目ではなかった。

そういうわけで、今は別のやり方で人助けをしている。

人から攻撃され、反撃できない人々を救うため、彼は〈ブーメラン〉を結成した。秘密を生み出した人間だけではなく、嘘をつき、人を虐待し、いじめる連中、しかも匿名でそういうことをするやつらに報いを受けさせてきた。どんなことであれ、社会の役に立たないばかりか、善を蝕み、破壊する者たちを追跡してきた。ザ・ストレンジャーと名乗っていた頃に犯した罪と過ちをできるだけ償えるように。過去の仕事には安定性がなかった。揮発性化合物のように、いつ爆発してもおかしくなかった。爆発をコントロールできなかった。

今は——〈ブーメラン〉の活動では——安全が確保されている。

もちろん、絶対とは言えないが。百パーセント安全とは。どんなにチェックを重ねても無実の者を罰してしまうおそれは常にある。それはわかっている。だからこそ、二重、三重に確認してきた。〈ブーメラン〉が誰かを罰するときには、その誰かが罰に値する人間であるという明確な確証を常に求めてきた。そんなことから手を引くこともできた、もちろん。新時代のオンライン世界で攻撃にさらされる人々を守る役目。その役目をいまだに対策が後手にまわっている関係当局に委ねることもできなくはなかった。しかし、失敗を恐れるあまり、正しいおこないをやめていいのか？　われわれの司法システムは完全ではない。が、ときに過ちが起こりうるという理由をもって、司法システムは不要だと主張する者などいない。言うまでもない。われわれは絶対にあきらめない。まえに進み、世界の改善に努め、全力を尽くし、一日の終わりにはバランスシートに悪行より善行のほうが多く記載されていることを願う。

〈ブーメラン〉は人助けをする。無実の人を守り、罪を犯した人間を罰する。

クリスは記事に書かれた名前を改めて読んだ。

ヘンリー・マクアンドルーズ。

その名前で検索をかけ、該当するファイルを見つけた。

これは悪い知らせだ。きわめて悪い知らせだ。

クリス——あるいはライオン——はプリペイド携帯電話を取り出した。その電話には、ダークウェブ（通常の方法ではアクセスできないインターネット上の領域。高い匿名性が保たれ、しばしば犯罪に利用される）を経由し、できるかぎり追跡されないように設計された通信装置が搭載されていた。クリスはその装置を経由して、アルパカ、キリン、仔猫、クロヒョウ、シロクマだけが理解できるメッセージを送った。

カテゴリー10。

緊急事態を知らせる合図だった。さらに念のためこうつけ足した。

これは訓練ではない。

17

「お会いできて光栄です」とジェン・キャシディはヘスターに言った。「いつもテレビで拝見しています。あなたが裁判の分析をするあの番組が大好きなんです」

「ありがとう」

「ずっとファンでした」

ジェンはいささか息を弾ませていた。普段は人の心を読むのが得意なヘスターながら、このリアリティ番組のスターが本心からそう言っているのかどうか判断がつかなかった。ジェン・キャシディは典型的なアメリカの美人の要件――ブロンドの髪、歯をのぞかせた笑顔、鮮やかな青い眼――をすべて兼ね備えていた。メークは昨今の流行にたがわず、ヘスターの好みからするとやや濃かった。見るからにつくりものとわかるつけ睫毛は、熱いアスファルトの上で焼けて仰向けになった二匹のタランチュラがくっついているみたいだった。とはいえ、ジェンは気さくで親しみやすく、信用できる雰囲気さえ醸し出していた。申し分のないいい娘としてリアリティ番組に起用され、スターになるのもうなずける。その美しさには相手を威圧するようなところは微塵も感じられなかった。

ドアマンがエレヴェーターのドアを押さえて待っていた。ジェンはヘスターの先に立って巨大なガラス張りの塔のような〈スカイ〉のロビーを横切った。エレヴェーターに乗ると、彼女は二階のボタンを押した。

「わたしたち、まえはもっと上の階に住んでたんですけど」とジェンは言った。

「はい？」

「わたし、いまだに〝わたしたち〟なんて言ってますね。ピーターとわたしのことです。もうやめなくちゃいけないのに。いずれにしろ、わたしたち――また言っちゃった――ピーターとわたしがまだ結婚してた頃は七十八階の寝室が四つあるメゾネットの部屋に住んでたんです。今は二階。部屋の大きさは三分の一です」

「離婚したあと部屋のランクを下げたの？」

「わたしの意思じゃありません。このマンションの場合、オーナーが決めるんです。ほら、こういうマンションには常に売れ残った部屋があるでしょ？　どのみち空いてるから、無料でインフルエンサーに貸すんです。部屋の写真をソーシャルメディアに投稿するという条件で」

「なるほど」とヘスターは言った。「つまり宣伝するのね」

「そう」

「有名人の広告塔ってやつ？」

「そのとおりです」

「あなたはそうやって暮らしてる」とヘスターは続けた。「広告塔としての収入で。特定のデザイナーの服を着たり、新しいナイトクラブに行ったりして。で、数百万人ものフォロワーがあなたの投稿を見る。企業はその見返りにあなたにお金を払う」

「ええ。このマンションみたいに現物支給の場合もあるけれど。ピーターとわたしの人気が絶頂だった頃、〈スカイ〉のオーナーは七十八階のスイートルームを二年間契約でわたしたちに貸してくれたんです。最低でも週に一度はソーシャルメディアに投稿するという条件で。でも、更新のタイミングで、わたしたち——今はわたしひとりだけど——は二階に移ることになったんです」

「人気が衰えると、部屋も狭くなる」とヘスターは率直に言った。

「誤解しないでください」ジェンはヘスターの腕に手を置いて言った。「文句を言ってるんじゃないんです。まだここに住めているだけでもすごいことなんだから」エレヴェーターのチャイムが鳴り、ドアが開いた。「こういうビジネスの仕組みはわかってます。インフルエンサーの賞味期限はとても短いんです。でも、それを足がかりにして飛躍するしかないんです」

「で、あなたの今後のビジネスプランは、ジェン？」とヘスターは世間話のひとつといった口調で尋ねた。

鍵は使わず、電子キーをかざしただけでアパートメントのドアが開いた。

「あら」とジェンはヘスターの軽い口調に少しがっかりしたように言った。「その件で会いにきてくださったのかと思ってました。それが本題だと。わたし、『ラヴ・イズ・ア・バトルフィールド』に出るまでは法律関係の仕事をしてたんです」

「どんな仕事？」

「パラリーガル。でも、ロースクールにも合格したんです」

「すごいわ」

ジェンは愛らしく、照れくさそうな笑みを浮かべて言った。「ありがとう」

「番組も終わったことだし、ロースクールに入学するの？」

「実は、法律を専門とするアナリストとしてテレビ番組に出演できないかって考えてるんです」

「あら」とヘスターは言った。「それについては、またいずれゆっくり話をしたいわね。だけど、今日来たのはそのことじゃないの」

ジェンはオフホワイトのソファを示し、そこに坐るようヘスターを促した。壁には鏡と月並みな絵画がいくつか掛かっていた。写真や個人的なものは何も見あたらなかった。人が暮らしている家というより、洒落ているけれども温もりの感じられないチェーンホテルの一室のようだった。まるでモデルルーム。ヘスターは内心そう思った。

「ピーター・ベネットのことで来たのよ」とヘスターは言った。

ジェンは驚いて眼をしばたたいた。「ピーターのことで？」

「ええ。彼を見つけたいの」

ジェンがそのことばの意味を理解するまでいささか時間がかかった。「理由を訊いてもいいですか？」

ヘスターはどう話を進めるべきか考えてから言った。「依頼人に頼まれたのよ」

「あなたの依頼人がピーターを捜してる？」

「ええ」

「法律に関わることで？」

「悪いけれど、これ以上詳しくは話せない」とヘスターは言った。「あなたも訓練を受けた法律の専門家だから、わかってもらえると思うけれど」

「ええ、わかります」ジェンはまだ驚きを隠せないようだった。「ピーターとはもう何ヵ月も連絡を取ってません」

「もう少し具体的に教えてもらえる？」

「あの人がどこにいるか、わたしは知らないんです、ミズ・クリムスティーン。お役に立てなくて申しわけないけれど」

「ヘスターと呼んで」とヘスターは相手をなだめすかすときのとっておきの笑みを浮かべて言った。「あなたたちは結婚してたのよね？」

ジェンの声が小さくなった。「ええ」

「ほんとうに結婚してたの？　テレビ向けに結婚生活を装ってたんじゃなくて？」

「ええ。法律上も、あらゆる意味でもほんとうに結婚してました」

「そう。これは言うまでもないけど、『リアリティ・ラルフ』のポッドキャストで何が起きたかは誰もが知ってる。そのせいであなたたちの関係は終わったの？」

「これって……」ジェンは淡い色の床板に眼を落としたまま言った。「なんだか不意を突かれたみたいな気がするけど」

「どうして？　ピーターの居場所は知らないってことだけど――」

「ほんとうに知らないんです」

「――でも、彼の身に何が起きたか、噂では聞いてる。ちがう？」

　ジェンは何も答えなかった。ヘスターはさらに一押しした。

「わたしが今言ったのは、ピーターは悪意に満ちた攻撃の嵐に襲われて錯乱し、自殺したという噂のことだけど」

　ジェンは眼を閉じた。

「そういう噂を聞いたことは？」

　ジェンの声はさらに小さくなった。「あります、もちろん」

「事実だと思う？」

「ピーターは自殺したってことが？」

「ええ」

　ジェンはごくりと唾を呑んで言った。「わかりません」

「あなたたちは結婚していた。あなたは彼のことをよく知ってる」

「それはちがいます、ミズ・クリムスティーン。よく知っていると思ってただけです」その声は今や鋼のように冷たい響きを帯びていた。ジェンは眼を上げて言った。「それで気づいたんです」

「何に？」

「わたしはピーターのことを何も知らなかったことに」とジェンは言った。「誰も相手のことなんて何もわかってなかったんじゃないかって」

ドラマティックながら、もっともらしいだけの言明は無視することにして、ヘスターは言った。「あのポッドキャストはわたしも聞いたわ。あなたの妹があなたの夫の行動を暴露した回のことだけど」

「ミズ・クリムスティーン？」

「ヘスター」

「ヘスター、もういいでしょう」

「でも、あなたはまだ何も話してない。あなたは彼女に腹を立てたの？」

「彼女？」

「あなたの妹。あなたは怒った？」

「ええ？　まさか。どうして怒らなくちゃならないんです？　あの子は被害者なのに」

「被害者って？」

「あの子はピーターに薬を盛られたのかもしれないんです」

「かもしれない、い、い？　でも、それ以前から、あなたの妹は――名前はなんていったかしら？　この頃忘れっぽくって」

「マーニー」

「ありがとう。そう、マーニー。わたしが妙だと思ってるのはそこなのよ、ジェン。わたしたちは法律に通じているから、ふたりで力を合わせたら理解できるかもしれない。マーニーの話では、あなたの夫は〝薬を盛ったかもしれない〟その事件よりまえから裸の写真を彼女に送りつけていた。妹さんはどうしてすぐにあなたに話さなかったの？」

「そんなに単純な話じゃありません」

「わたしには単純な話に思えるけれど」とヘスターは言った。「説明してもらえるかしら」

「マーニーは被害者ですよ。あなたは被害者を非難してる」

「いいえ、してない。よく聞いて。もしわたしが被害者非難（ヴィクティム・シェイミング）をしたら、法律の専門家のあなたにはすぐにわかるはずよ。だから、そういう法律用語を持ち出すのはやめましょう。とにもかくにもわたしには理解できないのよ。だからよかったら説明してくれない？　あなたがマーニー・キャシディだとする。あなたは大いに成功した姉のジェンをとても愛している。姉にはとっても素敵な新婚の夫、ピーターがいる。ある日、そのピーターがあなたに――はっきり言っていいかしら？――自分の男性器の写真を送ってきた。さて、マーニー、あなたは愛する姉のジェンにそのことを黙ってる？　姉の夫は浮気者で危険な変質者だって忠告するとは思わない？」ヘスターは首を振って続けた。「わたしが何を問題にしてるかわかる？　逆の立場だったらどうするか考えてみて。妹のマーニーがテレビ番組で知り合った男と恋に落ちて結婚した。その相手の男があなたに自撮りした男性器の写真を送ってきたとする。あなたならマーニーに何も言わないと思う？」

「きっと言うと思う」とジェンはゆっくりと言った。「でも、さっきも言ったように、そんなに単純な話じゃないんです」

「そう。だったら、どこがどう複雑なのか、わたしにもわかるように教えて。わたしは何を見落としてるの？」

「マーニーはそこまで強くないんです。簡単に操られてしまうこともある人なんです」

「だとしてもよ。愛する姉に事実を告げないように操られたって言いたいの？　だったら誰に操られていたの？」

ジェンは両手を揉みしだいた。「そのことはわたしも考えました」

「で？」

「正直なところ、この話はしたくありません」

「辛いのはわかるわ。でも、聞かせて」

「マーニーは不安だったんです。ピーターがそう思うように仕向けたのかもしれないけど。写真のことをわたしに話したら、わたしがあの子を責めるんじゃないかって」

「あなたが妹を責める？」

「ええ」

「夫じゃなくて？」

「ええ」

「まあ、なんて面白いの」とヘスターは言った。「なんらかの理由があって最初に働きかけたのはマーニーのほうだったかもしれない。あなたはそう思ってるの？」

「よくわからないけれど、そうするように仕向けられたのか、誰かに頼まれたのか」

「ここだけの話、あなたはそうだったと思ってるの？」

「何を？」

「マーニーのほうから働きかけた。あなたはそう思ってるの？」

「なんですって？　とんでもない。そんなことは誰も言って——」

「わたしにはそう聞こえたけれど。それに、あなたの妹はそんなつもりじゃなかったのに——ちょっとふざけただけのつもりだったのに——ピーターが誤解してしまったの？」

「よくそんなひどいことが言えますね」

「あらあら、これはあなたの仮説よ、わたしのじゃなくて。いずれにしても、マーニーは男性器の写真のことをあなたに話さなかった。あなたの夫とひそかに連絡を取っていたことも。それはまちがいないわね？」

ジェンは何も言わなかった。

「事実を——」とヘスターは続けた。「夫がひどいことをしたという事実を——あなたが最初に知ったのは、マーニーがポッドキャストで暴露したときだった。彼女はさきにあなたに話すのではなく、いきなり全世界に向けて話した。そもそものこと自体おかしいと思わなかったの？」

「何が言いたいんです？」

「訊かなくてもわかってるでしょ？　マーニーはひと昔まえで言えば——今はそんな呼び方をしたら差別って言われるでしょうけど——注目されるためならどんなことでもする〝名声娼婦（フェイムホア）〟だった」

「ちょっと待って——」

「なんのことかわからないなんてふりはやめて。お互いを侮辱することにしかならないから。あなたの妹はありとあらゆるリアリティ番組のオーディションを受けた。でも、ひとつも受からなかった。誰にも見向きもされず、相手にもされなかった。ようやく出演できたのは弱小ケーブル局のスピンオフ番組で——それも、ジェン・キャシディの妹という理由だけでキャスティングされた——最初の週で負けて脱落した。その時点でどれだけ有名だったかわからないけど、彼女の名声は地に落ちた。ところが、あら、びっくり。あなたの夫を告発して、あなたたちの結婚生活を破滅させた途端、今じゃマーニーは大スターよ。ル・ポールの人気番組（有名なドラァグクイーンのル・ポールが司会を務め、ドラァグクイーンたちがスーパースターの称号と賞金をかけて競い合う番組）で審査員に起用されるまでに——」

「何が言いたいの？」

「マーニーは嘘をついたのかもしれない。全部彼女が仕組んだつくり話だったのかもしれない」

ジェンは眼を閉じ、首を振って言った。「いいえ。マーニーは嘘をついてピーターを告発したんじゃないわ」

「どうしてはっきり言えるの？」

ジェンは眼を開けて答えた。「わたしが疑ってなかったと思ってるの？」

「妹さんのことを？」

「何もかもすべてを。リアリティ番組がどんなものか知ってます？」

「いいえ」

「全部まやかしなのよ。芝居にはちがいないけれど、どちらかっていうとマジックのトリックみたいなものね。眼にしたものが何ひとつ信じられない。わたしはそういう世界で毎日生きてる。そう、あなたの言うとおり、確かにわたしは妹を信じた。今も信じてるし、これからもそう。でも、ポッドキャストのために用意されたドラマティックな話のために結婚生活を捨てたりはしない」

「妹さんは操られやすいって言ったわね。だからあなたは考えた。もしかしたら――」

「わたしは〝もしかしたら〟なんて思わなかった」とジェンは半ば吐き捨てるように言った。

「わたしはただ確証が欲しかった」

「で、確証を得た」

「ええ」

「誰から？」

ジェンは大きく息をついて言った。「ピーターは嘘をつくのが上手じゃない」

普段のヘスターならここで次々と相手を質問攻めにするところだが、今は何も言わず、ジェンが自分から詳しく話すのを待った。

「ピーター本人が認めたのよ。ここで。まさにこのソファに坐って」

「それはいつ？」

「ポッドキャストが放送された一時間後に」

ヘスターはおだやかな声で言った。「彼はなんて言ったの？」

「最初は全部でたらめだって言った。わたしはここに坐って、彼を見つめた。ただじっと。彼と眼を合わせようとしたけど、できなかった。そう、わたしは彼を信じたかった。心から信じたかった。だけど、彼の顔を見てわかったの。わたしは愚かで、世間知らずだったことが」

「彼は釈明しなかったの？」

「わたしが思ってるようなことじゃないって言った。説明してもわかってもらえないだろうって」

ジェンは両手を宙に掲げて言った。「そういうとき、男の人はみんなそんなふうに言うんじゃない？　テレビ番組に出演して、私生活が世間の眼にさらされて、すごくストレスが溜まっていたとか。わたしたちに子供ができないという問題もあった。ピーターの生まれと育ちを考えると、その問題は特に厄介だった。彼はどうしても自分の血を分けた子供を欲しがっていたから」

「どういう意味？」

「ピーターの生まれと育ち？」

「ええ？」

「今、ピーターの生まれと育ちって言ったでしょ？　そのせいで不妊問題がよけいに厄介だったって。それってどういうこと？」

「知らないの？」

ヘスターはなんのことかわからないと身振りで示した。

「まあ、当然よね」とジェンは言った。「知ってるはずがないわね。ピーターはずっと秘密にしていたから。わたしも結婚するまで知らなかった」

「何を？」

「ピーターは養子だったのよ。彼には実の両親が誰なのかもわからないのよ」

18

キャサリン・フロールが玄関のドアを開ける。わたしは正体に気づかれたくないふりをしている有名人のような恰好をしている。

どんな恰好か？

いたってシンプルだ。野球帽。それとサングラス。

有名人は全員――いや、公正を期して〝全員〟ではなく〝ほとんど〟ということにしておこう――そういうことをする。あからさまな行為だとわかりながらも。屋内でも日あたりの悪い場所でも帽子をかぶり、サングラスをかけている人がいたとする。その人は絶対に気づかれたくなくてそんな恰好をしているのか？　それとも、あえてネオンを光らせて自分は重要人物だ、気づかれてしかるべきだと世界に知らしめているのか？

彼らの反論に耳を貸してはいけない。有名人は気づいてほしいのだ。常に。でなければ、彼らには存在する意義がなくなる。

しかし、わたしは誰にも気づかれたくない。とりわけ今日は。

キャサリンはわたしに会えて喜んでいる。いい兆候だ。ヘンリー・マクアンドルーズが殺された件で彼女のほうから連絡してきたのだ。なんともおかしなことに、彼女はわたしを――具体的にはわたしの帽子とサングラスを――指差して尋ねる。「変装なんかしてどうしたの？」

「なんでもない」わたしはそう答え、頭を屈めて彼女の仕事部屋にはいる。「念のため」「また会うことになるとは思ってなかった。ほら、あなたのためにわたしはルールを破ってしまったわけだし――」

「それには感謝してる」とわたしは急いで言い、特大の笑みを満面に浮かべる。

キャサリンはいっとき沈黙する。わたしは少し不安になる。というのも、彼女は法執行機関、厳密に言えばＦＢＩの人間だからだ。それ自体大いに気になるところだが、今はそのことを心配している場合ではない。キャサリンは体にぴたりとしたブラウスを着て、細身のジーンズを穿いている。つまり、武器は持っていない。

一方、わたしはぶかぶかの黄色いウィンドブレーカーの下に巧みにグロック一九を隠している。

銃は一度しか使ったことがない。まあ、正確には三発撃ったけれども。ただ、その三発は連続して撃ったので――バン、バン、バン――使ったのは一度と数えて差し支えないだろう。テレビや映画で見るのとはちがい、現実には狙いをつけるだけでもむずかしく、こつが要る。そう聞いていた。相当な訓練と経験が必要だと。

しかし、わたしの場合、三発すべてが狙った相手に的中した。

至近距離だったけれど。もちろん。

キャサリンはまだわたしに愛想笑いを向けている。わたしに会えたのがそれほど嬉しいのか。名声とは奇妙なものだとわたしが考える理由はまさにこれだ。キャサリン・フロールは重要な立場にある女性だ。ＦＢＩで科学捜査に携わっている。育ち盛りのふたりの息子と夫がいる。夫が主に家にいて子育てをしてくれるので、彼女は心置きなくキャリアを追求できている。彼女と夫は二十年ほどまえ、ダートマス大学の二年生だった頃からつきあっていた。要するに、キャサリン・フロールは社会にうまく適応できている高学歴の成功した女性だ。にもかかわらず、彼女は『ラヴ・イズ・ア・バトルフィールド』の熱狂的な大ファンなのだ。

われわれ人間は矛盾した生きものだ。ちがうだろうか？

「ここへは今回のこととは別に来たことがあったんだけれど」とわたしは言った。「あなたは留守にしていた」

「ええ」キャサリンは咳払いをして答えた。「たぶん家族とバルバドスに旅行していたときね」

「それはそれは」

「よかったわ」

そうだろうとも、もちろん。

「それで」キャサリンは机の椅子に坐って言う。「例の件だけれど――？」

「あなたがわたしの件を調べていたとき」とわたしは彼女のことばをさえぎる。

「そこまで」彼女は手をあげてわたしを制する。「まえにも言ったと思うけれど、わたしはもうすでにルールに違反した。その理由は、そう、あなたも知ってのとおりよ」

確かにわたしは理由を知っている。

「でも、もう終わり。これ以上は協力できない」

「わかってる」わたしは眼もちゃんと笑っているようにみせる。「あなたがしてくれたことには感謝している。ほんとうに。ただ、あなたがほかに何を知っているか知りたい」

彼女の表情に初めて疑いの色が浮かぶ。「どういう意味かわからない」

「あなたは似たような調査をたくさんしている」とわたしは言う。「ちがう？」

「それは……関係ない」キャサリンは不安そうにことばを切って言う。「これ以上は何も話せない。わたしはルールを破った。それはやってはいけないことだった。二度はできない」

「告白しなくちゃならないことがある」とわたしは言う。

「何？」

「わかってもらえると思うけれど」とわたしは続ける。「名前を突き止めたのに何もせずにはいられなかった」

重い鉄の塊が落ちるかのように彼女の顔から急につくり笑いが消える。「どういう意味？」

「彼を訪ねずにはいられなかった」

「やっぱり！」

「答を知りたかった。なのにどうして行かずにいられる？」

「でも、あなたは約束した――」

「名前がわかっただけじゃ充分とは言えない。そこのところはわかってほしい。彼を問い質さずにはいられなかった」

キャサリンは押し殺したような低い声を出す。「そんな」それから眼を閉じ、一呼吸置いて咳払いをする。「マクアンドルーズと話したの？」

「話した」

「彼はなんて言った？」

「自分ひとりでやったことだと言っていた」

「それだけ？」

「それだけ。だから、もっと知りたい。キャサリン、あなたは親身になっていろいろ調べてくれた。だからあなたに訊くしかない。ほかに何を知ってる？」

キャサリンは黙ったまま何も答えない。

「あなたには素敵な家があり、ＦＢＩの事務所には立派なオフィスもある」わたしはほんのわずかに顔を傾けて続ける。「それなのに、こんなところに誰も知らない狭くてみすぼらしい仕事部屋を構えている。それはどうして？」

「もう帰って」

「ここに秘密を隠してるから？　それが理由？　そのコンピューターに秘密を保存しているから？」

デスクの上に携帯電話がある。彼女はその電話に手を伸ばす。それと同時に、わたしは黄色いウィンドブレーカーのファスナーを開け、銃を取り出す。練習したわけでもないのに、体がスムーズに動く。もともと運動神経はよかった。眼と手が反射的にうまく協力し合って動くのはそのせいだろう。

「電話を置いて」とわたしは言う。

キャサリンの眼が二枚の大皿のように丸く見開かれる。

「ヘンリー・マクアンドルーズは死んだ」

「あなたが……？」

「そう、わたしが殺した。彼は殺されてもしかたない男だった。ちがう？」

キャサリンは賢明にもその質問には答えない。「何が望み？」

「ほかの人たちの名前」

「でも、主犯はあの男だった」

「この件にからんでる人だけじゃない」

キャサリンは困惑した表情を浮かべる。

「あなたたちが罰するには値しないと判断した人たち全員の名前が知りたい」

「どうして？」

わざわざ説明するまでもない。が、わたしはそうは言わない。「あなたに危害を加えるつもりはない」とわたしは相手をなだめすかす声で言う。「相互確証破壊ということばを聞いたことは？　わたしたちはまさにそれ。あなたとわたしの関係は。マクアンドルーズ殺しの罪をわたしに負わせようとするのは、あなたにとってもいいことじゃない。そもそも最初に彼の名前を明かしたのはあなたなんだから、それを自分から白状することになる。ちがう？あなたはわたしの弱みを握っている。わたしもあなたの弱みを握っている」

「わかった」キャサリンはわざとらしく大げさにうなずいて言う。「わかったからさっさと出ていって。誰にも言わないって約束するから」

彼女はわたしのことを馬鹿だと思っているのだろうか。「さきにほかの人たちの名前を知りたい」

「わたしは何も知らない」

「よく考えたほうがいい」とわたしは言う。「自分のためにも嘘はつかないほうがいい。あなたもマクアンドルーズは罰を受けることに賛成していた。ちがう？」

「確かに罰は受けるべきだけど、でも――」

わたしは銃を少し持ち上げてみせる。キャサリンは話すのをやめ、わたしが手にしている銃を見つめる。誰だってそうなる。彼女の眼にはわたしはほとんど映っていない。今や彼女の世界はわたしの銃の小さな銃口の広さしかない。

「わ、わかった」と彼女はつっかえながら言う。「あなたの言うとおりよ。まずは名前を教える。だから銃を下ろしてもらえる？」

「どのみち教えることになるのだから、終わるまでこうしていても変わらない」わたしは銃で彼女のコンピューターを示す。「ファイルを全部開けなさい。あなたが何を隠しているか知りたい」

われわれ人間は行動のるつぼだ。人間はいつどんな行動に出るかわからない。ちがう？　だから、考えずにはいられない。もしも『リアリティ・ラルフ』のポッドキャストがなかったら、あんな恐ろしいことが暴露されていなかったら、今頃わたしはどこで何をしていただろう？　おそらくは〝普通の〟——引用符をつけておく——生活を送っていたにちがいない。二度目の殺人を計画したりすることもなく。あのポッドキャストさえなければ、あのひどいメッセージや写真を送ってきた男の身元を突き止めようと思うこともなかった。銃を買うこともなかったし、人の命を奪うこともなかっただろう。

こうなってしまっても——ここからが興味深いところだ——マクアンドルーズを殺して終わりにしていてもおかしくなかった。いや、終わりにすべきだった。復讐（ふくしゅう）は果たした。殺人がわたしに結びつくはずがないのだから、すべてうまくいくはずだった。

そういう計画だった。

それなのに、マクアンドルーズに面と向かい合って、最初に引き金を引いたあのとき。二発目を撃ち、三発目を撃ったとき……

わたしが何を知ったかわかるだろうか？

正直に本音を言うなら、何に気づいたか？

わたしはその行為が気に入ったのだ。ものすごく。

彼を殺すことに快感を覚えたのだ。

精神に異常をきたした殺人鬼については誰もが本で読んだり映画を見たりして知っている。いかにして彼らは自分を止められなくなるのか。アドレナリンの急激な放出の虜になるのか。そういう殺人鬼は子供の頃に小さな動物を手にかけることから始める。近所の猫がいなくなる。次に犬がいなくなる。そういうものだと思われている。ゆっくり培われていくものだと。

わたしも以前はそう思っていた。

が、今はちがう。

殺さざるをえない状況に追い込まれなければ、この高揚感を知ることはなかった。ごく普通の人生を送っていただろう。あなた方と同じように。ほとんどの人々と同じように。この欲求も渇望も心の奥深いところで眠ったまま目覚めることはなかっただろう。

が、ひとたび引き金を引いたら……

〝恍惚〟と呼ぶのが正しいのだろうか？　それとも抑えがたい衝動のようなものなのか？

わたしにはわからない。

マクアンドルーズを殺したあと——あの気持ちを味わったあと——もうあと戻りはできないと悟った。

わたしは変わった。眠れなくなった。食べられなくなった。罪悪感からではない。そんなものは微塵も感じていない。引き金を引き、彼の頭が炸裂して赤い霧に包まれたあのときの感覚にわたしは取り憑かれたのだ。それ以上に、いつまたあの感覚を経験できるかという焦燥にも取り憑かれた。今も取り憑かれている。

だから思わずにいられない。『リアリティ・ラルフ』のポッドキャストがなかったら、あの恥辱と罵倒と裏切りがなかったら、この高揚感など——さらにその高揚感が消えたあとの気持ちも——知らないまま一生を送っていただろう。

そのほうがいい人生なのか、あるいは悪い人生なのか？　そこのところはよくわからない。ただ、そういう人生はほんとうの人生ではないということだけははっきり言える。

そんなことを考えながら、わたしは笑みを浮かべる。わたしの笑みを見てキャサリンはますます怯える。わたしは古いやり方を捨て、人生の機微を捨て、日々かぶっていた仮面を捨てた。自分を解き放って自由になった。これぞまさにわたしの人生。

本音を言えば、キャサリンを殺したくはない。このあとのわたしがめざすのは——自分の行為を正当化すべく立てた計画は——死に値する人間だけを殺すことだ。だからこそ、その人たちの名前が記された一覧が要る。ネットを荒らし、匿名で人を傷つけて喜んでいる連中を殺すには。

キャサリン・フロールはその中には含まれていない。彼女に悪気はなかった。そもそもよかれと思ってしたことだ。

とはいえ、〝わたしはあなたの弱みを握っている、あなたもわたしの弱みを握っている〟説はきわめて心許(こころもと)ない。いずれ、彼女が当局に明かす可能性のほうが高い。そうすることで彼女自身が多少困った立場に置かれることになるとしても。

よって、彼女を生かしておくわけにはいかない。

キャサリンは今、必死でわたしを喜ばせようとしている。コンピューターに何か打ち込み、モニターをわたしのほうに向ける。

「ここに全員の名前がある」彼女は喘(あえ)ぎながら言う。「わたしは何もしゃべらない。約束する。お願い、わたしには家族がいるの。子供たちが——」

わたしは引き金を引く。三回。

このまえと同じように。

19

ワイルドが着いたとき、ピーター・ベネットの姉のヴィッキー・チバは裏庭でガーデニングをしていた。ガーデニング用の分厚い手袋をはめた手は、まるでミッキーマウスの手のようだった。下を向き、移植ゴテで柔らかくなった土を掘り返していた。

ワイルドはここに来るまえから単刀直入に切り出そうと決めていた。だから、彼女がまだ振り向きもしないうちに言った。「きみはおれに嘘をついた」

ヴィッキーは振り向いて彼を見た。「ワイルド?」

「きみはおれのために家系図を確認してくれると言った」

「ええ、もちろん、そのつもりよ。約束する。どうかしたの?」

「おれの仲間がジェンに会った」

「そう。で?」

「ジェンがピーターは養子だったと明かした」

ヴィッキーの口元がほころんだ。

「どうした?」

「ジェンがそう言ったの？」

「ああ」

ヴィッキーは眼を閉じて言った。「ということは、ピーターが彼女に話したのね。知らなかった」

「ほんとうなのか？」

ヴィッキーはゆっくりうなずいた。

「つまり、きみとおれは血縁関係じゃないってことだ。きみの両親もほかのふたりのきょうだいもおれと血はつながっていない」

ヴィッキーは黙って彼を見た。

「どうして嘘をついた？」とワイルドは訊いた。

「嘘はついてない」と彼女は決まり悪そうに言った。「わたしから話すべきことじゃないって思っただけよ。ピーターは誰にも知られたくないと思っていたから」

「彼のほんとうの家族についてきみは何か知ってるのか？」

ヴィッキーは大きく息を吐いて立ち上がり、汚れを払い落とした。「中にはいりましょう。全部話すわ。でも、さきに教えて。ピーターは見つかったの？」

「ピーターは死んだと思ってるんじゃなかったのか？」

「確かにそう思ってた。でも、今はちがう」

「どうして気持ちが変わった？」

「ピーターはＰＢ＆Ｊのふたりが仲たがいしたことと、あのポッドキャストのせいで自殺したんだと思ってた」

「でも、今は？」

「弟にはあなたという血縁者がいたことがわかった」

「だから？」

「だから、あの子の身に何が起きたにしろ」とヴィッキーはおもむろに続けた。「ジェンやあの番組とは関係ないかもしれないと思ってる。もっと別の理由があったんじゃないかって」

「たとえば？」

「たとえばあなたとか、ワイルド。あなたが子供の頃にどんな体験をしたにしろ、それが何年も経てあの子に伝わって、〝共鳴〟したとか」

ワイルドは何も言わなかった。ヴィッキーのような考えの持ち主に対して、どう〝共鳴〟すればいいのかわからなかった。

「わかった」とヴィッキーは言った。「話しにくいことだけど、でも、あなたには全部話すわ」

ヴィッキーは〝癒やし効果のあるハーブティー〟――彼女に言わせれば〝魔法みたいに効

用のある〝お茶──をいれた。ワイルドとしては早く肝心なことを聞きたかった。が、物事には詰め寄るべきときと距離を置くべきときがある。彼はタイミングを見計らいながら、彼女を観察した。ヴィッキーは心を落ち着かせ、じっくりと時間をかけてお茶をいれた。店で売っているティーバッグではなく、茶葉と茶漉しを使って。薬缶は灰色の石で仕上げられ、木目調の取っ手がついていて、湯が沸くと大きな音が鳴った。陶器のティーカップのひとつには〝オム・ナマステ〟と書かれ（彼女はそのカップをワイルドに渡した）、もうひとつのカップには〝人間は自分が考えたとおりの人間になる──釈迦〟と書かれていた。

ヴィッキーは紅茶を一口飲んだ、ワイルドもそれに倣った。紅茶はほのかにショウガとライラックの香りがした。彼女はもう一口飲んだ。ワイルドは待った。やがて彼女はカップを置いて押しやった。

「三十年近くまえのある日、フロリダで休暇を過ごしていたはずの両親が帰ってきた。何日いなかったかは覚えてない。わたしたち三人──わたしとケリーとサイラス──はミセス・トローマンズの家に泊まっていた。当時、うちのベビーシッターをしてくれてた人よ。すごくやさしいお婆さんだった」ヴィッキーは首を振り、紅茶のカップに手を伸ばしかけ、途中でやめ、その手を膝の上に戻した。「いずれにしろ、その頃わたしたち一家はテネシー州メンフィスに住んでたんだけど、フロリダから帰った父が、ミセス・トローマンズの家にわたしたち三人を迎えにきた。今でもよく覚えてる。父はなんだか様子がおかしくて、興奮しているふりをしていて、これから大きくて立派な家に引っ越すって言った。サイラスはまだ二歳か三歳だったけど、わたしとケリーはそれがどういうことかわかるくらいの歳だった。わたしはケリーを見た。あの子は泣きだした。その週の金曜日に友達のリリーの十一歳の誕生日パーティが〈チャッキーチーズ〉で開かれる予定で、それに行けなくなると思ったのね。とても愉しみにしていたから。わたしはママはどこにいるのって訊いた。ママは新しい家にいる、おまえたちが来るのを今か今かと待ってる。父はそう言った。それで、わたしたちは長時間、車で移動した。ケリーは何時間もずっと泣きっぱなしだった。ようやく新しい家に着いたら、母がいた――小さな赤ちゃんを抱いていた。新しい弟のピーター。母はそう言った」

ヴィッキーは手を上げて言った。「あなたに話すべきだった。それはわかってる。でも、わかってほしい。この話は一度もしたことがなかったのよ。当時から一度も。それをあなたに話してしまったら、なんていうか、家族を裏切ることになる気がしたのよ。いずれにしろ、両親はそれしか言わなかった。〝弟のピーターだ〟としか。何も説明してくれなかった。少なくとも初めの頃は。ふたりとも満面の笑みを浮かべて、嬉しそうにしていたけど、子供だったわたしとケリーにも無理して笑ってるのがわかった。〝サイラスに可愛い弟ができるのはいいことだ〟〝最高のサプライズじゃないか？〟。そんなふうにわたしたちを言いくるめようとした。ケリーが赤ちゃんはどこから来たのって訊いたら、父はただ〝おまえと同じところからだ〟とだけ言った」

ヴィッキーはそこでことばを切り、ティーカップを手に取った。手が震えていた。

ワイルドは慎重にことばを選んで尋ねた。「きみの両親は、ピーターは養子だと話さなかったのか？」

「ええ。そのときは。結局、あとで話さざるをえなくなったけど」

「なんて話したんだい？」

「事実だけ。極秘におこなわれた養子縁組だって言ってた。その縁組の一部については誰も何も知らないって。両親は誰にも話さないようにわたしたちに釘を刺した。しばらくすると──あなたはきっと変だと思うと思うけど──それがあたりまえになった。わたしたちはみんなピーターを心から愛した」

「ピーターは自分が養子だということを知ってたのか？」

ヴィッキーはゆっくりと首を振った。「両親はあの子には話さなかった。うちに来たときはまだ小さな赤ちゃんだったから、自分が養子とは知らなかった」

「ピーターはいつそのことを知ったんだ？」

「『ラヴ・イズ・ア・バトルフィールド』に出演してから」

「誰が話した？」

「わたしから話すべきだった。あの子ももう大人だったし、事実を知る権利があった」ヴィッキーはティーカップに眼を落とした。「あの子はプロデューサーから聞かされたのよ」

「『ラヴ・イズ・ア・バトルフィールド』の？」

ヴィッキーはうなずいた。「あの子はわたしにそう言った。番組はコンテストの出場者全員の健康診断をするんだけど、何かの検査の結果、あの子が両親の生物学上の息子であるはずがないことがわかった」

「さぞショックだっただろうな」

ヴィッキーは何も答えなかった。

「事実を知って、ピーターはどうした？」

「怒って、パニックになって、混乱して、ふさぎ込んだ。あの子のあんな姿は見たことがなかった。でも、安心したとも言っていた。ようやく真実がわかってほっとしたって。ずっとここが自分の居場所ではないような、どうしてもなじめないような気がしてたそうよ。それからわたしはその手のポッドキャストをいっぱい聞くようになった。そんな中に『家族の秘密』っていう番組があるんだけど、その番組の女性司会者自身、大人になってから彼女を育ててくれた父親が実の父親じゃなかったことを知ったみたいだった。いずれにしろ、わたしは彼女やピーターみたいな人たちの話をあれこれ聞いた。養子にしろ、第三者から精子の提供を受けて生まれたにしろ、親が浮気していたにしろ、たいていの人はＤＮＡ鑑定で事実を知る。で、そういう人たちに共通しているのがここは自分の居場所じゃない、本来いるべき場所じゃないっていう感覚をずっと持ちつづけてたってことね。ほんとうのところはどうだかわからないけど」

「ほんとうはそんなことは感じていない。きみはそう思ってるのか？」

「あなたはどう、ワイルド？　居場所がないにしろ、怒りにしろ、無秩序にしろ、そういう感覚はあった？　あなたは子供の頃に森に捨てられるというひどい経験をしてる」

「おれの話はしてない」

「そうかしら？　ピーターがほんとうにそんなふうに感じていたのかどうか、わたしにはわからない。事実を知って、あとから振り返ってみたら、居場所がなかったような気がしたのか――いつもうまく適応していたように見えてたけど――DNAなり細胞なりのレヴェルで何かがおかしいと感じていたのか。いいえ、そんなことはどうでもいいわね。それよりなにより、ピーターにとって長年の嘘とごまかしは大きな打撃だった。だからいくつものDNA鑑定サイトに登録して、ほんとうの家族を見つけようとしたのよ」

「で、何かわかったのか？」

「わからない。あの子は何も話してくれなかった」

「自分が養子だと知ったことをピーターはケリーに話した？」

「いいえ」

「サイラスには？」

「ちょっと待った。ご両親がピーターを養子に迎えたとき、サイラスはいくつだった？」

「いいえ」

「まだ三歳にもなってなかった」

「ということは……」そのことが何につながるのか。自分でもよくわからないままワイルドは尋ねた。「サイラスはピーターが養子だとは知らなかった？」

ヴィッキーはゆっくり首を振った。「ええ、あの子に話したことはないわ」

「話したことはないというのは……」

「今まで一度も。今日の今日まで。それはピーターの秘密だったから。誰にも言わないってあの子に約束させられていたから」

「自分の兄にも？」

「あのふたりの関係は複雑なのよ。あなた、きょうだいは？　やだ、ごめんなさい。馬鹿なことを訊いてしまったわね。ごめんなさい。サイラスはピーターより学年がふたつ上だったけど、いつもピーターの陰に隠れていた。ピーターのほうが人気者だったし、運動神経もよかったし、何もかもピーターのほうが優れていた。サイラスはピーターに嫉妬して、恨みを抱いてさえいた。それから、ピーターがあの番組に出場して、すごく有名になって。わかるでしょ？　そのせいでふたりの仲はよけい悪くなった」

ワイルドはそのことについて考えてみた。が、何も思い浮かばなかった。話の方向を変えた。「ヘンリー・マクアンドルーズという名前に聞き覚えは？」

「いいえ」ヴィッキーは首を傾げて言った。「その人がピーターの実の父親なの？」

「いいや、そうじゃないと思う」

「じゃあ、その人は誰なの？」

「DogLufegnev」

ヴィッキーが眼を見開いた。「あのオタク野郎を見つけたの？　どうやって？」

「そこは重要じゃない」

「その人を逮捕できないの？　ネット上でのストーキング行為やいじめに対する法律がまだ充分じゃないのは知ってるけど、でも、その人が攻撃していたという証拠があれば――」

「ヘンリー・マクアンドルーズは死んだ。殺されたんだ」

ヴィッキーの手が口元でそわそわと動いた。「なんてこと」

「今、警察が捜査してる」

「何を？」

ワイルドは黙ったまま待った。彼女にもわかったようだ。「待って。ピーターが容疑者かもしれないって言いたいの？」

ワイルドは何も答えなかった。

「それはそうよね、もちろん」ヴィッキーは自分で自分の質問に答えた。「でも、あの子はやってない。それは信じて」

ワイルドは、行方不明になったときにピーターが抱えていたと思われるあらゆる問題について考えてみた。一気にスターダムを駆け上がったこと。自分は養子だったと知ったこと。例のポッドキャストでの義理の妹の容赦のない暴露。ハッシュタグ運動と同時に加熱するネット上での厳しい断罪。彼は結婚生活も、名声も、キャリアも、人生そのものも失った。ワイルドは思った、おれのはとこはどれほど心細かったことだろう。どれほど絶望しただろう。そんな中、PBと名乗ってWWに助けを求めたのだ。なのにWWは気にもかけず、返信すらしなかった。

「ご両親の仕事は？」とワイルドは尋ねた。

「父は大学寮の管理人で、引っ越したあとは、ペンシルヴェニア州立大学のポロック地区の寮を担当していた。母は入学選考事務局でパートタイムで働いていた」

ワイルドは頭の中にメモした。ローラに頼んで夫妻が大学で働いていた頃のことを調べてもらうこともできるが、調べたところで何がわかるだろう？　それよりピーター・ベネットの出生証明書や法律上の書類のほうが手がかりになるかもしれない。極秘の養子縁組だったとしても、実の両親に関してなんらかの記録が残っているはずだ。

ベネット夫妻が引っ越しを決めた理由まではわからなくとも。

それは突然の出来事だった。なんのまえぶれもなかった。夫妻は子供たちをシッターに預け、父親が迎えにきたと思ったら、一家のことを知る人が誰もいない遠い場所に子供たちを連れて引っ越した。すると、そこには赤ちゃんがいた。

明らかに何かある。

「お父さんはもう亡くなっていて、お母さんは、きみのことばを借りれば〝まともだったり、まともじゃなかったり〟ということだけれど」

「認知症なの。たぶんアルツハイマーだと思う」

「お母さんと話したら何かわかるだろうか？」

ヴィッキーは首を振って言った。「そんなことをして何になるの、ワイルド？」

「おれたちは答を求めてる」

「あなたは答を欲しがってる。それは理解できる。でも、何十年もまえに何があったにしろ、わたしたち家族とピーターの関係がどんな結末を迎えたにしろ、今さら掘り起こして何になるの？　母は歳を取って肉体的にもろくなってる。精神状態もよくない。そもそもピーターの出生のことを訊くと、いつもひどく動揺するのよ。だから、わたしも今はもう訊くのをやめた」

今は無理することはない。ワイルドはそう思った。母親がどこの施設にいるかはローラが突き止めてくれるだろう。それからどうするか考えても遅くはない。

「ワイルド？」

ワイルドはヴィッキーを見た。

「どう言えばいいかわからないけど、わたしにとっても、家族にとっても、これはもう終わったことよ」

「どういう意味だ?」

「ピーターはマクアンドルーズ殺害の容疑者だと言ったわよね」

「そうなると思う、たぶん」

「だったら考えてみて。ピーターはあらゆる意味で破滅した。すべてを失った。でも、わたしたちがお互い考えていることが実際に起きたとする。ピーターがマクアンドルーズを見つけて、なんらかの形で彼の死に関わっていたとする。事故にしろ、正当防衛にしろ、わたしには信じられないけれど、殺人にしろ。それが駄目押しになるということはない? 逃げ出して、崖か滝を見つけたら……」

ワイルドは首を振って言った。「だったら、最後の投稿はどうなる?」

「それがなんなの?」

「〝耳にしたことをすぐに信じるな。嘘は真実より広まるのが早い〟。ピーターはそう書いていた。おれへのメッセージにも同じことが書いてあった。みんなが自分のことについて嘘をついてるって」

「それはまえの話よ」

「なんのまえだね？」

「もう帰って」

「もしほかに何か――」

「何もないわ、ワイルド。ただ……もう終わった。ピーターは死んだのよ」

「もし死んでなかったら？」

「もしそうなら、あの子は逃げ出して、誰にも見つかりたくないと思ってるのよ。どっちでも同じことよ。もう帰って」

20

クリス・テイラーは、それぞれ動物のアニ文字に扮(ふん)した〈ブーメラン〉のメンバーが安全なビデオ会議にログインするのを待った。最初にキリンが入室し、続いて仔猫とアルパカ、その一分後にシロクマが姿を見せた。これで定足数に達した。彼らの活動を始めるに際しては、メンバーの個人情報やグループおよび活動全般の安全を確保するためのルールにメンバー全員が賛同していた。その中には定足数に関するルールもあり、何を話し合うにしろ、六名中五名の出席を必須とすると定められていた。欠席者がふたり以上いる場合、会議は延期となる。

「あと一秒だけクロヒョウを待とう」

実際には一秒以上待った。クリスは再度リマインダーを送った。やはりセキュリティ上の問題で、どのメンバーも別のメンバーに直接メッセージを送ることはできず、すべてのメッセージがメンバー全員に届く仕組みになっている。

「クロヒョウから応答はないね」とキリンが言った。

「クロヒョウは最初の招集にも応答しなかった」と仔猫がつけ加えた。

グループのメンバーには性別を問わない複数代名詞の〝彼ら(ゼイ)〟が使われる。実際の性別を隠すためや政治的な理由というより、これも匿名性を保つための工夫だった。だからクリスは彼らのほんとうの性別を知らない。彼のほかは五人とも女性かもしれないし、彼を含め六人全員が男性かもしれない。どんな組み合わせも考えられた。メンバーがどこに住んでいるのかもわからない。ただ、仔猫は自分が中央ヨーロッパ標準時の地域に住んでいることを明かしていた。全員が起きている時間にミーティングの設定をできるように。

「慌てることはない」とシロクマが言った。「ライオンのメッセージは今日届いたばかりなんだから」

そのとおりだ。が、クリスとしては気に入らなかった。まったくもって気に入らなかった。もしこの場にいないのがほかのメンバーだとしたら、それはそれで問題だったし、心配もしただろう。しかし、よりによって姿を見せないのがクロヒョウとなると……

「定足数には達している」とキリンが言った。「何があったのか話してもらえるのか、それともこのままクロヒョウを待つのか？」

クリスはいっとき考えてから答えた。「できれば、特にクロヒョウにはいてほしい」

「どうして？」

「クロヒョウに関わることだからだ」

「どういうことだ？」

さらに少し考えてから、クリスは答えた。「見てもらいたいものがある。画面を共有する」

クリスは〈ハートフォード新報〉紙の一面の記事を提示した。青い制服を着たヘンリー・マクアンドルーズの大きな顔写真があり、笑顔のその写真の上にはこう書かれていた。

退職した元警察副署長殺害される。

ハーウィントンの自宅でギャングの処刑さながら射殺された。

シロクマが最初に口を開いた。「ヘンリー・マクアンドルーズ。聞き覚えのある名前だ」

「ここで議論した案件に関わっていた人物だ」とクリスは言った。

「被害者、それとも加害者？」とキリンが尋ねた。

クリスはコンピューターのキーを叩いて言った。「今、その案件のファイルを全員に送った。クロヒョウが発表した案件だ。マクアンドルーズはその案件の加害者だった」

「おやおや、で、その人物に対する制裁レヴェルは？」

「制裁は課されなかった」

「よくわからないんだが」とキリンは言った。

「手短に説明する。クロヒョウはあるリアリティ番組のスターがインターネット上の荒らし行為の被害を受けていることを議題に上げた」

「そうそう」とシロクマが口をはさんだ。「ＰＢ＆ＪのＰＢだ。娘がファンで――」個人的なことを口走ってしまったことにそこで気づいたのだろう、シロクマはことばを切った。

「その番組のことはよく知ってる」

「被害者はピーター・ベネット」とクリスは言った。「リアリティ番組のスターだったが、あるスキャンダルをきっかけにインターネット上で炎上した。その結果、炎上したご仁のご多分に洩れず、悪意に満ちた辛辣な攻撃にさらされて、彼の人生は崩壊した。自殺したとか、自殺を装って行方をくらましたとか、いずれにしろ、そういう噂が立った」

「よく覚えてる」と仔猫が言った。「でも、ピーター・ベネットも相当嫌なやつじゃなかった？」

「おそらくは」とクリスは答えた。「浮気した上に、相手の女性に薬を盛ったかもしれないとポッドキャストで暴露された。ただ、確固たる証拠はない。相手から告発されただけだった。いずれにしろ、われわれはほかにもっと救うべき被害者がいると判断した。その判断はまちがっていなかったと思う」

「その案件は否決されたってこと？」

「そうだ」

「確かクロヒョウはその決定に不服だった」と仔猫が言った。

「クロヒョウは最低レヴェルの制裁を提案した。カテゴリー1でもいいから、このマクアンドルーズという男に馬鹿な真似はやめるよう諭すべきだと主張した」

「そもそも荒らし行為をしていた男が警察官だったことはわかってたんだろうか？」とシロクマが尋ねた。

「当時は知らなかった。この一件はそれ以上調査しないと決めたから」とクリスは答えた。

「それは重要なことか？」

「いや、そうは思わないけど」

沈黙が流れた。

「ちょっと待って」と仔猫が言った。「ここで議論する案件には制裁にまで至らなかったケースもたくさんある。そういうケースもありうるってことは、全員があらかじめ同意してる。

それなのに、クロヒョウが単独で何かしたっていうこと？」

「そんなことは言ってない」とクリスは言った。

「マクアンドルーズは町の警察官だった」とシロクマは言った。「それなりに敵がいたんじゃないかな。だから、彼の死はただの偶然で、われわれとは関係ないかもしれない」

「かもしれない」クリスはまったく感情を込めずに言った。

「記事の見出しに〝ギャングの処刑〟みたいに殺されたと書いてある。ひょっとしたら、そういうことなのかもしれない。あるいは、この男はかなり性質の悪いネット荒らしだったとか」

「だから？」

「だから、ほかの人に対しても荒らし行為をしていて、その人に殺されたのかもしれない」

「確かに」とキリンもそれに賛同した。「よくある押し込み強盗だった可能性もある。シロクマや仔猫が言うように、マクアンドルーズは銃と警察のバッジを持ったただの大馬鹿野郎で、劣等感を抱えたサイコパスがネット荒らしをしていたということなのかもしれない」

「そうそう」と仔猫が相槌を打った。「クロヒョウがわれわれの信頼を裏切るような真似をするはずがない。それはみんな知ってる」

「そうかな？」

「ええ？」

「われわれはお互いのことを何も知らない」とクリスは言った。「そこが問題なんだ。通常ならわたしもみんなの意見に賛成するところだ。ヘンリー・マクアンドルーズの殺害はわれわれとはなんの関係もない、その確率のほうがはるかに高い。そんなふうに考えたと思う。事実、一時間まえには、〈ブーメラン〉がこの殺人事件に関わっていない可能性は六十〜七十五パーセントだと確認できた」

「だったら、どうして考えが変わったんだ？」とキリンが訊いた。

「おやおや、キリン」仔猫がイギリス訛りで割り込んだ。「訊くまでもない」

「ええ？」

クリスがあとを引き取って言った。「クロヒョウは今ここにいない。彼は――」そう言ってしまってから、性別を問わない中立的な表現で言い直した。「つまり、今、この場にいないのはクロヒョウだけだ」

「これまでクロヒョウが会合を欠席したことは一度もない」とキリンがつけ加えた。

「ミーティングにはいつも全員が参加していた」とシロクマも言った。「一度、仔猫が事前に連絡した上で欠席した以外は」

「そのとおり」とクリスは言った。「リアリティ番組のスターの件はクロヒョウが議題に上げた案件だった。そのクロヒョウからメッセージへの応答がない」

沈黙。

「どうする？」とキリンが訊いた。

「こういうときのための具体的なルールがある」とクリスは答えた。

シロクマが言った。「ガラスを割るってこと？」

「そうだ」

「賛成」と仔猫が言った。

「そこまでしなくてもいいんじゃないかな」とキリンが言った。

「わたしもそう思う」とシロクマがキリンに同意して言った。「ガラスを割るのはきわめて緊急を要する場合にかぎるというのがみんなの合意事項だ。だから全員が同意する必要がある。五人のうち四人だけが賛成しても駄目だ」

「わかってる」とクリスは言った。

それこそまさに〈ブーメラン〉発足当時からの最高レヴェルのセキュリティだった。メンバーはお互いの素性を知らない。そこがとても重要だった。仮に誰かひとりが捕まったとしても、ほかのメンバーを裏切ることはできない。たとえそうしたくても、ほかのメンバーを売るようにどれだけ圧力をかけられたとしても、答えるすべがないからだ。

〝ガラスを割る〟以外には。

メンバー全員の名前は、ありとあらゆる保護をかけた安全なファイルに保存されている。〈ブーメラン〉のメンバーは、それぞれ独自に二十七桁のセキュリティコードを決めていて、誰かがコードを入力して十秒以内に五人全員が各自のコードを入力すれば、その五人は六人目の名前を見ることができる仕組みになっている。それが唯一の方法だった。五人が同時に各自のコードを入力しないかぎりそれはできない——そこまで行っても確認できるのは、六人目のメンバーの名前だけだ。

「とりあえず、順を追って整理しよう」とクリスは言った。「まず、われわれが過去に標的にした人物にヘンリー・マクアンドルーズという男がいて、その男が殺された」

「いや、標的じゃない」とシロクマが言った。「標的候補だ。で、結局のところ、その案件は否決された」

「そのとおりだ、訂正する。彼は標的候補だった。いずれにしろ、その案件はクロヒョウが持ち込んだ。そのクロヒョウが今、われわれのメッセージに応答しなくなっている。考えうる可能性はいくつかあるけれど、そのうちのいくつかを述べてみる。まずこれはまったくの偶然とも考えられる。われわれは軽率で愚かな行動を取る何人もの人間を相手にしている。だから、人ひとりが死んだからと言って、その件がわれわれと関わりがあるとは言えない」

「それはあくまでわたしたちがこの件をさほど真剣に考えなかった時点での可能性ね。今はこの件がクロヒョウによって持ち込まれたもので、そのクロヒョウがここにいないことがわかっている」と仔猫が言った。

「そのとおりだ。だからこのあとの議論のために、偶然の一致という可能性はひとまず脇に置いておこう。ヘンリー・マクアンドルーズの殺害はわれわれに直接関わっていると仮定する。もっと厳密に言えば、この殺人事件はクロヒョウが姿を消したことに関わっていると仮定する」

「おいおい、それは先走りすぎだよ」とシロクマが反論した。「姿を消した？　それはまだわからない。まだ二十四時間も経っていないんだから。われわれは全員テクノロジー業界に携わっている。でなければ、ここにはいない。みんなはどうだか知らないが、わたしはテクノロジーの世界から離れたくなったら――時々そうなることがあるけど――デジタルデトックスをする。船で海に出て、携帯電話もインターネットもつながらない時間を過ごす。クロヒョウも同じことをしている可能性は充分にある」

「わたしたちに何も言わずに？」と仔猫が言い返した。「偶然にもちょうどこのタイミングで？」

「じゃあ、きみはどう思うんだ、仔猫？　クロヒョウが警察副署長を殺したって言うのか？　リアリティ番組で優勝したイケメンを困らせたから？」

「そうは言ってない」

「だったら何が言いたい？」

クリスがあいだに割ってはいって言った。「仔猫が言おうとしたのは――少なくともわたしが言いたいのは――今このグループに何が起きているのか、それを知る必要があるということだ」

「クロヒョウの正体を暴いて？」

「そう、クロヒョウの名前を明らかにすることで。そうすれば、クロヒョウ（ゼム）のことを調べて、何も問題がなければ、そのことを確認することができる」

「賛成」と仔猫が言った。

「わたしは反対だ」とシロクマが言った。「理由はいくつもある」

「聞かせてもらおう」

「まず、みんなには悪いが、時期尚早だと思う。もしわたしなら、つまり、もしわたしが今のクロヒョウと同じ立場に置かれているとしたら、みんなに正体を知られたくはないはずだ。だから、クロヒョウの正体を暴くのには抵抗がある」

「ほかには？」

「仮に、ライオン、きみの言うとおり、クロヒョウが殺人に直接関わっていたとすれば、考えられる理由はふたつしかない。ひとつ、マクアンドルーズは制裁しないというわれわれの決定に憤慨して、〝彼〟は自分ひとりで対処することにした。ああ、わかってる、〝彼（ヒー）〟じゃなくて〝ゼイ〟と言うべきなのは。わたしが知るかぎり、クロヒョウは女性だ。ただ、それだと話しづらいんで、このまま続けさせてほしい。いいね？　いずれにしろ、今言った理由がひとつ。で、クロヒョウは理性を失い、マクアンドルーズを殺し、われわれとの連絡を絶った」

「なるほど」

「そんなことはまずありえないとは思うけれど。ただ、クロヒョウが、ハリケーンで言うと低いレヴェルの罰をマクアンドルーズに与えることを承認するようわれわれに強く要求したのは確かだ。とはいえ、われわれが否決したことにすごく動揺しているようにも見えなかった。もし彼が、クロヒョウが、マクアンドルーズを標的にすべきだともっと熱心に訴えていたら、われわれも考えを改めたかもしれない。なのに彼はそうしなかった。そんな彼がわざわざその男を殺しにいったりするだろうか？」

「理屈は通ってる」とクリスは認めて言った。

「さらに一歩踏み込んで考えてみよう」とシロクマは続けた。「クロヒョウはマクアンドルーズを殺そうと思って、われわれと連絡を絶ったとする。もしそうなら、彼にはわれわれがガラスを割ることがわかっている。われわれが彼のほんとうの名前を知り、彼を見つけようとすることもわかっている。だから、われわれと連絡を絶ってもなんの意味もない」

クリスはうなずいた。画面の中でライオンもうなずいていた。

「だとしたら、残る可能性は？」とシロクマは問いかけた。「そう、ひとつ考えられるのは、たぶん誰の眼にも明らかだと思うが、クロヒョウは不注意だったということだ。もしかしたら、被害者のピーター・ベネットが窓口のクロヒョウの正体を突き止めたのかもしれない」

「ありえない」とクリスは言った。「われわれは何重にもセキュリティを施している」

「ああ、でも、絶対じゃない。ガラスを割ることやそのほかのルールを定めたのは、まさにそれが理由だ。誰かに見つかる可能性は常にあることを知ってるからだ。もしそうなった場合——今がまさにそうかもしれないけれど——ほかのメンバーの安全を確保するためにガラスのルールが決められた。誰かがクロヒョウの正体にたどり着いたとする。どうやって見つけたかはわからないけど、とにかく誰かがクロヒョウの正体を知った。仮定の話だけど、最悪の場合、クロヒョウは寝返ったか、怪我をしたか、もしかしたら死んでいるかもしれない。もしそうなら、慌てて彼を助けようとすれば、自分たちをより大きな危険にさらすことになりかねない」

全員がシロクマの主張について考えた。

「確かにきみの言うことにも一理ある」とクリスは言った。「でも、人がひとり殺されてるんだ。わたしはやはりクロヒョウの名前を明らかにすべきだと思う」

「ライオンに賛成」と仔猫が言った。

「わたしも」とアルパカが三票目を投じた。

「わたしはどちらとも決められない」とキリンが言った。

「問題ない」とシロクマが応じた。「満場一致でなければならないんだから。みんなには申しわけないが、わたしはあと一日か二日待つほうがいいと思う。クロヒョウに返事をするチャンスを与えるべきだし、そのあいだに地元の警察が殺人事件を解決するかもしれない。あと数日待っても問題はない。行動を起こさなければ、危険にさらされることもない」

クリスとしてはそこまで確信は持てなかった。「きみはガラスを割ることに正式に反対するということだね、シロクマ?」

「ああ、そうだ」

「わかった」とクリスは言った。「じゃあ、これで決まりだ。当面は連絡を取り合い、マクアンドルーズの事件の推移を見守ることにしよう。アルパカ、クロヒョウが調べた内容を確認してもらえないか。もしかしたらファイルの中に犯行に関わっていそうな人物がいるかもしれない」

「もうやってる」

「猶予は何日あればいい、シロクマ?」

「四十八時間」とシロクマは答えた。「それまでにクロヒョウから連絡がなかったら、ガラスを割ろう」

21

「さて」とヘスターはワイルドに向かって言った。「まずは状況を整理しましょう」

ふたりは〈トニーズ・ピザ&サブ〉にいた。店名を聞いて思い浮かべるとおりの店で、毛むくじゃらの腕をしたふたりの男がピザ生地を宙に放ってまわしていた。テーブルには赤いチェック柄のビニールのテーブルクロスが掛けられ、それぞれのテーブルに紙ナプキンがはさまれたホルダーとパルメザンチーズ、オレガノ、レッドペッパーの容器が置かれている。

「どこから始める?」とワイルドは訊いた。

「〝はじめに神は天と地を創造された〟からって言ってほしい?」

「勘弁してくれ」

「じゃ、始めましょう」とヘスターは言った。「まず、ピーター・ベネットが養子になる。二十八年まえに。彼のお姉さんは——名前はなんていったかしら?」

「ヴィッキー・チバ」

「養子になったときにピーターが何歳だったかヴィッキーは話した?」

「いや、赤ちゃんだったとしか」

「まあ、いいわ。生後二ヵ月にしろ、十ヵ月にしろ、そこは重要じゃない。とにかくピーターは養子になる。そして、ペンシルヴェニア州立大学の近くで育つ。そんな田舎で暮らしていたのは人目を避けるため？」

「かもしれない。一家はそれまでテネシー州メンフィスに住んでいた」

「なるほど。で、ピーターは自分が養子とは知らずに成長する。家族はずっとピーターが実の子であるかのように偽っていた。それってちょっと怪しいと思わない？」

「思う」

「でも、ひとまずそこのところは飛ばすわね。ピーターは成長して、あれやこれやあって、やがてリアリティ番組に応募する。そこで自分は養子だったことを知る。彼は動揺する。当然よね。いくつものDNA鑑定サイトに登録して、血縁者を見つけようとする。で、あなたとマッチする」ヘスターはそこで一呼吸置いて言った。「そこで当然の疑問が浮かぶ」

「というと？」

「あなたがDNAを送ったのはひとつのサイトだけ。そうよね？」

「ああ」

「ピーターのお姉さんの話では、彼は複数のサイトに登録していた。だから、ほかにもマッチした人がいたかもしれない。その点は調べる必要があるわ、ワイルド。彼はほかにも血縁者に連絡して、やりとりしていたかもしれない」

「いいところを突いてる」

「ピーターの人生に戻りましょう。彼はリアリティ番組の〝バトル〟で勝ち進んで、優勝して、見目麗しいジェンと結婚する。有名になり、金持ちになる。勝ち組になる。その間、自分は養子だという事実とどう折り合いをつけていたかはわからない。すっかり忘れていたかもしれないし、ほかの血縁者と連絡を取り合っていたのかもしれない。それはともかく、ピーターは成功し、すばらしい人生を送っていた。ところが、ドカーン！　例のポッドキャストのせいで何もかもが台無しになる。いきなり墜落する。世間からそっぽを向かれ、血祭りにあげられ、すべてを失う。彼は大いに混乱していた。これまで聞いた話からだけじゃなく、DNA鑑定サイトを通じてあなたに送ってきたメッセージの内容からもそれはわかる。そういうあれこれを考え合わせると――一気に高みにのぼり、急激に落下して、混乱し、居場所がなくなり、結婚生活も何もかも失って、彼はどんどん海の底に沈んでいき、溺れそうになる。必死に泳いで水面から顔を出そうとしたら、今度はマクアンドルーズだかドッグなんちゃらだかに頭を殴られる。はい、そこまで。彼はついに進退窮まる。で、ここからは仮説だけれど、ピーターはマクアンドルーズを見つけ出し、復讐心に駆られて殺害する。そのあと自分が何をしてしまったか思い知り、自殺の名所の崖に行き、飛び降りる」

ワイルドはうなずいて言った。「ありえないすじがきじゃない」

「でも、あなたはそうは思わない」

「この仮説には理屈に合わないところがあるから？　それともただそう思いたくないだけ？」

「ああ、思わない」

ワイルドは肩をすくめて言った。「そこは重要じゃない」

「あなたは最後まで真実を追求するつもりでいる」

「ああ」

「なぜなら、それがあなたという人だから」

「なぜなら、ほかにどうすればいいかわからないからだ。今ここで手を引く理由はない、ちがうか？」

「ちがわない。それと、もうひとつ」

「なんだ？」

「『リアリティ・ラルフ』のポッドキャストにはどうも妙なところがある」

「妙なところ？」

「ひょっとしたらジェンの妹のマーニーが嘘をついているとか」

「ピーターは白状したんじゃなかったっけ？」

「ジェンのことばを信じるなら」とヘスターは言った。

「信じられないのか？」

ヘスターはイエスともノーとも取れる表情をして言った。「いずれにしろ、その妹から話を聞く必要がある。ジェンに会って話を聞いたからには、このまま何も知らないふりはできない」

ワイルドはうなずいて言った。「マーニーにはおれが会いにいくよ」

ふたりはそれぞれもう一切れピザを手に取った。

「それにしても変よね」ヘスターは優雅にピザを咀嚼（そしゃく）しながら言った。「あなたは幼いときに森にいたところを発見された。どうやって森に来たかは覚えていなかった。はっきりしたことはわからないけど、置き去りにされたにしろ、何にしろ、あなたは何年も森で暮らしていたと本気で信じていて――」

「その話はやめにしよう」

「最後まで聞いて、いい？　わたしも昔はあなたの記憶を疑っていた。多くの専門家がそうだったように。ほとんどの人が子供がひとりで森の中で生き延びられるはずがないと思った。置き去りにされて、森で過ごしたのは数日かせいぜい数週間なのに、トラウマのせいでもっと長く暮らしていたと思い込んでいるんだろうって。わたしもそう思っていた。考えてもみて。そう考えるほうが自然よ」

「でも、今は？」

「あなたが発見されてから三十数年経った今になって、あなたの血縁者が隣りの州で不可解な養子になっていたことがわかった。過去がわからない子供がもうひとりいたことが。つまりそれって、どこからともなく現われた素性のわからない赤ちゃんがふたりいたってことよ。変じゃない、ワイルド？　そう、最初は確かに好奇心から調べはじめたことだった。わたしはずっとあなたの生い立ちに興味津々だった。あなた自身はまるで関心がなかったとしても。でも、今やことはもっと重大かもしれない。恐ろしい事情があったのかもしれない」

ワイルドは背もたれに背を預け、そのことをいっとき考えた。

ヘスターは今度はもっと大きくピザを一口齧り、嚙みながら言った。「真面目な話、ここのピザ、すごくおいしいと思わない？」

「ああ、すごく」

「隠し味は蜂蜜よ」

「蜂蜜？」

ヘスターはうなずいて言った。「蜂蜜、ピリ辛のカラブリア風サラミ、モッツァレラチーズ」

「最高の組み合わせだ」

「〈トニーズ〉は昔からずっとこの町にある。それは知ってるわね」

ワイルドは黙ってうなずいた。

「まえにも来たことはある、でしょ？」

「もちろん」

「子供の頃にも？」

ワイルドはこの話がどこに向かうのかさっぱりわからなかった。「ああ」

「でも、デイヴィッドと一緒に来たことはない」

おっと、そういうことか。ワイルドは何も答えなかった。

「息子はあなたの親友だった。あなたたちはいつもつるんでた。でも、デイヴィッドと一緒にこの店に来たことはない。そうよね？」

「デイヴィッドはピザが好きじゃなかった」とワイルドは言った。

「あの子がそう言ったの？」ヘスターは渋い顔をした。「ねえ、ワイルド、ピザを嫌いな人なんている？」

ワイルドは何も言わなかった。

「この町に引っ越してきた日——引っ越してきたまさにその日の夜——アイラとわたしは息子たちを連れてこの店に来た。店はすごく混んでいて、ウェイターの態度はひどかった。息子のひとりが——ジェフリーだったと思う——ピザを一切れだけ注文しようとしたら、ウェイターはコース料理でなければ注文は受けられないと言い張った。それがきっかけで事態は悪いほうに向かった。アイラの機嫌が悪くなった。その日は長い一日だったし、わたしたちはみんな腹ぺこで苛々していた。店長が来て、ピザしか頼まないなら席は用意できないと言った。アイラは激怒した。細かいことはどうでもいいけど、結局、わたしたちは何も食べずに店を出た。家に帰ってから、アイラは苦情の手紙を書いた。行間がみっちり詰まった二枚にも及ぶ手紙だった。その手紙を店に送ったけれど、返事はなかった。で、アイラは家族全員に約束させた。〈トニーズ〉からは絶対にデリヴァリーを取らない、店にも行かない。そういう決まりをつくった」

ワイルドは笑みを浮かべた。「ワオ」

「あなたの言いたいことはわかる」

「郡の野球大会でおれたちのチームが優勝したことがあった」とワイルドは言った。「デイヴィッドとおれは八年生だった。この店で祝勝会をしたんだけど、デイヴィッドは口実をつくって参加しなかった」

「わたしの可愛いデイヴィッドはとても忠実な息子なのよ」

ワイルドはうなずいて言った。「ああ」

ヘスターはナプキンのホルダーから紙ナプキンを一枚取って目頭を押さえた。

ワイルドは黙ったまま待った。

「まだ食べる?」とヘスターは訊いた。

「もう充分だ」

「わたしも。もう行く?」

ワイルドは黙ってうなずいた。勘定はすませてあった。ヘスターは立ち上がった。ワイルドも立った。店の外に出ると、ティムが車のエンジンをかけた。ヘスターはワイルドの腕に触れて言った。

「あの事故のことで、あなたを責めたことはない。ただの一度も」

ワイルドは何も答えなかった。

「あなたが嘘をついているとわかってからも」

ワイルドは眼を閉じた。

「わたしの息子の身に何が起きたのか、いつになったらほんとうのことを話してくれるの、ワイルド？」

「もう話した」

「いいえ。オーレンに事故の現場に連れていってもらったのよ。話さなかった？　あなたがコスタリカに逃げる直前のことよ。デイヴィッドの車が道路からそれて落ちた場所を見せてもらった。その近くまで一緒に歩いていった。オーレンは、あの人は、あなたが真実を話していないことをずっと知っていた」

ワイルドは何も言わなかった。

「デイヴィッドはあなたの親友だった」ヘスターはそっと言った。「でも、あの子はわたしの息子でもある」

「わかってる」ワイルドはヘスターと眼を合わせて言った。「おれとの関係なんかとは比べものにもならない」

ティムが運転席から降りて車をまわり込み、ヘスターのためにドアを開けた。

「今日はここまでにしておくわ」とヘスターはワイルドに囁いた。「でも、近いうちにきっと聞かせて。いいわね?」

ワイルドは何も答えなかった。ヘスターはワイルドの頰にキスして車の後部座席に乗り込んだ。車が見えなくなると、ワイルドは道路に向かって歩きだした。レイラにテキストメッセージを送った。

ワイルド:ハイ。

画面に黒いドットが躍り、レイラが返事を入力しているのがわかった。

レイラ:こんなメッセージが届いて、返事をせずにいられる女がいると思う?

ワイルドは思わず笑みを浮かべ、またメッセージを送った。

ワイルド:ハイ。

レイラ：口がうまいんだから。すぐ来て。

ワイルドは携帯電話をポケットにしまい、歩くペースを上げた。レイラは彼の親友の妻だ。その事実は変えようがない。レイラとデイヴィッドはお互い魂の伴侶（ソウル・メイト）だった。ワイルドとレイラは何年もともに過ごしてきた。おそらく長すぎる時間をかけて、その部屋にまぎれもなく存在する亡霊をそのままにしておくのではなく、追い出そうとしてきた。

また携帯電話が鳴り、テキストメッセージが届いた。ワイルドはメッセージを読んだ。

レイラ：今度は真面目に。時間があるときに来て。そろそろ話し合ったほうがいいと思う。

そのメッセージをもう一度読んでいたときだった。下を向き、画面の明かりで顔が照らし出されたワイルドのすぐそばで、二台の車がけたたましくブレーキをかけて停まった。

「警察だ！　地面に伏せろ！」

ワイルドは体を強ばらせ、どう対応するか迷った。走って逃げることもできた。おそらく逃げきれる。しかし、相手が警察なら、逃げただけでも、逮捕に抵抗したということで公務執行妨害に問われるだろう。たとえ無実でも。いよいよピーター・ベネットを見つけられるかもしれないというときに、隠れていなければならなくなる。

それは避けたかった。

「さっさと言われたとおりにしろ、このクソ野郎！」

四人の男——制服姿の警察官がふたりと私服の警察官がふたり——が銃口をまっすぐワイルドに向けていた。

全員、スキーマスクをかぶっていた。

よくない兆候だ。

「早くしろ！」

三人が速足でワイルドに近づいてきた。残りのひとりは彼に銃を向けつづけた。ワイルドは携帯電話を手に持ったまま、言われたとおり地面に伏せようとした。大人しく降参するというより、親指で電話の音量を下げ、通話ボタンを押す時間を稼ぐために。画面をスクロールして、かけたい相手の番号を選ぶ余裕はなかった。最後にやりとりしたレイラの番号が画面に表示されていた。通話ボタンを押せば、電話はレイラにつながる。

今や三人の男はダッシュしていた。

「抵抗はしない」ワイルドはそう言いながら、どうにか携帯電話の正しいボタンを押そうとした。「言われたとおりに——」

三人は問答無用でワイルドに思いきり体あたりしてきた。そして、アスファルトの地面に押し倒すと、彼の体を横転させ、うつ伏せにした。ひとりが腎臓に膝蹴りを食らわせた。肝臓やほかの臓器にまで衝撃が及んだ。あとのふたりがワイルドの腕を一方ずつつかみ、強くうしろに引っぱった。肩の腱が裂けるのではないかとワイルドは思ったが、全身を貫く腎臓の痛みにまぎれて苦痛はそれほど感じなかった。男たちは彼の手首をひねって携帯電話を叩き落とし、手錠をかけると、血流が止まりそうなほどきつく手首を締めつけた。

制服姿のひとりが——あたりは薄暗く、バッジの番号も何も読み取れなかった——ワイルドの携帯電話を足で踏みつけ、さらにもう一度踏んだ。電話は粉々に砕けた。

ワイルドはうつ伏せの状態で硬いアスファルトの地面に顔を押しつけられた。それでも手前に停まっている車がいかにも覆面パトカーらしい特徴——フォード・クラウンヴィクトリア、町のナンバープレート、何本ものアンテナ、スモークガラス、サイドミラーの上の不自然な位置に取り付けられたライトやフロントグリルに隠すように設置された非常灯——を備えているのが見て取れた。もう一台は普通のパトカーで、車体に二語書かれていた。

ハートフォード警察。

ヘンリー・マクアンドルーズの古巣だ。なんとなんと。ワイルドは改めて思った。まったくもってよくない兆候だ。

膝蹴りを食らわせた男がワイルドの耳に口を寄せて言った。「どうしておれたちがここに来たかわかるな？」

「住民に奉仕し、住民を守るため？」

後頭部に強烈な一撃を食らい、ワイルドは頭の中が真っ白になった。眼から火が出た。

「もう一度よく考えて答えろ、この警官殺しが」

男たちはワイルドの顔に黒い袋をかぶせて視界をさえぎり、ワイルドの頭をわざと車にぶつけるようにして、後部座席に押し込んだ。「さあ、ドライヴだ」とひとりが言い、男たちは彼のそばから離れた。

「なんの容疑で拘束されるのか知りたい」とワイルドは言った。

沈黙。

「弁護士に電話したい」とワイルドはさらに言った。

「あとでな」

「弁護士と話すまでは聴取に応じるつもりはない」

またしても沈黙。

ワイルドはもう一度言いかけた。「聴取には応じないと言ったんだが――」

ひとりがワイルドの腹に強烈なパンチを打ち込んで彼を黙らせた。ワイルドは体を曲げてえずいた。肺の中の空気がなくなった。呼吸ができない状況を経験したことのある人なら、それがどれほど怖いものかわかるだろう。窒息して死んでしまうという恐怖に襲われ、為す術もなくパニックに陥る。が、その感覚はやがて収まることをワイルドは経験から知っていた。横隔膜が痙攣（けいれん）しているだけで、最善の策は体を起こしてゆっくり呼吸することだということも。

三十秒か、もしかすると一分かかったか、ワイルドはどうにか乗り切った。

どこに向かっているのか訊きたかったが、みぞおちに食らった一撃のせいで、まだ体が刺すように痛んだ。それにそもそもどこだかわかったところで何になる？ ハートフォードに向かっているとすれば、あと二時間以上この不快なドライヴが続くということだ。手錠はかけられたままだった。警察官のひとりは後部座席のワイルドの隣りにいた。運転席にひとりいて、もしかしたらもうひとりいるかもしれないが、顔に袋をかぶせられているのでわからない。ワイルドは考えうる選択肢を吟味した。できることはなさそうだった。何をしたところで無謀な試みでしかない。たとえ隣りにいる男の動きを封じられたとしても――視界をさえぎられ、手錠をされた状態でそれができればの話だが――後部座席のドアは内側からは開かないようになっているにちがいない。

八方ふさがり。

十分後、車が停まった。着いた場所はハートフォードではなかった。それはワイルドにもわかった。コネティカット州ですらない。車のドアが開いた。力強い手が伸びてきてつかまれ、車の外に引きずり出された。ワイルドは全身の力を抜いて、地面に倒れ込もうかと思った。が、そんなことをしたところで脇腹を蹴られるのがオチだ。まっすぐに立ち、男たちに引き立てられるまま歩いた。

袋をかぶせられていても、大きく息を吸い込むと松とラヴェンダーのにおいがした。耳をすました。車が行き交う音はしなかった。通りの喧噪も話し声もエンジンが唸る音も何も聞こえなかった。足元の地面は土で、ときどき木の根が張り出していた。百パーセント確実とは言えないが、人里離れた静かな場所、おそらくは森の中かその近くであることはまちがいなさそうだった。

これまたよくない。

男たちはワイルドを引きずるようにして、階段を三段のぼらせた。ワイルドはわざと足をすって歩き、その感触から床は板だと確信した。網戸が軋む音が聞こえ、かすかに白かびのにおいがした。ここは警察署ではない。人目につかない場所にある小屋か何かだろう。両肩をそれぞれ手で押され、硬い椅子に坐らされた。誰もひとことも発さなかった。男たちが部屋の中を歩きまわる気配があり、ひそひそとした囁き声が聞こえた。ワイルドは呼吸を整えて待った。顔にはまだ袋をかぶせられたままで、彼を襲った男たちが誰なのかはわからなかった。

囁きがやんだ。ワイルドは身構えた。

「おまえはワイルドと呼ばれてる」としわがれた声が言った。「まちがいないな？」

答えない理由はなかった。「そうだ」

「そうか、よし」しわがれ声は続けた。「いい警官のパートは飛ばして、いきなり悪い警官の登場だ、ワイルド。こっちは四人いる。それはおまえもわかってる。おれたちは友達のために正義の裁きをくだしたい。それだけだ。その望みが叶えばそれでいい。でも、叶えられないときは、おまえはじっくり時間をかけて苦しみながら死ぬことになる。誰にも見つからない場所におまえを埋める。言いたいことはわかったか？」

ワイルドは何も答えなかった。

そのとき、ワイルドの首すじに冷たい金属質のものが押しあてられた。一瞬のためらいのあと、ザッピングノイズが聞こえ、体内に電流が流れた。ワイルドの目玉が飛び出し、体がよろめき、脚がぴんと伸びて硬直した。強烈な痛みが全身を走った。痛みを止めたいと願う以外はただ息をしているだけの生きものになった。

「言いたいことはわかったか？」しわがれ声がもう一度言った。

「わかった」ワイルドはかろうじてそう答えた。

首にまた冷たい金属が押しあてられた。

「そうか、わかり合えて嬉しいよ。ちなみに、これは電気牛追い棒だ。今は電流レヴェルを〝低〟にしてあるが、強さは変えられる。わかったか？」

「わかった」

「ヘンリー・マクアンドルーズを知ってるか？」

「知っている」

「どうやって知った？」

「殺されたと新聞で読んだ」

沈黙。ワイルドは眼を閉じ、唇を嚙みしめて、高電流の衝撃に備えた。ワイルドが覚悟を決めたのは明らかだった。それは彼らの望むところではなかった。彼らとしてはまずワイルドを混乱させ、思考能力を奪いたかった。

「おまえがあいつの家にいたことはわかってるんだ、ワイルド。おまえはガラスのスライドドアから侵入して、あいつのコンピューターを嗅ぎまわった。あの家には高性能の防犯カメラがある。おれたちは全部知ってる」

「全部知っているなら」とワイルドは言った。「おれがその人を殺していないことも知ってるはずだ」

「逆だよ」としわがれ声は言った。「おまえがやったのはわかってる。おれたちはその理由が知りたいんだ」

「おれは殺してない」

なんのまえぶれもなく、電気牛追い棒の衝撃がまたワイルドを襲った。全身の筋肉が彼の意思とは無関係に硬直し、ワイルドは椅子から床に転げ落ち、波止場に打ち上げられた魚のようにのたうった。

力強いふたつの手が両側から彼を引っぱり上げ、乱暴に椅子に坐らせた。

しわがれ声が言った。「よく聞け、ワイルド。おれたちはちゃんとすじを通したい。おまえがヘンリーにした仕打ちとはちがって、おまえにもチャンスをやる。何が起きたのか知りたいだけだ。それがわかったら、事実を裏づける証拠を見つける。おまえは逮捕される。ちゃんと裁判も受けられる。当然ながら、おまえは今日のちょっとした話し合いのことを話すだろう。でも、どこにも証拠はない。裁判にも影響しない。だとしても、これはおまえの身のためだ。ヘンリーに何が起きたのか話せ。そうすればおれたちはおまえを解放して、証拠を探す。おれたちとしてはまっとうでフェアなやり方でやりたい。わかったか？」

しわがれ声の男に反論するほどワイルドも馬鹿ではなかった。「わかった」

「おまえがやったのでなければ、罪を着せるつもりはない」

「それはよかった。なぜならおれはやってないからだ。ついでに、またその棒を押しあてられるまえに言っておくと、防犯カメラにおれが映っていたというのは嘘だ。それはわかってる。もしマクアンドルーズの家に防犯カメラがあったら、何週間もまえの映像に殺人犯が映っていたはずだ」

「おまえは家に侵入した」

金属の棒がまた首に触れた。ワイルドは身震いした。

「それも否定するつもりか？」

「いや」

「どうして家に忍び込んだ？」

「マクアンドルーズは匿名である人物に嫌がらせをしていた」

「誰に？」

「リアリティ番組のスターに。ボットと大量の偽アカウントを使って」

別の男の声が言った。「ヘンリーを侮辱してただですむと思ってるのか？」

今度は電気牛追い棒の電流が〝高〟に設定されていたにちがいない。頭蓋骨が破裂して木っ端微塵に吹き飛んだような衝撃が走った。もはや体の震えが二度と止まらないのではないか。そんな気さえした。またしても床に転げ落ちた。それでも、電気牛追い棒を持っているのが誰にしろ、その人物は棒をワイルドの首にあてつづけた。電流が全身を貫いた。脚が引き攣り、腕が痙攣した。ワイルドは白目を剝いた。肺と内臓に過大な負荷がかけられ、ふくらませすぎた風船のように心臓が破裂しそうになった。

「おい、死んじまうぞ！」

ざわめきに交じって電話が鳴る音が聞こえた。電気牛追い棒の電流が止まった。ワイルドはまだ痙攣していた。寝返りを打って横を向き、吐いた。

かなり離れた場所で誰かが話すのが聞こえた。「ええ？　いったいどうして？」

すべてが止まった。ワイルドを除いては。彼はまだ狂ったように体をひくつかせ、苦痛から逃れようとしていた。熱い電流が今なお彼の血管を焼いていた。耳鳴りがした。瞼が重くなってきた。ワイルドは眼が閉じるのに任せた。意識を失いたかった。どんな形であれ、安らかになりたかった。またしても力強い腕に引っぱり上げられた。ワイルドは協力して立ち上がろうとしたが、脚が言うことを聞かなかった。

気がつくと、また車に乗っていた。

十五分後、車が急に停まった。誰かがワイルドの手錠をはずした。ドアが開き、力強い手がワイルドを車の外に押し出した。ワイルドはアスファルトの地面に落ちて転がった。

「今日のことを誰かに話したら」としわがれ声が言った。「戻ってきておまえを殺す」

22

ノックに応じてドアを開けたオーレン・カーマイケルは、ワイルドの姿を見て眼をみはった。

「おい、いったい何があった?」

オーレン・カーマイケルは三十五年まえ、〝野生児〟ワイルドが森で発見されたときに現場にいた。ワイルドに最初に話しかけたのが彼だった。屈んで幼いワイルドと眼の高さを合わせ、どこまでも相手を気づかう声で話しかけたのだった。「坊や、誰もきみを傷つけたりはしない。約束する。名前を教えてくれるかな？」オーレンは車でワイルドを最初の里親の家まで連れていき、ワイルドが眠るまでつき添い、翌朝眼を覚ましたときにもまだ部屋にいた。さらに、ワイルドが森で暮らすことになったいきさつについて精力的に捜査を続けただけでなく、捨てられた少年が新しい世界になじめるよう手助けを惜しまなかった。ワイルドにさまざまなスポーツを教え、自分のチームに加入させ、親身になって面倒をみた。ワイルドのような生い立ちの少年でも可能なかぎり地域社会の一員になれるよう、彼を支えた。ワイルドがアドヴァイスを必要としていると思われるときにはアドヴァイスした。反抗期のワイルドがティーンエイジャー特有の問題を乗り越えられるよう寄り添いもした。デイヴィッドが命を落とした交通事故の現場に、警察官として最初に駆けつけたのもオーレンだった。オーレンはいつも親切で、情け深く、頼もしく、慎重で、プロに徹していて、聡明だった。ワイルドはそんなオーレンの振る舞いを慕っていたし、オーレンとヘスターがつきあうようになったことも喜んでいた。ヘスターはワイルドにとって母親と呼ぶべきものに一番近い存在で、オーレンのほうは父親というほどではなかったが、大人の男の見本のような存在だった。

「ワイルド？」とオーレンはワイルドに尋ねた。「大丈夫か？」

小一時間まえに自分がやられたのとそっくり同じように、ワイルドは掌底をオーレンのみぞおちに叩き込み、一時的に横隔膜を痙攣させ、息ができないようにした。オーレンは短くうめき、うしろによろけた。ワイルドは部屋の中にはいり、ドアを閉め、室内を隈なく観察した。オーレンは制服を着ておらず、銃は持っていなかった。近くにも銃は見あたらなかった。銃をしまっておく場所が近くにないか室内に眼を走らせたが、そういうものもなかった。

オーレンは辛そうな眼で――体の痛みのせいか、心の痛みのせいか、どちらにしろ――ワイルドを見上げた。ワイルドは思わず眼をそむけた。この一撃は当然の報いだ――ワイルドは自分に言い聞かせた。ほんとうにそうする必要があったのかどうかは疑問ながら。オーレンがもう七十歳であることを思い出すとなおさら。

立たせようと手を差し出すと、オーレンは苦しそうに息をしながら、ワイルドの手を払いのけた。

「ゆっくり息をして」とワイルドは言った。「まっすぐ立つ」

さらに一、二分かかった。ワイルドは待った。力を入れすぎないように気をつけたつもりだったが、ワイルドにしても七十代の相手を殴った経験はなかった。ようやくしゃべれるようになると、オーレンは言った。「どういうことか説明してくれるか?」

「そっちがさきだ」とワイルドは言った。

「こっちはなんのことかさっぱりわからないが」

「ハートフォードの警察官四人組に路上で拉致され、顔に黒い袋をかぶせられ、電気牛追い棒で痛めつけられた」

ようやく事情がわかり、オーレンの顔つきがゆっくり変わった。「なんてこった」

「何が起きてるか話す気になったか？」

「彼らはおまえに何をしたんだ、ワイルド？」

「今、話した」

「でも、最後にはおまえを解放したんだな？」

「だとしたら、状況がよくなるのか？」ワイルドはあきれたように首を振って言った。「連れ去られるまえになんとかレイラに電話をかけた。たぶんレイラはヘスターに電話した。ヘスターはハートフォードの誰かに連絡して、おれもあんたもできれば知りたくないような脅しをかけた。で、その誰かが四人組に電話して、おれは解放された。そういうことだったんだろう」

「くそ」オーレンはうなだれて言った。「今ヘスターと言ったな？　彼女はこのことを知ってるのか？」

「おれが今ここにいることは知らない」

「おまえにわかったんだ」とオーレンは言った。「ヘスターにだってすぐにわかるだろうな」

「おれの知ったことじゃない」

「おまえの言うとおりだ。これはおれの問題だ」オーレンは手で顔をこすって言った。「おれの失態だ、ワイルド。すまない」

　ワイルドは黙って、オーレンがさらに話すのを待った。急かせて白状させるまでもない。オーレンは自ら話そうとしている。

「一杯飲みたい」とオーレンは言った。「おまえもどうだ？」

　今のワイルドにはなんともありがたい申し出だった。オーレンはそれぞれのグラスに〈マッカラン〉を注いだ。「ほんとうにすまなかった」とオーレンは繰り返した。「謝ってすむことじゃないのはわかっている。それでも、だ。警察官が殺されたんだ」

「何があったのか話してくれ」

「おまえも知ってのとおり、ヘスターは――オーレンは指で引用符をつくった――〝弁護士と依頼人間の秘匿特権によって保護された匿名の依頼人〟にかわって、マクアンドルーズの死体を発見したことをハートフォード警察に通報した。その通報に、ハートフォード警察の連中がどれほどブチ切れたかはおまえにも想像できるだろう。仲間が自宅で頭を背後から三発撃たれて死んだのに、ニューヨークから口の減らない弁護士がしゃしゃり出てきて、発見者の名前は明かせないとほざいたわけだ。彼らは文字どおりキレた。当然だ。おまえにもわかるよな？」

　オーレンはワイルドを見た。ワイルドは表情を変えなかった。ただ、さきを促した。

「で？」

「で、怒りがおさまらなかった警察官たちがヘスターのことを調べた。そうしたら――なんとなんと。その弁護士は彼らの仲間である警察の人間とつきあっていることがわかった」

「あんたと」とワイルドは言った。

オーレンはうなずいた。

「で、連中はあんたのところに来た」

「そうだ」

「それであんたはヘスターを裏切り、弁護士と依頼人間の秘匿特権を侵した」

「第一に、おまえは依頼人じゃない、ワイルド。おまえは彼女に弁護士費用を払っちゃいないんだから。おまえは彼女のただの友達だ」

ワイルドは顔をしかめた。「本気で言ってるのか？」

「ああ、本気だ。第二に、こっちのほうがずっと重要だが、ヘスターはその依頼人がおまえだとは言わなかった。おれも訊かなかった。聞き耳を立てたりもしなかった。問題の依頼人――法的根拠のない依頼人――がおまえだという情報はどこからも得ていない。だけど、おれとの個人的な関係とは関わりなく、ヘスターが法に背いてまで守ろうとする〝依頼人〟はおまえしかいない。おれはそう思った」

ワイルドは黙って首を振った。

オーレンは身を乗り出して続けた。「仮に今回のことがヘスターとおれがつきあうまえに起きたとしよう。ハートフォード警察の連中がおれのところに来て尋ねたとする。〝あんたと同じ町で暮らしていた、減らず口の弁護士が、殺された警察官の家に侵入した依頼人を庇ってる。その依頼人に心あたりはないか？〟。そのときでも、おれは長年の経験に基づいて依頼人はおまえだと推測しただろう」

「すばらしい」

「何が？」

「見事な自己正当化だ。〝知っていることを知らなくても、知っていると言ったことは知っていたかもしれない〟」

「おれの見込みちがいだった」とオーレンは言った。

「あんたは連中におれの名前を教えた、そうだな？」

「ああ、そうだ。でも、おまえとは親しい間柄だということもはっきり伝えた。おまえは殺人犯を見逃そうとするような男じゃない、おれがおまえと話して協力するように説得すると言ったんだ。彼らが独断で動くとは思いもよらなかった」

「ほんとうに？」

「ほんとうだ」

「被害者が〝彼らの仲間〟だとしても？」

オーレンはうなずいた。「おまえの言うとおりだ。ワイルド、誰がおまえをそんな目にあわせたか教えてくれ。きちんと報いを受けさせたい」

「それは無理だ」とワイルドは言った。「車のナンバープレートは黒く塗りつぶして読めないようにしてあった。やつらはおれの頭に袋をかぶせていたから、顔は見ていない。監視カメラのない静かな場所だった。仮に誰だったかわかったとしても、おれがやられたと言っているだけで証拠はない。連中は全部わかっていてやったんだ」ワイルドはウィスキーを一口飲み、グラス越しにオーレンを見た。「警察官同士の緊密なつながりについてはあんたにわざわざ言うまでもないと思うが」

「くそ。ほんとうにすまない」

ワイルドは黙ったまま待った。次にオーレンが何を言うかはわかっていた。問題は、それをどうやって自分に有利になるように仕向けるかだ。

「でも、これだけはわかってくれ」とオーレンは言った。

そら、来た。

「警察官が――三人の子供の父親が――殺されたんだ。おまえはその件に関する情報を握っている。その事実からは逃れられない。おまえには情報を提供する責任がある」

ワイルドはどう答えるか考えてから訊き返した。「警察はマクアンドルーズのコンピューターをもう調べたか?」

「今、調べてる」とオーレンは答えた。「かなり複雑なセキュリティ対策が施されているらしい。それも何重にも。何を探せばいい？」

「シェアするというのは？」

「何を？」

「そっちはマクアンドルーズ殺害について警察がつかんでいることを話す」とワイルドは言った。「それを踏まえて、おれは警察が何を調べ、何を探せばいいか教える」

「本気で言ってるのか？」

「選択肢はほかにもある」とワイルドはさらに言った。「たとえば、あんたの仲間にもう一度おれを拷問させるとか」

オーレンは眼を閉じた。

ワイルドは激怒していた。とはいえ、誰がマクアンドルーズを殺したにしろ、犯人はやはり見つかってほしかった。そのための手がかりが得られたら、それをそのままにはできない。ワイルドはピーター・ベネットを見つけたいのであって、庇いたいわけではなかった。

「おれがマクアンドルーズの家に行ったのは」とワイルドは言った。「ある人物を捜すためだ」

「ある人物？」

「ピーター・ベネットという男で、リアリティ番組のスターだが、今、行方がわからなくなってる。もう死んでいるというのがもっぱらの噂だ」

オーレンは怪訝な顔をして言った。「どうしてその男を捜してるんだ?」

答えない理由はなかった。「DNA鑑定サイトにDNAのサンプルを送ったら、そいつがおれの血縁者だということがわかったんだ」

「ちょっと待て。それはつまり……?」

「ああ。どうして森でひとりで暮らすことになったのか、答を見つけようと思ったんだ。あんたはずっとそうしろっておれに言いつづけてた。だから、そうした」

「で?」

「で、実の父親を見つけた。その人物はラスヴェガスの近郊に住んでいる」

「なんだって?」オーレンは驚いて眼をみはった。「で、その人はなんて言ってた?」

「話すと長くなる。それに、結局、その線は行きづまった。だから、別の線をあたった。今度は母方の血縁を」

「それがリアリティ番組のスターの……」

「ピーター・ベネット」

「その男がおまえの母方の血縁者なのか?」

「そうだ。でも、おれに連絡してきたあと、彼は姿を消した」

「どういう意味だ、姿を消したというのは?」

「彼の名前をグーグルで検索すれば詳しいことがわかる」とワイルドは言った。「彼は有名人なんだよ。もし彼がこの殺人に関わっているなら、捕まってほしい。愛情とか、血縁者に対する忠義なんてものはない。おれの目的は、彼を見つけだし、実の母親の情報を得ることだけだ」

「つまり、そのピーター・ベネットを捜していて、マクアンドルーズにたどり着いたということか？」

「そうだ」

「だから、家に侵入したのか？」

「家の中には誰もいないと思ったんだ」

「それがほんとうなら、どうして最初から正直に話さなかった？　どうしてヘスターを頼って通報させたんだ？」

ワイルドはオーレンをじっと見た。「それがわからないほど、あんたは馬鹿じゃない」

「家に侵入したのはまずかったかもしれないが――」

「いい、いい、いい。かもしれない？　なあ、オーレン、警察がどう考えるか。それをおれがあんたに説明しなきゃいけないのか？」

ワイルドが言いたいことはオーレンにもよくわかった。彼はうなずいて言った。「確かに。孤独を好む風変わりな男が――悪く取らないでくれ、ワイルド――」

ワイルドは気にしないでくれと態度で示した。

「――警察官の家に侵入した。そうしたら、その警察官は死んでいた」

「とうてい公平な裁きを受けられるとは思えない」

「おれに話してくれてもよかった」

「無理だ」

「どうして？」

「あんたはおれが知る中で一番信頼できる警察官だよ」とワイルドは言った。「それがどうだ。警官殺しを見つけるためなら、そんなあんたがいともあっさり法をねじ曲げた」

オーレンは苦い顔をして言った。「返すことばもないよ」

もうこのくらいでいいだろう、とワイルドは思った。そろそろ話をさきに進めるタイミングだ。「マクアンドルーズは警察官だった、そうだな？」

「そうだ。すでに退職していたが」

「警察官はたいてい退職したあとも働いている。彼はなんの仕事をしてた？」

「私立探偵だった」

やっぱり。ワイルドが思ったとおりだった。「ひとりで？　それとも大きな探偵事務所に勤めてたのか？」

「それになんのちがいがある？」オーレンはそう訊き返してワイルドの顔を見た。が、結局、ため息をついて言った。「ひとりでやっていた」

「専門はなんだった?」

「その話をするのはあまり気分がいいものじゃない」とオーレンは言った。

「おれは何度も電気牛追い棒を押しつけられたせいでまだ吐き気がしてる」とワイルドは言い返した。「あんたの口ぶりからすると、マクアンドルーズの仕事にはうしろ暗いところがあった。そういうことか?」

オーレンはいっとき考えてから言った。「彼の仕事が殺人に関係していると思うのか?」

「ああ、そうだ。彼の専門はなんだったんだ?」

「マクアンドルーズの仕事の大部分は、よく言えば〝企業のセキュリティ対策〟に関わるものだった」

「悪く言えば?」

「ネット上で競合企業を貶(おとし)めていた」

「説明してくれ」とワイルドは言った。

「今夜、おまえはヘスターと〈トニーズ〉で食事した。そうだな?」

「それが——?」

「おまえの住む町に人気の老舗(しにせ)ピザ店があったとする。ワイルド、おまえはその店の近くに競合店を開くことにした。そこで問題になるのは、町の住民が〈トニーズ〉を贔屓(ひいき)にしていることだ。このご時世、おまえならどうやって〈トニーズ〉の客を取り込もうとする?」

ワイルドは言った。「競合相手を貶める」

「そのとおり。マクアンドルーズのような人間を使って。彼は偽アカウントを大量につくって、ボットを使って〈トニーズ〉の悪い口コミを投稿する。店が汚いとか、食べものが腐っていたとか、店員の態度が悪いとか、そういう噂がネット上にあふれる。内容はなんでもいい。言うまでもないが、多くの人が店のレヴューを参考にする。〈イェルプ〉みたいなグルメサイトで〈トニーズ〉の評価が下がる。ボットは新しくできた店のほうがいいとさりげなくコメントしたりもする。偽アカウントがそのコメントに同調して〝そうそう、新しい店はすごくいい〟とか〝あの店の薄めの生地が最高〟みたいなことをつぶやく。さっきも言ったが、これは小さな町の店の話だ。が、企業はそれをもっと大きな規模でやる」

「それって違法じゃないのか？」とワイルドは訊いた。

「ああ。でも、起訴するのはほぼ不可能というのが現状だ。誰かがネット上におまえについて偽の悪い口コミを投稿したとする。そいつが匿名性を保てるソフトウェアやVPNを利用していたら、書き込みをした人間の身元を特定できる可能性はどれくらいあると思う？」

「ゼロ」とワイルドは言った。

「仮にボットの陰に隠れている人物を特定できたとして、それでどうなる？　その人物はこう言うだろう。〝自分が思ったとおりのことを書いただけだ。でも、本名で投稿したら、トニーに報復されるかもしれないだろ？〟」

ワイルドはそのことについて考えた。「マクアンドルーズは企業からの依頼のほかにも仕事を受けてたのか？」

「というと？」

「競合企業じゃなく、個人を貶めようとする依頼人もいたんじゃないだろうか？」

「そういう依頼はあとを絶たないだろうな」とオーレンは答えた。「それがどうした？」

「ピーター・ベネットの名前で検索すればすぐにわかることだが」とワイルドは言った。「彼のSNSのページにはネット荒らしがうじゃうじゃいた。彼の評判を傷つけ、もともとは彼のファンだった連中を煽ってた。スキャンダルが沈静化すると、そういうネット荒らしがまた戻ってきて、また焚きつける。ベネットに浴びせられた悪意のある投稿の多くは、マクアンドルーズがボットを使って大げさに見せかけたものだった」

「要するに、ベネットを標的にしていた人間がいたということか？」

「ああ」

「で、その人間がマクアンドルーズを雇ってやらせた？」

「その可能性はある」

「どうやってマクアンドルーズのことを突き止めた？」

「それは秘密だ。知ったところで、犯人を見つける手がかりにはならない」

「いや、なる」とオーレンは反論した。「どうやら、マクアンドルーズは自分で思っていたほどうまく正体を隠せていなかった。事実、おまえは彼にたどり着いた。はっきり言うまでもないが、おまえが彼の正体を突き止められたということは、ベネットにもできたということだ。今のおまえの話を聞くかぎり、ベネット以上にマクアンドルーズに恨みを抱きそうな人間がいるか？」

「確かにそれはありえない話じゃない」とワイルドは認めて言った。「はっきり言おう、オーレン。マクアンドルーズを雇ってピーター・ベネットを攻撃させていた依頼人の名前を知りたい」

「誰かがそのためにマクアンドルーズを雇っていたとしても──そのことを認めるとしても──その人物を突き止めるのはちょっと厄介かもしれない」

「厄介？」とワイルドは訊き返した。

「マクアンドルーズの息子のひとりが弁護士でな。身の安全を図って、マクアンドルーズは自分の仕事を法律に関わるものということにしていた。つまり、誰がマクアンドルーズを雇っていたにしろ、そいつは弁護士と依頼人間の秘匿特権で守られているということだ。依頼人は彼を直接雇うのではなく、息子の法律事務所を通じて依頼料を支払っていた」オーレンはワイルドに厳しい眼を向けると、皮肉を言った。「要するに、依頼人と弁護士にまつわるそういう法律を悪用するやつらがこの世にはけっこういるということだ。倫理に反するやり方で法律の精神をねじ曲げるやつらが」

「今ここでおれたちのどちらかひとりが悪者だとしても、オーレン、それはおれじゃない」

この一発は見事に命中した。ふたりは身じろぎすることなくいっとき押し黙った。

「ピーター・ベネットの捜索願いは出てるのか？」とオーレンが尋ねた。

「彼の姉が出したようだが、警察にはまともに取り合ってもらえなかった。つまるところ、いなくなったのは大の大人だ。事件性もなかった」

「今まではな」オーレンは言って、さらに続けた。「礼を言うよ、ワイルド、協力に感謝する。おれも調べてみる。おまえにはできるかぎり協力する。ピーター・ベネットを見つけたいのはおれも同じだ」

オーレンの電話が鳴った。発信者の番号を見て、彼は言った。

「しまった。ヘスターからだ」

ワイルドは立ち上がった。オーレンに言いたいことはほかにもあった。オーレンがどれほど彼を失望させたか。彼にとってオーレンはこの世界で信頼できる数少ない相手だった。そんな相手への信頼がいかにして永遠に崩れ去ったか。しかし、今はそんなことを彼に伝えるときではない。ワイルドはドアに向かいながら言った。

「電話に出たほうがいい」

23

ワイルドは森に隠してある金庫のひとつから新しいプリペイド携帯電話を取り出し、レイラにかけた。

「大丈夫？」とレイラは尋ねた。

「ああ」

「わたしに電話できたからよかったけど、もしそうじゃなかったら……」

「心配ない」とワイルドは言った。「彼らはただちょっとおれを脅したかっただけだ」

「やめて、ワイルド」

「やめてって何を？」

「彼らがあなたに体あたりする音が聞こえたと思ったら、そこでぱたっと電話が切れた。陳腐な言いわけでわたしを侮辱しないで」

「きみの言うとおりだ。すまん。ヘスターに連絡してくれてありがとう」

「どういたしまして」

ワイルドは言った。「今夜、話したいって言ってたと思うけど……」

「本気で言ってるの？　あんなことがあったのに。わたし、まだ震えてるのよ」

「今日でなくてもかまわないなら、エコカプセルに帰って少し寝ることにするよ」

「駄目よ、ワイルド」

「ええ？」

「話はしない」とレイラは言った。「セックスもしない。でも、ここにいてほしい。今夜はあなたを抱きしめていたい。じゃなきゃ、眠れない。わかった？」

　ワイルドはうなずいた。誰も見ていないとわかってはいたが、その一瞬が必要だった。

「すぐ行くよ、レイラ」


　翌朝のまだ早い時間、ワイルドはアムステルダム・アヴェニューの七十二丁目通りから七十三丁目通りのあいだでマーニー・キャシディを見張っていた。『リアリティ・ラルフ』のポッドキャストでピーター・ベネットについてこれ以上ないほど致命的な疑惑を暴露したマーニーは今、通りをはさんで向かいにある〈ユートピア・ダイナ〉の窓ぎわの席で友達らしい人物と一緒に朝食をとっていた。見るからに潑剌（はつらつ）としていて、にこやかで、やたらと大きな身振りを交えて話していた。

　ワイルドの隣りでローラが言った。「マーニーって見てるだけで癇（かん）に障る女ね」

　ワイルドは黙ってうなずいた。

「自分はすごく愉しくてイケてると思ってて、ダンスフロアでは〝ブーブー〟って叫んでそう」

ワイルドは今度も黙ってうなずいた。

「スポーツバーでボーイフレンドの男友達の輪に無理矢理はいり込もうとするウザ女。全身フットボールチームのユニフォームで決めて、眼の下にスポーツ選手みたいな黒いシールまで貼って、試合のあいだじゅうやかましい大声で応援しまくってる女。しまいには顔を一発殴りたくなる女ね」

ワイルドはローラのほうを向いた。ローラは肩をすくめて言った。「ああいう女を見てるとむかつくのよ」

「そうらしいな」

「よく見て」とローラは言った。「わたしがまちがってるなら教えて」

「いや、まちがってはないよ」

「ワイルド、そのハートフォードの警察官たちを見つけ出して、思い知らせてやりたい」

「そのことはもういい」とワイルドは言った。

マーニーとその友達が席を立ち、レジで会計をすませるのが見えた。

「ほんとうにひとりでやるつもり？」とローラは訊いた。

「ああ」

「あとでセントラルパークで落ち合うってことでいい？」

「ああ」

ローラは彼の頬にキスして言った。「あなたが無事でほんとによかった」

ローラがその場から立ち去ると同時に、マーニーが店から出てきた。マーニーは一緒に朝食を食べた友達を大げさにハグし、キスして別れを告げると、六十六丁目通りと六十七丁目通りのあいだのコロンバス・アヴェニューに面したＡＢＣスタジオ──そこが目的地であることはローラの偵察でわかっていた──に向かって歩きだした。ワイルドはあらかじめどの道を通るか決めていた。スタジオが見えるまえにマーニーに接触したかった。ワイルドは速足でブロックを迂回(うかい)した。マーニーが道を曲がって六十七丁目通りにはいってきたところを狙って、反対方向から近づいた。

そして、突然立ち止まった。

「失礼」満面の笑みを浮かべ、眼を輝かせて声をかけた。「ひょっとして、あなた、マーニー・キャシディ？」

マーニーはいかにも嬉しそうに応じた。コンテストで受け取る巨大な小切手を差し出された優勝者でもそこまでは喜ばないのではないかと思うほど。「ええ、そうよ！」

「やっぱり。呼び止めたりして申しわけない。しょっちゅう誰かにこんなふうに呼び止められて、さぞ迷惑してるだろうね」

「あら」マーニーはいいのよと言わんばかりに手を振った。「かまわないわ」

「すごくファンなんで、つい」

「ほんとう？」

有名人の自尊心をくすぐろうと思ったら、どれほど撫でようと、力を込めようと、それが過ぎるということはない。「妹と一緒にいつも見てるんだ。あの……」番組の名前をうっかり忘れてしまった。それでもワイルドはかまわず続けた。「とにかく、あなたはすごく面白い」

「それはどうもありがとう！」

「迷惑じゃなかったらサインをもらえないかな。できたら写真もいい？　ジェーン――妹の名前だけど――ジェーンに見せたら、きっと発狂するよ」

ジェーン。いやはや。ワイルドとしてももっといい名前を思いつくだけの機転はなかったのか。

マーニーはにっこり笑って言った。「喜んで！　なんて書いたらいい？」

「ええと、そうだな。〝大ファンのジェーンへ〟とかそんな感じで。妹はきっと大喜びするよ！」ワイルドは何か書くものを探すふりをした。「しまった、ペンを持ってなかった」

「大丈夫よ！」とマーニーは言った。どの文も必ず最後にびっくりマークがついているような話し方だった。「ペンなら持ってるから！」

歩きながら話していたマーニーが完全に立ち止まり、バッグの中を漁りだした。ワイルドはマーニーに向き合う恰好になって、それとなく行く手をふさいだ。ただ、彼女が脇を通り抜けようとしても阻止するつもりはなかった。肝心なのは通すまいと仕種で示すことだ。

「もうひとついいかな？」とワイルドは言った。

「もちろん！」

「ピーター・ベネットのことでどうして嘘をついたんだい？」

爆弾投下。まさに不意打ち。

マーニーは口元だけはまだ笑みを浮かべていたが、眼からは笑みが完全に消えていた。眼の輝きも薄れた。ワイルドは待たなかった。今の一撃から立ち直る隙も、ボクシングのスタンディング・エイト・カウントを取る時間も与えず、間髪を入れずに続けた。

「おれは〈クロー・セキュリティ〉の人間でね。全部わかってるんだよ、マーニー。きみには選択の余地がある。今ここでおれに洗いざらい話して、この件はもう終わりにするか。それとも、おれたちが手を尽くしてきみを破滅に追い込むか。どちらを選ぶかはきみの自由だ」

マーニーは眼をしばたたいた。ワイルドはリスクを承知で賭けに出ていた。正攻法で近づいても、マーニーは『リアリティ・ラルフ』のポッドキャストで暴露した話はほんとうだと言い張るだけだろう。マーニーと話すことがなんらかの役に立つとすれば、それは彼女をゲームの舞台から引きずり下ろし、彼女の話に一部でもほころびを生じさせることができた場合だ。それができれば、調査を進める手がかりが得られるかもしれない。一方、当たって砕けても失うものは何もない。まともに問い質したところで得るものはない。今ここで彼女に逃げられても、やはり得られるものは何もない。どちらにしても結果は同じだ。

ただ、もし彼女があの話は嘘だったと匂わせるような反応をすれば、それだけで何かしら情報が得られたことになる。マーニーはいくらか背すじを伸ばして言った。「なんのことだかわからないんだけれど」

「いや、きみにはよくわかってる」ワイルドは一歩も引かないという調子で言った。「はっきりさせておこう。おれたちは今ふたりきりで話してる。ほかには誰も聞いていない。おれときみだけのあいだの話だ。約束する。今ここでほんとうのことを話せば、これ以上何も起こらない。きみがおれに打ち明けたことが誰かに知られることもない。これはおれたちだけの秘密だ。きみはいつものようにスタジオに行って、メークをすませて、スターのままでいられる。それに、さっき言ったことは冗談でもなんでもない。きみのことはテレビで見てる。きみには才能がある。どう言えばいいかわからないけど、人とはちがう才能がある。人を惹きつける魅力がある。きっと大スターになれる。賭けてもいい。協力してくれるなら、きみはこのままスター街道を突っ走れる。今日ここでおれと会ったことなどまるでなかったみたいに。ただし、おれを一生味方につけられることを除いては。マーニー、どう考えてもおれを敵にまわさないほうが身のためだ」

マーニーは口を開いた。が、何も言わなかった。

ワイルドはもう一度飴を鞭に替えて迫った。「でも、もし今おれから逃げたら、きみはまちがいなく徹底的に叩かれることになる。今の自分に比べれば、ピーター・ベネットのほうがまだましだったと思うくらいに。おれはきみの友達じゃなくなる。いいか、マーニー、その場合はきみを破滅させることがおれの使命になる」

マーニーの頬を涙が伝った。「どうしてこんな意地悪をするの？」

「意地悪じゃない、正直に話してるだけだ」

「どうしてわたしが嘘をついてると思うの？」

ワイルドはUSBメモリを出して掲げた。実際は中には何も保存されておらず、茶番の小道具にすぎなかったが。「おれは全部知ってるんだよ、マーニー」

すると、マーニーは言った。「知ってるなら、わざわざ訊かなくてもいいでしょうが」

なるほど。これはもう認めたも同然だった。事実を話していたなら、そんなことを言う必要も心配する必要もない。彼女がポッドキャストで話したことは事実ではなかった。ワイルドにはほぼ確信できた。

「確証が欲しいからだ。おれ自身のために。慎重を期すために。軽い気持ちでこんなことをしてるわけじゃない。きみがポッドキャストで話したことは事実ではなかった。証拠もある。

それはきみを破滅させるのに充分な証拠だ」

「やめて！」

マーニーが抵抗するのはもっともだ。そもそもワイルドの作戦は出たとこ勝負だったが、それがそれほどうまくいっているとも思えなかった。はったりをかけるという意味では、ハートフォード署の警察官たちが彼にしたのとさして変わらない。そんな気さえしてきた。あんなやつらと同じ手を使うのはいい気分ではない。それでも追撃の手をゆるめるわけにはいかなかった。

「そもそも、わたしは正しいことをしたのよ」とマーニーは言った。「全部知ってるなら、そのこともわかってるはずよ」

正しいこと？　いやはや。ここからさきは慎重を要する。

「いや、マーニー。それは知らない。まったくもって知らない。おれが知るかぎり、きみのしたことはまちがっている。だから、おれはきみを叩きのめす」ワイルドはそこで手を上げて彼女の反論を制した。「おれが知らないことがあるなら、もし見落としてることがあるなら、まず全部正直に話してくれ、マーニー。ちゃんと説明してくれないかぎり、〝正しいことをした〟などというきみの言い分などとうてい信じられない」

マーニーがどうすべきか迷っているのは明らかだった。緑色の眼があちこちをさまよった。ワイルドは内心思った。ここが正念場だ。細心の注意が要る。追いつめすぎると、彼女は逃げ出してしまうかもしれない。かといって、脅しをかけるのをやめれば、彼女は落ち着きを取り戻し、こっちの脅しはすべてでたらめだと感づかれてしまう。

「わかった、もういい」とワイルドは言った。

「ええ？」

ワイルドは肩をすくめてみせた。「何もかも気に入らない」

「どういう意味？」

「『リアリティ・ラルフ』のポッドキャストにタレ込むことにするよ」

「ちょっと待って、どういうこと？」

「マーニー、きみには助ける価値がこれっぽっちもない。せいぜい袋叩きにあうといい」

マーニーの眼にまた涙があふれた。「どうしてそんな意地悪をするの？」

また泣き落としか。「どうしてかはきみが一番よくわかってるはずだ」

「わたしは助けようとしただけよ！」

「助ける？　誰を？」

マーニーは激しく泣きだした。

「いいか、おれはきみにチャンスを与えたんだ、マーニー。でも、そんなことすべきじゃなかった。ただ、妹もおれもほんとうにきみのファンだったから」――とんだ嘘だ――「だから助けたかったんだ。ボスには助けてやることなんてないって言われたのに。今ならボスが正しかったことがよくわかるよ」

　ワイルドは一か八か彼女に背を向けた。彼女はますます激しく泣きじゃくった。

脇から女の声がした。「ちょっと、大丈夫？　この人に何かひどいことをされたの？」しまった。

　ワイルドは慌てて振り向いた。小柄で皺だらけの女性がショッピングカートを押しながら

ワイルドに険しい眼を向けていた。

「ねえ、一緒に行ってあげましょうか？　どこか安全なところまで」

　ワイルドは運を味方につけることにした。「心配無用だよ。どのみち話はもう終わったから」

「ええ」マーニーは皺だらけの女性に向かって、満面の笑みを――それでいて悲しげな笑みを――浮かべた。「ええ、大丈夫。ほんとに。この人は仲よしの友達なの」

　皺だらけの女性は疑わしげに言った。「仲よしの友達？」

「ええ。この人の妹のジェーンとわたしは大学でルームメイトだったの。この人はただ……わたしが泣いてるのは、たった今、悪い知らせを聞いたからよ。ジェーンが癌で、しかもステージⅣだって」

　まさにアカデミー賞ものの演技だった。皺だらけの女性はワイルドを見て、またマーニーを見た。ややあって――なんと言っても、ここはニューヨークだ――肩をすくめて立ち去っ

た。

「もうわかったかな」邪魔者がいなくなるとワイルドは言った。「話してくれ」

「ほんとうに約束を守ってくれる？」

「ああ」

「誰にもばれない？」

「約束する」

「炎上しない？」

どんな結末が待ち受けているか、ワイルドにもわからなかった。「約束する」

マーニーは深呼吸し、まばたきして涙を払った。「あれは彼がほかの人にしたことだったのよ。わたしじゃなくて。彼っていうのはピーターのことだけど」

「彼がほかの人に何をしたって――？」

「やめて」とマーニーは吐き捨てるように言った。「なんの話かわかってるくせに。ピーターはその人に嫌がらせをしていた。裸の写真を送りつけて。で、チャンスがめぐってきたときにその人に薬を盛って、それから……」マーニーの声はそこでとぎれた。

「その人というのは？」

「わたしはそう聞かされただけ」

「誰から？」

「ひとりは本人。その人は名乗り出たくなかった。それが契約の一部だった。自分で訴えたら人生が一変してしまう。何百万人もの人に知られることになる。そんなふうに注目されるのは彼女には荷が重かった。彼女は有名人じゃないから。だからその人のかわりに暴露する人間が必要だった」

ワイルドにも話が見えてきた。「それがきみだった」

「ひどい話だった。ものすごく。ピーターが――わたしの義理の兄が――彼女にしたことは。わたしは彼女の話を聞いてものすごく泣いた。ピーターを懲らしめなければいけない。みんなすぐにそう思った。その人は警察に届けることも考えたけれど、それもしたくなかった。で、わたしたちはあるアイディアを思いついた」

「ポッドキャストで暴露すること」とワイルドは言った。「きみの身に起きたこととして」

なんてこった。ワイルドは思った。ひどい話だ。が、ありえない話ではない。

「わたしはその人を助けたかった。それに、姉さんにも結婚相手がほんとうはどんな男か教えたかった」

「で、誰なんだ？　ピーターに襲われた人というのは？」

「それは言えない。約束したから」

「マーニ――」

「絶対に駄目。脅したければ好きにして。でも、被害者の身元だけは絶対に明かせない」

ワイルドはひとまずその点は追及しないことにした。「でも、どうしてポッドキャストで暴露したんだ？」

「今、話したでしょ？　その人を救うため。ジェンを救うためだって」

「だったら、ジェンに話せばよかったんじゃないのか？　あんなふうに公の場でいきなり暴露しなくても」

「わたしが望んであんなふうに暴露したとでも思ってるの？」

今のはそうだと認めたようなものだ。ワイルドは確信した。答はイエス。マーニーはそうしたかったのだ。そうしないではいられなかった。そうすることで注目され、有名になりたかったのだ。そして、それは彼女の目論見どおりうまくいった。ヘスターの読みは正しかった。マーニーは名声を求めていた。そのために誰かがどれほど代償を払うことになろうと。

「どっちみちわたしには選択の余地はなかった」とマーニーは言った。「そういう契約だったから」

「契約？」

「番組との。リアリティ番組はそういう仕組みになってるのよ。契約書に署名するの。プロデューサーの指示で、出演者はストーリーに色をつけて話すのよ」

「でも、きみは『バトル』の出場者じゃなかった」

「そのときはまだ。でも、番組に応募して、契約するところまで話は進んでいた。次のシーズンに出場するためにも、わたしは番組側に誠意を示さなければならなかった」

〝誠意〟ということばに、ワイルドはわが耳を疑った。が、そういうことがありうる世界なのだろう、リアリティ番組の世界というのは。「番組に出演させてもらうのと引き換えに、プロデューサーから嘘を強要されたってことか？」

「ちょっとちょっと、出演できることになったのはわたしの実力よ」マーニーは声に怒りをにじませて言った。「自分の才能で勝ち取ったのよ。それにそもそもピーターのことは嘘じゃない。さっきも言ったけど、実際に起きたことよ」

「きみの身に起きたことではなかっただけで」

「それがなんだって言うの？　起きたことは事実よ。本人から聞いたんだから。彼女は証拠も持ってた」

「証拠って？」

「写真。それも大量の」

「そんなものはフォトショップでいくらでも加工できる」

「いいえ」マーニーはため息をつき、首を振った。「わたしとジェンは仲がよかった。酔うとよくピーターの話をした。恥ずかしいけど、彼のものがどんな見た目か、わたしは知ってた。あの写真は誰かの裸の体にピーターの顔を合成したものなんかじゃなかった」

「仲がよかった」とワイルドは言った。

「ええ?」

「今、きみは〝ジェンと仲がよかった〟って言った」

「仲は今でもいいわ。つまり、その、仲直りしたのよ。ピーターは……わたしたち姉妹の関係にとっていい存在じゃなかった」

「どうして?」

マーニーは肩をすくめて言った。「わからない。ただ、そうだったとしか」

「きみは彼が好きだったのか?」

「ええ? まさか」マーニーの携帯電話が鳴った。彼女は電話の画面を見て言った。「やだ、あなたのせいでメークの時間に遅刻しちゃったじゃないの。もう行かなきゃ」

「最後にもうひとつだけ」

マーニーはため息をついて言った。「何? でも、約束は忘れないでね?」

「ジェンにはほんとうのことを話したのか?」

「今言ったでしょ。ほんとうにあったことだって――」

ワイルドは努めて声を荒らげまいとして尋ねた。「ピーターがしたことは、ほんとうはきみじゃなくて、ほかの人の身に起きたことだってジェンに話したのか?」

マーニーは何も答えなかったが、顔色が変わった。

ワイルドには信じられなかった。「つまり、きみのお姉さんは今もまだ――」

「ジェンには言わないで」とマーニーはぴしゃりと言った。「ジェンのためにしたことよ。ジェンをあの怪物から守るためにしたことよ。それに、ピーターは白状したのよ。わからないの？　全部ほんとうのことよ。もうわたしにつきまとわないで」

マーニーは涙を拭き、背を向けて走り去った。

24

マーティン・スパイロウがいかなる人間か話しておこう。

一年まえ、サンドラ・デュボネイという二十六歳の〝フィットネスモデル〟が交通事故で亡くなり、彼女の家族は彼女のSNSに訃報を投稿した。それは見る者誰もの心が痛むようなもので、陽光を浴びて微笑む娘の写真の下に〝あなたはいつもわたしたちの心の中にいる〟という墓碑銘が記されていた。その投稿の下のコメント欄にマーティン・スパイロウは偽アカウントを使ってこう書き込んだ。

ホットなプッシーがもうなんの役にも立たなくなったとは実に残念だ。

さて、もっと詳しく知りたい人はいるだろうか？

〈ブーメラン〉はこの件について調査し、たしなめる程度の軽い罰をマーティンに課すことにした。マーティンはＳＮＳで体を鍛え上げた〝フィットネスモデル〟――なかなか面白い婉曲表現だ――を大勢フォローしていた。しかし、そんなに残酷でひどいコメントを書き込んだ記憶はない、きっと酔っていて自分でも覚えていないのだと言い張った。

なるほど。

意識がはっきりしないほど酔っていたにもかかわらず、本名ではなく、別人になりすましたアカウントでわざわざサインインした。そんなことが信じられるだろうか？　記録にあるとおり、アルコールの問題を抱えている人間が、〝われを失った〟状態でネットに投稿しようとするとき、匿名で書き込む分別を保っていた？

わたしにはとてもそうは思えない。

仮にその話を信用できたとして、だからなんなのか。

キャサリン・フロールは言っていた。ヘンリー・マクアンドルーズは死刑に相当するほどの悪人ではないと。マーティン・スパイロウもそうかもしれない。それはわかっている。とはいえ、生かしておくに値する人間でもない。わたしは自分の欲求を満たすために自分を正当化している。それは重々承知している。それでも、わたしの自己正当化にもまるで根拠がないわけではない。

わたしはどこからどう見ても殺人のエキスパートではない。殺人に関する知識の大半は、ほかの人々と同じようにテレビの犯罪ドラマから得たものだ。だから、次の殺人までに少し期間をあけ、前回とは異なる凶器を使うほうがいいことは知っている。数日、数週間、あるいは数ヵ月かけて入念に計画を立てるべきだということも。最近はいたるところに防犯カメラがあり、ほんの小さな繊維組織やわずかなDNAの断片で犯人を特定できることも（ところで、DNAのせいでこれほど人生が大きく変わった人間がわたしのほかにいるだろうか？）。細心の注意は払う、もちろん。しかし、それで充分と言えるかどうか。

言えると思う。それにわたしには計画がある。結末まできちんと考えてある。うまくやり遂げることができれば、必ず復活できる。かの有名な復活以来、誰ひとり為しえなかった復活だ……

これ以上は神への冒瀆になる。

わたしは百八十九ドルでサイレンサーを買った（銃器店の主人は〝サプレッサー〟と呼んでいた）。

マーティン・スパイロウはデラウェア州レホーボス・ビーチからそれほど遠くない場所にある小さなランチスタイルの家で妻のケイティと暮らしている。私道には車が一台停まっている。午前九時四十五分、妻のケイティが家から出てくる。ブルージーンズにスーパーマーケット〈ウォルマート〉の店員の制服のヴェストという恰好をしている。勤め先の近所の

〈ウォルマート〉まではわずか五百メートルほどで、彼女は歩いて通勤している。夫のマーティンは無職で、一日二回、ＡＡ（アルコール依存症自主治療会）の集会に参加している。

これらの情報はすべて〈ブーメラン〉のファイルに書かれていたことだ。

〈ウォルマート〉の勤務シフトはたいてい七時間から九時間だ。時間はたっぷりあるが、時間を無駄にしたくはない。ケイティの姿が見えなくなると、わたしは玄関のそばまで行く。全身茶色い服を着て、茶色い帽子までかぶっている。服にも帽子にも運送会社ＵＰＳのロゴは印刷されていないが、必要ないだろう。手には空き箱を抱えている。原始的ではあるが、きわめて役に立つ変装——配達員になりすます——だ。それに、もし誰かに見られたとしても、ほんの一瞬だけだ。

一番の問題は車をどうするかだ。最近では技術開発が進み、どの料金所にもカメラが設置されているし、車を追跡する手段はほかにもある。わたしは数ブロック離れた場所にある、医者や弁護士などが多く入居するこれといって特徴のないビルのそばに駐車した。見るかぎり、防犯カメラはなさそうだった。通りの先に緑色のゴミ収集容器があった。茶色い服はそこに捨てて、下に着ている青いドレスシャツとジーンズ姿で立ち去ればいい。

つまり、繰り返すが、計画はあるということだ。それは絶対に確実な計画か？　およそ確実とは言いがたい。が、今のところはこれでいい。

わたしは玄関の呼び鈴を鳴らす。応答なし。もう一度鳴らす。さらにもう一度。

苛立ち(いらだ)のこもった、くたびれた声が応答する。「どちらさん？」

わたしは咳払いして言う。「お届けものです」

「くそっ。こんな朝っぱらから？　玄関ポーチに置いておいてくれ」

「お受け取りのサインが必要なんです」

「おいおい、そんなに大きな声を出さないでくれ……」

マーティンがドアを開ける。わたしは躊躇(ちゅうちょ)しない。銃を取り出し、銃口をまっすぐ彼に向けて言う。

「うしろへ」

マーティンは眼を大きく見開くが、言われたとおりにする。命じてもいないのに、自分から両手を上げている。家の中にはいり、ドアを閉めると、マーティンの恐怖が波のように漂ってくるのがにおいでわかる。

「盗みが目的なら――」

「そうじゃない」とわたしはさえぎって言う。

「だったら何が望みだ？」

わたしは彼の顔面に銃口を向ける。「ホットなプッシーがもうなんの役にも立たなくなったとは実に残念だ」

いっとき待つ。今のことばの意味を理解したことが彼の眼に見て取れるようになるまで。

理解したことがわかれば、それ以上時間を無駄にする理由はない。

わたしは引き金を引く。三回続けて。

25

ワイルドは七十二丁目通りに出て東に向かい、セントラルパークにはいった。ちょうどローラがアイスクリームの移動販売車でコーンにはいったヴァニラのソフトクリームを買ったところだった。

「あなたも食べる?」とローラは訊いた。

「まだ朝の十時だ」

「これはアイスクリームよ。テキーラじゃなくて」

「おれはいい」

ローラはどうぞお好きにと言いたげに肩をすくめた。ふたりは自転車タクシー(ペディキャブ)のしつこい客引きを避け、ストロベリー・フィールズに続く狭い通路を歩いた。

「具合が悪そうね」とローラが言った。

「それはどうも」

「例の警察のせいね」

「そのことはもう忘れてくれ」

「わかった。マーニー・キャシディから何か訊き出せた？」

ジョン・レノンに捧げられた〈イマジン〉のモザイクの周囲は観光客で賑わっていた。そのまえを通って歩きながら、ワイルドはマーニーとのやりとりについて詳しく話した。彼が話しおえると、ローラは言った。「冗談でしょ？」

「冗談じゃない」

「誰かが彼女をそそのかしたってこと？」

「おれが知るかぎり」とワイルドは言った。「リアリティ番組は現実の生活を取り上げて、視聴者の興味を掻き立てる物語に仕上げる。事実である必要はない。視聴者を惹きつけられればなんでもいいのさ。番組に出演しているスターたちもそこが大事だってちゃんとわかってる。ドラマに飢えたモンスターには餌をやらなきゃならない。だけど、リアリティ番組の顔ともいえるピーターは面白みがなくなってきていた。結婚してしばらく経ち、子供はいない。想像するに、番組の制作陣の誰かが話題づくりのために仕組んだんじゃないかな。視聴者の関心を最大限まで煽るために」

「で、そのとおりになった」とローラは言った。

「そのとおりになった」

「それに、番組のプロデューサーは、ジェンの妹は有名になるためならなんでもすると知っていた」

「ああ」

「そこで大きな疑問が浮かぶ。ピーターはほんとうに誰かに薬を盛ったり、嫌がらせしたりしていたのか？」

「やったっていう証拠は見つかったか？」

「あなたがヘンリー・マクアンドルーズのコンピューターからダウンロードして持ち出したデータ」

「それがどうした？」

「ほかにもピーターの写真がたくさんあった」

「で？」

「今、専門家に見てもらってるところだけど、どうやら本物みたい。しかもかなり生々しいものばかりよ」

ワイルドはそのことについて考えた。「誰がマクアンドルーズに写真を送ったかわかるか？」

「いいえ。マクアンドルーズは息子の法律事務所を通して依頼人に料金を請求していた。それは知ってるわよね？」

「ああ」

「依頼人からのeメールも最初は全部その法律事務所に届くようになっていたみたい。VPNと匿名のメールアドレスを利用して。あなたも知ってのとおり、それ自体はそんなにむずかしいことじゃない。で、法律事務所はeメールと添付ファイルをヘンリー・マクアンドルーズに転送していた」

ダニエル・ウェブスターの銅像のまえを通り過ぎた。ふたりとも立ち止まり、台座に書かれたことばを読んだ。〝自由と団結は、今も未来も永久に、ひとつであり不可分である〟。

「予言めいてるわね」とローラは言った。

「ああ」

「でも、いかにも辞書をつくった人が言いそうなことよね」辞書を編纂（へんさん）したのはノア・ウェブスターであって、ダニエル・ウェブスターとは別人だが、ワイルドはそれは言わないことにした（ダニエル・ウェブスターは十九世紀のアメリカの政治家）。

「あなたの考えているとおりだとすると」とローラは続けた。「番組のプロデューサーはピーター・ベネットを〝キャンセル〟することに決めた。この〝キャンセル〟には二重の意味がある。現代の用語では、彼を炎上させて破滅に追い込むこと。もうひとつは彼を番組の出演者からはずすこと」

「かもしれない」

「でも、度を超してる。人の人生をそんなふうに弄(もてあそ)ぶなんて」

「この手の番組はみんなそんなものだよ。見たことはある？　とにかく有名になりたがって て、簡単に操れる若者を連れてきて、混乱の中に放り込む。そして、猟が解禁になると、獲物となった彼らは攻撃にさらされる。制作陣はそんな彼らを酔わせ、破滅に向かうドラマをつくりあげる。ただでさえ無防備な出場者たちを辛い目にあわせる。なんの心構えもできていないときに」

「出場者を操る手口はわかるけど」とローラは言った。「それでもまったくのつくり話はできないはずよ」

「いや、できるさ」

「いいえ、あなたにはわかってない。〝あの出場者に喧嘩(けんか)を吹っかけろ〟とか〝あの男と別れろ〟とか、そういうことならなんでもありかもしれない。でも、そういうのと、誰かがこれこれこういう犯罪を犯したと糾弾して、その人の名声を永久に貶めるのとはわけがちがう。番組側のプレスリリースがどうであれ、出演者には受けた損害に対して番組側を訴えることができるもの」

　いい指摘だった。「確かに」とワイルドは言った。「もし公にされたことが事実でなければそうなるだろうな」

「そこがまさに知りたいところよ。ある女性が誰かに――プロデューサーでも誰でもいいけれど——話したとする。薬を盛られたと。証拠も持っていた。写真にしろ、テキストメッセージにしろ、何にしろ。プロデューサーはその事実を公表して、さらにこれは番組のためだけでなく、スタッフの安全も考慮した上での判断だと主張する」

ワイルドは顔をしかめた。

「何?」とローラは訊いた。

「きみの言いたいことがわかってきた。恐ろしい考えだけど、辻褄は合う」

「でしょ? そこにマーニーが加わる。彼女は番組に出演するためならなんだってする。簡単に操れる。あなたがさっき言ったように、『バトル』の出場者はみんなそう。あなたのはいとこもすぐに騙されそうな感じの人よね。ナイスガイのピーターがあるときを境に突然とんでもない悪者になってしまった。ただ浮気して、相手に暴行を加えただけじゃない。なんとその相手というのがジェンの最愛の妹だった」

「それはもうハチの巣をつついたような騒ぎになるだろうな」

「ええ」

ワイルドは首を振って言った。「ぞっとする」

「ええ」

「で、次は? プロデューサーを直に問いつめる?」

「ちゃんと話してくれると思う?」とローラは言った。「一切認めるはずがないわ。それよりなにより仮にそうだとして何が変わる？　それがピーター・ベネットを見つける役に立つ？」ローラは立ち止まり、ワイルドを見上げて言った。「わたしたちの目的は彼を見つけることよ。ちがう？」

「ちがわない」

「でも、あなたの話を聞いてると、彼の社会的イメージをどうにか回復させようとしているみたいに聞こえる」

「リアリティ番組のスターのイメージを回復させる？」とワイルドは言った。「そんなことはどうでもいいよ」

「そのとおりよ。じゃあ、もっと大事な話をするわね。どうも妙なのよ。ものすごく。ピーター・ベネットの出生証明書を入手したんだけど、誕生日は二十八年まえの四月十二日。両親の欄にはフィリップとシャーリー・ベネット夫妻の名前が記載されている」

ワイルドは怪訝な顔をした。「でも、そのふたりは彼の養父母だ」

「まさにそこなのよ。ピーターが養子だっていう記録はどこにもないのよ。出生証明書によれば、彼はルイスタウン医療センターで生まれたことになってる。ペンシルヴェニア州立大学から三十分くらいのところよ。出産に立ち会った医師の名前はカーティス・シェンカー。まだ存命だったから、直接連絡してみた」

「その医者はなんて言ってた？」

「なんて言ったと思う？」

「患者については守秘義務がある、とか？」

「そんなところね。医療保険の相互運用性と説明責任に関する法律（HIPPA）違反になるって。それに、これまで数えきれないほどの赤ちゃんを取り上げたから、全部は覚えていないそうよ。でも、気になることがある。ピーター・ベネットが生まれた二年後に、シェンカー医師は医療費請求の不正で医師免許を五年間剝奪されてる」

「つまり、その医者が怪しい」

「そう」

「賄賂をつかまされて出生証明書を偽造するくらいには怪しい？」

「その可能性はある。でも、まずは順を追って考えてみましょう。ベネット一家はテキサス州メンフィスに住んでいた。父親と母親とふたりの娘と息子の五人で。そのあとペンシルヴェニア州立大学の近くに引っ越しをするのと同時に、ピーターという名の赤ちゃんが突然現われた」

　ワイルドが気づいたのはそのときだった。

「よく聞いてくれ」とワイルドはローラに言った。

「何？」

「なんでもないふりをして歩きつづけるんだ」

「やだ、なんなの？　わたしたち、尾けられてるの？」

「そのまま歩きつづけるんだ。おれに話しかけながら。今までどおりに」

「わかった。で、状況は？」

「三人いる。いや、もっといると思う」

「どこにいるの？」

「それはどうでもいい。探そうとしなくていい。そっとあたりをうかがったりもしちゃ駄目だ。こっちが気づいていると悟られたくない」

「わかった」とローラは繰り返した。「警察？」

「わからない。法執行機関の人間であることはまちがいなさそうだけど。尾行も手慣れた感じだし」

「ということは、今度はハートフォード警察署の人たちじゃなさそうね」

「たぶんちがう。彼らに頼まれてやっている可能性はないではないが」

「どうする？」

　ワイルドは瞬時に思いついた。ふたりはそのまま公園を横切るようにして歩いた。彼らの左手には湖――苛立ちまぎれの命名としか思えない〝ザ・レイク〟という湖――があり、湖に面した煉瓦造りのベセスダ・テラスは大勢の観光客でひしめいていた。みんなこぞって自撮り棒やスマートフォンを掲げ、ＳＮＳに投稿する自撮り写真の撮影に忙しくしていた。ワイルドとローラはおしゃべりするふりをしながら人混みを掻き分けて進んだ。彼らを尾行している者たちにしても、これだけ大勢の観光客にまぎれてついてくるのは至難の業だろう。ワイルドはうしろを振り向かないように気をつけて歩いた。そこにいるとわかっているのだから、わざわざリスクを冒して確認するまでもない。

携帯電話を取り出して、ヘスターの番号にかけた。ヘスターは三回目の呼び出し音で電話に出た。

「手短にお願い(アーティキュレイト)」

「セントラルパークで尾行されてる」とワイルドは言った。

ワイルドとローラは噴水の左側の小径(こみち)を歩き、ボウ・ブリッジを渡って、木々が鬱蒼と茂るザ・ランブルにはいった。

「あなたを逮捕しようとしてるの？」

「かもしれない」

「今いる場所の位置情報を送って」

「ローラも一緒にいる」

「だったら、ローラにも位置情報を送るように言って。ちょっと調べてみる。すぐに折り返し電話する」

ふたりはローラの車を停めた駐車場に近い、西七十二丁目通りから公園にはいっていた。

警察は――あるいは誰にしろ、彼らの追跡者は――ワイルドとローラがおしゃべりしながら散策を終えたら、また駐車場に戻るだろうと予想して、その付近に最大の人数を割いて待ち構えているにちがいない。もしワイルドが尾行に気づかなければ、その予想が当たっていることが確かめられただろう。ふたりは今、ザ・ランブルの曲がりくねった道を歩き、警察が逮捕劇を繰り広げようとしている場所からどんどん離れていた。尾行はむずかしくなっているはずだ。

「きっとマクアンドルーズの殺害が関係してる、ちがう？」

「わからない」

「あなたと事件を結びつける証拠を見つけたとか？」

「それはないと思う」

ワイルドの電話が鳴った。ヘスターからだった。

「降伏しちゃ駄目」とヘスターは言った。

「そんなに悪い状況なのか？」

「ええ」とヘスターは答えた。「わたしのオフィスまで来られる？」

「たぶん」

「何か考えはある？」

「ティムは信用できるか？」とワイルドは訊いた。

「命に代えても」

ワイルドはどうやって切り抜けようとしているか話した。ローラも隣りで聞きながらうなずいた。ふたりは歩くペースを上げた。ザ・ランブルに長く留まるのは危険だった。尾行者に包囲されて捕まってしまう恐れがあった。幸い、森の中にもそれなりに人が大勢いた。ふたりは野鳥観察をしている大人数のグループを二組追い越していた。警察はこんなに人がいる場所で逮捕するリスクを冒すだろうか？　それはありそうにない。たとえばローラの車のそばのような、見通しのいい開けた場所にワイルドたちが移動するまで待つはずだ。

ローラが言った。「グレーのフード付きパーカを着て、アディダスの白いスニーカーを履いている女の人？」

ワイルドはうなずいた。ヘスターからティムがいる位置情報が送られてきた。ワイルドの計算では、ティムが待ち合わせ場所に到着するまであと十五分はかかりそうだった。時間を稼がなければ。ワイルドはローラともう一度計画を確認した。最もまっとうな計画の多くがそうであるように、ワイルドの計画も驚くほどシンプルなものだった。追っ手には彼とローラがただ話しているだけと思わせておく必要があった。尾行しているのが誰であれ、彼らが行動に移れないように、通行人が大勢いる場所を選んで歩いた。おそらく遠方から監視している人間もいると想定し、監視しづらくなるように木立で隠れる道から出たりはいったりした。

「青い帽子をかぶって、サングラスをかけて、携帯電話を見ているふりをしている男」とローラが言った。

ワイルドはうなずいた。

彼らは北に進み、デラコート劇場のそばを通り過ぎた。馬蹄形の客席を持つこの野外劇場は、毎年夏におこなわれるシェイクスピア劇の上演で有名だが、舞台の背景にタートル池の見事な景観が眺められる。

ローラが言った。「ここで『テンペスト』を見たのを覚えてる？」

ワイルドも覚えていた。ふたりがまだ高校生の頃で、ニュージャージー州北部のバーゲン郡に暮らす〝行政の支援を充分に受けていない〟子供たちのために、里子の支援団体がチケットを用意してくれたのだ。この劇場で、ちょうど今と同じようにローラと隣り合って芝居を見た。当時はブルワー夫妻の家で一緒に暮らしていて、おそらく退屈な催し——シェイクスピア・イン・ザ・パークだって？——にちがいないと思っていたのだが、いざ見てみると、芝居にも背景のタートル池の景観にもすっかり魅了されたのだった。

「〈ザ・ノース・フェイス〉のバックパックを背負ったポニーテールの若い女」

「きみは優秀だな」とワイルドは言った。

「すごく若い。きっと新人ね」

「かもしれない」

「あら、新聞に隠れたビジネスマンもいる。新聞だなんて、時代遅れもいいところよね」

「その人は見逃した。でも、指を差して教えてくれなくていいから」

「しいっ、ワイルド、わたしを素人だと思ってるの？」

「いや」

「あなたより経験豊富なのよ」

「そのとおりだ」とワイルドは認めて答え、いっとき立ち止まり、デラコート劇場を見た。あのとき見た『テンペスト』のことは今でもよく覚えていた。映画『スター・トレック』で有名なパトリック・スチュワートが主役のプロスペローを演じた。プロスペローの娘、ミランダ役はキャリー・プレストンで、ビル・アーウィンとジョン・パンコウがそれぞれトリンキュローとステファノーを面白可笑しく演じていた。

「プログラムはまだ持ってる？」とワイルドは尋ねた。

「『テンペスト』の？　持ってるに決まってるでしょ？」

ワイルドは黙ってうなずいた。ローラはなんでも捨てずに取っておくのだ。「ほんとうにごめん」とワイルドは言った。

「何が？」

「いつもそばにいなくて」とワイルドは言った。「愛してるよ。きみはおれの姉さんだ。これからもずっと」

「ワイルド？」

「何？」

「あなた、もうすぐ死ぬの？」

ワイルドは微笑んだ。愛を告白するにはなんとも奇妙な状況だった。が、ワイルドが自分の気持ちに正直になれるのはこういうときだけかもしれなかった。静けさに包まれているときには、容易に考えを心の外に押しやり、自分の殻に閉じこもることができた。むしろ、混沌とした嵐のさなかのほうが、自分をはっきり見つめ、あたりまえのことがちゃんと見えるのかもしれない。

「あなたがわたしを愛しているのはわかってる」

「おれもきみがわかっているのがわかってる」

「だとしても」とローラは言った。「はっきり言ってくれるのは嬉しい。またいなくなるつもりなの？」

「そうじゃない」

「もしいなくなるなら、週に一度はテキストメッセージを送って。それだけでいい。もしメッセージが届かなかったら、あなたはわたしを愛してなんかいないんだって思うから」

ふたりは東に進路を変えてメトロポリタン美術館をめざした。美術館の近くまで来ると、周囲はさらに大勢の人で賑わっていた。公園の出口まであと少し。このまま進むと五番街に出る。もし警察がそこでも待ち構えていたら、無防備で包囲されることになる。その可能性は低いとワイルドは思ったが、それでも五番街に出るとふたりは歩みを速め、人混みを縫うようにして歩いた。そして、道路に面した会員専用入口から美術館にはいった。ローラは美術館を支援するため、毎年会員になっていて、よく子供たちをここに連れてきていた。手荷物検査を通過し、ホールを突っ切ると、ローラは「じゃあね」と言ってチケット販売の列に並んだ。ワイルドは慌てるそぶりも見せず、階段を降りて地下駐車場に向かった。あとを尾けてくる者はいなかった。

一分後にはワイルドはヘスターの車の後部座席の床に横たわっていた。ティムが車を発進させた。

二十分後、ワイルドを乗せた車はヘスターのオフィスがあるビルの駐車場に着いた。ヘスターが待っていた。

「大丈夫？」

「大丈夫だ」

「よかった。階上のわたしのオフィスでオーレンが待ってる。あなたと話がしたいそうよ」

26

ヘスターは椅子を指差した。「どうぞ、そこに坐って」オーレン・カーマイケルにそう言って勧め、それからワイルドに言った。「ワイルド、あなたはこっち。わたしの隣りに坐って」

オーレン・カーマイケルは細長い会議テーブルの一方に移動し、ヘスターとワイルドはテーブルの反対側に坐った。彼らは今、マンハッタンの摩天楼のてっぺんにあるガラス張りのオフィスにいた。このオフィスは主に公判まえの証拠開示手続きで証言録取に使われる部屋で、ヘスターは普段なら宣誓証人が坐る場所にあえてオーレンを坐らせた。ヘスターの意図はワイルドにも容易に知れた。

「ふたりに言っておきたい」とオーレンが切り出した。「警察官がひとり殺されて——」

「オーレン？」ヘスターがさえぎった。

「なんだ？」

「しぃっ。ワイルドが公園で尾行された理由を話して」

「ちょっと待ってくれ」とワイルドは言った。「聞いてないのか？」

「ええ、まだ。ただ、悪い事態になっているとしか」

ワイルドはオーレンのほうを向いて尋ねた。「悪いってどのくらい？」

「最悪だ。とんでもなく悪い。それよりまず——」

「まずも何もないわ」とヘスターはぴしゃりと言った。「あなたはわたしの依頼人と弁護士間の秘匿特権を破った——」

「さっきも言っただろ、ヘスター？　おれは何も破っちゃいない——」

「破ったでしょうが」ヘスターの声がいつもとは異なる響きを帯びているのにワイルドは気づいた。普段どおりの挑発をするような調子ではあったが、そこに深い悲しみが加わっていた。「自分が何をしたのかほんとうにわかってないの？」

オーレンも彼女の声音に気づいていたじろいだように見えたが、それでも引かなかった。

「とにかく聞いてくれ。ふたりとも。これは重大事だ。警察官がひとり殺されて——」

「さっきからそればっかり」とヘスターはまたさえぎった。

「えぇ？」

「〝警察官がひとり殺された〟〝警察官がひとり殺された〟。被害者が警察官だったことがどうしてそんなに重要なの？」

「真面目に訊いてるのか？」

「大真面目よ。どうして警察官が死ぬと一般市民が死ぬより問題になるの？」

「本気で言ってるのか、ヘスター？　今ここでそのことを議論したいのか？」

「法執行機関はあらゆる市民のために全力を尽くさなければならない。地位や立場は関係ない。死んだのが警察官だからといって、一般市民より大事として扱われるのはまちがっている」

オーレンは両の手のひらを天井に向けて言った。「なるほど、ごもっとも。被害者が警察官だということはひとまず置いておこう。人がひとり殺された。これで満足か？　で――」

オーレンはワイルドに向かって言った。「おまえはその死体を発見した」

「知ってることはゆうべ全部話した」とワイルドは言った。

「そのとおり」とヘスターが加勢した。「それって正確にはいつのことだったかしら？　そうそう、思い出したわ。あなたの仲間の警察官がわたしの依頼人を拉致して拷問したあとのことだった」ヘスターは手を上げて反論を制し、続けた。「ついでに言っておくけど、ワイルドはただの友達で依頼人じゃないなんて言わないでね。きっと後悔することになるから。それにしても、気分がいいったらないわ、オーレン。あなたがワイルドを襲った連中の共犯だなんて」

この一撃には強烈な効果があった。オーレンの顔を見ればわかった。

「実際、そうでしょ、オーレン」ヘスターは追撃の手をゆるめることなく続けた。失望が顔ににじみ出ていた。「言いわけしたいならいくらでもすればいい。犯罪者はたいていそうするものよ。でも、あなたが彼らに情報を洩らし、そのせいでワイルドは拉致され、ひどい暴行を受けた。それは事実よ。ところで、どうしてわたしたちが〈トニーズ〉にいることが彼らにわかったの?」

「ええ?」オーレンは坐ったまま上体を起こした。「おれが話したと思ってるんじゃ——」

「あなたが話したの?」

「まさか」

「だったら、警察がセントラルパークでワイルドを尾行したのはどうして?」

「警察じゃない」とオーレンは言った。

「だったら誰なんだ?」とワイルドが訊いた。

「FBIだ」

沈黙が流れた。

ヘスターが椅子の背もたれに背中をあずけ、腕を組んで言った。「どういうことなのか説明して」

オーレンは大きくひとつため息をつき、うなずいた。「ヘンリー・マクアンドルーズを撃った銃の射撃特性の分析結果が出た。九ミリ口径の拳銃で撃たれていた。ハートフォード署の鑑識が分析結果を全国の犯罪データベースに照会したところ、登録されている情報と一致した。同じ銃を使った殺人があったんだ。しかも、最近」

「最近って?」とワイルドが訊いた。

「ごく最近。ここ二日のあいだだ」

ワイルドはさらに突っ込んで訊いた。「つまり、ヘンリー・マクアンドルーズが殺されたあとってことか?」

「そうだ。ヘンリー・マクアンドルーズの殺害に使われた銃が別の殺人でも使われた。でも、重大ニュースはそれじゃない」

ヘスターは続きを促す仕種をして言った。「続けて」

「被害者はキャサリン・フロールというFBIの捜査官だった」オーレンはヘスターを見て続けた。「つまり、警察官が殺されただけじゃない。連邦捜査官も殺されたんだ。理想の国では、おそらく同一犯によって射殺されたふたりの被害者がともに法執行機関の人間だからといって特別扱いなどしない。ごく普通の一般市民ふたりと同じ扱いを受けるのがすじだ。しかし、現実の世界じゃ――」

「そのふたりにつながりは?」とワイルドは尋ねた。

「現時点で? まったくない。同じ銃でどちらも頭を三発撃たれたということ以外は」

「仕事上の関わりはなかったのか?」

「今のところ見つかってない。マクアンドルーズはコネティカット州の元警察官で、かたやフロールはFBIトレントン支局の科学捜査部門で働いていた。現時点で唯一わかっている共通点は――おまえだ」

ヘスターがいかにも弁護士らしい口調で質問した。「ヘンリー・マクアンドルーズ、もしくはキャサリン・フロールとわたしの依頼人を結びつける根拠はなんなの?」

「きみの依頼人がマクアンドルーズの家に侵入して、死体を発見したということ以外に?」

ヘスターは胸に手をあて、いかにも驚いたふうを装って言った。「どうして警察はそのことを知ってるの、オーレン?」

オーレンは何も答えなかった。

「指紋が残っていた? 証人がいるの? わたしの依頼人が関わっている証拠がどこに――?」

「頼むからその話はもう蒸し返さないでくれ。いいかい?」とオーレンは言った。「ふたりの人間が殺されてるんだ」

ヘスターは反論しかけたが、ワイルドが彼女の腕に手を置いて制した。ふたりの言い合いのせいで話が本題からそれつつあった。ワイルドとしては話をさきに進めたかった。

「ピーター・ベネットについて何かわかったことは?」とワイルドは尋ねた。

「ああ」とオーレンは言った。「おまえに会いにきたもうひとつの理由はそれだ」

「どういうこと?」とヘスターが訊いた。

オーレンはヘスターに視線を向けた。ふたりの眼が合い、ほんの数秒のあいだふたりだけの世界になった。ワイルドにもそれがわかった。部屋を出ようかとさえ思った。彼らは互いに愛し合うようになっていたが、今はその関係に大きな亀裂が生じていた。目下、彼らはもっと重大な問題に関わっていた。それでもワイルドはその亀裂をどうにか埋めたいと思った。ヘスターと眼を合わせたまま、オーレンは言った。「ゆうべワイルドに約束したんだ。ピーター・ベネットについて調べてみるって」

ヘスターはゆっくりうなずいた。「そういうことなら」その声はいくらかおだやかになっていた。「話して」

オーレンはまばたきし、ワイルドに向き直った。「おまえの話を聞くかぎり、ピーター・ベネットをヘンリー・マクアンドルーズ殺害の重要参考人と考えるのは当然だ。だから、このことはこの事件の捜査を指揮する殺人課の刑事、ティモシー・ベストにも報告した。ちなみに、ベストは昨夜おまえの身に起きたこととは一切関係ないと思う。彼は州警察の人間だ。ついでに言っておくと、ハートフォード署はこの捜査には関わっていない。マクアンドルーズの殺害現場は管轄外だし、利益相反にもなるからな」

ワイルドはうなずいたが、そういうことは今はどうでもよかった。「で、ピーター・ベネットは――？」

「ベストがピーター・ベネットについて調べるのをおれも手伝ったんだが、射撃特性の分析結果がキャサリン・フロールの事件と一致したとわかったとたん、ＦＢＩがぞろぞろと出張ってきた。昨日の夜までは、ピーター・ベネットの行方を捜しているのはおまえひとりだった。今はFBIとコネティカット州警察も彼を捜している」

「で、何かわかったのか?」とワイルドは尋ねた。

「ああ。いろいろと」

ヘスターがまたしてもぴしゃりと言った。「だったら早く話して」

オーレンは小さな手帳を取り出し、老眼鏡をかけた。「ピーター・ベネットがインスタグラムに最後に投稿したのはアディオナ・クリフスで撮った写真ということだったな」

「ああ」

オーレンは単調にメモを読み上げた。「飛行機の搭乗記録と入国審査記録によると、写真が撮影された日の三日まえ、ピーター・ベネットはニューアーク・リバティ国際空港からフランス領ポリネシア行きの飛行機に乗っている。そのあと、アディオナ・クリフス付近の小さなホテルに二泊した。写真が撮影された日の朝には、よかったらもらってくれと言って、バックパックと洋服を清掃員に渡してる。そのあと宿泊料を支払い、ホテルをチェックアウトして、タクシーで山のふもとまで行った。タクシーの運転手の話では、おまえのはとこは崖の上に続く小径をのぼっていったそうだ」

オーレンは手帳をぱたんと閉じて言った。「つまりそういうことだ」

「そういうことってどういうこと?」とヘスターが尋ねた。

「その日以降、誰もピーター・ベネットの姿を見ていない。少なくとも、われわれが知るかぎり目撃情報はない。小径を降りてきた形跡はない。パスポートもクレジットカードも使われていない。ATMで現金を引き出してもいない。飛行機の乗客名簿にも、出国手続きをした者のリストにも彼の名前はなかった」

「警察はどう考えてる？」とワイルドは訊いた。

「ピーター・ベネットに関して？　FBIは彼はほんとうに自殺したと考えている」

「あるいは、自殺を偽装したか」とヘスターが言った。

「FBIはそうは考えていない」

「理由は？」

「さっき説明したことのほかに？　理由はあとふたつある。ひとつ。ピーター・ベネットは出国するまえに財産を整理していた。彼のファイナンシャル・アドヴァイザーから話を聞いた。USA銀行のジェフ・アイデンバーグというんだが、最初は機密情報だからと話そうとしなかった。でも、FBIが大急ぎで令状を請求し、発行されると、彼自身も依頼人の身の上を案じていたこともあって、協力に応じた。アイデンバーグの話では、ピーター・ベネットはひとりでやってきて、財産を分割してふたりの姉に譲渡したそうだ。ジェン・キャシディとの離婚協議が決着してないから、譲渡の手続きはまだ完了していないが。いずれにしろ、アイデンバーグはピーターと直接会ってる。意気消沈して、かなりふさぎ込んでいる様子だったと言ってる」

ヘスターはそのことを考えてから言った。「だとしても、それも自殺を偽装する男がやりそうなこととも考えられる」

「想像だけならなんとでも考えられる」

「理由はあとふたつあるって言ったわね。ふたつめは？」

これにはワイルドが答えた。「遺書がない」

オーレンはうなずいた。ヘスターは困惑したような顔をした。

「ちょっと待って。どうして遺書がないことが自殺したことの根拠になるの？」

「自殺を偽装したいなら」とワイルドが説明した。「必ず遺書を残す。ピーター・ベネットは自殺をほのめかす写真を投稿し、財産を整理し、外国の島まで行った。自殺を偽装するためにそこまで周到に準備したのだとしたら、確実を期して手書きの遺書を残すだろう。そう考えるほうが理に適ってる」

「なるほど」ヘスターは納得し、続けて言った。「でも、そうなると、また別の疑問が出てくる。ほんとうに自殺したのか、自殺を装ったのか、どちらにしても、どうして遺書がないの？」

その点はワイルドもずっと不思議に思っていた。

「インスタグラムの最後の投稿を読めばわかると思うが」とオーレンが言った。「あれが遺書みたいなものだった」

「なんて書いてあったの？」とヘスターは訊いた。

ワイルドが引き取って答えた。「ただ安らぎが欲しい」

三人とも黙り込んだ。

ヘスターが口を開いた。「シャーロック・ホームズの台詞をしょっちゅう引用する友達がいたんだけど――正確には覚えてないけど――こんなことを言ってた。情報がないまま説明しようとするのは大きなまちがいだ。事実に即して説明するかわりに、人は説明するために少しずつ事実をねじ曲げてしまうから」

「確かに」とオーレンも認めて言った。「だからこそきみたちにはＦＢＩに協力してもらいたいんだよ。捜査の進展のために」

「知ってることはもう全部話した」とワイルドは言った。「ほかにつけ足すことは何もない」

「わかってる。でも、それじゃ彼らは納得しない。きみから直接話を聞くまでは」

ヘスターが言った。「彼らは違法にわたしの依頼人を苦しめようとしている」

「かもしれない」

「かもしれないってどういう意味？」

「おれは小さな町のしがない警察署長だ」とオーレンは言った。「ＦＢＩはつかんでいる情報をすべておれに明かしてはいない」

「どういうことかよくわからないんだけど」とヘスターは言った。

「ほかにも何かあるんじゃないかということだ。おれには話していない重大な情報が」

「のこのこ彼らのまえに出ていって、聴取を受けろって言うの？」

「選択肢はふたつ」オーレンはワイルドに注意を戻して言った。「ひとつは、弁護士同席のもとで聴取を受けて彼らに協力する」

「もうひとつは？」

「逃げる」

27

〈ブーメラン〉のメンバーは、アルパカ、キリン、仔猫、シロクマの順でログインした。いつものようにライオンに扮したクリス・テイラーが会議のホスト役を務めた。全員が顔をそろえ、黙ったままでいる様子を見て、クリスは急になんだかおかしく思えてきた。それぞれ動物のアニ文字で変装し、クロヒョウが現われるのをひたすら願って、じっと待っている姿がなんだか滑稽に思えた。

クロヒョウは現われなかった。

沈黙を破ってクリスが言った。「クロヒョウの名前を明らかにしなきゃならない」

「それがどういうことかわかってるのか？」とシロクマが言った。

「わかってる」

「これで〈ブーメラン〉は終わり」と仔猫が言った。「そういう約束だった。緊急事態が起きてガラスを割ったら、それでおしまい。このグループは解散する。お互いに二度と連絡を取り合うことはない」

ライオンの姿をしたクリスがうなずいて言った。「これもクロヒョウが議題に上げた案件だけど、マーティン・スパイロウという性根の腐ったネット荒らしのことを覚えてるか？」

「聞き覚えがある」とアルパカが言った。

「ファイルの記録の要約を画面で共有する」

クリスは共有ボタンを押した。

「ああ、こいつなら覚えてる」とシロクマが言った。

「娘を亡くして悲しみに暮れている家族にひどい仕打ちをした、とんでもない男だった」と仔猫がつけ加えた。

「そのとおり」とクリスは言った。「結局、悪質な投稿はその一件だけだった。われわれが調査したかぎりでは、ほかには何もなかった。この書き込みをしたとき、スパイロウは酩酊(めいてい)状態だった可能性があるということもわかった」

「とても信じる気にはなれなかったけど」と仔猫が言った。「ほんとうに何も覚えていないくらい酔っていたのなら、新しい匿名のアカウントを使うなんて頭は普通働かない」

「あのときクロヒョウもそう主張した。いずれにしろ、スパイロウには結局のところ、カテゴリー1の軽い罰が課されただけだった」

「ライオン、この案件がどうかしたの？」

「マーティン・スパイロウも殺された。やはり頭を三発撃たれて」

沈黙。

ややあってシロクマが言った。「なんてこった」

仔猫が続いた。「いったい何が起きてるの？」

「わからない」とクリスは答えた。「いずれにしろ、われわれにはもう選択の余地はないと思う。どうかな、シロクマ？」

「今となっては賛成だ。クロヒョウの名前を明らかにするしかない」

「自分たちで決めたルールは守らなきゃならない」とアルパカが言った。「これで〈ブーメラン〉は終わりだ」

「それはどうだろう？」とクリスは言った。

シロクマが咳払いして言った。「そういう決まりだった。全員が同意している。ひとりでも誰かに正体を知られたら——その誰かが法執行機関にしろ、加害者にしろ、被害者にしろ、あるいはわれわれにしろ――みずからの安全のために姿を消さなきゃならない」

「それで終わりにしていいものかどうか」とクリスは言った。「ふたりの人間が殺されたんだ」

「このあいだも言ったけど」とシロクマが言った。「そう決めつける証拠はない」

「じゃあ、偶然だって言うのか?」

「いや、そうじゃない。でも、そのふたりを殺したのが同一犯かどうかはわからない。ちがうか? 確証はあるのか?」

「それを今ここで話して何になる?」とキリンが言った。「殺されたふたりは、どちらもクロヒョウが調査を担当した加害者だった。どちらも有罪ということでわれわれの意見は一致した。ひとりについては罰を課すには値しないと判断し、もうひとりには軽い罰を与えた」

「そのクロヒョウがわれわれとの連絡を絶った」と仔猫がつけ加えた。

「あるいは忙しくてそのことから手が離せないのか」とアルパカが言った。

「あるいは」とキリンが言った。「素直に認めよう。一番ありそうなことは――クロヒョウが独断で正義の裁きを実行した」

「いずれにしろ」とクリスは言った。「ことここに至っては、クロヒョウの正体を暴くしかない」

「賛成」とアルパカが応じた。

「同じく」と仔猫が続いた。

「同じく」とキリンも同意した。

シロクマはため息をついて言った。「それが正しい判断だと思う。ああ。みんなに賛成する。ただ、実行したら即座に解散しなきゃならない。だからさきに言っておきたい。このグループに参加できたことを誇りに――」

「まだ終わりじゃない」とクリスが制した。

「でも――」

「もしクロヒョウが事件に関わっているなら、止めなきゃならない。クロヒョウが誰だかわかったら、見つけ出さないと」

「それは危険すぎる」とシロクマは異を唱えた。

「見て見ぬふりはできない」とクリスは言い張った。

「全員で決めたことだ」とシロクマも言い返した。「われわれは警察じゃない。仲間であるクロヒョウを捜し出して、クロヒョウがやっていることを止めさせるのはわれわれの仕事じゃない」

「〈ブーメラン〉はネット上で人を傷つけ、苦しめる人間を取り締まっても、殺人犯は放っておくのか？」とクリスは言った。

「そうだ」とシロクマは答えた。「〈ブーメラン〉の使命は明確だ。ルールはわれわれ自身を守るためのものだ。われわれが解決しようとしているのは、気候変動でも、戦争でも、それこそ殺人事件でもない。〈ブーメラン〉の役割は、ネット上で誰かを攻撃し、苦しめ、傷つける人間に因果応報を教えることだ」

「この事態を惹き起こしたのはわれわれだ」とクリスも引かなかった。「その責任から逃れるわけにはいかない」

「ライオン?」と仔猫が呼びかけた。

「なんだ?」

「まずクロヒョウの名前を明らかにしよう。それから、各々でグループを抜けるかどうか決めればいい」

「駄目だ」とシロクマが反論した。「今さら方針を変えるのはなしだ。最初にそう決めたんだから」

「状況は変わった」と仔猫は言った。

「わたしにとっては何も変わっていない」とシロクマは言い返した。

「わかった」とクリスは言った。「まずクロヒョウの名前を明らかにして、それからどうするか考えよう。こんなややこしい事態になるとは想像していなかった。それはわれわれの落ち度だ。これから合図を送るから、コードを入力してほしい。準備はいいか?」

全員が準備できていると答えた。

「よし、制限時間は十秒だ。わたしが〝三〟とカウントしたら、コードを入力し、クロヒョウを選ぶ。では、用意。一、二……三」

かかった時間はほんの一瞬だった。ライオンことクリスの画面にクロヒョウの名前が表示された。ほかのメンバーには伝えていなかったが、彼らにはクリスから七秒遅れて名前が表示される仕組みになっていた。最初に自分が確認できるように。

キャサリン・フロール。

クロヒョウは女だった。あるいは女ということにしていた。あるいは女の名前を使っていた。なんであれ。どういうわけか――おそらくは性差別の意識が働いていたのだろうが――クリスはずっとクロヒョウは男だと思っていた。それは重要なことか？　いや、これっぽちも。クリスはすぐさまキャサリン・フロールの名前をコンピューターに打ちこんで検索した。

すると、ある記事が表示された。

クリスはマイクのミュートを解除し、全員に聞こえるように言った。

「なんてこった」

28

ＦＢＩと対面するまえに、ヘスターはワイルドがマクアンドルーズの家に侵入したこととそれにともなう殺人以外のあらゆる罪に関して、彼には訴追を免れる免責特権があることを確認した。加えて、聴取はＦＢＩ支局ではなく、ヘスターの法律事務所でおこない、事務所の裁判用の機器で聴取を録画し、速記者が記録する、ただし録画と速記者の記録はＦＢＩには開示しないという条件を提示した。

詳細な条件の合意に至るまでには数時間を要したが、ＦＢＩは最終的にヘスターの提示条件を呑んだ。で、今ヘスターとワイルドはさきほどと同じオフィスの同じ場所に坐っていた。ＦＢＩ側もふたりいて、ゲイル・ベッツという女性捜査官はさっきまでオーレンが坐っていた席についた。もうひとり、ジョージ・キッセルという男のほうは坐らず、壁に寄りかかって立っていた。

ベッツが質問し、キッセルはずっと黙ったまま退屈そうにしていた。ワイルドには隠し立てする理由は何もなかったので、ピーター・ベネットを捜している過程でヘンリー・マクアンドルーズの家に行ったことを正直に明かした。家に侵入したことについてベッツが詳しく訊き出そうとすると、ヘスターが何度かワイルドが答えるのを止めた。ベッツは続いてキャサリン・フロールについて質問した。キャサリン・フロールを知っているか。答はノー。ベッツはフロールとワイルドに接点がないか探ろうとした。フロールはニュージャージー州の州都トレントンが勤務地だった。トレントンに行ったことは？　七年生のときの遠足で行って以降、訪れたことはない。フロールはユーイングに住んでいた。ワイルドはユーイングに行ったことはなかった。フロールの死体は彼女がホープウェルに借りていたオフィスで発見された。ホープウェルに行ったことは？

「オフィス？」とワイルドは訊き返した。

ベッツも顔を上げて訊き返した。「はい？」

「キャサリン・フロールはＦＢＩの捜査官で、トレントン支局で働いていたと言わなかったか？」

「ええ、そうだけど」

「だったら、どうしてホープウェルにオフィスを借りてたんだ？」

キッセルが初めて口を開いた。「質問してるのはこっちだ」

「あら」とヘスターが横から言った。「しゃべったわ、ＦＢＩはおしゃべりが苦手な人も雇うんだって称賛しようと思ってたところだったのに」

「ジョークのつもりか？」とキッセルは言った。

「あらあら。今のあなたのことばには傷ついたわ。ほんとうに。でも、真面目な話、わたしの依頼人はこうしてちゃんと協力してる。フロール特別捜査官を殺した人間がきちんと法で裁かれることを望んでいる。それなのに、彼の質問に答えない理由がどこにあるの？」

キッセルはため息をつき、もたれていた壁から背を離してベッツを見た。「質問は以上か、ベッツ特別捜査官？」

ベッツがうなずくと、キッセルは彼女の隣りの椅子を引き、全世界の重みを一身に背負っているみたいにどすんと坐った。それから腹がテーブルにつかえるほど近くまで椅子を寄せた。そのあと時間をかけてゆっくり両手を組み合わせ、咳払いしてから言った。

「ラスヴェガスに行ったことはあるか、ワイルド？」

ワイルドの頭の中で警報が鳴った。ヘスターにも警報は聞こえたらしく、ワイルドの腕に手を置いて答えないようにと暗に示した。

「どうしてそんなことを訊くの？」とヘスターが訊いた。

「いいホテルを知っていたら教えてもらえないかと思ってね」とキッセルはまずへらず口を叩いてから答えた。「捜査に関わるからだ」

「どう関わるのか説明してもらえないかしら」

「あんたの依頼人にはわかってる。それに、ミズ・クリムスティーン、おそらくあんたにもわかってる。でも、今はそんな駆け引きを愉しみたい気分じゃないんで、はっきり言おう。

きみがラスヴェガスを訪ねたことはわかってる。より正確には、ダニエルとソフィア・カーター夫妻の家を訪ねたことも。その理由を知りたい」

思いがけない問いかけにワイルドは啞然(あぜん)とした。

ヘスターの手はまだ彼の腕に置かれたままだった。その手に少し力がこもった。「どんな関係があるの？」とヘスターは尋ねた。

「ええ？」

「その質問はマクアンドルーズとフロールの殺人とどんな関わりがあるの？」

「こっちがそれを教えてほしいんだよ」

「わたしたちには思いあたるふしがない」

「ああ、ミズ・クリムスティーン、こっちもそうだ。だから訊いてるんだ。答えてくれれば、つながりがあるかわかるかもしれない。そうすればもっと質問して、もっとつながりを見つけられるかもしれない。まあ、最後まで聞いてくれ。質問して、何もつながりがないとわかれば、それとは別の先に進める。捜査とはそういうものだ。だから、あんたの依頼人に指示してくれないか。どうしてラスヴェガスに行き、カーターの家を訪ねたのか。そうすれば、それが事件と関係しているかどうかわかる」

「気に入らないわね」とヘスターは言った。

「それは残念」とキッセルは言った。「できれば気に入ってほしかったんだが」

ヘスターは自分の胸を差して言った。「ねえ、よく聞いて。ここではわたしは嫌味で小賢しい女に徹しなくちゃならない。いいわね？」

「あんたの役目を奪うつもりはないよ。いずれにしろ、今のはあんたの依頼人は質問に答えるのを拒否するということかな？」

ヘスターは言った。「依頼人と相談したい」

キッセルは肩をすくめ、どうぞご自由にと身振りで示した。

ヘスターはワイルドの耳元で囁いた。「この話がどこに向かうかわかる？」

ワイルドは首を振った。

「意図のわからない質問には答えないほうがいいわ」とヘスターはやはり囁き声で言った。

ワイルドはすばやく考えをめぐらせた。FBIは彼がダニエル・カーターを訪ねたことを知っている。だったら、その理由を知られたところで何か問題があるだろうか？

ワイルドは答えても差し支えないとヘスターに合図してから言った。「ダニエル・カーターはおれの実の父親だ」

キッセルは経験を重ねているだけあってしたたかな男だった。突拍子もない答が返ってくるのには慣れっこで、今も平静を保っていた。彼は隣りで驚きを隠そうともしないベッツを横目で見やった。

ややあってからキッセルは言った。「一から説明してもらえないか？」

「一からって？」とヘスターが言った。

「ワイルドの過去は誰もが知っている」とキッセルは言った。「公式な記録もある。実の両親のことは誰も知らないと思っていたが」

「確かにそうだった」とワイルドは言った。

「じゃあ、どうやって――？」

「ピーター・ベネットとマッチしたのと同じDNA鑑定サイトでだ」

「ちょっと待ってくれ」キッセルはテーブルを腹で押し返すようにして上体を起こした。「そのサイトできみとダニエル・カーターのDNAがマッチしたってことか？」

「そうだ」

「つまりこういうことか。きみは鑑定サイトにDNAのサンプルを送った。すると、そのサイトから〝マッチしました。この人があなたのお父さんです〟と連絡が来た」

「正確にはマッチした確率がパーセンテージで示される。だけど、まあ、そういうことだ」

「で、きみはカーターに連絡して、会う約束をした」

「そうじゃない」とワイルドは言った。

「そうじゃない？」

「マッチしたとわかったあとで連絡を取ろうとしたが、メッセージはエラーになって戻ってきた」

キッセルは椅子に深くもたれ、腕を組んで言った。「エラーになった理由は？」

「向こうのアカウントが削除されているということだった」

「なるほど。つまり、きみはカーターに連絡しようとしたけど、どうやらカーターのほうは連絡してきてほしくなかった。だから、アカウントを削除した」

「わたしの依頼人はそうは言ってない」とヘスターが口をはさんだ。「アカウントは削除されていたとしか。いつ削除されたのかも、その理由も彼は知らない」

「そのとおりだ。前言を訂正する」とキッセルは認めて言った。「で、そのあとはどうしたんだ？」

「ラスヴェガスに飛んだ」

「住所を知ってたのか？」

「ああ、知ってた」

「どうやって調べた？」

これにはヘスターが答えた。「それは関係ないわ」

「関係大ありだ。DNA鑑定サイトについては、わたしも少しは知っている。利用者の住所が明かされることはない。アカウントが削除されていたのに、どうやってダニエル・カーターを見つけたのか是が非でも教えてもらいたい」

身を乗り出して、ヘスターが言った。「キッセル捜査官、インターネットがどういうものか知ってる?」

「どういう意味だ?」

「インターネット上には秘密なんてないってこと。何をしても身元がばれないと思っているなら、勘ちがいもはなはだしい。やり方さえ知っていれば、いくらでも抜け道はある。そのやり方はわたしも知ってる」

「あんたが住所を探しだしたのか、ミズ・クリムスティーン?」

ヘスターは何も言わず、ただ両手を広げてみせた。

「どうやって?」

「わたしがテクノロジーに強い人間に見える? これは仮の話だけど、わたしには協力者がいるとする。これも仮の話だけど、DNA鑑定サイトに携わる人たちがいるとする。つまるところ、そういうウェブサイトもすべて誰かが運営している。人は誰しも私欲に駆られるものよ」

「つまり、誰かを買収した」

「つまり、そういうやり方で情報を得るのはそれほどむずかしいことじゃないということ。それがわからないなら、あなたはとんだ世間知らずってことね」ヘスターはさらに続けた。「だとしたら、FBIの捜査官には向いてないってことかも」

キッセルはいっとき考えてから言った。「なるほど。で、きみはラスヴェガスに行った」

「ああ」

「で、実の父親に会った？」

「すぐにじゃない。数日待った」

「どうして？」

「これまでずっと閉ざしてきた大きなドアを開けることになるんだ」どこまでも率直な物言いになっていた。それにはワイルド自身が誰より驚いた。「そのドアの向こうにあるものをほんとうに見たいのか、確信が持てなかった」

「で、ドアの向こうには何があった？」

「どういう意味だ？」

「どこかの時点できみはダニエル・カーターに名乗り出た」

「そうだ」

「彼は何を話した？」

「おれの存在は知らなかったと言った。若い頃に空軍に所属していて、夏のあいだヨーロッパの基地に派遣されたことがあった。そのときの一夜かぎりの情事の相手が妊娠したのだろうということだった」

「その相手に心あたりは？」

「いろんな国から来ていた八人の女性と寝たと言っていた。その人たちのことはファーストネームしか知らなかったそうだ」

「なるほど。つまり、母親の手がかりはなかったということか?」

「そうだ」

「だから、きみはピーター・ベネットのメッセージに返事をした」

「そうだ」

キッセルは自分の太鼓腹に両手をのせて言った。「息子がいたと知って、ダニエル・カーターはどんな様子だった?」

「そりゃ動揺してたよ」

「嬉しそうだったか?」

ヘスターが横を向いてワイルドの顔を見た。

「いや。妻のソフィアを裏切ったのはその夏だけで、今は三人の娘がいると言っていた。おれの存在が家族の人生に爆弾を落とすことになるんじゃないかと心配していた」

「その気持ちはわからないでもない」とキッセルはうなずいて言った。「で、そのあとは?」

「一日考える時間が欲しいと言われた。翌朝、朝食を食べながら今後のことを話し合おう。そういうことになった」

「その話し合いの結果は?」

「おれは行かなかった。すぐに飛行機に乗って帰ってきた」

「どうして？」

「爆弾にはなりたくなかった」

「感心なことだ」キッセルは横目でベッツを見てからワイルドに尋ねた。「そのあと、カーター一家と連絡は取ったか？」

「いや」

「家族の誰とも？」

「その質問にはもう答えたわ」とヘスターは言った。「それが今回の殺人事件とどう関係してるの？」

キッセルは笑みを浮かべて立ち上がった。ベッツも立った。

「協力に感謝する。また連絡する」

29

キャサリン・フロール。

その名前でグーグル検索して画面に表示された情報は、クリス・テイラーが想像していたよりはるかに悪いものだった。

第一に、キャサリン・フロール——クロヒョウ——はFBIの捜査官だった。クリスはその事実をどう受け止めればいいのかわからなかった。クリスは、法執行機関がグループに潜入しようとするかもしれないと常に心配していた。同時に、〈ブーメラン〉のメンバーの少なくともひとりは法執行機関の関係者ではないかと疑ってもいた。従来の刑事司法システムに限界を感じ、現行の法はネット上で他人を攻撃する行為に追いついていないと実感した誰かがまぎれ込んでいるかもしれないと。システムの抜け穴を見つけ、それを正そうと考える人間が必ずしも自警団員とはかぎらない。さらに、クリスが知るかぎり、キャサリン・フロールは現場での捜査には携わっていなかった。ということは、おそらくテクノロジーのノウハウが求められる仕事をしていたのだろう。その点はグループ全員に共通しているはずだ。ダークウェブの中でもひときわ真っ暗な場所を理解し、その中で動きまわれなければ、そもそも〈ブーメラン〉の一員にはならない。

もっとも、こうしたことはすべてジャーナリズムの世界で言うところの〝リードを埋める〟ということで、言うまでもなく肝心なのはそのさきだ。

キャサリン・フロールは殺された。

そうとわかり、クリスはことの重大さを実感し、そのあとシロクマとアルパカと仔猫とキリン——自分以外の〈ブーメラン〉のメンバー全員——にとって衝撃的な行動を取った。〈ブーメラン〉を消去したのだ。

何もかも。ファイルも、通信記録も、メンバー同士をつなぐものもすべて。

こうなった以上、もはやほかのメンバーを信用できるだろうか？　クリスは確信が持てなかった。が、それはどうでもよかった。メンバーのひとりが殺されたのだ。そのひとりからほかのメンバーにつながる道はすべて遮断するしかない。

〈ブーメラン〉の誰かが殺人犯なのか？

考えるだけでも恐ろしいことだが、その可能性も否定はできない。いずれにしても、FBIが最も優秀な人材を投入して迅速にこの事件の捜査を進めるのはまちがいなかった。FBIがキャサリン・フロールのコンピューターを押収しているとすれば、あらゆる手段を用いて徹底的に調べるはずだ。クリスは何重にもセキュリティ対策を施していた。メンバー全員が厳格なルールに従っていた。しかし、どうやらそれはうまく機能しなかったようだ。クロヒョウがルールを破ったのか、あるいは誰かがはいり込む方法を見つけたのか。いずれにしろ、〈ブーメラン〉の秘密が暴かれるおそれがあるのは言うまでもなかった。

あらゆるつながりを絶つことは避けられない。

ひとりになったクリスは改めて考えた。このあとどうすればいいのか？

そう思い、自分たちはFBIより多くのことを知っているかもしれないことに気づいた。FBIはクロヒョウが殺されたことと、ヘンリー・マクアンドルーズまたはマーティン・スパイロウの殺人事件をすでに結びつけているだろうか。そうは思えなかった。ニュースにもインターネット上の情報にも、その三件を結びつけるものは何も見あたらなかった。絶対とは言えないが。

そのこともまた事態をかなり複雑にしていた。

クロヒョウがふたつの殺人に関わっている可能性がどれだけ大きくても、クリスとしてはそのことを法執行機関に知らせるわけにはいかなかった。そんなことをすれば、最悪な形でルールを破ることになる。もし〈ブーメラン〉のメンバーの誰かがFBIに逮捕されたら、そのメンバーは連邦刑務所送りか、もっとひどい処罰を受けるかもしれない。それは疑いようがない。しかも、もし〈ブーメラン〉の制裁を受けた誰かがメンバーの正体を知ったら、仕返ししようとするかもしれない。それも暴力的なやり方で。

どこもかしこも危険だらけだ。だからと言って、クリスは殺人犯を野放しにはできなかった。

ひとりで対処しなければならなかった。

問題は――どうやって、だ。

ベッツとキッセルがいなくなり、ふたりきりになると、ヘスターは言った。「何がどうなってるの、ワイルド?」

ワイルドは何も答えなかった。ある電話番号を携帯電話で調べ、通話ボタンを押した。

「あなたの父親がどうして関わってくるの？」

ワイルドは電話を耳に押しあてた。呼び出し音が鳴った。

「ピーター・ベネットはあなたの母方の血縁者なのよね？」

ワイルドはうなずいた。まだ呼び出し音が鳴っていた。誰も出ない。

「だったら、あなたの父親は事件にどう関係してるの？」

ワイルドは電話を切った。「会社にかけたけど、誰も出ない」

「会社って誰の？」

「父親の。ダニエル・カーターの会社だ。〈DC・ドリーム・ハウス建設〉」

「携帯電話の番号は知らないの？」

「知らない」

「自宅の番号は？」

ワイルドは黙って首を振った。「ローラに頼んで調べてもらう」

「FBIがあなたの父親に関心を示す理由に心あたりはある？」

「ない」

「あなたが父親を訪ねたことを不審に思っている理由は？」

「考えられるのはひとつだ」とワイルドは言った。

「というと？」

「ダニエル・カーターはおれに嘘をついた」

「どんな嘘？」

ワイルドには見当もつかなかった。ローラに電話して経緯を説明した。心の中で、彼は昔のローラを思い出していた。真面目な学生で、入れ替わり立ち替わり里親のもとにやってくる三人の女の子と同じ部屋でノートに何か書いている姿が思い浮かんだ。その頃からローラは勤勉で粘り強く、細部にまで眼を光らせる人間だった。それが現在は彼女を有能な調査員に仕立て上げている。誰もが彼女に味方したくなる。そういう人間だ。

ワイルドが話しおえると、ローラは言った。「なんとなんと」

「ああ」

「ラスヴェガスには知り合いがいる。何かわかったら連絡する」

ワイルドは電話を切った。ヘスターは窓のそばに行き、摩天楼がひしめくマンハッタンの壮大な景色を眺めた。「ふたりの人間が殺された」とヘスターは言った。

「ああ」

「FBIはあなたのいとこもすでに死んでいると考えている」ヘスターはそう言って、窓に背を向けた。「あなたはどう思う？」

「わからない」

「あなたの勘は何も言ってない？」

「おれは勘になんか従わない」

「森の中でも？」

「それは生存本能だ。原始の沼から這い上がり、その後も生きつづけるために必要だったものだ。そう、その本能には従う。事実を冷静に見つめるのではなく、自分の勘を信じて、それに従うほうがいいと思ってるなら、それはバイアスのかかった自惚れだよ。勘とはちがう」

「面白い」

「それに、さっきのあんたのシャーロック・ホームズの台詞じゃないけど、今はまだ説明できるだけの事実がない」

「そうね。でも、わたしたちには殺人事件の捜査はできない。殺人についてはＦＢＩが手を尽くして調べるでしょう。今わかっているのは、マーニー・キャシディがピーター・ベネットに襲われたと嘘をついていたことだけよ」

「何をしようと思ってる？」

「波風を立てる心づもりはできてる？」

「ああ。どこから始める？」

ヘスターはもうドアのほうに歩きだしていた。「妹が何をしたか、ジェンに教えるのよ」

30

〈スカイ〉の受付係はジェン・キャシディの部屋に内線電話をかけた。「ヘスター・クリムスティーンさんがお会いになりたいそうです」

受付係はワイルドのほうを見て言った。「そちらの方は？」

「ワイルド」

「ミスター・ワイルドという方もご一緒です」

受話器を耳にあてて聞いていた受付係が内緒話をするように顔をそむけた。ヘスターはこのさきどうなるか見越し、電話の向こうのジェンにも聞こえるように大声で言った。「表沙汰になるまえにわたしたちの話を聞いておいたほうがいいんじゃないかしら。これははったりじゃないわよ」

彼女の声音に受付係は体を硬直させたものの、ややあって電話を切ると言った。「エレヴェーターでミス・キャシディのお部屋にお上がりください。どうぞごゆっくり」

エレヴェーターのドアが開いた。すでに二階のボタンが押してあり、点灯していた。二階に着いてエレヴェーターのドアが開くと、ヴェルサーチェの服を着たジェン・キャシディが二号室のドアの外に出て待っていた。ヘスターとの再会をまるで喜んでいなかったが、そんなことはヘスターは気にもとめなかった。

ジェンは眼を細めてワイルドを見た。「どこかでお会いしたかしら？　待って、あなた、子供の頃、森でターザンみたいに暮らしてた人よね。何年かまえにドキュメンタリー番組で見たわ」

ワイルドは手を差し出して言った。「ワイルドだ」

ジェンはその手を握った。不承不承ではあったが。「あの──」ジェンはドア口をふさぐようにして立ち、ヘスターに眼を合わせて言った。「──今日はどんなご用件なんですか？　知っていることはこのまえ全部話したけれど」

「いいえ、全部じゃないわ」とヘスターは言った。

ジェンはワイルドを示して言った。「それにどうしてこの人が……」

「ワイルドはピーターの血縁者なのよ」

「わたしの夫のピーターの？」

「あら、もうあなたの夫ではないんじゃないの？　実は、今日来たのはその件についてよ」

「よくわからないんだけれど」

これにはワイルドが答えた。「マーニーは嘘をついていた。ピーターは彼女を襲ってなどいなかった」

そう言われてジェンは微笑んだ。実際に笑みを浮かべた。「ありえない」

「おれはマーニーと直接話した。彼女は嘘だったと認めた」

ジェンの顔から笑みが消えかけた。「マーニーと話した……」

「このまま廊下でこの話を続けたい？」とヘスターが言った。

ジェンはまだかすかに笑っていたが、その笑みにはどんな感情も込められていなかった。それはただの防衛機制、すなわち無意識の反応でしかなかった。ジェンはあとずさりするように部屋の中にはいった。まずヘスターが強引に中にはいり、ワイルドもあとに続いた。

「坐って話しましょう」とヘスターは言った。「今日は長い一日だったから、もうへとへと」

三人とも坐った。ジェンは少しよろめき、倒れ込むようにしてソファに坐った。笑みは完全に消えていた。構造を支える梁がはずれた建築物のように、表情が完全に崩れていた。咳払いをして彼女は言った。「何があったのか教えて」

ワイルドは、路上でマーニーを呼び止め、訊き出したことを話した。ジェンはじっと聞いていたが、時々誰かに殴られたみたいに眼を閉じた。ワイルドが話しおえるとジェンは言った。「そんな話を信じろって言うの？」

「マーニーに電話して訊いてごらんなさい」とヘスターが言った。

ジェンは笑ったが、ユーモアのかけらもなかった。「その必要はないわ」

「どういう意味？」

「もうすぐここに来るから。トライベッカに新しくできた店のハンバーガーを食べにいく約束をしてるの」

十分後、受付係が内線電話でマーニーの到着を知らせてきた。マーニーが部屋に来るのを待つあいだ、ヘスターは事務所に電話した。リチャード・レヴァイン裁判の陪審員はまだ結論を出しておらず、裁判官は無効審理にしようと考えているようだった。ワイルドはラスヴェガスのダニエル・カーターを訪ねたときのことを頭の中で再生した。ピーター・ベネットの身に起きたこととカーターとのあいだにどんな関係があるのか？　それがヘンリー・マクアンドルーズとキャサリン・フロールの殺人とどう関わっているのか？

ジェンはただまっすぐまえを見据えていた。

玄関のドアをノックする音がして、三人とも立ち上がった。ジェンは心ここにあらずといった体(てい)で玄関に向かった。ドアが開くと、マーニーがしゃべりながらはいってきた。「やっぱり鍵を預かっておくほうがいいわ、ジェン。そうしないなんておかしいじゃない。ほら、たとえばあなたが留守にするときに留守番が必要なことだってあるでしょうし、いちいち立ってドアを開けにこなきゃならないのも面倒でしょ？　そうそう、あのハンバーガー店だけど、わたしの友達のテリーが――覚えてるでしょ？　咽喉仏(のどぼとけ)が変わった形をしたあの背の高い人。すごくいい店だって言ってた。インフルエンサーに写真を投稿してもらうためにものすごい大金を払ってるみたい……」

そこでマーニーはワイルドがいることに気づいた。

マーニーの眼が大きく見開かれた。「ちょっと!」彼女はワイルドに向かって怒鳴った。「約束したじゃない! 誰にも言わないって!」

ワイルドは何も言わなかった。

マーニーの眼から涙があふれた。「どうしてこんなひどいことをするの?」

ジェンが落ち着いた声で言った。「いったい何をしたの、マーニー?」

「ええ? この人の言うことを真に受けてるの?」

ジェンはもう一度言った。「マーニー」

「わたしは何もしてない!」とマーニーは言い返し、さらに続けた。「姉さんのためにやったのよ! 姉さんを守るために!」

ジェンは眼を閉じた。

「それに、ほんとうのことよ! わからないの? ピーターは鬼畜だった! 白状したんでしょ! そう言ってたわよね?」

ジェンは消耗しきった様子で質問を繰り返した。「いったい何をしたの、マーニー?」

「わたしは正しいことをしただけよ!」

ジェンは、鋼(はがね)のような硬い響きを帯びた声音で繰り返した。「いったい、何を、したの?」

マーニーは口を開きかけた。おそらく言い返そうとしたのだろうが、姉の顔を見て、これ以上否定しても無駄なばかりか事態をいっそう悪くするだけだと悟ったようだった。

部屋の隅っこにしゃがみ込んだ小さな少女のように、急にか細い声になった。「ごめんなさい、ジェン、ほんとうにごめんなさい」

マーニーはすべて白状した。

言うまでもないが、すべて話しおえるにはかなり時間がかかった。姉さんのためだった、ピーターは鬼畜だとひたすら言いつづけた。それでも、やがて立ち込める煙の向こうに事実が見えてきた。マーニーがポッドキャストでピーターを糾弾するに至ったいきさつを詳しく話すあいだ、ジェンはまっすぐまえを見据え、黙りこくり、身じろぎひとつすることなく聞いていた。

「ロスアンジェルスまで行ってオーディションを山ほど受けたけど、ひとつも採用してもらえなかった。それはどうでもいいわね。ああ、もう、わたしったらちゃんと説明できてない、ちがう？　いいわ、とにかく、知ってると思うけど、それでも『ラヴ・イズ・ア・バトルフィールド』は最終選考まで残った。でも、わたしには才能をいかんなく発揮できるだけのエピソードがなかった。わたしはスターになれる才能に満ちあふれているけど、ジェンの妹だから、まるで関係ないすじがきにするのもおかしいって言われた。わたしたち姉妹のストーリーをうまく組み合わせることができれば最高だって」

「誰に言われたの?」とヘスターが尋ねた。

「たいていはジェイクと話した」

ヘスターはジェンを見た。ジェンは眼を閉じて言った。「番組のアシスタントプロデューサー」

マーニーはワイルドにしたのと同じ話を繰り返した。呼び出されて、ある女性の涙を誘うような辛い話を聞いたこと（その人とはそれまで会ったこともなければ、その日以来会ってもいなかった。そのことも白状した）その人を助けるつもりで、ポッドキャストに代わりに出演して暴露することに同意したことを話した。それまで黙って聞いていたジェンが立ち上がって言った。「彼を見つけなきゃ」

「彼って?」とマーニーが訊いた。

「決まってるでしょ、ほかに誰がいるって言うの?」とジェンはむしろ詰問するように言った。

「でも、ピーターは認めたんでしょ!」

ジェンはピーターの番号に電話をかけた。が、電話は通じなくなっていた。テキストメッセージも配信エラーで戻ってきた。ジェンの動揺が次第に増していくのがワイルドにもわかった。彼女は別の番号にかけた。誰かが応答したらしく、ジェンは電話に向かって言った。

「ヴィッキー? 彼はどこ? 話がしたいの」ジェンは眼を閉じて相手の話を聞いた。ヴィッキー・チバが弟の居場所はわからないと伝えたにちがいない。

マーニーが頬を涙で濡らして言った。「ジェン、彼は白状したのよ！　あなたがそう言ったじゃないの！　彼が認めたって！」

「いいえ」とジェンは言った。

「ちょっと待って」とヘスターが口をはさんだ。「わたしにもそう話したわよね。ピーターが白状したって。ちょうどこのソファに坐って認めたって」

「ええ。でも、わからない？」

「何が？」

「わたしがピーターの表情に何を見たか……あれは罪の意識じゃなかった。裏切りだった。裏切ったのはわたし。わたしが信頼関係を壊した。彼を信じられなかった。全部わたしのせいよ」

「だったら、あのいかがわしい写真はどうなの！」とマーニーは大声で言った。「あれはまちがいなくピーターだった。フォトショップで加工したものなんかじゃなかった！」

「彼と話さなきゃ」ジェンは震える下唇をつまみながら言った。「みんなにも話さないと」

「誰に？」マーニーは泣きだした。「誰にも言わないで！」

「そうはいかないわ、マーニー」

「本気なの？」

「すぐにインスタグラムにも投稿しなくちゃ」

「ええ？　やめて！」

「ピーターに確実にメッセージを届けなくちゃならない。戻ってきてほしいって」

「戻ってきてほしい？」とマーニーはおうむ返しに言った。「きっともう死んでる」

ジェンが体を強ばらせた。「そうとはかぎらない」

「お願い、ジェン、ちょっと落ち着いて、ね？　全部わたしのせいにしないで！　わたしは女の人と実際に話したのよ、ピーターが薬を盛ったっていう相手と――」

「よく聞いて、マーニー」とジェンは突き放すように言った。「あなただって馬鹿じゃない。その人はサクラだった。別のアシスタントプロデューサーが被害者になりきっていただけかもしれない」

マーニーは祈りを捧げるように手を組み合わせて懇願した。「お願い、ジェン。このとおりよ。お願いだから――」

「マーニー？」

マーニーはその呼びかけに顔を叩かれたように黙った。

「愛してるわ、あなたはわたしの妹だもの。でも、あなたはとんでもなくひどいことをした。わかるでしょ？　あなたにできることは――償えるたったひとつの方法は――いいことをすることよ」

マーニーは膝の上で手を重ね、じっとしていた。呆然自失の体だった。

ワイルドがジェンのほうを向いて言った。「ピーターは自分は養子だときみに話したそうだが」突然の話題の転換にジェンは驚いたような顔をした。答えるまでに少し時間がかかった。「ええ。だからなんなの？　そのことと今回のことにどんな関わりがあるの？　そういうことで言えば、悪く思わないでほしいんだけれど、あなたはいったいなんの関係があってここにいるの？」

「ピーターがＤＮＡ鑑定サイトに登録していたのは知っていたかい？」

「それがなんだっていうの……？　ええ、知ってたわ。養子だったと知って、ピーターは当然、血のつながった家族のことを知りたくなった。だから、いくつものＤＮＡ鑑定サイトに登録していた。でも、事実がわかったらすぐにアカウントを全部削除した」

ワイルドはヘスターを横目で見た。ヘスターはさらに尋ねるよう身振りで示した。「それはつまり、ピーターは血のつながった家族を見つけたってことだろうか？」とワイルドは尋ねた。

「ええ」

「その家族というのは？」

「それは話してくれなかった」

「それでも彼は家族を見つけた。それは確かなんだね？」

ジェンはうなずいた。「真実がわかった。ピーターはそう言っていた。たぶん彼にとってはそれで充分だったんじゃないかしら。ほんとうの家族のことがわかればそれでもうよかった。だから、その人たちと関わりを持とうとは思わなかったんじゃないかしら」

31

ヘスターは裁判所に戻っていた。リチャード・レヴァインを殺人罪に問う裁判の評決がそろそろ出そうだという連絡があったのだ。

ワイルドのほうはニュージャージー州に戻るところで、十七号線のシェリダン・アヴェニュー出口を通り過ぎたところで携帯電話が鳴った。画面に表示された発信者番号はマシュウのものだった。

「激ヤバ状態になってる」とマシュウは言った。

「どうした?」

「ジェン・キャシディがSNSに投稿したこと、知らない? サットンなんか大騒ぎしてる。ピーター・ベネットに襲われたっていうのは、全部マーニーのつくり話だったの?」

ワイルドはため息をついて言った。「ジェンはなんて投稿したんだ?」

「ピーターのことは事実じゃなかった、彼が家に帰ってこられるように力を貸してほしい、とかそんな感じ。今じゃ全世界がピーターを捜してる。あんたも関わってるの？」

「多少は。たぶん」

「やっぱり！　サットンは発狂するかも。バトラーたちの掲示板もすごいことになってる。あんたの名前はまだ表には出てないけど」

「それはよかった。今、どこにいる？」

「家でのんびりしてる」

ワイルドには考えがあった。「そっちに行ってもいいか？　コンピューターを使わせてもらいたいんだ」

「もちろん。ぼくのノートパソコンもあるし、居間にマックも――」

「できれば両方」

「問題ないよ。サットンはまだしばらく来ないし」

「お母さんは？」

「どうしてそんなこと訊くの、ワイルド？」ワイルドが答えずにいると、マシュウはため息をついて言った。「お母さんは何時に帰ってくるかわからない。でも、どうして？　顔を合わせないようにしてるの？」

「十五分で着く。そのあいだにやってもらいたいことがあるんだけど、頼めるか？」

「何？」

「DNA鑑定サイトを検索してもらいたい」

「〈23アンドミー〉みたいな？」

「そうだ。主だったものをできるだけたくさん見てくれ」

十五分後、マシュウは玄関でワイルドを出迎え、居間にあるマックのところに連れていった。テーブルの反対側にはマシュウのノートパソコンが置いてあった。ワイルドはマックのまえに、マシュウはノートパソコンのまえにそれぞれ坐った。

「で？」とマシュウは言った。「何をするの？」

「DNA鑑定サイトのリストアップはできてるか？」

「うん」

「全部のサイトにログインしてみる」

ワイルドはピーターのeメールアドレスと最初にヴィッキーの家を訪れたときに手に入れたパスワード――LoveJenn447――をマシュウに伝えた。

マシュウは最初のサイトにログインしようとした。「はいれない。パスワードがちがいますだって」次のサイトにもログインを試みた。「こっちも。ほんとうにこのパスワードで合ってる？」

「わからない」ピーター・ベネットのeメールアドレスを使って彼のインスタグラムにログ

インしたときのことをワイルドは思い出した。「そうだ、〝パスワードを忘れた場合〟のリンクをクリックしてみてくれないか。パスワードをリセットできるかもしれない」

マシュウがその作業をしているあいだに、ワイルドはピーター・ベネットのeメールにログインした。受信トレイの〝メイン〟フォルダを確認したが、新着メールはなかった。〝プロモーション〟フォルダのタブをクリックして移動すると、〈ミートユアファミリー〉からの新着メールが届いた。メールにはパスワードを忘れた場合に新しいパスワードを設定する方法が記されていた。ワイルドはメールに書かれた指示に従ってパスワードをリセットした。マシュウが次のサイトについても同様にパスワードのリセットをリクエストすると、ピーターのeメールの受信トレイに別のDNA鑑定サイトからもメールが届いた。ワイルドはさきほどと同じようにメールに記載されたリンクをクリックして、新しいパスワードを設定した。

新しいパスワードで改めてログインを試みたところ、さらに大きな壁にぶつかった。〈ブラッドタイズ23〉にログインしようとすると、画面に次のようなメッセージが表示された。

エラー：お客さまのご要望により、このアカウントは完全に削除されています。当サイトの運営方針に従い、お客さまの了解のもとで完全に削除されたアカウントにつきましては、削除の取り消し及びアカウントの復元はできません。ご不便をおかけして申しわけありませんが、当サイトをもう一度ご利用になりたい場合には、改めてDNAサンプルの提出をお願いいたします。

「くそ」とワイルドは毒づいた。

「どうしたの？」

「ピーターはアカウントを全部削除してた」

「だったら、アカウントの復元をクリックしてみて」

「完全に削除されてるみたいだ」

マシュウは首を振って言った。「復元させられる方法があるはずだよ」

「できないって書いてある」

DNAの遺伝子鑑定によって家系をたどるサーヴィスを提供している主要なウェブサイトは〈23アンドミー〉、〈DNAユアストーリー〉、〈マイヘリテージ〉、〈ブラッドタイズ23〉、〈ファミリーツリーDNA〉、〈ミートユアファミリー〉、〈アンセストリー〉など、全部で十サイトあった。ワイルドとマシュウが確認してわかったのは、ピーター・ベネットはこれらのサイトすべてに登録していたものの、すでにどのサイトのアカウントも全部削除しているということだった。十のサイトのうち七つには、一度完全に削除したアカウントは復元できないとはっきり書かれていた。残り三つでは〝削除されたが、アーカイブに保存されている〟情報――それがどういう意味であれ――をオンライン上に復元させるリクエスト方法が提示されていた。アカウントを復元させるため、ワイルドは申請フォームに必要事項を記入し、メールに記載されたコードを入力した。当然ながら、手数料を支払って。

ふたりが作業を続けていると、サットンがやってきた。サットンはワイルドの隣りの椅子に坐って言った。

「バトラーの掲示板がものすごく盛り上がってる。〝お茶をこぼしたみたいに〟」

ワイルドは眉を上げて訊いた。「お茶をこぼした？」

「悪口がたくさん書き込まれてるってこと」マシュウがノートパソコンに何か打ち込みながら説明した。「マーニーは嘘をついてたのかとか、マーニーはピーターを誘惑したのかとか、相手にされなかったんじゃないのかとか」

「そう発表されてるのか？」

「発表って？」とサットンが訊いた。「ジェンがインスタグラムに投稿しただけ。あれは嘘だった、ピーターに帰ってきてほしいって。バトラーたちはみんな実際には何があったのか知りたがってる。でも、今のところ番組もマーニーもだんまりを決め込んでる」

最初にアカウントの復元を要請したサイト〈ブラッドタイズ23〉から承認の通知が届いた。ワイルドはピーター・ベネットになりすましてログインし、血縁者のリンクをクリックした。マッチ率は最高でも二パーセントに満たなかった。これでは手がかりになりそうにない。

サットンが言った。「おかしな説が飛び交ってるんだけど、知りたい？」

ワイルドはキーボードを叩きながら答えた。「ぜひ」

「掲示板に書き込んでるバトラーの多くは、一連の出来事の黒幕はピーターだって考えてる」

ワイルドは手を止めて顔を起こした。「どうしてそうなる？」

「つまり、こういうこと」サットンはほつれた髪を耳にかけながら言った。ワイルドは横目でマシュウを見た。まぬけ面をしてにやにやしていた。つまるところ、初めてちゃんとしたガールフレンドができたごく普通の大学一年生の顔をしていた。「ピーター・ベネットのスターとしての輝きはかなり陰ってきていた。最初はよかった。よかったなんてもんじゃなかった。でも、しばらくすると、いい人は飽きられる。あなたはそんな真似しなくていいからね、マシュウ」

マシュウは顔を赤らめた。

「で、例のことがあって」とサットンは続けた。「みんながそっぽを向いた。でも、それは要するにこういうことだった。ピーターはこのままでは駄目になると思った。面白くもないいい人のふりをするのはもううんざりだった。で、自分が悪者になるように仕組んだ」

ワイルドは怪訝な顔をして言った。「あまりいい考えとは思えないが。実際、そのせいで世間からとことん嫌われてしまったんじゃないのか？」

「そう、そう反論する人もいる。でも、よくはわからないけど、ピーターとしてもここまで反動が大きくなるとは思ってなかったのかもしれない。ちょっとやりすぎだって言ってる人たちもいる。ビッグボッボみたいにおふざけで悪者になることはできる。ジェンはすごく好かれているけど、たとえピーターが浮気者を演じても面白いドラマに仕立ててたら、話はちがったかもしれない。でも、義理の妹に薬を盛ってレイプしたとなると？」

「どう考えてもやりすぎだ」とマシュウが言った。

「そういうこと」

「その説が正しかったとして、だとしたらピーターはどこにいるんだ？」とワイルドは訊いた。

「どこかに隠れてる。自殺したように見せかけたことで、ピーターの一件にはさらに火がついた。そのあと充分な時間をおいて、実ははめられたんだってわかるようにする。そうすれば、ピーターが帰ってくることをみんなが期待する。そこにたぶん颯爽と舞い戻ってくる。ピーター・ベネットはリアリティ番組史上類を見ない大スターになる」

ばかばかしいと一蹴することもできた。とはいえ、有名になるためにマーニーのしたことを引き合いに出すまでもない。もちろんサットンの仮説にはいくつか疑問も残るが。それに、掲示板に熱心に書き込みをしているファンの知らない事実もある。それは考慮されていない。マクアンドルーズとフロールが殺されたこと、ピーターとワイルドに血のつながりがあること、ピーターが養子になった奇妙な経緯のことなどなど……

だとしても……すべてがつながっている可能性もあるのだろうか。なんらかの形でピーターが裏ですべての糸を引いているということも。だとすれば、それですべて辻褄が合うのか?

ワイルドにはまだ見えていない何かがあった。

電話が鳴った。オーレンからだった。声がかすかに震えていた。

「マーティン・スパイロウという人物を知ってるか?」

「知らない」とワイルドは答えた。

「デラウェア州に住んでる。歳は三十一。ケイティという妻がいる」

「思いあたるふしはない。その人がどうかしたのか?」

「三人目の被害者だ。ヘンリー・マクアンドルーズとキャサリン・フロールの殺害に使われたのと同じ銃で撃たれた」

「いつ?」

「今朝だ」

ワイルドは何も言わなかった。

「ワイルド?」

「その人も法執行機関の関係者なのか?」

「無職だ。警察官やFBIの捜査官はおろか、ショッピング・モールの警備員をしていたことすらない」

「だったら、ほかのふたりとどうつながってる?」

「FBIにもそれはまだわかってない。射撃特性の分析結果が今出たところだ。まったく無関係の人間を狙った連続殺人じゃないかと考える者もいるが――」

ワイルドはまた黙った。

「わかってる」とオーレンは言った。「おれもそうは思ってない」

「スパイロウの殺害について詳しく教えてくれ」

「自宅の玄関で三発撃たれた。今朝、早い時間だったようだ。妻が仕事の昼休みに家に帰ってきて発見した。あまり人通りのない界隈(かいわい)だが、今防犯カメラの映像の確認と近隣の訊き込みを進めている」

「三発撃たれた」

「そうだ」

「最初のふたりの被害者と同じだな」とワイルドは言った。

「ああ。だから、さしあたってFBIも連続殺人と見て捜査している」

ワイルドは改めて考えてみた。リアリティ番組の世界。ピーターが養子になったおかしないきさつ。ワイルドが森に捨てられたこと。凶器だけが共通している三つの殺人。どこがどうつながるのか。まるでわからなかった。

　また電話が鳴った。通話中にワイルドの電話が鳴るのはめったにないことだ。が、今日はそのめったにない日だった。「別の電話がかかってきた」とワイルドは言った。「何かわかったら連絡する」とオーレンは言い、電話を切った。

あとからかかってきた電話に出ると、ヴィッキーの泣き声が聞こえた。

「なんてこと」

「ヴィッキー――」

「マーニーは嘘をついてたの？　全部つくり話だったの？」

「そういうことらしい。どこから聞いた？」

「ずっと電話が鳴りっぱなし。サイラスはラジオで聞いたって言ってた」

「ラジオで放送されたのか？」

「エンターテインメントのチャンネルか何かで」とヴィッキーはすすり泣きながら言った。「どうしてなの？　どうしてマーニーはそんなことをしたの？」

　ワイルドは何も答えなかった。

「彼女には自分が何をしたかわかってるの？　無実の人間を殺したのよ。無情にも死に追いやったのよ。ナイフで心臓を一突きしたのとどこがちがうの？　あんな女は刑務所送りにすべきよ、ワイルド」

「今どこにいる？」とワイルドは訊いた。

「家にいる」

「急いでそっちに行く。会って話そう」

「あと何時間かしたらサイラスも来る」

「このあたりにいるのか？」

「配送の仕事でニューアークに向かってる。終わったらうちに泊まって、明日の朝はここから仕事に出かけるみたい。ワイルド？」

「ああ」

「こうなったら、サイラスにも話さなくちゃ。でしょ？ ピーターは養子だったたって」

一家がペンシルヴェニア州中部に引っ越したら赤ちゃんがいたという、不思議な出来事があったとき、サイラスはまだ幼い子供だったことをワイルドは思い出した。「それはきみが決めることとだ」

「長いあいだ、秘密にしていたことが多すぎる。あの子にも知る権利がある」

「わかった」

「サイラスはあなたのことをはとこ
だと思ってる」

「でも、そうじゃない」

「わたしたちはそれも話さなくちゃならない。あなたがかまわなければ」

ワイルドは彼女が〝わたしたち〟と言ったのにいささか違和感を覚えた。

「サイラスにほんとうのことを打ち明けるとき、一緒にいてくれる？」

ワイルドは何も答えなかった。

「そうしてくれると嬉しい。第三者がいてくれると助かる」

ワイルドはそれでも何も言わなかった。

「それと……わたしにとって——いえ、わたしたち、つまりわたしとサイラスにとっては大事なことなんだけど、ピーターにほんとうは何があったのか、あなたから話してもらえない？　事実をありのままに。わたしたちとしてもファンの掲示板の噂を見てるだけじゃ——」

それはそうだ、とワイルドは思った。それにヴィッキーに対しては借りがあるとも。

「わかった」とワイルドは言った。「すぐに行く」

「それから……ありがとう、ワイルド」ヴィッキーはまた泣きだした。「今夜来てくれることだけじゃない。あなたはピーターを信じてくれた。もう手遅れかもしれないけど、あの子がほんとうはどんな人間か、これで世間もちゃんとわかってくれるかもしれない」

電話を切ると、マシュウとサットンが眼をまんまるにしてノートパソコンの画面を食い入るように見ていた。

マシュウが言った。「激ヤバ」

サットンも言った。「ワオ」

「どうした？」とワイルドは尋ねた。

「わたしたち、ピーター・ベネットの血縁者を見つけちゃったみたい。それもかなり近い関係の人を」

32

わたしは今もまた銃を構え――同じ銃だ、もちろん――三発撃つ。

眼を閉じ、顔に血しぶきを浴びる。飛び散った血が舌にもかかる。わたしは人食いなどではないが、彼女の血の金属の味にはどこかそそられるものがある。性的な興奮ではない。いや、そうなのかもしれない。わたしにはわからないが、それは誰もが聞いたことのあることではないだろうか。〝血の味〟とはどんなものか。今のわたしにはそれがわかる。いろいろな面でどういうものかわかる。

彼女の死体は後部座席にもたれるように横になっている。両眼はまだ開いたままだ。

マーニー・キャシディの両眼。

わたしはプリペイド携帯電話を使い、多くの〝有名人〟（たいていはリアリティ番組で有名になった人たち）が利用している非公開アプリでメッセージを送って、彼女をここにおびき出した。どんなメッセージで誘い出したのか。救いの手を差し伸べたのだ。どこより荒れた波に足をすくわれているところに、救命具を投げ込んだのだ。わたしの投げた藁にマーニーがしがみつくのはわかっていた。どうにか人目を忍んでわたしに会いにくるだろうことも。彼女の世界は完全に崩壊しかけていた。彼女が何をしたか、その事実が世の中に知れ渡ろうとしていた。

わたしたちは車に乗っている。今回も盗んだナンバープレートにつけ替え、文字がほとんど読めないように塗りつぶしてある。わたしは変装もしている。マーニーも変装していた。ジェンがインスタグラムに投稿したあと、ファンだけでなくマスコミも彼女の家のまわりに押し寄せていたので、彼女は裏口からこっそり外に出た。警察が徹底的に調べれば、あちこちの防犯カメラに彼女の姿が映っていて、地下鉄に乗るところまでは追跡できるかもしれない。七十二丁目駅で1系統の地下鉄に乗り、ダウンタウンに向かったことまで突き止めるだろうか？　おそらくそれぐらいはできるだろう。クリストファー通りで降り、三ブロック歩いて、この車の後部座席にさっと乗り込んだことは？

そこまではなんとも言えない。

わかったとしても時間はかかるだろう。わたしたちはテレビの見過ぎで法執行機関はなんでもできると思い込んでいる。が、わたしは知っている。現実はそうでもない。彼らもまちがいを犯す。情報を入手し、選り分けるには時間もかかる。捜査員ができる仕事量にもかぎりがあり、テクノロジーにも限界がある。

実際、これまでの殺人事件はいまだ未解決のままだ。

とはいえ、いつまでも猶予があるわけではないのはわたしにもわかっている。このまま同じことを続けていたら、いつかはきっと捕まる。捕まるわけなどないと高を括るほどわたしは愚かではない。マンハッタンのウェストサイド・ハイウェーに近い場所に車を停める。人気のない静かなこの場所——少なくともこの市では静かな場所——はまえもって見つけてあった。建設現場の近くで、今は誰も作業をしていない。さして時間はかからなかった。

彼女がわたしの車に乗り込む。わたしは振り向く。嘘つきマーニーの哀れな顔に三発撃ち込む。

大胆すぎる？　確かに。が、ときにはありふれた風景が恰好の隠れ蓑になることがある。引き金を引いたとき、マーニーは携帯電話を手に持っていた。わたしは運転席から手を伸ばし、床に落ちた電話を拾うと、彼女の顔のまえに携帯電話をかざして顔認証でロックを解除しようとしたのだが、顔の損傷が激しくロックは解除できなかった。なんとも残念ながら。マーニーになりすまして、ジェンにテキストメッセージを送り、騒ぎが収まるまで何週間か身を隠している、と伝えるのも悪くないと思ったのだが。どうやらその計画は捨てざるをえない。

警察は彼女の携帯電話を追跡して、この場所を突き止めるだろうか。

なんとも言えない。電話は壊してしまえばいい。それでも現在のテクノロジーなら、彼女がいつ自宅を出て、どこに向かったか記録が残っている？　たぶん。まあ、いい。それについても対策は考えてある。

わたしは彼女の死体をブランケットで覆って隠した。監視カメラや通りすがりの人に、後部座席の窓の中までよく見えるとは思えなかったが。血は窓までは飛び散っていないので、拭き取らずにすんだ。今は、リンカーン・トンネルを抜けてニュージャージー州に渡り、ブールヴァード・イーストの出口を降りて、ウィーホーケンに向かって走っている。ほとんど見過ごしてしまいそうな曲がり角を右に折れ、ハミルトン・アヴェニューにはいる。どうしても少しだけ遠まわりせずにいられない。ハドソン川のこちら側――ニュージャージー州側――から見るマンハッタンの夜景は息を呑むほどすばらしい。きらびやかな摩天楼がずらりと建ち並んでいる。ニューヨーク市の景色がこれほどきれいに見える場所は、対岸のニュージャージー州側をおいてほかにない。

もっとも、この道が好きな理由はそれではない。

この素朴な通りの素朴な住宅街にある台座の上に、アメリカ合衆国建国の父のひとり、アレクサンダー・ハミルトンの胸像がある。像の横の銘板には、アレクサンダー・ハミルトンとアーロン・バーがこの地で決闘をおこない、ハミルトンが銃弾に倒れて死亡した有名な逸話が刻まれている。銘板には、ふたりの決闘の三年まえにハミルトンの息子のフィリップが、同じ場所でおこなわれた決闘で命を落としたことも記されている。ハミルトンの生涯を描いたブロードウェイのミュージカルでこの逸話が世に知られるようになるまえから、わたしはこのあたりを散歩するのが好きだったのだが、今になってその理由がわかった。当時は、ここから見える景色が気に入っているからだと思っていたが、そうではなかった、もちろん。わたしがこの地に惹かれるのは、ここに亡霊がいるからだ。血と死のにおいがするからだ。かつて、人々はみずからの〝名誉を守る〟ためにここにやってきた。多くの者が決闘で命を落とした。ここにもすぐそこにも血が流れていた。ひょっとしたら、かつて血が飛び散った場所をのんびりと散歩していて、偶然この記念像に出くわす人もいるかもしれない。

が、記念像よりもっとおぞましいのは、アレクサンダー・ハミルトンの胸像の裏側、大理石の台座に隠れるようにして置かれた赤茶色の岩だ。岩のマンハッタン側を向いた面にはこう刻まれている。

愛国の指導者にして、兵士であり
政治家であり、法律家である
アレクサンダー・ハミルトンは
アーロン・バーとの決闘に敗れ
この石の上に倒れた

わたしはいつもこの文句に惹きつけられた。そうでない人などいるだろうか？　岩は牢獄のような鉄格子に囲まれているが、格子の隙間が広いので、あいだから手を突っ込めば岩に触れることもできる。想像してみてほしい。伝承を信じるなら、二世紀以上まえに致命傷を受けてアレクサンダー・ハミルトンが倒れたまさにその場所にある岩に直に触れられるのだ。病的でおぞましいことながら、わたしにはそれが魅力的に思える。ずっとそのことに魅了されてきた。あからさまに口にはしないが、実のところ、あなたもそうだ。それが事実なのだ。

誰もがみなそうだ。

そうでなければ、どうしてこんな記念像が今でも残されている？　これは今よりずっと野蛮だった時代に対する戒めだと、わたしたちはみな自分に言い聞かせる。が、実際はそうではない。この像はもっと本能に近いレヴェルでわたしたちに訴えかけ、わたしたちを魅了してやまないのだ。後知恵ながら、わたしにとってはこの像がジャンキーにとってのドラッグへの入口のようなものだったのだろう。よく言われるように、麻薬というのは一度手を出すと、もう一度、さらにもう一度と繰り返し、やがてやめられなくなり、最後にはげっそりと痩せ細ったヘロイン中毒者になる。

殺人にも同じことが言えるのではないか？

わたしはスピードを落とさずに進む。この慎ましい記念碑と古の決闘の場を通りたかったのだ。この場所がもたらす感覚にひたりたかった。ただそれだけだ。同時におまけもある。警察がマーニーの携帯電話の位置を正確に追跡した場合、こうして通常の経路をはずれ、ほんの数分遠まわりしただけでも、マーニーの精神状態が疑われる要因となる。それはこっちにとってなんら都合の悪いことではない。

わたしはまたブールヴァード・イーストに戻り、ニューアーク・リバティ国際空港に向かう。今日はターミナルBが一番空いている。空港の降車場に着くと、金槌を取り出してマーニーの携帯電話を粉々に打ち砕く。彼女の動きが追跡されていれば、警察は彼女が空港に来たと思うだろう。そう思ってくれたら、それまたこっちには都合がいい。空港には大量の監視カメラがあるはずだ。いずれ警察はその録画を調べ、彼女が空港から出ていく姿が映っていないか捜すだろう。それにもやはり時間がかかる。

携帯電話を追跡不能な状態まで粉砕してから、わたしは空港内を迂回してほかのターミナルのまえも通過する。これも捜査を攪乱するためだ。それからインターステート七八号線に乗り、西に向かう。チャタムにガレージ兼倉庫を借りてある。変装はしているが、うつむいたまま車から降り、倉庫の巻き上げ式のドアを開ける。それから、また車に戻り、倉庫に車を入れて、ドアを閉じる。この倉庫には強力な空調設備が備わっている。空調はあらかじめ最高出力に設定してあった。死体の腐敗やそのにおいについては、本をたくさん読んで人よりよく知っている。時間はある。少なくとも二、三日、いや、余裕はたぶんもっとあるだろう。そのあいだに、死体をどう始末するか考えればいい。車内を軽く掃除して、マーニーを車の後部座席に置き去りにする。死体を遺棄すれば、すぐに警察に見つかり、ほかの殺人事件との関わりも明らかになってしまう。が、思いがけない大騒動のさなか、集中砲火を浴びた哀れなマーニーが姿を消しただけなら、彼女がどこかに逃げて、しばらく隠れているつもりだと考えるのが普通だろう。それでどれくらい時間を稼げるかはわからないが。それでも昔からよく言うではないか。遺体が見つからなければ殺人にはならない。

数週間は無理でも、何日かの猶予はあるはずだ。それだけあれば充分だ。

わたしにはまだやらなければならないことがある。

33

ワイルドはマシュウの肩越しにノートパソコンの画面をのぞき込んだ。〈ミートユアファミリー〉のサイトにUser32894というアカウント名が表示されていて、ピーター・ベネットとのDNAのマッチ率は二十三パーセントだった。

「このUser32894とピーターは連絡を取り合ってたんだろうか？」とワイルドは訊

いた。

「メッセージは残ってなかった。このサイトでは、一度アカウントを削除したら以前のメッセージのやりとりはすべて完全に消去される決まりになってる。でも、二十三パーセントのマッチ率がどのくらい近い血縁か知りたいなら……」マシュウがリンクをクリックすると、解説が表示された。

マッチ率が約二十五パーセント（十七〜三十四パーセントのあいだ）の場合、あなたがたの血縁関係は以下のいずれかと考えられます。

祖父母／孫
おば／おじ
姪（めい）／甥（おい）
半分血のつながった兄弟姉妹

「もっとはっきりしたことがわからないなんて変だよね」とマシュウが言った。

「DNAでわかるのはその程度よ」とサットンが言った。「リチャードソン先生の生物学の授業で習ったでしょ？　覚えてないの？　百パーセントマッチしたら一卵性の双子。五十パーセントだと兄弟姉妹か母親。父親はそれより少し低くて、四十八パーセントとかだった。

どうしてかは覚えてないけど」

「だとしても変だよ」とマシュウは言い張った。「たとえば、もしワイルドとマッチする人がいて、マッチ率が五十パーセントなのに、それが母親なのか父親なのか兄弟姉妹なのかもわからないなんて……ちょっと待った。ラスヴェガスに住んでる実のお父さんを見つけたとき、どうやってわかったの？　つまり、最初にDNAサイトでマッチした人を見つけたとき、どうしてそれがお母さんとかお兄さんじゃなくてお父さんだってわかったの？」

「最初はわからなかった」とワイルドは答えた。「あとから二十歳以上年上の男性だとわかったんだ」

「だとしてもお兄さんの可能性もある」

ワイルドはそこまでは考えなかった。「確かにそうだ」

「どうかな、それはないと思う」とサットンが言った。「五十パーセントということは、半分じゃなくて両親とも同じ兄弟ってことよ。だから、お母さんは二十年のあいだをあけて出産したことになる。その確率は低いわ。お父さんと考えるのが自然じゃないかな」

「そうだけど」とマシュウはそれでも反論した。「でも、現実を見てみて。ワイルドに関わることは普通の物差しじゃ計れない。覚えていないくらい幼い頃に森に捨てられたんだから。あんたはどう思う、ワイルド？　ラスヴェガスで会った人が、実はお兄さんだったってことはありえると思う？」

「正直、考えたこともなかった」とワイルドは言った。

実際、思いもよらなかった。サットンの言うことは正論だ、もちろん。約五十パーセント、マッチしたダニエル・カーターはワイルドの父親である確率がかなり高い。一方、女性は生理が始まっていれば、かなり若くても出産はできる。仮にダニエル・カーターが生まれたとき、母親が十六歳か十七歳、あるいは二十代になったばかりだったとしても、ワイルドを産むことは充分可能だ。

ワイルドは電話を取り出し、ローラにかけた。

「ダニエル・カーターについて何かわかった？」

「まだ何も」

「何もっていうのは――」

「そのままの意味よ。何もない、ナダ、ニエンテ、ニヒツ、ニツ、バブカス。でも、大ニュースよ、ワイルド。ダニエル・カーターというのは本名じゃなかった」

「でも、家族もいるし、会社も経営してる」

「〈DC・ドリーム・ハウス建設〉のオーナーはペーパー・カンパニー。家の電話には誰も出ない。会社の人間は彼がどこにいるか誰も話そうとしない。家を訪ねても誰もいない」

「彼には娘がいる」

「でも、よく知らない現地の私立探偵に娘さんたちの生活を探らせたくはないわ。もう少し事情がわかってからじゃないと。まだそこまでするのは早いわ、ワイルド」

「だったら一番腕の立つやつに頼んでくれ、ローラ」

「この人がまちがいなく一番っていう人がいる」

「だったらその人に」

「わたしよ」

「ええ？」

「わたしがラスヴェガスに行ってくる」

「そこまでしなくていいよ」

「わたしがそうしたいの。子供たちの世話で気が変になりそうで、ちょうど休みが欲しかったところだし。ブラックジャックをちょっとやって、森に捨てられた子供についてちょっと調べて、スロットマシンでちょっと遊ぶ。マジックショーを見てもいいかも。それはそうと、ワイルド？」

「なんだ？」

「あなたの実の父親とFBIはどうなってるの？　まるでわけがわからない」

「ダニエル・カーターは父親じゃないかもしれない」

ワイルドはDNAのマッチ率について手短に説明した。遺伝の関係について話しながら、ワイルドの頭の奥底に引っかかるものがあった。何か見落としている気がした。ただ、それ以外のピースは音を立ててはまりつつあった。電話で話したとき、サイラス・ベネットは〈ミートユアファミリー〉で二十三パーセント、マッチした血縁者がいたと言っていた。同じ鑑定サイトでピーター・ベネットにも二十三パーセント、マッチした血縁者がいたということは、彼ら兄弟――ひとりは養子と聞いている――には血のつながりがあると考えてしかるべきだ。一番ありえそうなのは、ふたりが半分血のつながった兄弟ということだ。絶対とは言えないが、ワイルドにはそれを確かめる術があった。

ワイルドはヴィッキーに電話した。「サイラスはもう来てる？」

「まだよ」

「何時頃来ることになってる？」

「遅れてるの。あと一時間か、一時間半くらいじゃないかな」

「やっぱりピーターは養子だったと伝えるつもりかい？」

「ええ。あなたも来てくれるのよね？」

「ああ」

「よかった、ありがとう。とてもありがたいわ。ピーターについてあのあと何かわかった？」

「会って話すよ」

「わかった。サイラスから連絡があったらテキストメッセージを送るわ」

ワイルドは電話を切った。アカウントの復元をリクエストしたサイトのうち、ふたつについてはまだ承認待ちだった。ワイルドはこれまでにわかったことを整理した。ピーター・ベネットは自分が養子だったと知り、いくつものDNA鑑定サイトに登録し、血縁者を見つけようとした。そこまではいい。なんの疑問もない。やがて、ピーターは高いマッチ率の血縁者――兄のサイラス――を見つける。それで知りたかったことはもう充分わかったと考えたのか？　そうは思えない。ほかにも血縁者はいたのか？　事実を知ったあと、どうしてすべてのアカウントを削除したのか？　ほかの誰にも知られたくないことがあったのか？

ワイルドの携帯電話が二度振動し、着信を知らせた。妙だ。二度振動するのは、彼の数少ない連絡先リストに登録されていない相手から電話がかかってきた場合だ。が、この番号を知っている者はリストに登録されている者以外誰もいない。ほかには誰にも番号を教えていない。そのまま留守番電話に転送しようとした瞬間、発信者の名前が眼に飛び込んできた。

ピーター・ベネット

ワイルドは立ち上がって部屋の隅に移動し、電話を耳に押しあてた。

「もしもし？」

「ぜひ会いたい」

34

ヘスターがアパートメントに帰ると、オーレンが待っていた。オーレンは挨拶がわりにヘスターをハグした。ヘスターは彼のハグが好きだった。彼は体が大きくて、その分ハグも大きかった。自分が小さく感じられ、安心できて、心が安らいだ。そんなハグが嫌いな人などどこにいる？　ヘスターは眼を閉じ、息を吸い込んだ。オーレンは男のにおいがした。たわごとにすぎないことはわかっていても、そんなにおいにさえ自分が守られていることが実感でき、幸せな気持ちになれた。

「どうなった？」とオーレンは訊いた。

「陪審の協議は相変わらず膠着（こうちゃく）してる。グライナー裁判官はあと一日か二日、様子を見たいと言ってる」

ふたりはハグをやめ、居間に行った。ヘスターの部屋の内装は、〝がむしゃらなアーリー・アメリカン〟と呼ぶのが一番ぴったりくる。アイラと一緒にマンハッタンに引っ越してきた当初、部屋はウェストヴィルの家から持ってきた大量の装飾品と家具で一時的にいっぱいになった。当然ながら、どの家具も大きさも形も色も新しい部屋にはそぐわなかったが、買い換える時間は山ほどあるはずだった。

が、結局、ヘスターはそうしなかった。

「もし陪審の評決が不一致に終わったら」とオーレンは言った。「検察はもう一度起訴すると思うか？」

「さあ」

ヘスターはソファに坐った。オーレンがワインを注いだ。ヘスターは疲れていた。以前は疲れを感じることなどなかったのに、なんだか体が重く感じられることが増えてきた。

「今回の案件が片づいたら」とヘスターは言った。「休暇を取ろうと思う」

オーレンは眉を上げて言った。「きみが休暇？」

「どこがいい？」

「きみの行きたい場所ならどこでも」

「昔は休暇が嫌いだった」

「知ってる」

「仕事で疲れるなんてことがなかったから。むしろ仕事をしていると力が湧いてきた。仕事に没頭しているほうが生きている実感があった。アイラと一緒に旅行に出かけても、よけいにくたびれるだけだった。落ち着かない心地がした。ビーチチェアに寝そべっていても力は湧いてこない。昼寝したくなるだけだった」

「静止している物体は静止しつづける」

「そのとおり。スピードを落とせば、スピードは落ちる。動かしつづければ……」

「で、今はどうしたい？」

「あなたとどこかに行きたい。もうくたくた」

「どうしてそんなに疲れてしまったのかな？」

「理由は考えたくもないけど、たぶん歳のせいじゃないかしら」

オーレンはすぐには答えず、ワインを一口飲んでから言った。「レヴァイン裁判のせいかもしれない」

「どうしてそう思うの？」

「きみは昔から正当防衛の案件が好きじゃない。被告をできるかぎり弁護するのがきみの仕事なのはわかってる。真実なんてくそ食らえというのが――」

「ワオ、ちょっと待って。真実なんてくそ食らえ？」

「言いたいのはそこじゃない。仕事に私情をはさむのは弁護士の仕事じゃないってことだ。きみはできるかぎり弁護しなきゃならない。きみ自身どう思っていようと」

「わたしがリチャード・レヴァインの案件に私情をはさんでるってこと？　どうしてそう思うの？」

「彼は人を殺した」とオーレンは言った。「それはわかってる」

「彼はナチを撃った」

「差し迫った脅威はなかったのに」

「ナチスはいつだって差し迫った脅威よ」

「だから、彼がしたことをよしとするのか？」

「ええ、もちろん」

「ナチは撃ち殺してもかまわない」

「そう」

「だったら、クー・クラックス・クラン（白人至高を唱え、黒人やユダヤ人を排斥する秘密結社）の会員は？」

「それも問題ない」

「撃ち殺されてもいい人間とそうでない人間をどこで線引きする？」

「殺してもいいのはナチとクー・クラックス・クランだけ」

「ほかの人たちは？」

「できれば顔面にパンチを食らわせるほうがいいけど。いずれにしろ、ナチの顔面に一発叩き込むのは大賛成」

「きみの依頼人はナチの顔面を殴ったんじゃない」

「ええ。でも、殴っただけだとしても、やっぱり逮捕されたでしょうね。その場合でもわたしは彼を弁護する。仮にあなたが自分と同じ人種以外は根絶するっていう病的なまでにいかれた信念の持ち主だとしたら、誰かが忌々しい野獣みたいなあなたを殺したってかまわない」

「まさか本気でそう思ってるわけじゃないだろうね」

「本気よ」

「だとしたら、法律を変えないといけないな。ナチとクー・クラックス・クランは狩ってもいいって」

「わたしを論破しようだなんてね。ずいぶんと思い上がったことしてくれるじゃないの」とヘスターは言った。「でも、わたしが言いたいのはそういうことじゃない。現行の法律に不満はない」

「だけど、法律ではリチャード・レヴァインのしたことは許されることじゃない」

ヘスターは頭を右に傾げて言った。「そうかしら？　まあ、いずれわかると思うけど。今の司法システムはちゃんと機能していて、わたしの依頼人は自由の身になれるかもしれない。そのシステムはかなり融通が利くシステムで、しかも正しい判断をするかもしれない」

「もしそうならなかったら？　陪審が有罪の決定をくだしたら？」

ヘスターは肩をすくめた。「だとしたら司法システムがそう判断したってことよ」

「そのシステムはいつだって正しいってことか？」

「そうじゃない。わたしがそうあるべきと思っているほどには融通が利かないということよ。

少なくとも、今回の陪審については。今回のわたしの弁護については。わたしは司法システムを信じてる。ナチは殺してもかまわないとも思っている。どうしてそれが矛盾するの？」

オーレンは笑みを浮かべた。「きみのそういう頭脳が好きだよ、知ってると思うけど」

「わたしもあなたの頭脳は好きよ、体ほどじゃないけど」

「そうこなくちゃ」とオーレンは言った。

ヘスターはオーレンの胸に顔をあずけた。「で、休暇はどこに行く？」

「カリブ海」とオーレンは答えた。

「温暖な気候が好きなの？」

「きみのビキニ姿が見たい」

「厚かましい人ね」ヘスターは思わず赤面した。「カーター政権が終わってからビキニなんて一度も着てない」

「ここにもレーガノミクス（カーターの次の大統領レーガンが推進した経済政策）の被害者がひとり」とオーレンは言った。

ヘスターは彼の肩に顔をのせて言った。「わたしの心はまだあなたに夢中よ」

「わかってる」

「だけど、わたしの一部はこの関係を終わりにするつもりだった」

オーレンは何も答えなかった。

「あなたのことは大好きだけど、わたしにとってはなにより仕事が一番なの。あなたが警察の仲間に死体を見つけたのはワイルドだって告げ口したのがわかったときには……」

「弁解の余地もない」

「だったらどうしてそんな真似をしたの？」

「警官殺しを捕まえたかったからだ。おれは時々馬鹿なことをする人間だが、殺人事件とは無縁な小さな町の警察署長ということで、警察官としてのプライドが理性に勝ったのかもしれない」

「大物ぶりたかったの？」

　オーレンはばつが悪そうに言った。「そうだ」

「あなたは自分を正当化しようとした」とヘスターは言った。

「だからっておれがしたことは赦（ゆる）されない」

「そうね」

「なのに、どうしておれを赦す気になった？」

　ヘスターは肩をすくめて言った。「システムは融通が利く。わたしはそう思ってる」

「なるほど」

「それにあなたを失いたくない。人は誰でも都合のいいように自分を正当化する。あなたも、わたしも、リチャード・レヴァインも。問題はシステムがその正当化を受け入れられるくらい融通が利くかどうかってことね」

「で、今回の場合は？」

「わたしのシステムはそれでいいと言っている」

「それはよかった」

「ワイルドはどうだかわからない。そもそも彼は簡単には人を信頼しない」

「わかってる」とオーレンは言った。「どうにか償いたいと思ってる」

ヘスターには償えるとは思えなかったが、そうは言わなかった。

「また死体が見つかった」とオーレンは言った。「同じ銃で撃たれていた」

「ワオ。で、ワイルドは容疑者なの？」

「いや。被害者はデラウェア州で撃たれた。その時間、ワイルドはニューヨーク市内で警察の監視下にあった。彼の潔白は明らかだ」

「よかった」ヘスターは上体を起こしてワインを飲んだ。「そういうことなら、今夜はその話はしなくてもいいわね？」

「いいなんてもんじゃない」

「今はとにかく休みたい」

「わかった」

「いちゃついてもいいけど」とヘスターは言った。

オーレンは微笑んだ。「それだけじゃすまないかもしれない」

ヘスターはグラスを置き、オーレンに手を差し出した。「そのときはそのときよ」

「ゆっくり休みたいのかと思ってたけど」

ヘスターは肩をすくめて言った。「何度も言うけど、システムってけっこう融通が利くものよ」

35

発信者の名前は〝ピーター・ベネット〟と表示されていたが――

「クリスという者だ」と電話の相手は言った。

「表示されてる名前とちがうが」

「わかってる。きみの注意を惹きたかったんだ」

「どうしてこの番号を知ってる？」

「それはどうでもいい。話がしたい」

「何について？」

「ピーター・ベネット。キャサリン・フロール。ヘンリー・マクアンドルーズ。マーティン・スパイロウ」

クリスと名乗る男はワイルドの返事を待った。ワイルドは何も言わなかった。

「それで全部だといいが」とクリスは言った。「今われわれが動かなければ、確実に被害者が増える」

「あんたは誰なんだ？」

「さっき言った。クリスという者だ」

「どうしてあんたを信用しなきゃならない？」

「問題はむしろ、どうしてわたしがきみを信用しなきゃならないかだ。わたしのほうが失うものは大きい。会って話したい」

「どこからかけてる？」

「表の窓の外を見てくれ」

「ええ？」

「きみは今、袋小路の突きあたりにあるクリムスティーン家にいる。家の前庭を見てくれ」

ワイルドは玄関のそばにある嵌め殺しの窓のところまで行き、夜の闇に眼を凝らした。街灯のそばに立つ細身の男の影が見えた。男は手を上げ、ワイルドに向かって手を振った。

「外に出てきてくれ」とクリスは言った。「さっきも言ったが、話がしたい」

ワイルドは電話を切り、マシュウとサットンのほうを向いた。

マシュウが言った。「誰から？」

「ちょっと庭に出てくる。ドアの鍵を全部かけて、二階にあがったら、寝室の窓から様子を見ていてくれ。もしおれに何かあったら、九一一番に通報して、それからお母さんとオーレン・カーマイケルに連絡しろ。今言ったとおりの順番で。そのあとは隠れてろ」

サットンが訊いた。「誰なの？」

「わからない。おれが外に出たら、ドアにスライド錠をかけておけ」

クリスは痩せっぽちで、顔が青白く、ブロンドの髪が薄くなりかけている男だった。足を踏み鳴らすというより、小火（ぼや）を踏み消すようにして歩き、ワイルドとの距離が縮まると立ち止まった。

「何が望みだ？」とワイルドは言った。

クリスは笑顔で答えた。「こんなことをするのは久しぶりだ」

そう言って、ワイルドが〝こんなこととは？〟と尋ねるのを待った。が、ワイルドは何も言わなかった。クリスはさきを続けた。

「以前は誰かの人生によく爆弾を落としていた。文字どおりの意味じゃない。いや、そうかもしれないが。疑うことを知らず、簡単に信じてしまう人々に向けて、最悪の秘密を暴露していた。独身最後の（バチェロレッテ）パーティを開いている女性に、その女性の婚約者がネット上に彼女のいかがわしい写真や動画を投稿していたことを教えてやったり、ふたりの息子を持つ父親に、妻が別れたくない一心で三人目を妊娠したと偽ったことをばらしたりしてきた。彼らには知る権利があると思ったからだ。暴かれた秘密はもはや秘密ではなくなる。自分はいいことをしていると思っていた」

クリスはそこで一息ついてワイルドを見た。

「訊きたいことが山ほどあるのはわかっている。順を追って説明するよ。きみがはぐれ者だってことはよく知ってる。きみは自活していて、体制に逆らうというのはどういうことかということも理解している。わたしとしてはわが身を守るために、これはすべて仮定の話ということにしておきたいところだが、ほんとうに時間がない。だからきみを信用するよりほかない。でも、最初にひとつ言っておく。わたしがいとも簡単にきみにたどり着いたのはもうきみにもわかっているとおりだ。これは脅しじゃない。親切な警告だ。わたしの正体を突き止めようなどと愚かな考えは起こさないほうがいい。きみは人目につくことを恐れていることもあって、自給自足の生活を送っている。その恐怖を十倍にしてみてくれ。こっちはそれくらいの恐怖を抱えている。わたしが刑務所にぶち込まれるか死ぬことを願っている人間はすでに大勢いる。だからきみまで敵にまわしたくはない。そっちもわたしを敵にはまわしたくないはずだ」

「何が望みだ？」とワイルドは繰り返した。

「〈ブーメラン〉というオンライン上の組織を知ってるか？」

ワイルドにはまったく心あたりがなかった。「聞いたこともない」

「この地球上で最も優秀なハッカーが同じ志を持って集まった集団だ」

「で、あんたはそのメンバーということかな」

「リーダーだった」

クリスは今度もワイルドの反応を待った。話をさきに進めさせるためにワイルドは相槌を打った。「なるほど」

「〈ブーメラン〉の目的はネット荒らしを見つけることだった。悪質な中傷で人を攻撃する最低最悪の人間を見つけ出して、荒らし行為をやめさせ、罰することだった」

「あんたらは自警団員だった。そういうことか？」とワイルドは言った。

クリスは頭を前後に振りながら言った。「自分では無法地帯の秩序を守る役目を果たしていると思っていた。この国の法規制はインターネットの進化に追いついていない。オンラインの世界はいまだに開拓時代の西部だ。法もルールもなく、ただ混沌と絶望だけが蔓延している。だから、真面目で倫理を重んじるメンバーが集まってグループを結成し、ある程度の法と秩序をもたらそうとしたんだ。いずれ法と社会規範がネット社会に追いついて、われわれは無用になることを願って」

「なるほど」とワイルドは繰り返した。「自警団の自己正当化の理屈はよくわかった。で、そのことがおれにどんな関係があるんだ？」

「わからないのか？」

「そういうことにしておこう」

「隠しごとなく話し合ってもらえるとありがたいんだがね、ワイルド。こっちはわざわざ面倒を引き受けようとしてるんだから」

ワイルドはDogLufegnevに届いていたメッセージのことを思い出した。〝見つけたぞ、マクアンドルーズ。おまえはいずれ報いを受ける〟。「おそらくあんたたちのグループはヘンリー・マクアンドルーズに眼をつけた。彼は雇われていたとはいえ、ネット上で辛辣な嫌がらせを繰り返していた」

「ああ、そうだ」

「あんたが殺したのか?」

「殺した? まさか。わたしたちは誰も殺したりしてない。罰するというのはそういうことじゃない。一般市民が——正確には被害者が——助けを求めて〈ブーメラン〉に申し立てをする。オンラインで。グループのウェブサイトを経由して。おれたちの助けが必要だと思ったら、申請書に必要事項——名前、連絡先、どんな被害にあっているか——を詳しく記入して送信するんだ。申し立てすること自体、かなり面倒な作業だ。意図的にそうしてある。誰かに攻撃されて〈ブーメラン〉に仲裁を求めるなら、申請書を準備するのに数時間かけることぐらいやってもらわないと。途中で申し立てをやめてしまうくらいなら、それはわれわれが対応しなきゃならないほど深刻な問題じゃないということだ」

クリスはまたそこでことばを切った。ワイルドは今度も「なるほど」と言ってさきを促した。

「きちんと記入されて受理された申請書はグループのメンバーに割りあてられ、担当のメンバーが選別する。でも、たいていは却下される。われわれはこれは見過ごせないと思われる案件だけを選んでいた。どういうことかわかってきたかな、ワイルド？」

「ピーター・ベネット」とワイルドは言った。

「そのとおり。彼に浴びせられた嫌がらせや攻撃の惨状を訴える申請書が届いた。自分で書いたのか、彼に近しい人、たとえば姉とか、あるいは熱心なファンが彼になりすまして提出したのかはわからないが」

「申し立てはあんたに直接届いたのか？」とワイルドは尋ねた。

「いや。クロヒョウが担当した」

「クロヒョウ？」

「〈ブーメラン〉のメンバーは全員匿名で活動していて、それぞれ動物の名前で参加していた」

ワイルドは〝見つけたぞ、マクアンドルーズ〟というメッセージの送信者のアカウント名を思い出した。〝クロヒョウの一撃(PantherStrike)88〟。

「クロヒョウ、シロクマ、キリン、仔猫、アルパカ、ライオン。ほかのメンバーの素性は誰も知らなかった。われわれは厳格なセキュリティのルールを決めていた。最初はわたしも彼女のことはクロヒョウという名前でしか知らなかった。本名はおろか性別すら知らなかった。それはともかく、クロヒョウがピーター・ベネットの申し立てを審査して、グループの議題に上げてきた。処罰を決定するには、六人のメンバーのうち、五人が会議に参加していなければならないのがルールだった」

「で、その案件はどうなったんだ?」

「否決された。われわれは処罰には値しないと判断した」

「どうして?」

「さっきも言ったとおり、申し立てのあった案件すべてには対応できない。それに、メンバーのほとんどがピーター・ベネットは被害者として同情するに値しないと思った。薬を盛って乱暴したとか、浮気したとか糾弾されていたから」

そういうことか。ワイルドにもだんだんわかってきた。「だから否決した?」

「そうだ。ほとんどの案件はそれで終わりになる。検証済み案件になって、次の案件に移る。だからみんなそうした。クロヒョウを除いて」

「何があったんだ?」

「そのときは知らなかったんだ。思いもよらなかった。クロヒョウが『ラヴ・イズ・ア・バトルフィールド』の熱狂的なファンだったなんて。でも、実のところ、彼女は番組にかなりのめり込んでいたようだ。だから議題に上げて処罰の標的にしようとした。人が何を好きかなんて誰にわかる？　クロヒョウは訓練を受けたＦＢＩの技術専門家で、とても優秀な捜査官だった。でも、私生活では有名人に熱を上げていた」

ワイルドにもようやくわかった。「キャサリン・フロールがクロヒョウだった」

クリスはうなずいた。「まだ調べてる途中だが、クロヒョウの正体がキャサリンだとわかって、わたしは彼女のアカウントをいくつかハッキングした。その大半が無理だったけれど。彼女はテクノロジーの専門家だったからね。それでも、ＳＮＳの世界ではあのクソ面白くもないリアリティ番組の大ファンだと堂々と公言していた。そんな彼女としては、ピーター・ベネットの申し立てを〈ブーメラン〉に却下され、申し立てしてきた相手に個人的に接触せずにはいられなかった。ルールを破ってでも」

「ピーターに」とワイルドは言った。

「ここからは推測の域を出ないけれど、おそらくキャサリンはピーターに電話して、〈ブーメラン〉が彼の申し立てを却下したことを伝えたんだろう。残念でならないとでも言い添えて。もしかしたら、もっと深入りしてたかもしれない。直接会って、一番ひどい嫌がらせをしていた相手の名前をピーターに明かしていたかもしれない」

「ヘンリー・マクアンドルーズか」とワイルドは言った。

クリスはうなずいた。「あとは想像がつくだろう。それからほどなくして、誰かがヘンリー・マクアンドルーズを殺した。死体が発見されて、キャサリンは自分がしてしまったことの重大さに気づいたのかもしれない。それでピーターを問い質したのかもしれない。ピーターのほうは、彼女の口をふさがなければならないと考えたのかもしれない」

「かもしれないばかりだな」

「いずれにしても、キャサリン・フロールは死んだ」

「ヘンリー・マクアンドルーズとキャサリン・フロールについてはそれで説明がつく」とワイルドは言った。「だけど、マーティン・スパイロウはどう関わってるんだ？」

「スパイロウもネット荒らしで、〈ブーメラン〉に申し立てが届いた別の案件の加害者だった」

「スパイロウもピーター・ベネットに嫌がらせしていたのか？」

「いや。彼は亡くなった女性の訃報の投稿に下劣なコメントを書き込んだんだ。その女性の家族が申し立ててしてきた」

「あんたはその件を採択したのか？　それとも、却下したのか？」

「わたしじゃない」とクリスは訂正した。「〈ブーメラン〉として決めたことだ。わたしたちは何事もグループで活動してた。で、この案件は処罰することにした。ただ、〈ブーメラン〉がくだす処罰にはレヴェルがあって、彼には軽い罰を課した。そこのところは端折ってもいいかな、ワイルド？　いずれにしろ、誰かが――申し立てしたのはピーター・ベネット本人かもしれないし、彼に近い誰かかもしれないし、熱狂的なファンの可能性もあるが――〈ブーメラン〉が動かないなら、自分たちの手で制裁しようと決めた」

「で、ヘンリー・マクアンドルーズを殺した？」

「そうだ。そのあと、キャサリン・フロールも殺した。彼女から足がつかないようにするためか、彼女を罰するためか。それはわからないけど。彼女の死体は彼女が自宅の近くに借りていた狭いオフィスで発見された。個人的に使用していたオフィスだ。彼女はその部屋から〈ブーメラン〉の会議に参加していた。彼女が誰に殺されたにしろ、その犯人は彼女を脅して加害者の名前と調査資料のファイルを渡すように強要したんだと思う。その結果、加害者が次々と殺されている」

「その加害者の名前はわからないのか？」

クリスは首を振って言った。「クロヒョウは百件を超える案件を担当していた」

「どうしておれに話した？」

「ほかに話せる相手がいなかったからだ」とクリスは答えた。

「どうして警察に届けない？」

クリスは笑って言った。「今のはジョークだよな？」

「ジョークを言ってるように聞こえるか？」

「〈ブーメラン〉のメンバーは今じゃ全員、ＦＢＩ最大の敵だ。国土安全保障省もＣＩＡも国家安全保障局も……」ワイルドが疑うような眼で見ているのに気づいて、クリスは言った。

「ああ、わかってる。自分のことばかり気にしていると思ってるんだろ？　でも、厳重にセキュリティ対策をしていたのは、まさに自分を守るためだ。きみはわれわれを自警団と言った。政府から見れば、われわれは罪人だ。法執行機関のデータベースや政府の機密のウェブサイトや軍の極秘情報が保存されている大型コンピューターをハッキングしてたんだから。われわれが処罰したネット荒らしはどうだ？　中には影響力のある人物もいた。社会の上層部にいるような連中だ。彼らはみんな仕返ししたがってる。政府もわれわれを見つけ出そうとしている。黒い場所（ブラックサイト）（過激派や政治犯などを違法に収容する秘密施設）はもう閉鎖されたと思ってるかもしれないが、そんなことはない。捕まったら、すぐにそこに連れていかれる。そのあとはどうなるか？　よくて連邦刑務所で何年か過ごす破目になるだろう」

　クリスの言っていることはほんとうだろう。ワイルドにもそれはわかった。ＦＢＩがその気になれば、彼らはすぐにも捕まるだろう。

「でも、それだけじゃない」クリスの眼が潤んだ。「きっかけをつくったのはこのわたしだ。このまま知らん顔はできない。ちがうか？　これ以上、誰かが殺されるまえに止めなきゃならない。あらゆる知識と情報を駆使して、全力を尽くして阻止したい。追跡装置も傍受ソフトウェアもある。なによりハッカーの最大の武器、人脈がある。世間ではハッカーは魔法使いみたいに思われてるが、みんな大事なことを忘れている。ファイアーウォールにしろ、パスワードにしろ、セキュリティ対策にしろ、何にしろ、背後にはそれらを機能させている人間がいるということだ。そういう人間とは交換条件次第で協力し合える」

面白い、とワイルドは思った。ヘスターと私欲について話をしたとき、テクノロジーについてはほとんど何も知らない彼女も似たような結論に達していた。あらゆるものは変わる。が、一方、変わらないものもある。

「それで一連の事件について調べていたら、妙な名前に行きあたった。きみだ、ワイルド。きみが一時間半まえにヴィッキー・チバにかけた電話も盗聴させてもらった。きみがどうして事件に巻き込まれたのかも、凄腕の一匹狼ということもわかってる。わたしが何をしたいか、もうわかっただろ？　警察には話せない。〈ブーメラン〉のほかのメンバーを危険にさらすわけにはいかない。仲間のことも、われわれを信頼して申請書を書き、助けを求めてきた人たちのことも裏切るわけにはいかない。たとえ些細なことでも、一度世に知れたら、大惨事につながりかねない」

「で、どうしようというんだ？」

「われわれにはこれまでに蓄積した情報がある。わたしが知っていることはなんでも話す。だから、きみも知っていることを教えてほしい。情報を共有し合って、また殺人が起きるまえに犯人を捕まえる。きみは幼い頃に森に捨てられたわけだけど、うまくすれば、そのとき実際に何があったのかもわかるかもしれない」

ワイルドは何も言わなかった。

「われわれはふたりとも簡単に人を信用する人間じゃない。今、こうしてここにいるのもそのせいだと言える。だけど、今はそんなことはどうでもいい。わたしがきみを裏切ることは絶対にない。きみはどうする？」

「おれのほうはあんたを裏切れなくもない」

「そのとおり」とクリスは言った。「ただ、その一、きみにとって都合の悪いことがある。わたしはきわめて危険な相手だ。自分を守る手立ては尽くしてある。わたしがどんな爆弾を落とせるか、きみとしてもそんなことは知りたくないはずだ」

「その二は？」

「わたしが話したことは片言隻句（へんげんせっく）事実だということがきみにはわかってる。それが理由その二だ」

ワイルドはうなずいて言った。「わかった。何ができるか考えてみよう」

36

ヴィッキー・チバの家に向かって車を走らせながら、ワイルドはヘスターに電話し、〈ブーメラン〉のクリスと会って話し合ったことを伝えた。ワイルドが話しおえると、ヘスターは訊いてきた、わたしに何をしてほしいの？　オーレンに〈ブーメラン〉と殺人事件の関わりを伝え、ＦＢＩに何を伝えるべきか決めてもらってくれとワイルドは言った。

「自分で直接オーレンに話せばいいのに」とヘスターは言った。

「それもできなくはない」

「わかった」とヘスターは言った。「まだ怒ってるのね」

「怒っちゃいない」

「でも、彼を信用する気になれない」

ワイルドは何も答えなかった。

「わたしはまだあの人を信じていてもかまわない？」とヘスターは訊いた。

「おれの赦しが要るか？」

「そういうことを言うなら、あなたの祝福も。そう、わたしってそういうところが時代遅れなのよ」

「赦すし、祝福もするよ」とワイルドは言った。

「ありがとう。わたしも昔のわたしならなかなか赦せなかったでしょうね」

「今は？」

「歳を重ねて、賢くなった」とヘスターは答えた。「それに彼を愛してる」

「そう聞いておれも嬉しいよ」

「ほんとうに?」

ワイルドは心から喜んでいると伝え、電話を切った。

ヴィッキーの家の私道に車を乗り入れた。彼女は玄関のまえで行ったり来たりしていた。「サイラスももう少しで来るわ」とヴィッキーは言った。「来てくれてありがとう」

ワイルドは黙ってうなずいた。ワイルドが玄関のまえの階段をのぼってヴィッキーの横に立つのと同時に、荷物を積んでいないトラックが通りに停まった。顎ひげを生やしたサイラス・ベネットと思われる男が窓から顔を出して笑顔を見せ、大きな音でクラクションを鳴らした。

「すごく緊張する」とヴィッキーも笑顔になって手を振り返しながら言った。「あの子が幼い頃からずっと秘密にしてきたんだもの」

サイラスは家の正面にトラックを停め、運転席から飛び降りた。がっしりしていて、粗削りながらハンサムと言っていい顔だちの男だった。ポパイのような上腕二頭筋の上までフランネルのシャツの袖をまくり上げていた。腹はわずかに出ていた。それでもワイルドはサイラスの逞しさをはっきりと感じた。サイラスの筋肉は、ジムで鍛えたり、ショーのためにつくり込んだそれではなかった。弾けるような笑みを浮かべてヴィッキーに駆け寄ると、姉の足が地面から浮くくらい力強く抱きしめて言った。

「ヴィッキー！」ワイルドが電話で聞いたのと同じ低い声だった。

ヴィッキーは眼を閉じ、いっとき弟のハグに心から浸るような表情を浮かべた。サイラスはヴィッキーを地面におろすと、注意をワイルドに向けて言った。「あんたも抱きしめたいくらいだよ、わがはとこさん」

ワイルドはその様子を想像して思った。なんとなんと。大の男がふたり、短く、それでも固く抱き合う？　そう言えば、最後に男とハグしたのはいつだったか。マシュウはまだ幼かったので数にははいらない。となると、最後に男同士のハグを交わしたのはもう十年以上まえということになる。相手はマシュウの父親であり、レイラの夫であり、ヘスターの息子だった。

デイヴィッド。

「会えて嬉しいよ、はとこさん」とサイラスは言った。

ワイルドはヴィッキーをちらっと見た。眼を伏せて地面を見ていた。「おれもだ」とワイルドも言った。

サイラスは姉に向き直って言った。「で、何かあるのか？」

ヴィッキーの笑顔が強ばった。「何かあるのかって？」

「時間をつぶしてから来いって言っただろ？　ワイルドが来るまで待ってるのかと思ったけど。そうじゃないのか？」

「いいえ、そのとおりよ」

「で？」

ヴィッキーは人差し指にはめた指輪を弄びながら言った。「中にはいらない？」

「気になるじゃないか、姉さん。誰か病気とか？」

「いいえ」

「死にそうとか？」

「いいえ、そういうことじゃない」ヴィッキーは弟の広い肩に両手を置いて、顔を見上げた。「まずは話を聞いて。いいわね？　すぐに反応しないで。とにかく最後まで聞いて。見方によっては大したことじゃない。何かが変わるわけでもない」

サイラスはほんの一瞬ワイルドを見て、すぐに姉に視線を戻した。「なあ、おれは今めちゃめちゃビビッてるんだけど」

「そんなつもりじゃ……わたしはただ……」ヴィッキーはワイルドに眼をやった。

「メンフィスに引っ越したところから話したらどうかな」とワイルドは提案した。

「そうね、それがいいわ。ありがとう」ヴィッキーは弟に向き直って話しだした。「ペンシルヴェニア州に引っ越したときのことは覚えてないわよね？」

「覚えてるわけないよ」とサイラスは笑って言った。「おれは二歳かそこらだった」

「そうね。いずれにしろ、わたしたちは父さんの車で新しい家に行った、父さんがまずシッターのミセス・トローマンズの家まで迎えにきたあと。あなたは覚えてないでしょうけど、もちろん。すごくやさしいお婆さんだった。あなたのことをすごく可愛がってくれてた。話がそれたわね、ごめんなさい。話しにくいことだから。とにかく、父さんが迎えにきて、新しい家に着いたら、そこで母さんとピーターが待っていた」

ヴィッキーはことばを切った。

「ああ」とサイラスは言った。「で？」

「母さんが産んだんじゃなかった」

サイラスは怪訝な顔をした。「どういう意味だ？」

「母さんは妊娠してなかった。あのとき、母さんと父さんはふたりだけで一週間くらい出かけてた。休暇ということで。そのあと、わたしたちはメンフィスの家からどこだかよくわからない場所に連れていかれた。そしたら、新しい弟の赤ちゃんがいたってわけ」

サイラスは首を振って言った。「おれたちはきっとよく覚えてないんだよ。まだ小さかったから」

「わたしたちはそこまで小さくなかった。ケリーとわたしは――そうだ、あなたに話すってケリーにも伝えなくちゃ。どうして思いつかなかったのかしら。ケリーにも来てもらうべきだった。電話しようかしら。〈フェイスタイム〉をつないで聞いててもらえば、わたしがまちがったことを言ってないか確認してもらえるし――」

「それはいいから」サイラスは両手を上げてさえぎった。「何があったのか早く話してくれ」

「さっき言ったように、いきなり赤ちゃんの弟ができた。ある日、突然。どこからともなく現われた。母さんと父さんに訊いたら、最初はほんとうの家族だってごまかしていた。だけど、最後には、ピーターは養子だって認めたのよ。でも、絶対に内緒にしなくちゃいけないって言った」

ヴィッキーは最後までサイラスに話して聞かせた。ついこのあいだ、やはりこの家の中でワイルドに話したのと同じように。

「わけがわからない」ヴィッキーが話しおえると、サイラスは言った。そう言って、ほんの数分まえに姉がしていたのとそっくり同じように玄関のまえを行ったり来たりした。遺伝とはそういうものか。サイラスは大きな両手をきつく握って言った。「ピーターが養子だったなら、どうしてそう言わなかった？　どうして実の子だって偽ったりしたんだ？」

「わからない」

「わけがわからない」とサイラスは繰り返した。

ワイルドはずっと黙って聞いていたが、ここまで来てようやく口を開いた。「気づかなかったのか、サイラス？」

「ええ？」サイラスは顔をしかめた。「気づかなかった」

「少しも？　ぼんやりとでも？」

サイラスは首を振って言った。「どっちかっていうと逆だと思ってた」

「どういう意味？」とヴィッキーが訊いた。

「おれが養子だと思ってた。ピーターじゃなくておれが」おだやかな声だった。「ピーターは——あいつはみんなのお気に入りだった」サイラスはヴィッキーが何か言おうとするのを手で制して続けた。「そんなことないなんてごまかさなくていいよ、ヴィッキー。おれたちにはわかってる。あいつは自慢の子供だった。姉さんの眼から見てもそうだった。あいつは悪いことなど一切しなかった」サイラスはまたしても頭を振った。頰を涙が伝った。「どうして動揺してるのか自分でもわからない。何も変わらないのに。ピーターはやっぱりおれの弟だ……だったと言うべきなのかもしれないが。あいつへの思いは何も変わらない」サイラスはヴィッキーを見つめて続けた。「姉さんへの思いも。きっと辛かったよね。父さんはあまり家にいなかった。大学で夜遅くまで働いて、友達と旅行に行って。母さんはたいてい酔っぱらってた。だから姉さんがおれたちを学校に送り出してくれた。弁当もつくってくれた」

ヴィッキーも泣いていた。

「それでもよくわからない」とサイラスは続けた。「父さんと母さんには子供が三人もいた。大して欲しくもなかったのに。なのに、どうしてもうひとり養子にしたんだ？」

その答は誰にもわからなかった。三人はいっとき黙ったまま、その場に立ち尽くした。すると、サイラスがワイルドのほうを向いて言った。「ちょっと待った。ピーターが養子で、あんたとピーターのDNAがマッチした。ということは、つまり、おれたちは血縁じゃないってことか？」

「そう」とヴィッキーが言った。「彼はわたしたちに対してなんの義務も負っていない。わたしたちは血はつながっていない」

「いや」とワイルドは言った。「それでもおれたちは血縁者だ」

ヴィッキーもサイラスも驚いた顔をした。ヴィッキーが言った。「それはつまり、養子縁組でもファミリーと見なすって意味？　だとすれば、そういうことになるかもしれないけど、だからと言って血縁者ということには――」

「おれたちには血のつながりがある」とワイルドは言った。「おれたちは血縁関係にある」

沈黙が流れた。

ヴィッキーが言った。「どういうことか、説明してくれる？」

「サイラス、きみは〈ミートユアファミリー〉にDNAを送ったって言った、だろ？」

「ああ」

「会員番号があるはずだ」

「ああ」

「番号を覚えてるか？」

「すぐには思い出せない。最初の数は32だったと思うけど。でも、調べれば――」

「32894?」

サイラスは驚いて言った。「確かそんな感じだ」

「で、そのサイトで二十三パーセント、マッチした人がいた?」

「ワイルド」とヴィッキーが言った。「いったいどういうことなの?」

「そうだ」とサイラスはワイルドの質問に答えた。

「マッチした相手に連絡したとき、名前を名乗ったか?」

「もちろん。名乗らない理由がないだろ? おれには隠さなきゃならないことなんてないんだから」

「でも、マッチした相手から返事は来なかったんだね?」

「ああ」

「きみとマッチした人物は」とワイルドは言った。「弟のピーターだった」

どちらも何も言わなかった。ふたりともただじっとワイルドを見つめていた。

「兄弟のマッチ率というのは五十パーセントくらいになるんじゃなかった?」とヴィッキーが言った。

「そうだ」とワイルドは答えた。

「そうか」とサイラスが言った。「そういうことか」

ヴィッキーがサイラスに尋ねた。「どういうこと？」

「やっとわかった。マッチした人が見つかったとき、最初にそうじゃないかと思ったんだ。ただ、ピーターだとは思いもよらなかった」

「わたしにもわかるように説明してくれない？」とヴィッキーは言った。

「二十三パーセント」とサイラスは答えた。「つまり、半分血のつながった兄弟だ」

ヴィッキーはまだ困惑していた。

「わかるだろ、ヴィッキー」とサイラスは続けた。「父さんだよ。父さんが浮気したんだ。どこかの女を孕ませた。わからないのか？　DNAは嘘をつかない。父さんが誰かを妊娠させた。その子がピーターだ。で、母さんと父さんはピーターをわが子として育てることにしたんだよ」

ヴィッキーはゆっくりうなずいた。「父さんが誰かを妊娠させた」と彼女は繰り返した。「母さんはその子を引き取った。それなら説明がつく」

「だから、ピーターはおれたちに似てるんだ」とサイラスは言った。「あいつのほうがずっと見てくれはいいけど。あいつのほんとの母親はきっとセクシーだったんだろうな」

「サイラス！」

「なんだよ、ちょっとふざけただけだよ。ジョークのひとつも言わなきゃ……」サイラスはそこでことばをつまらせた。「……今となっちゃ、おれの子供時代は全部嘘だったみたいな感じがする」サイラスはワイルドを見て言った。「気づかなかったのかってさっき訊かれたよね？　気づいてなかったというのはほんとだよ。でも、今考えると、どこか違和感があった。どの家族もそうだと思うけど。どの家族にもなにかしらごたごたはあると思うけど。それにしても、ああ、なんてこった。ヴィッキー？　どうしておれたちは引っ越したんだ？　きっと母さんは恥ずかしかったんだよ。いろいろ噂されて。父さんも母さんも信心深い人だったから」サイラスは両手を広げて続けた。「さてさて。肝心の難問は誰が訊く？」

誰も何も言わなかった。

「わかった」とサイラスは言った。「おれが言おう。ピーターの実の母親は誰なんだ？」

「その人が」ヴィッキーがワイルドに言った。「きっとあなたの血縁者なのね」

「ちょっと待った」とサイラスは姉のほうを向いて言った。「ピーターは自分が養子だって知ってたのか？」

「ええ」

「子供の頃から？」

「いいえ」ヴィッキーはピーターが『ラヴ・イズ・ア・バトルフィールド』への出演をきっかけに事実を知った経緯を説明した。

「わからないな」とサイラスは言った。「ピーターは自分が養子だったと知って、ＤＮＡ鑑定サイトに登録した。サイトには匿名で登録していた。なんでかっていうと、よくわからないけど、あいつは大スターで、みんな大スターに熱狂してるから。いずれにしろ、あんたとマッチして、あいつは連絡を取ろうとした。名前を隠して。それはわかる。でも、おれの場合は？　おれとあいつのマッチ率は半分血のつながった兄弟だった。おれは名前を名乗って連絡した」

「つまり、あの子はマッチしたのはあなただということを知っていた」とヴィッキーは言った。

「そういうこと。だったら、どうしておれにそう言わなかった？　どうして返信しないで、アカウントを削除した？」

ヴィッキーは見るからに憔悴していた。いかにも心を痛めていた。なんだか急に歳を取ったようにさえ見えた。「ただ受け止めきれなかったんじゃないかしら」

「どういう意味？」

「あの子は何もかも奪われた。家族は偽物だった。ジェンとの生活も偽物だった。マーニーにも大切なファンにも裏切られた。さんざん叩かれて、まわりじゅうに裏切られた。そういうものが全部積み重なった。ピーターはやさしい子だった。それはあなたも知ってるでしょ？　あの子にはそのすべてを受け止めることはできなかった」

沈黙が流れた。

「あいつは自殺したと思うんだね」とサイラスが言った。

「あなたはそうは思わないの？」

「いや」とサイラスは答えた。「たぶんそうだと思う」

ヴィッキーはワイルドのほうを向いて言った。「マーニーがあの子にしたことについて、詳しく話してくれるって約束だったわよね」その声には悲しみと怒りの両方がないまぜになっていた。「わたしたちが知っているのは噂だけ。マーニーはピーターのことで嘘をついた。ピーターはほんとうは薬を盛ったり、変な写真を送ったりしてなかった。彼女はほんとうに嘘をついてたの、ワイルド？」

「ああ」

「どうして？　どうしてマーニーはそんな嘘をついたりしたの？」

ワイルドは、マーニーが実際に被害にあったという女性に会ったところから長々と説明しようか迷ったが、それはなんだかためらわれた。で、簡略版で伝えた。

「最初にここに来たときに聞いたとおりだった」とワイルドは言った。「要するに、有名になるためなら、なんでもする人間がいるということだ」

「なんてこと」とヴィッキーは言った。「世の中いったいどうなってるの？」

サイラスは黙っていた。顔が紅潮していた。

「つまりこういうこと？」とヴィッキーは訊いた。「マーニーはピーターのことで嘘をついた。ジェンはその嘘を信じた。あのふたりがあの子の人生をめちゃめちゃにした。おまけに、養子だったと知ったこともあって……」

「実は別の説も囁かれてる」とワイルドは言った。

「どこで？」

「ファンの掲示板で。さきに言っておくけど、きみたちには辛い噂だ——と思う」

「聞かせてくれ」とサイラスが言った。

ワイルドはヴィッキーのほうを向いた。「ここ最近のピーターの人気はどれくらい落ちていた？ そうだな、去年、マーニーがポッドキャストで暴露するまえあたりと比べると」

「何が言いたいの？」

「インスタグラムを見るかぎり」とワイルドは続けた。「去年、ピーターの投稿についたいいねの数はかなり減っていた。おそらく以前の十から十五パーセントくらいになっていた。おれの友達がSNSの分析状況の報告書をつくってくれたんだよ。誰でもできるそうだ。無料で分析してくれるサイトもあるらしい。だけど、十ドル払ってより詳しく分析してもらった。主だったSNSの分析結果によれば、ピーターを支持する人たちの数は急激に減っていた」

「それが普通よ」とヴィッキーは認めて言った。「それも話したでしょ？ あなたが何を言いたいのか、まだよくわからないんだけれど」

「おれは何も言ってない」とワイルドは言った。「ただ、ファンがある説を投稿している」

「どんな説？」

「全部ピーターが仕組んだことだと」

サイラスは啞然として口をあんぐり開けた。ヴィッキーはワイルドに顔を叩かれたような顔つきになった。「馬鹿げてる」

「待ってくれ」とサイラスは言った。「ピーターがマーニーに嘘をつくように頼んだっていうのか？」

「そんなところだ」

「で、薬を盛られたと話せって？」とヴィッキーも言った。「自分が何を言ってるかわかってる？　ピーターは今じゃ嫌われ者で、徹底的に叩かれてるのよ」

「ピーターにとっては誤算だったのかもしれない」とワイルドは言った。「とにかく、そういう説が出まわってる。リアリティ番組がどんなふうにつくられてるかについては今さら言うまでもない。物議を醸せば、それだけ話題になる。ピーターはひょっとしたらいいやつを演じるのに疲れたのかもしれない。ヒーロー役のプロレスラーが、ある日突然、悪役になるようなものだ」

「どうかしてる」とヴィッキーは両手を掲げて振りながら言った。「あなたはあの子のあのときの姿を見てない。傷ついて、落ち込んでいたあのときのあの子を。あの子がそんなことをしたなんてとうてい思えない」

ワイルドはうなずいて言った。「おれもその説を信じちゃいない。でも、考えてみてほしい。その説がほんとうだったとしたら、ピーターに何かメリットがあるか?」

「あるわけない」とヴィッキーは断固とした口調で言った。

サイラスはいっとき空を見上げ、まばたきして言った。「おれはその話がほんとうだったらむしろいいと思う」

ヴィッキーは息を呑んだ。「ええ?」

「もしその説が事実だとしたら」とサイラスは言った。「もし全部ピーターが企てたことだったとしたら、あいつは死んでないってことになる。死んだように見せかけてるだけで。たとえ自分で仕組んだんだとしても、今はほんとうは濡れ衣(ぬれぎぬ)だったとわかったわけだから、もう戻ってくるかもしれない。考えてもみてくれ、ヴィッキー。もし明日にでもピーターがひょっこり戻ってきたとする。不当な仕打ちを受けたことで、きっとまえよりもっと人気者になる。リアリティ番組史上、一番の人気者にさえ。もしピーターとジェンがよりを戻したら。ワオ。PB&Jの復活だってなったら――再婚する様子がテレビで放送されたら、どれくらい視聴率を取れると思う?」

ヴィッキーは首を振って言った。「そんなことをするような子じゃない。絶対に。そんなことありえない」

「だったら何がありえる?」とサイラスは訊いた。

ヴィッキーの眼は涙で潤んでいた。「マーニーが嘘をついて、世間はピーターに背を向けた。さらになにより家族が、つまりはわたしが、あの子が生まれたときからずっと嘘をついていた。あの子はまわりじゅうから叩かれ、裏切られたと思った。マーニーの嘘が最後の一撃だったのかもしれない。ジェンに信じてもらえなかったことがこたえたのかもしれない。マクアンドルーズとかいう男にもっと写真をばら撒くと脅されたのかもしれない。あるいは……」ヴィッキーはすすり泣いていた。「実の母親を見つけて、その事実をどう受け止めればいいのかわからなかったのかもしれない」

三人は黙ったまま立っていた。

「ワイルド」ややあって、ヴィッキーが言った。「もうあの子を捜すのはやめにしてちょうだい。もう充分よ」

「それはできない」

「ピーターを見つけてもあなたが探している答は見つからない」

「そうかもしれない」とワイルドは言った。「でも、実際に殺された人たちがいる。犯人が殺人を繰り返すのは阻止しなきゃならない」

ワイルドはラマポ山地に戻った。星空の下、エコカプセルのそばにいれば気分がよくなると思ったのだ。ただ、レイラにも会いたかった。

レイラ。

家に来てとは言われていなかったが、ワイルドはこれまでそのことの意味を深く考えようとはしてこなかった。そんなことを考えても意味はないし、何をどうしようとそれは彼女の自由だ。彼女が来てほしいと思っているのなら、それでいい。そうでなければ、相手がダリルにしろ、ほかの誰にしろ、彼女の邪魔をしなければいけない理由がどこにある？　そんなふうに考えあぐねていると、携帯電話が振動した。画面に表示された発信者の名前は今回も〝ピーター・ベネット〟だった。ワイルドは電話に出た。

「わかったことがある」

〈ブーメラン〉のクリスだ。

「言ってくれ」

「ピーター・ベネットの名誉を貶める写真を調べてくれってことだったけど、もう世間に出まわってる写真と、マクアンドルーズがまだあると脅したもの両方について調べた」

「ああ」

「まず、わたしが調べたかぎりでは、マクアンドルーズは二重取りを画策していた」

「どうやって？」

「マクアンドルーズが誰かに雇われて、ネット上でピーター・ベネットをこっぴどく叩いてたのは知ってのとおりだ」

「依頼したのが誰かわかったのか?」

「いや、それはまだだ。これはちょっと入り組んでいて、手間取りそうだ。きみも言っていたとおり、マクアンドルーズの依頼人は息子の法律事務所を経由して頼んでるから、弁護士と依頼人間の秘匿特権で守られてる。珍しいことじゃないけど、探るのはそのぶん面倒になる。今言えるのは、マクアンドルーズの依頼人が誰にしろ、ピーターの恥ずかしい写真はその依頼人から送られてきたものだった」

「なるほど」

「それがひとつ。ふたつめはもっと面白い」

ワイルドは黙ったまま続きを待った。

「写真は本物だった。だいたいのところは。フォトショップで加工されたものじゃなかった」

「どういう意味だ、〝だいたいのところは〟というのは?」

「実際に撮影されたものであることはまちがいない。影のはいり方も不自然なところはないし、ゆがみもない。ＥＸＩＦ情報、つまり画像と一緒に自動的に記録される撮影日とか場所とかの情報にも不審なところはない。ただ、誰かが意図的に周囲をぼかして、妙な具合にトリミングしてある」

「妙な具合?」

「いや、そこまでおかしくないかもしれないが。写真がピーター自身なのはまちがいない。ただ、その写真の出所は誰か？　それが誰にしろ、その人物としては自分が映っていては困るということだ」

「つまりピーターとセックスしていた誰かということか？」

「そうだ」

「それなら納得がいく。そりゃ自分が誰なのかばれたくなかったんだろう」

「そうかもしれない」とクリスも同意して言った。

「さっきあんたはマクアンドルーズが二重取りしようとしてたと言った」とワイルドは言った。

「ああ」

「マクアンドルーズはピーターに写真を買い取らせようとしてたのか？」

「そのとおり」

「ふたりが直接会った形跡は？」

「ピーター・ベネットとヘンリー・マクアンドルーズが？　それはまだわからない。もうちょっと調べてみる」

電話を切り、ワイルドは森の中にはいった。夜はすっかりふけていた。暗闇に眼が慣れるまで待ち、山をのぼって、エコカプセルを隠してある場所に向かった。三キロほどあるが、それは問題なかった。今夜は月明かりで木々の枝が影になって見えた。空気は冷たく、文字どおり森閑としていた。暗闇の中、彼の足音が響いた。ワイルドのためにあるような夜だった。彼はこれまでこんな夜を数千回は過ごしてきた。考えごとをするにはもってこいの静けさだ。心を落ち着け、筋肉を休ませるのにも。こうした静けさの中だと、明るい画面に照らされ、騒々しく活気に満ちている場所——おまけにほかに人がいる場所——では見えないものや理解できないことが見えてくることがある。

いや、何かがおかしい。どうした？

闇にまぎれ、孤独にひたって生きてきた彼がこの最高の状況の中で、突然集中できなくなった。

ワイルドの電話がまた鳴った。いつもなら思考を中断されて、なにより癪にさわるはずなのに、今夜は刑の執行を猶予されたような、救われたような気分になった。電話はマシュウからだった。

「もしもし？」

「うちに戻ってくる？」

「今日はもう遅いし——」

「こっちに来て」

「どうした？　何かあったのか？」

「最後のDNA鑑定サイトにログインできた。〈DNAユアストーリー〉だ」

ワイルドとピーターがマッチした、すべての発端のサイトだ。「マッチしてる人がほかにいたのか？」

「ああ」

「おれかもしれない」とワイルドは言った。

「そうじゃない。どうやら親みたいなんだ、ワイルド。ピーター・ベネットのお母さんかお父さんみたいなんだよ」

37

ワイルドはマシュウの隣りに坐り、〈DNAユアストーリー〉のリンクが表示されるのを見た。

「ほら、見て」とマシュウが言った。「マッチ率は五十パーセント。そういう相手は、両親とも同じ兄弟姉妹か、自身の親のどちらかということはもうわかるよね」

「だったら、どうして親だと断言できる？」とワイルドは尋ねた。

「ここを見て」マシュウは画面を指差して言った。「このアカウントの利用者はＲＪっていらイニシャルを名乗ってる。肝心なのは年齢も書いてあるってこと。六十八歳。兄弟姉妹にしてはちょっと歳を取りすぎてない？」

「確かに」

「このＲＪはピーター・ベネットのお母さんかお父さんの可能性が高いよ」

ヴィッキーとサイラスは、彼らの父親がピーターの父親でもあるという結論に達していた。ワイルドはそのことを思い出した。ということは、彼らの父親がそんなサイトに自分のＤＮＡを送っていないかぎり——それはあまり考えられない——ＲＪはピーターの母親という確率がかなり高い。

「ほかにもわかったことがあった」とワイルドは言った。

「何？」

「おれも〈ＤＮＡユアストーリー〉にＤＮＡを送ったんだ」

「で？」

「このＲＪとおれはマッチしなかった。でも、ピーターとはマッチした。ということは、もしこの人がピーターの母親だとしたら、おれとピーターは父方の血縁ということになる」

「それっていいことなの？　それとも悪いこと？」

「わからない」とワイルドはそう言って背中を椅子にあずけ、考えをめぐらせた。「このＲＪがピーターの母親だと仮定しよう。だとすると、一番考えられるのは、おれはベネット一ことだ」

家と──ヴィッキーとサイラスとピーターと──彼らの父親を通じて血がつながってるって

マシュウは首を振った。「なんだかよくわからなくなってきた」

「まだ答が足りないからだ」とワイルドは言った。「RJにメッセージを送ってみよう」

マシュウはうなずいた。「なんて書けばいい？」

ふたりはPBからということにしてRJへのメッセージを書いた。わたしたちはかなり近い関係の血縁者のようだ、わたし──PB──は実の両親をずっと捜していた、緊急事態だから連絡した、と書いた。急を要するのは健康上の理由だということをほのめかして〝緊急〟という部分を強調し、できるだけ早く返事が来るよう促した。

「RJにおれの電話番号も伝えてくれ」とワイルドは言った。「昼でも夜でもかまわないから、できるだけすぐに連絡してほしいって」

マシュウはキーボードを叩きながらうなずいた。「わかった」

伝えたいことがすべて書かれているのをふたりで確認し、マシュウが送信ボタンを押した。もう遅い時間になっていたが、レイラはまだ帰ってきていなかった。どこにいるのか、ワイルドは訊こうとは思わなかった。おれが口を出すことじゃない、そう思った。ワイルドは森に帰るつもりだったが、マシュウがニックスの試合をテレビで見ないかと誘った。ワイルドは誘いに応じた。マシュウともっと一緒にいたかったから、というのが大きな理由だった。

ふたりして大の字になってくつろぎながら、コートを行ったり来たりする攻防に集中した。

「ぼくはバスケットボールが好きなんだ」とマシュウがだしぬけに言った。

「おれもだ」

「ワイルドおじさんはすごく運動神経がよかったんでしょ？」

ワイルドは眉をもたげて訊き返した。「よかった？」

「若い頃ってこと」

「よかった？」

マシュウは笑って言った。「ワイルドおじさんが打ち立てたうちの高校の記録は今でもまだほとんど塗り替えられてない」

「おまえのお父さんもバスケットボールが得意で、相当な左手の持ち主だった」

マシュウは首を振って言った。「いつもそうだよね」

「そうって？」

「そうやってお父さんのことを持ち出す」

「おまえのお父さんはおれが知るかぎり最高の男だった」

「あんたがそう思ってるのは知ってる」

「おれが思ってるんじゃない。実際そうだったんだ。だから、おまえにもその事実を知っていてほしいんだ」

「うん、それはわかるよ。そうやっていつもぼくの頭に植えつけようとしてる。さりげなさを装ったりもしないで」マシュウは少し体を起こして続けた。「どうしてそれがそんなに大事なの？」

「おまえにお父さんの話をすることが？」

「うん」

「おまえに知ってほしいからだ。お父さんがどんな人だったか。今でもおまえのために生きていてほしかったと思ってるからだ」

「ぼくが思ってることを言ってもいい？」とマシュウは言った。

ワイルドは身振りで言ってくれと促した。

「悪く言うつもりはないけど……」

「おっと」とワイルドは身構えた。

「……でも、お父さんの話をするのは、ワイルドおじさんがお父さんに会いたいからだと思う」

「会いたいさ、もちろん」

「そうじゃなくて。そうやっていつもお父さんの話をするのは、ぼくのために今も生きててくれればよかったんじゃなくて、ワイルドおじさんのために今も生きててくれればよかったってことだよ」

ワイルドは何も言わなかった。

「お父さんが死んだとき、ぼくはまだ小さかった」とマシュウは続けた。「悪く取らないでね、ワイルド。お父さんが生きてた頃から、あんたはよき名づけ親だった。ぼくのことを愛してくれてるのはわかってる。でも、お父さんが死んでから、一緒にいてくれることが増えた。それは罪悪感とか責任感からだけじゃなかった。あんたはお父さんのことを忘れてしまうのが怖かったんだと思う。ぼくと一緒にいるのは、それがお父さんと一緒にいるのと一番近いことだからだ」

そう言われて、ワイルドは考えた。「確かに、おまえの言うことにはあたってるところもある」

「そう？」

「おまえのお父さんが死んでからしばらくは確かにそのとおりだった。よくおまえを連れて出かけてた。映画を見にいったり、野球の試合を見にいったり。で、おまえを家に送り届けて、森を歩いて帰りながら思ったものだ……」ワイルドは大きく息を吸って続けた。「いつもこんなふうに思ってた。〝早く今日のことをデイヴィッドに話してやらなきゃ〟って。言ってる意味、わかるか？」

マシュウはうなずいた。「たぶん」

「森を歩きながら、おまえのお父さんに話しかけてた。今日は何をして、こんなに愉しかったとか。おかしいと思うだろうが――」

「思わないよ」

「そうだ、確かにそうだった。最初は」

「でも、今は？」

「今はそうじゃない。ただ、おまえと一緒にいるのが好きなだけだ。おまえがお父さんに似ているからかもしれない。それは否定できない。だけど、お父さんのことがあるからじゃない。今はおまえと別れたあと、お父さんに話しかけたりしない。義務感なんてものもない。おまえと一緒にいたいだけだ。いつもお父さんの話ばかりしてるとしたら、それはすまない。でも、話していないとなんだか……あいつがいなくなってしまう気がするんだ」

「お父さんはいなくなったりしないよ、ワイルド。だけど、ぼくたちがもがき苦しむことも望んでない。でしょ？」

「そうだな」とワイルドは同意して言った。

マシュウは満面の笑みを浮かべた。「ワオ」

「なんだ？」

「こんなに本心を話してくれたのは初めてだよ」

ワイルドはソファに背中をあずけて言った。「ああ、なんだか最近はおれがおれでないみたいだ」

ふたりはソファにゆったりもたれて試合を見た。ニックスが第四クォーターで逆転したところだった。タイムアウトにはいると、マシュウが寝返りを打って腹這いになり、ワイルドを見て言った。

「お母さんのことはどうするの？」

「調子に乗るな」

「そう、ぼくも最近はぼくでないみたいだ。で、どうするの？」

ワイルドは肩をすくめた。「おれが決めることじゃない」

「いつまでもそんな言いわけは通用しないよ」

「ええ？」

「あんたの生き方はわかるよ、ワイルド。ずっと同じ場所には落ち着いていられない、人を信用できない、関わりを持てない、一緒にいられない、ひとりで森の中にいたい。そういうあれやこれやはわかる。でも、関係って双方向のものでしょ？　相手が決めることだって言って、いつまでも逃げてはいられない。お母さんだって全部ひとりでは背負いきれない」

ワイルドは首を振って言った。「いやはや、大学に半年かよったら、人生の答が全部わかったってわけだ」

「お母さんが今どこにいるか知ってる？」

「いや」

「今日はダリルとデートしてる。あんたはそんなことはどうでもいいっていうふりをしてる。ほんとうにどうでもいいなら、お母さんにちゃんとそう言うべきだよ。もしどうでもよくないなら、やっぱりお母さんにそう言うべきだ。あんたのその〝森で暮らすもの言わぬ男〟のやり方っていうやつ、それってお母さんに対してフェアじゃない」

「おれとおまえのお母さんとの関係はおまえには関係ないことだ」

「関係ないわけがないよ。ぼくのお母さんなんだから。そのお母さんの夫はもうこの世にはいない。お母さんにはぼくしかいない。ぼくには関係ないなんて言わせないよ。それに〝おれが決めることじゃない〟なんてたわごとで逃げるのはもうやめて。そんなのは自分勝手な言いわけだよ」

ふたりは黙ったままでいた。ニックスが残り十二秒で二点差をつけられたところでタイムアウトを要求した。ワイルドの電話が鳴った。知らない番号からだった。

「もしもし？」

「ああ、遅くにすまない。電話してくれと書いてあったから。それも急を要するって」

男の声だった。しわがれていて、少し歳を取っている感じだった。

ワイルドは姿勢を正した。「RJ？」

電話の相手はいささか戸惑い、それから言った。「ああ。メッセージを受け取った」

「ああ」とワイルドは言った。「おれたちは血縁者だ。それもかなり近い関係の」

「そうらしいな」と電話の相手は言った。「きみの名前は？」

ワイルドはＰＢのイニシャルでＲＪにメッセージを送ったことを思い出して答えた。「ポール」

「ポール。苗字は？」

「ベイカー。ポール・ベイカーだ」

ポールもベイカーもアメリカでは常に最も多いファーストネームとラストネームのトップリストにはいっている。ワイルドはそのことを覚えていた。これなら名前だけで追跡するのはむずかしい。

「どこに住んでる、ポール？」

「ニューヨーク市だ。そっちは？」

「わたしもそのあたりだ」と男の声は言った。

「会えないかな」とワイルドは言った。

「ぜひ会いたい、ポール。緊急だということだが？」

相手の口調と乗り気な姿勢がどこか引っかかった……ワイルドにはそれが気に入らなかった。「そうなんだ」

「ワシントンスクウェアは知ってるかな？」

「ああ」

「明日の朝九時に公園の入口にあるアーチの下でどうだろう?」

「わかった」とワイルドは答えた。「名前を教えてもらえないか?」

「わたしはロバートだ。ロバート・ジョンソン」

こちらもトップテンの常連の名前だ。ワイルドはなんだか踊らされている気がした。

「ロバート、おれたちがどういう関係か思いあたるふしはないかな?」

「そんなことはわかりきってるだろうが」と男は言った。「わたしはきみの父親だ」

ワイルドがさらに何か言うまえに相手は電話を切った。ワイルドはすぐに折り返しかけ直したが、電話はつながらなかった。次に〈ブーメラン〉のクリスにかけた。

「まだおれの電話を追跡してるのか?」

「ああ」

「今、かけてきたのは誰だ?」

「ちょっと待ってくれ。ううん」

「なんだ?」

「プリペイド携帯電話の番号だ。きみのと同じような。持ち主を見つけ出すのはむずかしい。ちょっと待ってくれ」電話の向こうでキーボードを叩く音がした。「役に立つかどうかわからないけど、発信地はテネシー州のどこかだ。メンフィスあたりかな」

メンフィス。ベネット一家がある日突然、ペンシルヴェニア州に引っ越すまで住んでいた場所だ。私道に車がはいってくる音が聞こえた。もう午前零時になろうとしていた。ワイルドは窓のそばに行った。

レイラだった。

ワイルドはレイラが車から降りてくるのを待った。が、彼女は降りてこなかった。すぐには。誰かと一緒なのか？　それはわからなかった。そのまま少し見ていたが、彼女のプライヴァシーを侵害しているような気がして、ワイルドは顔をそむけた。

「おれは帰ったほうがよさそうだ」

「やめて」とマシュウは言った。

「ええ？」

「逃げるのはやめて」

「彼女がしたいようにさせてるだけだ」

「そうじゃない。あんたは臆病になってるだけだよ」マシュウはそう言って立ち上がった。今ではワイルドより背が高かった。父親にそっくりだった。もう大人の男だった。いつのまに？　マシュウはワイルドの肩に手を置いて言った。「今のはワイルドおじさんを非難したわけじゃない」

「わかってる」

「ぼくは階上(うえ)に行ってる」とマシュウは言った。「ワイルドおじさんはここにいて」

マシュウはテレビを消し、ゆっくりと階段をのぼって自分の寝室にはいると、ドアを閉めた。ワイルドは居間で待った。五分後、レイラが玄関からはいってきた。疲れきっている様子だった。さっきまで泣いていたみたいに眼が真っ赤だった。にもかかわらず、いつもと変わらず、魅力的だった。そこが問題だった。彼女を見るたびワイルドは今でもその美しさに圧倒される。新鮮な驚きのような、いつまで経ってもはっきり理解することも思い描くこともできない美しさ。今でも彼女を一目見ると、咽喉(のど)の奥に何かが引っかかるような感じがする。

「ハイ」とワイルドは言った。

「ハイ」

そのあとどうすればいいのか──ハグするべきか、キスするべきか──ワイルドにはわからなかった。ただ、まちがいを犯したくなくて、そのままただ突っ立っていた。「ひとりになりたいなら……」

「なりたくない」

「わかった」

「あなたはここにいたい？」

「ああ」

「よかった」とレイラは言った。「今夜、ダリルと別れた」

ワイルドは何も言わなかった。

「そう聞いてどう思う？」とレイラは訊いた。

「ほんとうのことを言おうか？」

「いつもは嘘をついてるの？」

「嘘を言ったことはない」

「で？」

「嬉しい」とワイルドは言った。「勝手だけど、ものすごく嬉しい」

レイラは黙ってうなずいた。

「眼が真っ赤だ」とワイルドは続けた。

「だから？」

「泣いてたのか？」

「ええ」

ワイルドはレイラに一歩近づいた。「きみが泣くのは見たくない。もう二度と泣いてほしくない」

「あなたならそれができると思う？」

「いや。でも、だからってやってみない理由にはならない」

レイラはハイヒールを脱ぎ捨てて言った。「今夜、わたしが何を思い知ったと思う？」

「聞かせてくれ」

「わたしはずっと丸い釘を無理矢理四角い穴に打とうとしていた。自分には人生のパートナーが必要だってずっと信じようとしていた。いつもそばにいてくれて、一緒に人生を歩んで、一緒に旅行して、一緒に歳を取る。そういう相手が必要だって。デイヴィッドという人を得たけど、彼は死んでしまった。だから別の人を見つけようとした。でも……」レイラはそこで首を振った。「あなたを責めてるんじゃない」

「すまない」

「いいのよ。そこが重要なの。それでいいんだって今夜わかった」

ワイルドはさらに彼女に近づいて言った。「愛してる」

「でも、あなたはいつもずっとここにはいられない」

「いられる」とワイルドは答えた。「いるようにする」

「いいえ、ワイルド。そうしてほしいわけじゃない。今はもう。それも丸い釘を無理矢理四角い穴に打とうとしてるのと同じことよ」レイラはため息をつき、ソファに腰をおろした。

「提案がある。聞いてくれる？」

ワイルドは黙ってうなずいた。

「わたしたちはこれからも一緒にいられるときは一緒に過ごす。来たいときにここに来て。そうじゃないときはエコカプセルにいて」

「それって今と変わらないんじゃないのか？」

「今のままで幸せ？」とレイラは訊いた。

きみがそれで幸せなら、とワイルドは言いそうになった。が、マシュウに言われたことが耳にこだましていた。「それだけじゃ嫌だ」

レイラは微笑んだ。本物の笑顔だった。それを見てワイルドは脈拍が一気に跳ね上がった。胸に込み上げるものがあった。「提案の続きを聞きたい？」と彼女は言った。

「ぜひとも」

「なんだと思う、ワイルド？」

「焦らさないでくれ」

「わたしたちはちゃんとつきあう。わたしは多くは望まない。でも、いくつか条件がある」

「言ってくれ」

「今までみたいに突然わたしのまえからいなくならないこと」

「わかった」

「傷つかないふりをするのにはもう疲れたの。心が乱れたり、逃げなきゃならないときは——森にしろ、どこにしろ、姿を消さなきゃならないときには——まず最初にわたしに話して」

「約束する。きみを傷つけてすまなかった。きみを傷つけているとは——」

レイラは手を上げてワイルドのことばを制した。「謝罪は受け入れた。でも、まだ続きがある」

ワイルドはうなずいて、さきを促した。

「お互い相手はひとりだけ。ほかの人とはつきあわない。これからも一夜かぎりの関係を愉しみたいなら――」

「愉しみたくない」

「あのホテルのバーに行くのが好きなのは知ってるし――」

「いや」とワイルドは彼女のことばをさえぎって言った。「もうそんなことはしたくない」

「それから、わたしが気にかけてほしいときには、そうしてくれること。わたしも誰かを気にかけていたい」

ワイルドは息を呑んで言った。「おれもそうしたい。ほかには?」

「今のところはそれだけ」レイラはそう言って腕時計で時間を確認した。「もうこんな時間。わたしはへとへと。あなたも疲れきってる。話し疲れたのかもしれない。朝になったらどうなってるかわかるわ」

「わかった。ここにいたほうがいいかな? それとも……」

「あなたはここにいたい、ワイルド?」

「ぜひとも」

「とてもいい答ね」とレイラは言った。

38

深夜二時、ワイルドの電話が鳴った。

ワイルドは起きていた。レイラの寝室で天井を見つめ、彼女のこと、今夜彼女と交わしたやりとりのことを考えていた。その三分間の会話で、ふたりは互いの関係について、これまでの十年間に話したことより多くを話した。

とっさの条件反射で、ワイルドは呼び出し音が鳴るか鳴らないかのうちに電話をつかむと、足をベッドから床に投げ出し、転がるようにして床に坐った。電話はローラからだった。

「何かあったのか？」

「大丈夫。どうしてひそひそ声なの？　わかった、ひとりじゃないのね、そうなんでしょ？」

ワイルドは立ち上がり、バスルームに行った。「きみは実に有能な探偵だ」

「今、ラスヴェガスにいる」とローラは言った。「ダニエル・カーターは家にはいない。家はもぬけの殻で、誰もこのところ彼も彼の妻も見かけていない。でも、その理由を説明できそうな仮説がある」

「話してくれ」

「あなたに実の父親について訊いてきたＦＢＩの捜査官。ジョージ・キッセルっていったわよね」

「ああ」

「その人はバッジを見せた？」

「いや」

「見せなかったのは彼がＦＢＩの捜査官じゃないから」

「もうひとり、ベッツという捜査官が一緒だった。彼女はＩＤを見せた」

「そう。でも、キッセルについて調べてみた。問題はそこよ。ジョージ・キッセルはＦＢＩの捜査官じゃない。連邦保安官よ」

ワイルドは身を強ばらせた。

「ええ、驚くのもわかる。朝一番にこっちを発つ。でも、深夜二時に電話した理由はそれじゃない。このことは明日でもよかった」

「だったら、何があった？」

「あなたが提案した追跡装置の件。あなたの勘は正しかった。今さっき彼女はホテルにはいった」

「どこの？」

「タイム・ワーナー・センターの中にあるマンダリン・オリエンタル・ホテル」

ワイルドは何も答えなかった。

「彼女はどうして深夜二時にホテルに行ったりするの？」とローラは訊いた。

「おれたちはその答を知ってる」とワイルドは言った。

「どうするつもり？」

「今すぐそのホテルに向かう」

マンダリン・オリエンタル・ホテルはコロンバス・サークルに面した建物の中にある、アジア風の要素を取り入れた五つ星の最高級ホテルだ。建物の三十五階から四十四階がホテルで、どの客室からも誰もが羨むようなマンハッタンの絶景が一望できる。宿泊料は――ワイルドはこのとき知ったのだが――べらぼうに高い。ホテル内に設置されたさまざまなセキュリティを突破するため、ワイルドは空いている部屋の中で一番安い部屋を予約した。それでも、わけのわからない税金やら追加料金やら、ホテルが請求書に上乗せするそういった料金も合わせると、一泊千ドルもした。

ワイルドは三十五階にある受付でチェックインをすませた。彼女は四十三階の部屋に泊まっていた。カードキーを使ってエレヴェーターでそのフロアに行けるように、ワイルドも同じ四十三階の部屋をリクエストしてあった。その要望は叶えられた。彼は部屋まで案内するという受付係の申し出を丁重に断わった。そのときにはもう早朝の四時近くになっていた。エレヴェーターに乗って四十三階に直行し、めあての部屋を見つけると、ドアをノックした。ドアののぞき穴を指でふさぎ、中から外が見えないようにして待った。

男の声がした。「誰だ？」

「ルームサーヴィスです」

「頼んだ覚えはない」

「シャンパンをお届けにあがりました。支配人からの挨拶の品です」

「こんな時間に？」

「うっかりしてしまって」とワイルドは言った。「ほんとうは何時間もまえにお届けしなければならなかったんですが。どうかこのことは内緒にしていただけませんか？　ばれたら馘になってしまう」

「ドアの外に置いておいてくれ」

言われたとおりにするふりをして、彼らが部屋から出てくるのを待ち伏せしようかとも思ったが、朝になるまで待たなければいけないかもしれない。ワイルドとしてはそんなリスクを冒したくなかった。「それはできません」

「だったら失せろ」

「失せてもいい」とワイルドは言った。「この場を去って、マスコミに電話して、このドアの外に張り込ませてもいい。それよりおれと話をするほうが得策だよ」

ややあってドアが開いた。タオル地のガウンを着た大男が立っていた。胸は脱毛してあった。

ワイルドは言った。「やあ、ビッグボッボ」

「おまえはいったい誰だ？」

「おれはワイルド。中にはいってもいいかな？　できればきみの連れと話をしたいんだが」

「連れ？　おれはひとりだ」

「いや、ひとりじゃない」

ビッグボッボは陰険に眼を細めて言った。「このビッグボッボが嘘をついてるって言うのか？」

「ほんとに自分のことを三人称で呼ぶんだな」

ビッグボッボは顔をしかめた。腕を伸ばしてワイルドの胸を突こうとした。ワイルドはその指をつかみ、相手の足を払った。ビッグボッボは床に倒れた。ワイルドは中にはいり、ドアを閉めた。部屋の奥の隅にマンダリン・オリエンタル特製のおそろいのタオル地のガウンを着たジェン・キャシディがいた。

「出ていって」ジェンはガウンのベルトをきつく締めながら言った。「わたしたちにかまわないで」

「そうはいかない」とワイルドは言った。

ビッグボッボがまるで喜劇みたいな動きで床から跳ね起きた。「いったいなんの用だ、ブラザー。卑怯な真似しやがって」

「何が望み？」とジェンが訊いた。

「ああ、そうだ」ビッグボッボも同じことを訊いた。「何が望みだ？　ちょっと待った。こいつはいったい誰なんだ？」

「ピーターの親戚よ」

ビッグボッボは同情するような視線をワイルドに向けて言った。「おお、マジで？　残念だよ、ブラザー。おれはあいつのことが好きだった」

「わたしが誰と一緒にいようと、あなたには関係ない」とジェンは言った。

「そのとおり」とワイルドは答えた。

「わたしの人生よ」

「それもそのとおり」

「だったら、出ていって」

ビッグボッボが胸を突き出して言った。「なあ、ブラザー、聞こえただろ」

ワイルドはビッグボッボを無視して、じっとジェンを見据えた。「きみが誰とデートしようが、リアリティ番組がどんなものだろうが、きみにどれだけフォロワーがいて、どれくらい〝いいね〟がつこうが、そんなことはおれにはどうでもいい。だけど、真実を知りたい」

「真実って？」とジェンは訊いた。「ピーターとわたしは終わったのよ。今はボブとつきあってる」

「ああ」とビッグボッボも言った。「おれたちは愛し合ってるんだ」

「ちょっと待って」とジェンは言った。「どうしてここがわかったの？」

彼女の部屋を訪ねたとき、ワイルドは彼女のバッグにローラが用意した追跡装置をそっと忍ばせておいたのだが、そのことをわざわざここで説明することはなかった。彼はこうなることを予想していた。ジェンの態度も、彼女の妹やポッドキャストやピーターの写真などの一部始終についても、どこか違和感があったのだ。

「なあ、ブラザー」とビッグボッボが言った。「トラブルはごめんだ。いいな？　ジェンとおれは愛し合ってる。おれたちはもうずっとまえから――」

「ボブ」

「いや、ハニー。ここはおれに任せておけ。いいな？」ビッグボッボはそう言ってワイルドに向き直った。

「ピーター坊やのことが心配なんだろ？　感心だ。それはわかるよ。でも、あいつはずっと遠くに行っちまった」

「ずっと遠く？　なんでわかる？」

ジェンが横から言った。「ボブ」

「あんたもあのポッドキャストは聞いただろ？」とビッグボッポは続けた。「写真も見ただろ？」

ワイルドには信じられなかった。首を振りながらジェンを見て言った。「ビッグボッポは知らないのか？」

「知らないって何を？」とビッグボッポが言った。「ああ、マーニーが嘘をついてたってことか？ 今日聞いた。ひどい話だ。それはよくわかる。でも、ピーター坊やはほかにもいろいろ悪さをしてた。ほかの女とヤりまくってる写真もあったし——」

「ボブ」とワイルドがさえぎった。いまだに理解しきれない事実にめまいすら覚えた。「全部彼女が仕組んだんだ」

「知ってるよ。マーニーが——」

「マーニーじゃない」ワイルドはジェンに向き直った。

ビッグボッポは困惑しているようだった。「なんだって？」

「この人の言ってることは嘘よ」とジェンは言った。

ジェンを問いつめたり、鋭い質問を投げかけたり、罠にはめたりしなければならない理由などどこにもなかった。彼女がこのまま嘘を通そうとするにしろ、涙を流してみせるにしろ、ほかにどんな手を使うにしろ、それを見学する理由もなかった。ワイルドは直球を放り込んだ。「きみの人気は急落していた。きみの人気もピーターの人気も。きみたちは大成功を収めた。世間から愛されるカップルだった。しばらくはそれでよかった。でも、実のところ、その人気はきみたちがあらゆる手を使って世間から引き出したものだった。ボッボ、彼女はいつからピーターを裏切ってきみと関係を持ってたんだ？」

ビッグボッボはジェンを見た。

「最初からか？」とワイルドは訊いた。「最近になってつきあいはじめたなんて見え透いた嘘はなしにしよう。まあ、それはどうでもいいが」ワイルドはジェンにまた向き直って言った。「きみとピーターは視聴者の関心を引きつけておこうとした。子供ができれば話題になったかもしれない。でも、きみたちは不妊の問題を抱えていた。きみのＳＮＳへの反応は激減した。広くて立派なペントハウスから狭い部屋に格下げされて、そこもまもなく追い出されようとしていた。で、あるときからきみは考えるようになった。このままピーターと一緒にいたら、自分のキャリアは終わってしまうと」

「それがほんとうだとしても」ジェンは腰に両手をあてて言い返した。「ただ彼と別れればいいだけじゃないの？」

ワイルドはため息をついて言った。「まだここでそんなたわごとを言いつづけたいのか？よかろう。もしピーターと別れたら、世界で一番いい人と思われている相手を捨てたりしたら、きみは悪者になる。それではまずい。でも、裏切られたのがきみのほうということになれば――実際、マーニーがポッドキャストで暴露話をしたとたん、そうなったわけだが――ファンはよってたかってSNSにきみを擁護するコメントを書き込み、ピーターは悪者に仕立て上げられる。きみのSNSへの反応は急激に増えた。きみはかつてないほどの大スターになった。全部きみが仕組んだのさ、ジェン。ヘンリー・マクアンドルーズを雇ったのもきみだ。ピーターを辱める写真を撮ったのもきみだ、もちろん。ほかに誰がいる？　むずかしいことじゃない。カメラを隠しておけばいいだけだ。きみは写真に写った自分の姿を切り取った。自分たちの部屋ではない場所で隠し撮りするほどの周到さだった。誰かが部屋の背景に気づいてしまうとまずいからな。ただ、きみはそこでちょっとしくじった。EXIF情報によれば、あの二枚の写真はスコッツデールで撮られたものだった。調べるのは造作もなかったよ。きみとピーターは写真が撮られた日、スコッツデールにいた。誰かに頼んで、きみたちがその夜、泊まったホテルの部屋と写真の背景に写っている部屋の様子を照合することもできる。証拠はきっとほかにも出てくる。きみは法律事務所を通じてヘンリー・マクアンドルーズを雇った。そのマクアンドルーズが殺された。警察は彼の依頼人が誰なのか調べようとするだろう」

ビッグボッポがジェンを見て言った。「ベイビー？」

「黙ってて、ボブ」とジェンは言った。「全部でたらめよ」

「でたらめじゃないことはきみもおれも知ってる。きみの企みは全部失敗に終わるということも。ただ、正直に言うとちょっと驚いた。おまえさんも――」ワイルドはビッグボッボに向かって言った。「一枚嚙んでいると思ってたよ。でも、考えてみれば当然だ。彼女にはおまえさんを信用することはできなかった。誰も信用できなかった。マーニーすら」ワイルドはジェンに視線を戻して続けた。「有名になるためならマーニーはなんでもする。きみにはそれがわかっていた。その点、きみたちはそっくりだ。だから、きみは番組のプロデューサーを利用して、マーニーがある日、突然ピーターを陥れるように仕組んだ。ピーターに薬を盛られたとマーニーに話した女性がいたそうだが、実のところ、その女性もプロデューサーのひとりだったのか？　まあ、それはどうでもいい。ただ、どうしてマーニーに直接、協力してほしいと頼まなかったんだ？　そこのところはいささか驚いたよ。もっとも、きみから頼まれたことだったら、マーニーもあそこまではやらなかったかもしれないが。いずれにしろ、きみはマーニーに真相を知られたら、それが自分の弱みになるとでも思ったんだろう。おれにはそういう心理はわからないが。それでも教えてくれないか？　ピーターがきみに無実を訴えたとき、きみはほんとうのところピーターになんて言ったんだ？」

ジェンは今や笑みを浮かべていた。まだ否定する構えを見せてはいたが、どこかほっとしているようなところもあった。「わたしはあなたを信じない。ピーターにはそう言ったのよ。出ていってって」

ワイルドは黙ってうなずいた。

「あなたの推測はだいたいあたってる」とジェンは言った。「ピーターとわたしはテレビの世界で飽きられつつあった。彼とただ別れることも考えたけど、そんなことをしたらわたしの評判はどうなると思う？　別れるネタをでっち上げてくれるように彼に頼もうかとも思ったけど、何も思いつかなかったし、ピーターは馬鹿正直な人だったし」

ビッグボッボが言った。「ベイビー？」

ジェンはため息をついた。「ええ、ボブ、あなたには何も話さなかった。マーニーにも話さなかった。あなたたちはうまく立ちまわれる人じゃないから。これはゲームなのよ、ワイルド。『サヴァイヴァー』も『バチェラー』も『ビッグ・ブラザー』も『ラヴ・イズ・ア・バトルフィールド』も。娯楽番組のコンテスト、ただそれだけのものよ。わたしは『サヴァイヴァー』をよく見てたけど、ある出場者が自分はまわりにはめられて、追放されて、裏切られたと言って激怒する。でも、言うまでもないけど、それも全部ゲームにすぎない。ちがう？　誰かがトップに立たなくちゃならない。富と名声を手に入れなくちゃならないの。わたしたちの人生は——ピーターの人生も、わたしの人生も、そう、ボブの人生も——全部ゲームなのよ」ジェンはビッグボッボに近づき、彼の手を取った。「わたしは番組の〝一日目〟からボブと一緒になりたかった。そうしたら、プロデューサーはなんて言ったと思う？」ビッグボッボは胸をふくらませた。「とりあえずふたりともキープしておけばいい。そう言われた。でも、最後にはピーターを選ばなくちゃならなかった」

「ピーターのことなど愛してなかった。全部いかさまだった。そういうことか？」

「いかさまとはちがう」とジェンは言った。「わたしたちの人生は全部お芝居なのよ。何がほんとうで、何が偽物かっていう問題じゃないの。そこには境界線も区別もない。『ラヴ・イズ・ア・バトルフィールド』に出るまで、わたしは小さな法律事務所で書類整理の仕事をしていた。それがどんなに退屈だったかわかる？　誰だって有名になりたい。本音を言えば、みんなそのために生きている。SNSのどんなにつまらないアカウントも〝いいね〟やフォロワーをもっといっぱい欲しいと思ってる。何もせずにおめおめとあのつまらない人生に戻れっていうの？　冗談じゃない。『サヴァイヴァー』も『バチェラー』も『ラヴ・イズ・ア・バトルフィールド』も勝者と敗者がいるコンテストなのよ。今回はわたしが勝って、ピーターが負けた。そういうことよ。彼か、わたしか。で、結果は？　勝ったのはわたしだった。それに、実際のところ、わたしが彼に何をした？　刑務所に入れられたわけじゃない。尋問されて逮捕されたわけじゃない。彼はファンを少し失った。それが何？　彼は疑惑が事実じゃないことを知っていた。それで充分だったんじゃない？　ネット上の名もない負け犬たちが彼のことをひどく言った。確かにひどかった。でも、対処しきれないならSNSから離れればいい。誰かほかの女の人と出会って、平凡な人生を送ればいい。ピーターにはそういう選択もあった。ちがう？」

　ビッグボッボは黙ったままただ立ち尽くしていた。

ワイルドは言った。「なんとも見事なくそ自己正当化だ」

「純然たる真実よ」

「ピーターの姉さんは彼が自殺したと思ってる」

「もしそうなら、辛いことだけど、わたしのせいじゃない。ああいう番組では毎週誰かしら傷ついてる。そのうちの誰かが人生を終わりにしたからといって、それってほかの出場者のせいなの？　彼に対する憎しみがあれほどまでに暴走するなんて、わたしも思ってなかった。でも、わたしだったら、意地悪なコメントを書き込まれたからといって自殺したりはしない」

これほどまでに熱心な自己正当化にワイルドは畏敬の念すら抱いた。「ピーターを追いつめたのは意地悪なコメントだけじゃなかったかもしれない」

「たとえば？」

「たとえば、ピーターは心からきみを愛していた。彼は愛する人の妹に薬を盛ったという疑惑を否定したのに、愛するその人は信じようとしなかった。あるいは、数ヵ月経って、彼は真相に気づいた。愛する妻にはめられたことに。そもそもきみは彼を愛していたのか？」

「そんなことは重要じゃないのよ」とジェンは言った。「映画の中で恋に落ちたふたりがいたとして、そのふたりが映画の外でも愛し合っているかなんてどうでもいいことよ。ちがう？」

「きみは映画に出てたわけじゃない」

「いいえ、同じことよ。マンハッタンの中でも超高級な部屋に住んでいるのは、オハイオ州ウェインズヴィル出身のジェン・キャシディじゃない。メットガラ（メトロポリタン美術館付属の服飾研究所が毎年開催する、ファッション業界の一大イヴェント）に招待されるのも、お金持ちや有名人と親しくしているのも、高級ブランドをさらに箔づけするのも、流行のレストランで食事するのもそう。世間はわたしという実在する人間がどこにいるか、何を着ているかを気にかけているんじゃない。わたしたちのようなリアリティ番組の出演者はみんな自分の人生を映画にすることを選んだのよ。どうしてそれがあなたにはわからないの？」

ワイルドはジェンのことばにほとほとうんざりして尋ねた。「ピーターはどこにいる？」

「見当もつかない」

39

ジェン・キャシディから訊き出せることはもうない。そう判断し、ワイルドは彼女の部屋をあとにした。高い料金を払って部屋を予約していたので、せっかくだから使うことにした。ホテルの部屋のベッドで仰向けになり、天井を見つめた。シェイクスピアにこんな台詞がある。"この世はすべてひとつの舞台。男も女もみなただの役者"。多少無理はあるにしろ、おそらくジェンの言い分にも一理あるのだろう。ピーターはそういう人生を送る契約書に署名した。名声は麻薬だ。誰もが有名になりたい、権力と富を得て、いい生活を送りたいと思う。ジェンはせっかく手に入れたその名声を失いつつあった。ピーターもそうだった。だから、彼女はピーターと縁を切ることで、自分を救おうとした。

ただ、そういうことがわかってもピーターの居場所はわからない。

ピーターはジェンを裏切ってもいないし、マーニーに薬を盛ってもいない。今はそれがわかっている。いや、それはジェンに会うまえからわかっていた。すべてジェンが裏で仕組んだことがはっきりした今も、全体像はあまり変わっていない。ヘンリー・マクアンドルーズとキャサリン・フロールとマーティン・スパイロウを殺したのは誰か。その答は依然として謎のままだ。ワイルドの実の母親は誰なのか、どうして彼を森に捨てたのかということもわからないままだ。

つまるところ、わかっているのは、リアリティ番組のスターが嘘をついて世間を欺いたということだけだ。しかし、それは世界を揺るがす大発見からはほど遠い。

結局、眠れなかった。ワイルドはコロンバス・サークルに出て南に向かい、ただなんとなくタイムズスクウェアを突っ切って、ワシントンスクウェアに向かった。五キロほどの道のりだ。時間をかけてゆっくり歩いた。途中でコーヒーとクロワッサンを買った。理由は自分でもわからないのだが、彼はこの市の朝が好きだ。これから始まる一日の準備に八百万の人々が勤しんでいる姿に、何か訴えかけてくるものがあるのかもしれない。もしかしたら、彼の普段の生活——ジェンに言わせれば、おそらく無価値な人生——とは真逆だからかもしれない。

レイラのことを思わずにはいられなかった。彼女が隣りにいて、一緒に歩いていたらどんな気分だろうと想像せずにはいられなかった。

ワシントンスクウェアに着いた。ワイルドのお気に入りはセントラルパークだが、この公園はちょっと変わった美しさの詰まったニューヨーク市そのものだ。大理石のアーチは古代ローマの凱旋門を模したもので、著名な建築家スタンフォード・ホワイトが設計した。そのホワイトは、一九〇六年にマディソン・スクウェア・ガーデンにある劇場で、億万長者、ハリー・ケンダル・ソーの妻、イヴリン・ネズビットをめぐって、嫉妬に駆られた（弁護士によれば）〝精神が不安定な〟ソーによって殺害された。これが二十世紀最初の〝世紀の裁判〟となった。アーチにはジョージ・ワシントンの大理石のレリーフがふたつあり、一方の柱に独立戦争の総司令官、もう一方の柱に大統領となったワシントンの姿が彫られている。どちらの彫像も、ワシントンの両隣りにふたりの人物がいて、〝ワシントン総司令官〟をはさんで立つふたりは〝名声〟と〝勇気〟を表わしている。ワイルドには〝名声〟というモチーフが、とりわけピーターとジェンのことを考えると皮肉に思えた。〝ワシントン大統領〟

の隣りには〝知恵〟と〝正義〟を表わすふたりの人物がいる。

立ち止まり、〝ワシントン大統領〟の像を見上げると、すぐそばで誰かが動く気配がした。女の声が聞こえた。「一番右側の人物をよく見て」

六十代前半と思われる、背が低く、がっしりした体格の女で、黒いハイネックの上に黄褐色のジャケットを羽織り、ブルージーンズを穿いていた。

ワイルドは言った。「ああ」

「その人物は文字が刻まれた本をワシントンの頭上に掲げてる。見える？」

ワイルドはうなずき、刻まれた文字を声に出して読んだ。「EXITUS　ACTA PROBAT」

「ラテン語よ」と女は言った。

「ああ。わざわざどうも」

「皮肉が利いてる。わたしはこのことばが大好きなの。どういう意味かわかる？」

「〝結果が行為を証明する〟」とワイルドは答えた。

女はうなずき、鼈甲ぶちの眼鏡の位置を直した。「考えてみると驚きよね。この巨大な記念碑を建ててワシントンに捧げ、建国の父である彼自身と彼の偉業と記憶を讃えるのに選んだのがこのことばとはね。つまるところ〝結果は手段を正当化する〟。もっと奇妙なのは、誰がジョージ・ワシントンにこの不道徳なアドヴァイスをしているのか？」女はワシントンの左肩にひかえる人物を指して言った。「正義よ。正義はわたしたちにフェアであれとも、正直であれとも、誠実であれとも、法を守れとも、公明正大であれとも説いてないわけよ。正義はわれらが初代大統領とこの公園を訪れる数百万の人々に、〝結果は手段を正当化する〟と言ってるのよ」

ワイルドは女のほうを向いて言った。「あんたがＲＪか？」

「あなたがＰＢなら」

「おれはＰＢじゃない」とワイルドは言った。「でも、あんたはそのことをとっくに知ってた」

女はうなずいて言った。「ええ、そのとおりよ」

「で、そっちもＲＪじゃない」

「それも正解」

「いったい誰なのか教えてくれないか？」とワイルドは訊いた。

「まずあなたから」

「おれの推測するところでは」とワイルドは言った。「ＰＢはアカウントを削除するまえにあんたに――いや、ＲＪにと言うべきか――連絡した。そのあとＰＢはみんなのもとから去ったのと同様、ＲＪからも姿をくらませた。一方、ゆうべそんなＰＢ――つまりおれから連絡があり、ＲＪは興味をそそられた」

「そのとおり」と女は言った。

「で、あんたは？」

「ＲＪの同僚ということにしておく。あなたはＰＢの正体を知ってるの？」

「ああ。あんたは知らないのか？」

「知らない」と彼女は答えた。「ＰＢは名前は言いたくないとはっきり言った。そこのところは頑なだった。でも、わたしたちは彼に真実を話した。〝わたしたち〟と言うべきじゃないわね。その時点ではわたしは関わってなかったから。わたしの同僚が話した」

「ＲＪが？」

「ええ」

「つまりメンフィスにいるあんたの同僚が」

「どうしてそれを知ってるの？」

　ワイルドは何も言わなかった。

「遠まわしはやめにしない？」と彼女は言った。「わたしの同僚はＰＢに彼が知りたがっていたことを話した。それと引き換えに、あなたのお友達のＰＢはわたしたちに協力すると約束した」

「でも、彼は協力しなかった」

「そう。かわりにアカウントを削除した。わたしたちは二度と彼に連絡できなくなった」

「彼に何を話した？」とワイルドは尋ねた。

「あら、同じ過ちを繰り返すつもりはないわ」と女は言った。「一度だけ騙されるのはしかたないとしても、二度騙されるのはこっちが悪い……」そこで彼女はことばを切った。「あなたのほんとうの名前は？」

「おれはワイルド」

女は笑顔になった。「わたしはダニエル」そう言って警察のバッジを取り出した。「ニューヨーク市警察のダニエル・シアー刑事。元ながら。あなたはわたしたちに協力してくれる？」

「正式な捜査なのか？」

ダニエル・シアーは首を振って言った。「今、元刑事って言ったでしょ？　わたしは同僚の手伝いをしてるの」

「メンフィスにいる同僚の」

「そう」

「で、ＰＢも彼に手を貸すと約束した」

「彼とは言ってない」

「すまない。彼女なのか？」

「いいえ、彼よ。ねえ、聞いて、ワイルド。あなたはわたしにＰＢの本名を教える。わたしはあなたにすべてを話す。わたしを信じて。きっとあなたも聞きたいはずよ」

「PBの名前は教えられないと言ったら?」

「ここでバイバイする」

「待って」ダニエルは携帯電話に何か打ち込んだ。「同僚にその名前を送るから」

「ピーター・ベネット」

「じゃあ、RJのことを話してもらえるかな?」

ダニエルはメッセージを送信し、朝の陽光を見上げて微笑んだ。「アーチの中にはいれるのを知ってた? 反対側の柱の東側に入口がある。一般には開放されてないけれど、現役の刑事だったときには、まあ、特権ではいれた。実際に柱の中にはいって、螺旋階段をのぼって、アーチのてっぺんまで行けるのよ。またとない絶景が見られる」

「シアー刑事?」

「元刑事。ダニエルと呼んで」

「ダニエル、いったい何が起きてる?」

「あなたはどうしてこの件に関心があるの、ワイルド?」

「話すと長くなる。ひとことで言うなら、ピーター・ベネットを捜している。おれとピーターは同じDNA鑑定サイトに登録していて、血縁者としてマッチした」

「興味深い話ね。でも、あなたはRJとはマッチしなかったのね?」

「しなかった」

「となると、あなたにとってはこれで行きづまりね。あなたの血縁者捜しのことだけど。それから、正直に言うと、わたしの同僚にはもうPBの協力は必要ない。もう手遅れなのよ」

ワイルドはそのことを考えてから言った。「なんらかの理由で、RJは誰にも名前を知られたくなかった。ただ、年齢に見合ったマッチする相手を見つけたかった」

「仮説がありそうね、ワイルド」

「あんたは警察官だ」

「元警察官よ」

「でも、あんたの同僚は元じゃない。その同僚は誰か別人のふりをしてDNAサイトで血縁者を捜そうとしている。〝黄金州の殺人鬼〟事件（一九七〇年代から八〇年代にカリフォルニア州で発生した連続殺人事件。二十一世紀にはいり、DNA鑑定により、複数の殺人の犯人が同一犯であることが判明した）でDNA鑑定が役立ったみたいに。あの事件では、殺人現場から犯人のDNAが採取され、警察はDNAデータベースで犯人捜しをした。昨今家族を捜している人たちと同じように。DNAがマッチして血縁者がいるとわかり、その情報を頼りに、殺人鬼ジョセフ・ディアンジェロを見つけ出そうとした」

ダニエルはうなずいた。「だいたいそんなところね。ポール・シンクレアという名前に聞き覚えはある？」

「いや、ない」

「真のキリスト教団のポール牧師は？」

ワイルドは首を振った。

「メンフィスを拠点にほぼ四十年、教団を運営していた。先月、眠りながら安らかに息を引き取った。九十二歳まで健康そのものだった。因果応報はほんとうにあるのかもしれない。ただ、この地球上にはないだけで」

「というと？」

「彼は信者をレイプし、妊娠させていた。それも若い信者をたくさん。本人は否定した、もちろん。でも、鑑定サイトを通じて父親が同じだと知った人たちが大勢いた。そこで、テネシー州警察にいるわたしの同僚がポール牧師のDNAを鑑定サイトに送った。いったい何人子供がいるのか、そうやって突き止めようとした。このサイトだけでも、十七人いた。そのうち十二人は養子に出されていた。あとの五人は、父親はほかの人だと言われて育てられていた。あなたのお友達のPBと同じように。誰もほんとうのことを知らなかった」

「つまり、PBの生物学上の父親は――」

「ポール牧師よ。あなたの血縁捜しの役に立ちそう？」

ワイルドはそのことを考えた。「ああ、役に立つと思う」

ワイルドは北に歩いて戻り、ヘスターのオフィスに行った。オフィスに着くと、ヘスターは言った。「ジェン・キャシディがあなたを捜してる。とても大事な用件だそうよ」

「彼女の電話番号はわかる？」

　ヘスターはワイルドに番号を伝えた。ワイルドはその番号にかけた。

「あなたは見て見ぬふりはできないのよね」電話に出たジェンはそう言った。

「どうかしたか？」

「マーニーがいなくなった。マスコミにさんざん叩かれて、どこかに逃げたんだろうってみんなは思ってる。でも、わたしたちは念のためにお互いの居場所がわかるアプリをお互いの携帯に入れていた。あの子の電話は電源がはいってない。そんなことは一度もなかったのに」

「もしかしたらほんとうにはいって――」

「いいえ、ワイルド。あの子はそんなことはしない。クレジットカードを使った記録もないし、何もない。マーニーは逃げたりしない。そんなに機転の利く子でもない」

　ワイルドは眼を閉じて言った。「最後に誰かが彼女を見たのは？」

「アパートメントをこっそり抜け出したときだと思う。でも、はっきりしたことは誰にもわからない」

「彼女のメッセージはチェックできるか？　テキストメッセージは？　eメールは？」

「そんなこともやってないと思った？　何もなかった」

「今、どこにいる？」

「〈スカイ〉の自分の部屋よ」

「ちょっと待ってくれ」

ワイルドはヘスターに向かって身振りで電話を貸してくれと合図した。その電話でローラにかけた。「一番信頼できるスタッフをジェン・キャシディの〈スカイ〉のアパートメントに遣ってくれ。彼女の妹が姿を消した」

「すぐ手配する」

「まだラスヴェガスにいるのか？」

「テターボロ空港行きのプライヴェートジェットに乗れたんで、一時間半まえにニュージャージーに着いた。わたしもそっちに向かう」

ワイルドはローラとの電話をつないだまま、自分の電話でジェンに言った。「そこにじっとしてるんだ。おれの友達のローラ・ネイサーがそっちに向かってる。彼女が着いたらすぐに部屋に通すように受付係に伝えてくれ」

ワイルドは電話を切り、次にヴィッキー・チバにかけた。

「もしもし？」

「サイラスはまだそこにいるかな？」

「今さっき出発したところよ。エリザベスで荷物を積んで、ジョージア州まで運ぶって言ってた。どうしたの？　何かあったの？」

「きみたちにも知っておいてもらいたい」

「何を?」

「ジェンだ」

「彼女がどうかしたの?」

「全部彼女が仕組んだことだった」

沈黙。ヴィッキーが訊いた。「いったいなんの話?」

「ジェンがピーターをはめたんだ。マクアンドルーズを雇ったのも彼女だった」

「まさか……」

「ピーターの恥ずかしい写真を撮ったのも、マーニーが嘘の暴露をするように仕向けたのも彼女だった」

「まさか」ヴィッキーは繰り返した。が、その声はさっきより弱々しくなっていた。ワイルドは話しつづけた。ヴィッキーに一部始終を話して聞かせた。できるだけおだやかに、感情を交えず。

ヴィッキーのすすり泣きが嗚咽(おえつ)に変わった。

電話を切ると、ワイルドは眼を閉じて壁にもたれ、深呼吸した。

ヘスターが声をかけた。「ワイルド?」

「ようやく全部わかった気がする」

40

うまくいくだろうか？

あとひとり。あとひとりだけ。

それで片がつく。

いずれ見つかるだろうか？　もしかしたら。おそらく。しかし、それほど怖くはない。そのときにはやりかけたことをやり遂げているだろうから。

あとひとり。

そのあとは？

キャサリン・フロールのコンピューターから手に入れた、ネット荒らしの名前のリスト。このまま突き進むべきか？　彼らはみな死んで当然の人間ではないか。考えうる選択肢はふたつ。その一。この次の殺人を終えたら、どこかに逃げて身をひそめる。事件もろとも消えることができるかもしれない。誰にわかる？

その二。このまま殺しつづける。

マサチューセッツ州フレーミングハムにレスター・マルナーという男がいる。ティーンエイジャーの少女になりすまし、自分の娘のライヴァルを叩きまくって、可哀そうに自殺にまで追い込んだ。この男を殺してもいい。そのあとで、同じフレーミングハムのトマス・クレイマーを殺し、それからヴァーモント州マンチェスターに移動して、エリス・スチュワートを殺すのもいいかもしれない。そうやって、キャサリン・フロールのリストに沿って殺していけば、そのうちマスコミが〝連続殺人〟と騒ぎだすにちがいない。刑務所送りになるか、殺されるか、ほかにどんな形にしろ、阻止されるまで殺しつづける。いや、正直に白状しよう。もうやめるつもりはない。

誰かに止められるまでは。

そこまで考え、わたしはこの計画が気に入る——この殺人はやはり遂行する。正義のおこないとでも復讐とでも好きなように言ってくれてかまわない。彼女を殺したあとは、自分が殺されるまで殺しつづける。

どのみち、生きがいなどもはや何も残っていないのだから。

わたしは何もかも失った。

わたしは倉庫兼ガレージに戻る。まだにおいはしない。賃料は半年分前払いしてある。わたしは車の後部座席からマーニーの死体を引きずり降ろし、黒いビニールのごみ袋で包む。厚みのある、三百六十リットルのごみ袋五十枚入りを一箱買ってある。五十枚全部とダクトテープをまるまるひとつ使い切ってマーニーをしっかり包む。空調は最大限に強くしてある。

いつ見つかるだろう?

それはわからない。

そのうちにおいが洩れ出すか、それとも賃料の支払いが滞るのがさきか?

それはわからない。が、どうでもいい。その頃にはもうとっくに片がついている。マーニーを包みおえると、引きずって移動させ、倉庫の隅に寝かせる。その上にブランケットを何枚かかける。それから車に乗り、リンカーン・トンネルを通ってマンハッタンに戻る。今回はわざわざナンバープレートをつけ替える手間は省く。マーニーを殺したときに替えたままだが、警察はまだわたしに眼をつけていない。思ったとおり、誰もがマーニーは逃げたと考えている。

ジェンを除いては。切羽詰まったジェン以外は。

わたしはマーニーに送ったのと同じようなメッセージを彼女に送った。

助けてあげられると手を差し伸べた。マーニーも助けられると。待ち合わせ場所も伝えた。

今からそこに向かい、この仕事を終わらせる。

ジョージ・キッセルはニューアークのウォルナット通りにある連邦保安官事務所に勤務していた。ワイルドは受付で名乗ってから言った――ジョージ・キッセル保安官補に、ワイルドが来たと言い、会いたがっていると伝えてくれ。受付係はワイルドに坐って待つように言ったが、それほど待つこともなかった。ジョージ・キッセルは泥を思わせる茶色いスーツを着て、顔にしかめ面を貼りつけて出てくると、うめくように言った。「来い」

たいていの保安官事務所と同じく、この事務所も連邦裁判所の建物内にあった。ふたりは音という音が大きく響く大理石の広い階段を降りて一階に戻り、裏口からニューアークの通りに出た。歩道の縁石のそばまで歩き、誰にも聞こえない場所まで来ると、キッセルが言った。「なんの用だ?」

「どうしてFBI捜査官のふりをした?」

「してない。そっちが勝手に誤解しただけだ。何しにきた?」

キッセルは上着のポケットに手を突っ込んで煙草の箱を取り出した。そして、一本を口にくわえ、金色のライターで火をつけた。深く吸い込み、それから煙を吐いて言った。「FBIも連邦保安官も連邦の法執行機関だ」テレビの出演者がカンペを読むような一本調子の口調だった。「重大事案で協力することは珍しくない」

「連邦保安官局は証人保護プログラムも管理している」

キッセルは頭が禿げかかっており、長く伸ばしたサイドの髪を引っぱって頭頂部を隠していた。真っ暗闇で見てもすぐにそうとわかるほど、あからさまなバーコード頭だった。キッセルは言った。「連邦保安官局は国内でもっとも歴史のある連邦の法執行機関だ。裁判官を保護し、裁判所を管理し、逃亡犯を逮捕し、連邦犯罪の受刑者を収容して移送もする。それに、そう、いわゆる証人保護プログラム（WITSEC）も管理している」

「あんたはおれの実の父親、ダニエル・カーターについて訊いてきた」

キッセルは何も言わなかった。

「おれは彼に連絡を取ろうとした」とワイルドは続けた。

「今は？」

「どこにいるのかわからない」

「うちのティーンエイジャーの娘が言いそうなことだ、〝それはそっちの問題でしょ？〟」

「このまま捜しつづけることもできなくはない」とワイルドは言った。

「できるだろうな」

「騒ぎを大きくすることもできなくはない。世間に公表して。あんたはそれがいい考えだと思うか、キッセル保安官補？」

「私立探偵が彼の家と仕事場を探った。昨日はきみの昔の共同経営者のローラ・ネイサーが彼の家のドアをノックした。それ以上のことをするということか？」キッセルは肩をすくめて言った。「ほかにできることがあるとも思えないが」

ふたりの眼が合った。ワイルドは全身の血管に疼（うず）きを覚えた。

「何が望みだ、ワイルド？」

「実の父親についてもっと知りたい」

「みんなそうじゃないのか？」キッセルはまた煙草を深く吸い、少し息を止めてから、セックスしているのと同じくらい気持ちよさそうに煙を吐いた。「いいか、誰の話をしてるのか、知らないふりをするつもりはない。そんなことをしても時間の無駄だ。おまえはもうすでに知りすぎている。おれが肯定も否定もできないこともわかってる」

「彼や彼の家族を危険な目にあわせるつもりはない」とワイルドは言った。「ただ、あんたには——彼には——知っていてもらいたい。おれはもうわかってるということを。それでいい。彼のことはDNA鑑定サイトを通じて知ったわけだが、これ以上は深追いしない」

キッセルはくわえていた煙草を手に取り、まるでその吸いさしが答を教えてくれるかのようにじっと見つめた。「なんの話かわからない」

「ダニエル・カーターは——本名がなんであれ——おれに嘘をついたのか？」

反応はなかった。そもそもワイルドは答を期待していたのか。

「おれの実の母親が誰なのか、ほんとうに知らないのか？　どうしておれが森に捨てられたかも？」

キッセルはわざとらしく腕時計を見た。「そろそろ戻らないと」

「頼みたいことがひとつある」

ワイルドは彼に手紙を渡した。

キッセルは言った。「これはなんだ？」

「彼に渡してくれ。時々こうして、こんなふうに完全に封をした手紙を持ってここにくる。あんたさえよければここでこうして会う。あんたは〝なんの話かわからない〟と言う。それでも手紙は受け取る。それを届けてほしい。もしかしたら、時々、彼は同じように封をしたおれ宛ての手紙をあんたに渡すかもしれない。渡さないかもしれない。とにかく、おれたちはそういうことをする」

キッセルの視線はワイルドを通り越し、その先を見ていた。

「それでいいかな?」とワイルドは訊いた。

キッセルはワイルドの背中を叩いて言った。「いったいなんの話をしてるのかわからない」

41

わたしは車を停める。前回とまったく同じように。あとはジェンを殺すだけだ。そのあとすぐに捕まるならそれまでだ。防犯カメラの映像から、同じ車が同じ辺鄙(へんぴ)な場所に停められていることに気づかれたら、そのときはそのときだ。その頃にはもうとっくに終わっている。このあとも殺人を続けられたとしてもそれはおまけみたいなものだ。

わたしの手には銃が握られている。

低い位置に構えているので、外からは見えない。あと十分ほどでジェンがここにやってくる。どう進めるべきか。さっさと殺す？　撃つのは三発。それがわたしのやり方だ。なぜ三発なのか。法医学の見地から連続殺人を読み解くプロファイラーはきっとすばらしい仮説を思いつくだろう。賭けてもいい。もっとも、実際にはこれといった理由はない。少なくとも人の興味を惹くような理由は。ヘンリー・マクアンドルーズを撃ったときに――最初に殺人に手を染めたときに――三発発砲した。どうして三発だったのか？　はっきりしたことは言えないが、手を止めて、このくらいで充分だろうかと考えたのが三発撃ったあとだったからだと思う。いずれにしろ、たまたまのことだ。二発でも四発でもよかった。ただ、撃ったのが三発だった。今はその数にこだわっている。鋭い洞察力などお呼びでない。プロファイラー諸氏には悪いけれど。

わたしは眼を閉じ、数秒そのままじっとしている。手の中にある銃のことを考える。

この痛みを和らげたい。

それがきっかけではなかったか？　この痛みが。耐えられないほどの痛みは何もかもを麻痺させる。まず理性を奪う。ただ、痛みを止めたいと願うだけになる。ひどいことをした人間を殺せば痛みは和らぐ。わたしはそう思っていた。

驚いたことに、実際、痛みは和らいだ。もとい、和らぐ、だ。現在形だ。

ただ、長くはもたない。

そこが新たな問題になった。わたしにとって殺人は膏薬みたいなものだ。が、その膏薬の効き目はいささか短い。あまつさえ、傷を癒やす効力そのものが弱まりつつある。だから傷口にもっともっと膏薬を塗ることになる。

傷口に膏薬を塗ることを考えていたちょうどそのとき、ジェンが角を曲がってやってくるのが見える。

わたしは手にした銃を見下ろし、それからまたジェンを、彼女の代名詞とも言えるつややかなブロンドの巻き毛が取り巻く、息を呑むほど美しい顔を見る。今すぐ撃つべきか？

彼女が車に乗り込むのを待ち、呼び出したのはわたしだとわからせ、それから――バン、バン、バン。それで終わらせるべきか？　それがいい。彼女には苦しみを味わわせたい。そんなふうに思うのは今までにはなかった感覚だ。これまではただ殺すだけでよかった。彼らがこれまでにしたことはまちがいなく残忍でひどい所業だ。が、ジェンのしたことは？　企みと裏切り……

ジェンはあと数メートルのところまで来ている。

彼女がここに来るのはわかっていた。彼女の妹もそうだったが、投げ込まれた救命具につかまらずにいられるわけがない。

眼を凝らし、運転席にいるのが誰か見定めようとしている。が、まだわたしだとわかっていない。

ジェンがすぐそばまでやってくる。わたしは銃を持ち上げる。

運転席にじっと坐っていると、ジェンが助手席のドアに手を伸ばす。わたしはロックをはずし、彼女が乗ってくるのを待つ。

が、そうはならない。

ボタンを押した瞬間——小さな音が鳴ってロックが解除された瞬間——運転席のドアが勢いよく開く。わたしは振り返り、銃を構える。が、手がすばやく伸びてきて、わたしから銃をもぎ取る。

見上げると、ワイルドの大きな青い眼がわたしを見ている。

「そこまでだ、ヴィッキー」

ワイルドは車をまわり込んで助手席に乗った。ヴィッキーはまだ運転席に坐っていた。

ヴィッキーは窓の外をまっすぐ見つめたまま言った。「わたしをはめたのね。ジェンが黒幕だったとわたしに伝えて、動くかどうか確かめたのね」

ワイルドには返事をする理由がなかった。

「どうしてわたしだとわかったの？」

「確信はなかった」

「彼女を殺すまで待ってくれてもよかったのに、ワイルド」

　ワイルドは何も答えなかった。ヴィッキーと同じように窓の外を見た。建設現場の金網の入口のそばで、ローラがジェンに寄り添って立っていた。ローラはほかにもふたり配置していたが、ワイルドには彼らの援助は要らなかった。

「どうしてわたしだとわかったの?」

「たいていの場合、どこからばれるか? 嘘からだ」

「具体的には?」

　ワイルドはまだ窓の外を見ていた。「ひとつはきみとピーターとの関係だ。きみは彼の姉じゃない。母親だ」

　ヴィッキーはゆっくりうなずいた。「どうしてわかったの?」

「ピーターと同じだ。DNA鑑定サイト」

「わたしのせいじゃない」ヴィッキーは小声で言った。

「ピーターを身ごもったことか? ああ、ヴィッキー。それはきみのせいじゃない」

「あの男はわたしをレイプした。知ってるでしょうけれど」

　ワイルドはうなずいた。「きみたち一家はメンフィスの郊外に住んでいた」

「ええ」

「きみは長女だった」とワイルドは続けた。「おれも最初は考えてもみなかったよ。でも、急に引っ越すことになって、妹のケリーがひどく取り乱したときみは言った。〈チャッキーチーズ〉で開かれる友達の十一歳の誕生日パーティに行けなくなるって」

「それはほんとうよ」

「嘘だとは言ってない。でも、その話を聞いて考えた。ケリーは十一歳だった。きみのほうが年上だ。いくつ離れてる?」

ヴィッキーは大きく息を吸って言った。「三歳」

ワイルドはゆっくりうなずいた。「きみは十四歳だった」

「ええ」

「きみの身に起きたことは気の毒としか言いようがない」とワイルドは言った。

「あの男がわたしをレイプするようになったのは十二歳のときだった」

「ポール牧師?」

ヴィッキーはうなずいた。「両親には話さなかった。最初は。両親にとってあの男は神にも等しい存在だったから。しばらくしてから話そうとしたけど、聞く耳を持ってもらえなかった。両親に打ち明けたとき、わたしは妊娠していた。両親はわたしをあばずれって呼んだ。実の母親と父親がそう言ったのよ。相手の男が誰なのか知りたがった。信じられる、ワイルド? わたしは事実を話した。ポール牧師がしたことをありのままに話した。そうしたら、母親に叩かれた。顔を平手打ちされ、嘘つき呼ばわりされた」

ヴィッキーはことばにつまり、眼を閉じた。

「そのあとは？」

「どうなったと思う？」

「きみはどこか遠くに行った」

「そんなところよ。わたしのお腹がめだちだすと、家族の体面を守るために、両親はわたしと母親は教会の巡礼の旅に出ていることにした。母は自分が妊娠したとまわりに話した。そうして戻ってきたあとは、母が産んだ子として赤ちゃんを育てた」

「きみは姉のふりをすることになった」

「そう」

「だったら、どうしてペンシルヴェニア州に引っ越したんだ？　事実関係は確認した。きみの父親は確かにあそこの州立大学で働いていた。実際に引っ越ししたのはまちがいない」

「気が変わったのよ。両親の」

「きみの訴えを信じる気になった？」

「そうとは絶対に認めなかったけれど」とヴィッキーは答えた。「でも、そのとおりよ」

「どうしてまた？」

ヴィッキーの眼に涙があふれた。「ケリーよ」

「妹の？」

「ポール牧師はケリーにも興味を示すようになった」ヴィッキーは眼を閉じ、しばらくそうしていた。「それで、やっとわたしの両親も眼を覚ましたのね。悪い人たちじゃないのよ。ふたりとも妄信的な家庭で育ったから、神を信じること以外のことはよく知らなかったのよ。心の底から崇拝してやまない人が自分の娘を汚していたなんて考えるだけでも……」ヴィッキーは深呼吸して続けた。「ポール牧師のことは、ピーターが登録していたDNA鑑定サイトで知ったのよね？」

「ああ」

「どうしてピーターの母親がわたしだとわかったの？」

「ピーターと同じだ。サイラスとマッチしたからだ。サイラスは、DNAのおよそ四分の一がマッチしているということは、自分とピーターとは半分血のつながった兄弟だと思い、その結論に飛びついた。でも、今となってはそれはありえない。半分血がつながっているということは、両親のどちらかが同じということだ。ポール牧師がふたりの父親で、まったく血縁関係のないふたりの女性が彼らの母親ということはあるだろうか？　ありそうにない。サイラスがほかにもきみたちの父方の血縁者とマッチしていたことを考えればなおさらだ。忘れてならないのは、DNAが二十三パーセントでマッチしても、必ずしも半分血のつながった兄弟とはかぎらないことだ。〈DNAユアストーリー〉のウェブサイトにはこうも書いてあった。祖父母、あるいは今回のように叔父かもしれない。となると、考えられる可能性はひとつしかない。ピーターの母親はきみで、サイラスは彼の叔父ということしか考えられない」

ヴィッキーはうなずいた。「おかしな話だけど、聞きたい？」

ワイルドは黙ったまま続きを待った。

「ピーターが生まれたことは、わたしの人生にとって最高の出来事だった。恐怖と残忍な行為の結果もたらされたのは、非の打ちどころのない小さな可愛い赤ちゃんだった。この世界にはもったいないくらいすばらしい子だった。あの子について話したことは嘘じゃない。ピーターは特別な子だった」

ワイルドはさらに突っ込んで訊いた。「〈ブーメラン〉に申し立てをしたのはピーターなのか？　それとも、きみか？」

「ふたりで一緒に送ったのよ。そのときはまだピーターはわたしのことを姉だと思ってた。マーニーにもジェンにも『ラヴ・イズ・ア・バトルフィールド』の世界そのものにも打ちのめされていた。なんとかして潔白を証明したいと躍起になっていた。DogLufegnevと名乗る相手から写真はまだある、もっとひどいものがあると脅されて、あの子は何が起きているのかもっと知りたいと思った。それで、わたしが〈ブーメラン〉に助けを求めたらどうかって勧めたのよ。そうしたらしばらくして、ひと月後かそれくらいだったと思うけれど、ある日、〈ブーメラン〉のメンバーという人からメールが届いた。わたしたちの申し立ては否決されたって。わたしはピーターになり代わって返信した。どれだけ打ちのめされたか、どれほど助けを必要としているか訴えた。そうしたら、〈ブーメラン〉のその人は、キャサリン・フロールと名乗り、自分は熱狂的なバトラーで、ピーターが出演していたシーズンが大好きだったとか、そんなことを言いだした。今でもわたしたちを助けたいと思ってるって」

「キャサリン・フロールがきみにヘンリー・マクアンドルーズの名前を教えたんだね？」

「そう。彼女から訊き出した。でも、もう手遅れだった」

「どういう意味だ、手遅れというのは？」

「そのときにはもうピーターはいなくなってしまっていた」

「それでも、とにかくきみはマクアンドルーズの家に行った」

「ええ」

「で、彼を殺した」

ヴィッキーはうなずいた。「それで終わると思ってた」

「おれがマクアンドルーズの死体を見つけて、殺人がニュースになった。で、キャサリン・フロールのほうからきみに連絡してきたんだね？」

「ええ」

「彼女はピーターかきみが殺人に関係していると思った」

「誰もいない時間に彼女のオフィスで会うことになった。わたしは彼女にピーターと一緒にすべて説明すると言った」

「彼女が告発するかもしれないとは心配しなかったのか？」

「わたしもそれは考えた」とヴィッキーは言った。「放っておけば、彼女はいずれ誰かに話したと思う。でも、キャサリン・フロールには失うものも多かった。FBIの捜査官でありながら、違法の自警団員として活動していたんだから。そのあたりの詳しい事情は今は省くわ。重要なことじゃないから。ただ、マクアンドルーズを撃ったあと、わたしは気づいてしまった。どう思われるかはわかってる。でも、わたしは人を殺すのが好きだということに気づいてしまったのよ」そこでヴィッキーはまた笑みを浮かべた。思わず逆毛立てられるような笑みだった。「子供の頃にレイプされたトラウマのせいだって言うこともできる。でも、それって月並みよね、ちがう？　何かの病気とか、別の出来事のせいとか、もっと考えられるのは、ただ単に脳の化学的不均衡のせい？　だけど、わたしの持論を聞きたい、ワイルド？」

ワイルドは何も言わなかった。

「連続殺人鬼の素質がある人は大勢いる。本に書いてあるみたいに、百万人にひとりどころじゃない。二十人にひとり、いえ、十人にひとりと言ってもいいくらいよ。でも、実際にやらなければ、最初の殺人に手を染めなければ、高揚感がやみつきになることはない。誰もがヘロイン中毒になりうるけれど、そもそも最初に手を出さなければ、味をしめることもない

「……」

「マーティン・スパイロウはきみのそうした個人的な理由から殺された」

ヴィッキーはうなずいた。「世の中にはひどいことをする人が大勢いるのよ、ワイルド。亡くなった可哀そうな女性の訃報にマーティン・スパイロウが書き込んだコメントを読んだ？　わたしはキャサリン・フロールから〈ブーメラン〉の標的リストを手に入れた。匿名で見ず知らずの他人に対して、残酷で、下劣で、無慈悲なことばを投げつけることでしか一日をやり過ごせない、哀れでおぞましい生きもののリストよ。想像してみて。マーティン・スパイロウは、朝起きて、若くして亡くなった娘の死を嘆く傷心の家族を見つけた。そのあと、彼は何をした？　こんなコメントを残した。〝ホットなプッシーがもうなんの役にも立たなくなったとは実に残念だ〟。どれほどひどい人生の選択をしてきたら、こんなことをする人間になるの？」ヴィッキーはうんざりしたように首を振った。「わたしは世の中のためになることをしただけよ」

「で、ピーターは今どこにいる？」とワイルドは尋ねた。

「最初に会ったときに言ったでしょうが」ヴィッキーはそう言って微笑んだ。「あなたもわかってるはずよ、ワイルド。最初からわかってた。わたしの息子——わたしのすばらしい息子は準備を整えて行動に移した。飛行機のチケットを買ってあの島に行った。入国審査を通過して、ホテルにチェックインした。最後の投稿をした日の朝、チェックアウトして、タクシーに乗り、崖のてっぺんまで歩いていける小径に向かった。あの子はわたしにメッセージを残していた。再生すると二分後に自動的にメッセージが消去されるアプリを使って。あの子はさよならと言った。背後に波の音が聞こえた。そのあとあの子は崖から海に飛び込んで死んだ」

ワイルドは何も言わなかった。

「あなたも知ってるでしょ？　あの子がどれだけ嫌がらせを受け、世間の悪意にさらされたか。どれほど恥をかかされ、面目をつぶされたか。やってもいないことで責められ、誰も赦してくれなかったことも。人生を賭けた最愛の人だと思っていた妻を、人生を、それに名声をどうやって失ったかも。あれやこれやがあって、誰もあの子を信じようとしなかった。彼の身にもなってみて。義理の妹に薬を盛ったと世界じゅうに思い込まれ、妻にさえ信じてもらえなかった。手にしていたものをすべて奪われた。ワイルド、それだけじゃない。誰よりずっと愛してきた人が、自分を育て、面倒をみてきてくれた人が、サイラスが言ったとおり、ほかの誰よりあの子がお気に入りだった人が、この世界じゅうで誰よりも信頼していた人が、自分にずっと嘘をついていた。姉だと思っていたのに、実は母親だった。自分は母親がレイプされた末に生まれた子供だった。ワイルド、そのことも加味して考えてみて？　それでもまだ疑いの余地はある？　わかった。そう、まだあるわ。今日あなたから電話をもらって、もうひとつあったことがわかった。いなくなる最後の頃、ピーターはなんだかおかしかった。

急に無口になって、悲しそうにしていた。でも、今になってわたしにはその理由がわかる。あの子はきっと気づいたのよ。全部ジェンが仕組んだことだったって。あの子はあの女を心から愛していた。あの子の苦しみを想像してみて、ワイルド。それが最後の一撃になった。よかったら、教えて。誰を責めたらいい？　マーニー？　リアリティ番組？　マクアンドルーズ？　残酷なファンたち？　それともわたし？　教えて、ワイルド。誰があの子を殺したの？」

ワイルドにも答はわからなかった。車の窓を開けて、ローラにうなずいて見せた。ローラはうなずき返し、電話をかけた。

五分後、警察がやってきて、ヴィッキーは連行された。

42

ひと月後――〈ブーメラン〉のクリスが音信不通になり、倉庫でマーニーの死体が発見されたあと、連邦保安官補のジョージ・キッセルがワイルドに電話してきた。

「彼らがきみと話したいそうだ」

電話を握るワイルドの手に力がこもった。「いつ？」

「今すぐ。誰かに話したら、彼らはいなくなる。一時間経ってきみがここに来なくても彼らはいなくなる。今から面会場所の位置情報を送る」

心臓が一気に早鐘を打った。携帯電話の画面に表示された地図を見ると、ニューヨーク州のグリーンウッド湖に近いイースト・ショア通りの西側にピンが立っていた。歩いていけなくもないが、それだとおそらく三、四時間はかかる。

どうしてこんな場所で？

「大丈夫？」とレイラが尋ねた。

ふたりはテレビのある居間にいた。今日は日曜日で、一緒にアメリカンフットボールの試合を見ていた。レイラはニューヨーク・ジャイアンツの大ファンで、試合は欠かさず見ていた。ワイルドはつい「実の父親がおれに会いたがっている」と言いそうになった。が、すんでのところで良識が働いて言うのをやめた。

「車を借りてもいいかな？」

「訊く必要なんてないってわかってるでしょ？」

ワイルドは立ち上がった。「ありがとう」

レイラはワイルドの表情をうかがいながら言った。「あとで話してくれる？」

ワイルドは屈んで彼女にキスし、正直に答えた。「話せることだったら」

車のエンジンをかけ、西に向かった。数週間まえ、すべてが終わったあと、サイラスが会いにきた。「あんたとおれはやっぱり家族だ」と彼は言った。「かなり遠縁だけど。でも、なんていうか、おれたちにはほかにはもう誰もいないみたいなもんだから」その二週間後にふたりは会って話した。サイラスは一緒にアルバムを調べてみないかと提案した。何世代かさかのぼって。ワイルドはあまり気が進まなかった。いずれそのときが来るかもしれないが、今ではなかった。今は過去を振り返るのではなく、未来を向いていたかった。ワイルドはサイラスに今はそっとしておきたいと伝え、サイラスも彼の意思を尊重した。

だからといって、ワイルドも忘れたわけではなかったが。

三十分で約束の場所に着いた。イースト・ショア通りとブラフ・アヴェニューの角に車を停めた。すぐそばに黒塗りの車が何台か停まっていた。ワイルドが車から降りると、ジョージ・キッセル連邦保安官補も降りてきた。

「ボディチェックをさせてもらってもかまわないか？」

ワイルドは両手を上げた。キッセルは念入りに確認してから、角にある家を顎で示した。典型的なニューイングランド風の塩入れ型家屋(ソルトボックス)で、真ん中に煙突と玄関があり、窓はきっちり左右対称に配置され、家の正面は平面的だった。コロニアル様式の魅力のいくつかは削(そ)ぎ落とされ、ほぼ銀色に近いグレーのアルミニウムの壁材に〝アップグレード〟されていた。

ワイルドはためらった。突然、何か妙な感覚を覚えたのだ。

「ドアの鍵は開いている」とキッセルは言った。「きみは監視されている。おかしな動きをしたら、すぐに外に連れ出す」

ワイルドは黙ってキッセルをじっと見つめた。キッセルは言った。

「ああ、わかってる。ただ、これはルールに反することだ。だからみんな神経を尖らせてる」

「ありがとう」

ワイルドはわざと時間をかけて玄関に続く小径を歩いた。どうしてそうしたのかは自分でもわからなかった。この瞬間をずっと待ち望んでいたのに。玄関のドアに手をかけたものの、そこで動きを止め、このまま踵を返して帰ろうかと思った。ワイルドには答は要らなかった。今はもう。自分自身にも人生にもかつてないほど満足していた。レイラとともに何かを築いていけそうだった。連続殺人も阻止した。人生はバランスが肝心だ。今の彼は揺るぎない地面に立っていた。

ドアノブをまわして家の中にはいった。

てっきりダニエル・カーターが待っているものと思っていた。が、階段のある玄関間で顔を上げ、まっすぐに彼を見つめていたのは、ダニエルの妻のソフィア・カーターだった。

いっときふたりは黙ったままその場に立っていた。ワイルドは彼女の下唇が震えているのに気づいた。

「あの……」父親のことをなんと呼べばいいのかすらわからないままワイルドは言った。

「あなたの夫は無事なのかな？」

「あの人なら大丈夫よ」

全身が安堵で満たされた。それはワイルド自身、思ってもみなかったことだった。

「でも、ダニーはあなたにほんのわずかしかほんとうのことを話さなかった」とソフィアは言った。

ワイルドは何も言わずに続きを待った。

「彼はあなたの生物学上の父親よ。あなたにとってなにより大事なのはそのこと。それに、彼はいい人よ。わたしがこれまで出会った中で一番いい人と言ってもいいくらい。親切で、強くて、すばらしい父親であり、夫でもある。あなたのためにも彼に似ていてほしい」

「彼は今どこに？」

ソフィアはそれには答えなかった。「わたしたちが証人保護プログラムの適用を受けているのはもう知ってるわね」

「あなたたちは安全なのか？」

「身分を変えたの」

「娘さんたちは？」

「とうとう娘たちにもほんとうのことを話さないわけにはいかなくなった。少なくともほんとうのことの一部を」

「娘さんたちは知らなかった?」

ソフィアは首を振った。「わたしたちは娘たちが生まれるまえにダニエルとソフィア・カーターになっていたから。とてもいい子たちよ、あなたの妹たちは。わたしたちは恵まれていた。娘たちはずっとわたしたちの家族のことを知りたがっていた。でも、当然、わたしもダニエルも嘘をつくしかなかった。何も知らないふりをするしかなかった。それもプログラムの保護を受ける条件のひとつだった。そうしたら、愛すべき娘たちは何をしたと思う? 父親が大好きなあの子たちはどうしたと思う? 彼のDNAを鑑定サイトに送って驚かせようとした。家族や先祖が見つかるように。家庭用のコロナウィルス検査キットを使って彼のDNAを採取して、鑑定サイトに送った。賢いでしょ、あなたの妹たちって。娘たちが鑑定結果を彼にプレゼントしたとき、彼もわたしも血の気が引いた。それは重大な規則違反だった。ダニーはコンピューターに駆け寄って、自分の情報を削除した。でも、そう、もう遅かった。言うまでもないけど」

「申しわけない」とワイルドは言った。「面倒に巻き込むつもりはなかった。実の父親が証人保護プログラムの保護を受けてると知っていたら――」

「証人保護プログラムを受けることになった理由はダニーじゃないのよ」とソフィアは言った。「わたしなの」

ワイルドの背中を冷たいものが走った。

「その話をするまえに」とソフィアは言った。「質問してもいいかしら?」

話をさきに進めるためにワイルドはうなずいた。

ソフィア・カーターは小柄な女性だった。頬骨が高く、鋼(はがね)を思わせる眼をした美人だった。彼女は顔を上げて言った。「あなたのことはまえに記事で読んだ。時々、昔の記憶が甦るということだったけれど……」声が次第に小さくなった。

「記憶というほどのものじゃない」とワイルドは答えた。口の中がからからに渇いていた。「時々、夢を見たり、フラッシュバックみたいに見えたりするだけだ」

「スナップショットみたいに何かが見えるということ?」

「ああ」

「階段の赤い手すりとか。記事にはそう書いてあった。暗い部屋。口ひげの男の肖像画」

ワイルドは動けなかった。なんとなくわかりはじめていた。

ソフィアは手を上げ、階上(うえ)に続く階段の白い手すりに手を置いた。「この手すりはもともと赤だった」と彼女は言った。「それこそ血みたいな真っ赤だった。この部屋の内装は? まえは暗い色の木材だった。新しいオーナーが全部白く塗り替えた」ソフィアは左を――今は青と黄色のタペストリーが掛かっている場所を――指差した。「あそこには口ひげの男の肖像画が掛かっていた」

ワイルドはめまいを覚えた。しばらく眼を閉じて、落ち着きを取り戻し、努めてしっかりと立っていようとした。頭の中から女の悲鳴が聞こえてきた。さらに見慣れた光景――階段の手すり、壁、肖像画――が矢継ぎ早に甦った。閃光のように、ストロボのライトのように。ワイルドは眼を開けた。

ここだ。この玄関間だ。意識がはっきりしてきた。

「悲鳴」とワイルドはどうにか声を絞り出して言った。「悲鳴が聞こえた」

ふたりの眼が合った。

「わたしの悲鳴よ」

「ということは、あなたが……」

ソフィアはうなずくこともなく言った。「わたしがあなたの母親よ、ワイルド」

やっとこのときが来た。長い年月を経て、今、ワイルドの眼のまえに母親が立っていた。ワイルドはその人を見つめた。胸の中で心臓が破裂しそうだった。

「この場所」ソフィアは感覚が麻痺したような声で言った。「ちょうど今わたしが立っているこの場所。ここがわたしが最後にあなたを見た場所よ。わたしはあの小さなドアを開けた」ソフィアは階段の下の収納庫のドアを指差して言った。「可愛い坊やに、わたしが戻ってくるまで絶対に音を立てないでと約束させて、ドアを閉めた。あなたの姿を見たのはそれが最後だった」

ワイルドは頭がくらくらし、気が遠くなりそうになった。

「名前は言えない。どこに住んでいるのかも。詳しいことは話せない。あなたの妹たちにも言えないのと同じ。それも今日こうして会うための条件だから。それに、時間もあまりない。あなたに憎まれることになるかもしれないと思うと、話すのは怖い。でも、そうなってもしかたない。でも、あなたも真実を知るべきだと思う」

ワイルドは待った。怖くて動けなかった。この空気を乱すのが怖かった。まるで夢を見ているようだった。とてもいい夢で、途中で夢と気づいて、どうにかして目覚めずにすむよう、できるかぎりのことをしているような感覚があった。

「ティーンエイジャーの頃、わたしは邪悪きわまりない男に見初められた。どこまでもいかれた犯罪ファミリーのどこまでもいかれたサイコパスだった。その男はわたしに熱を上げていた。そういう男におまえはおれのものだと決められたら、大人しく従うか死ぬしかない。ほかに選択の余地はない」

ソフィアは視線をさまよわせ、階段を見た。ワイルドはまだ身動きひとつできずにいた。

「わたしの両親はどうして助けようとしなかったのかって、あなたは不思議に思うでしょうね。父はそのときにはもう亡くなっていて、母は、そう、逆にその男の言うとおりにするように言った。でも、家族のことや子供の頃の話は深入りしないでおくわね。いずれにしろ、誰も助けてくれる人はいなかった。わたしは囚(とら)われの身だった。邪悪きわまりないその男のせいでわたしは地獄に堕ちた。一度か二度、逃げ出そうとしたけれど、事態を悪化させるだけだった。わたしは邪悪きわまりないその男の一家が三世代で——祖父母と父親とふたりの兄弟と一緒に——暮らす屋敷に閉じ込められた。恐ろしく強大な犯罪組織を束ねる一家だった」

ソフィアはまだ上を見ていた。「彼らの屋敷の裏に焼却炉があった。わたしが十八歳になると、邪悪きわまりないその男はわたしをそこに連れていって灰を見せた。そして、彼のお祖父さんがその昔そこで死体を燃やして処分していたと言った。お祖母さんがにおいに文句を言うようになって、お祖父さんは死体を燃やすのはやめたけれど、焼却炉はまだ使えた。もし逃げようとしたら、その男はわたしを焼却炉に縛りつけて、弱火で火をつけ、二週間後に見にくるって言った。その頃にはわたしは灰になっているだろうって」

ソフィアはワイルドをまっすぐに見つめた。ワイルドは口を開いて何か言おうとした——何を言おうとしたのかは自分でもわからないまま——いずれにしろ、ソフィアは首を振って制した。

「最後まで話させて、いいわね？」

ワイルドはたぶんうなずいたのだろう。

「ある日、わたしはあなたの実の父親に出会った。理由や経緯は重要じゃない。でも、わたしは彼に恋した。とても恐ろしかった。わたしにとっても、彼にとっても危険だった。でも——」ソフィアは笑みを浮かべた。「勝手だけど、どうしても彼をあきらめきれなかった。

わたしは二重生活を送るようになった。なんていうか、ふたりとも若かったのね。あなたの父親にはほんとうのことは話さなかった。もちろん話すべきだった。でも、彼はすぐに任務で外国に赴任することになっていた。長くは続けられない。それでよかった。一緒にいられる時間は二ヵ月しかなかった。でも、わたしにとってその二ヵ月はそれ以上願えないほどの時間だった。そのあとは邪悪きわまりない男のところに戻って、あなたのお父さんとの思い出にすがって生きていくつもりだった」ソフィアは笑みを浮かべ、首を振って続けた。「若い頃はそういう馬鹿げたことを自分に言い聞かせるものなのね。そのあとどうなったと思う？」

ワイルドは言った。「あなたは妊娠した」

「そう。あなたのお父さんには話さなかった。わかるでしょ？　お父さんはそんなことは望んでいなかった。わたしはお父さんが正しいことをしようとするんじゃないかと恐れた。わたしと結婚しようとするんじゃないかって。そんなことをしたら、邪悪きわまりない男と男の一家に真実がばれてしまう。あなたのお父さんは強い人だったけれど——今もそう——あんな一家に太刀打ち（たちうち）できるわけがなかった。そんなことができる人は誰もいない」

「だから、邪悪きわまりない男が父親ということにした？」

ソフィアはうなずいた。「そうするのが一番だと自分に言い聞かせた。そうしてあなたのお父さんを守るためにお父さんとは別れようとした。彼の子を産んで、邪悪きわまりない男の子供として育てる。そうすれば、あなたのお父さんの一部とずっと一緒にいられると思った」ソフィアは首を振り、悲しげな笑みを浮かべた。「若い女の愚かな妄想だった。今思うと、どうかしていた」

「で、どうなった？」とワイルドは尋ねた。

「その計画どおりにことは進んだ。でも、二年後にあなたのお父さんが外国での任務を終えて、わたしのもとに戻ってきた。距離を置こうとしたけど、心は欲しいものを求めるものよ。わたしはお父さんにほんとうのことを打ち明けた。今度は全部。わたしがどこの誰で、何をしたか知ったら、彼はわたしから離れていくと思った。でも、そうはならなかった。彼は一緒に逃げようと言った。ほかに選択肢がなければ、邪悪きわまりない男に立ち向かおうと。でも、わたしたちに勝ち目はなかった。わかるでしょ？」

ワイルドは黙ってうなずいた。

「FBIは常にその一家に近い人間を寝返らせようとしていた。でも、応じる者なんてひとりもいなかった。きっと一家にばれることがみんなにはわかっていたから。ばれたらじわじわと時間をかけて殺される。でも、あなたのお父さんとわたしは、どうしようもないくらい愛し合っていた。だから、わたしはとんでもないリスクを冒すことにした。ほかにどうすればよかった？　自分からFBIに申し出たのよ。FBIはわたしがもっと情報を提供すれば、わたしたちを証人として保護して、どこか遠いところに行かせてくれると約束した。わたしは邪悪きわまりない男のもとに戻された、盗聴器をつけて。書類も盗んだ。情報をたくさん提供した。でも、そのあとまずいことになった。ものすごくまずいことに」

「裏切ったのがばれた？」

「もっと悪かった」とソフィアは言った。「邪悪きわまりない男に子供の父親が彼ではないことを知られてしまったのよ」

ワイルドは室内が急に静まり返ったような気がした。遠くから芝刈り機がうなる音が聞こえた。

「どうして？」

「ＦＢＩの誰かが彼に洩らした」

「そのあとは？」

「危険を察知して、わたしはあなたを連れて車に飛び乗って逃げた。あなたのお父さんに電話した。お父さんの友達が湖のそばに家を持っていて、使わせてもらえた。誰にも見つかりっこない。そう思った。あなたとわたしは、そう、逃げてここに来たのよ。ＦＢＩには怖くて連絡できなかった。情報を洩らしたのが彼らだったんだから。でも、その頃にはジョージ・キッセルを知っていた。だから、この家に着くと、すぐ彼に電話した。彼はここでじっと待つように言った。だからそうした。ただ、邪悪きわまりない男のほうがさきにわたしたちがここにいるのを見つけてしまった。その男のほかにも三人の男が一緒だった。彼らは、ちょうど今、ジョージ・キッセルの車が停まっている場所に車を停めた。邪悪きわまりない男が玄関の外に立って、ドアを叩いた。手にはナイフを持っていた。彼は怒鳴りだした」

ソフィアはそこでことばを切った。何かに引っぱられたように胸が大きく動いた。

「わたしの眼のまえであなたを八つ裂きにしてやるって怒鳴りだした。わたしは怖くてたまらなかった。必死だった。あなたには想像もつかないでしょうけれど。わたしはちょうどここに、今と同じこの場所に立っていた……」

ソフィアは遠くを見るような眼をした。当時に戻ったかのように。そのときの様子を目のあたりにしているかのように。

「下劣な男はドアを破ろうとした。今にも家の中にはいってきそうだった。どうすればいい？　わたしはあなたを階段の下に隠した。大人しくしているように言い聞かせた。でも、それだけじゃ足りない。とうとうドアが開いた。あの男が飛び込んできた。あなたからあの男を遠ざけることしか考えられなかった。わたしは声のかぎりに悲鳴をあげて階段を駆け上がった。あの男が追ってきた。それでいい。男は一階からいなくなる。息子から遠ざかる。わたしは寝室の窓のそばに行く。男はすぐうしろから追いかけてくる。わたしは窓から生け垣の上に飛び降りる。男たちをみんなあなたから遠ざけなければ。収納庫に隠れていれば、あなたに危害は及ばない。わたしはそう思い、通りを横切って、森の中に逃げ込むことにした。邪悪きわまりない男と手下に自分を追いかけさせようとした。これでいい。これならあなたは見つからない。男たちはあなたもわたしと一緒に逃げているると思っているにちがいない。わたしはひたすら走った。あたりは暗かった。逃げきれそうだと思えるほど。でも、そのあとは？　わたしを彼らに見失わせるのもまずかった。そうなれば、彼らは追うのをあきらめ、ここに戻ってあなたを見つけてしまうかもしれない。だから、わたしはひたすら走りつづけながら、時々音を立てて彼らを自分に引きつけた。捕まるのはちっとも怖くなかった。もし捕まって殺されても、あなたはまだ生きている。いつまでそうしていられるかはわからなくても。たとえそれが数時間でも。そのあとは……いずれにしろ、わたしは彼らに捕まった」

ワイルドはいつのまにか息を止めていたことに気づいた。

「邪悪きわまりない男はわたしを殴った。顎の骨が折れたのがわかった。今でも時々、骨が砕ける音が聞こえる気がする。男はわたしを殴りつづけ、あなたはどこだと問いつづけた。わたしは森の中ではぐれたと答えた。男はわたしより先を走っていたと。だから、もっと森の奥を捜すといいと言った。なんでもいい。男たちがこの家に戻らないようにするためなら、どんなことでもいい。どれくらい殴られていたかはわからない。そのうちわたしは気を失った。どこかの時点で、あなたのお父さんと連邦保安官がやってきて、邪悪きわまりない男と手下たちはどこかに身を隠した。あなたのお父さんがわたしの体に腕をまわしたのは覚えてる。連邦保安官はわたしを病院に連れていこうとしたけど、わたしは断わった。この家に戻らなきゃならなかった。あなたを迎えに……」

ソフィアはただ首を振った。眼から涙があふれた。

「わたしたちはあなたを捜した。でも、あなたはもういなくなっていた。邪悪きわまりない男はわたしたちを捜し出すためならどんなこともしかねない。保安官はわたしとあなたのお父さんに言った、すぐにここを離れなければ、きみたちの身に危険が及ぶと」ソフィアはワイルドを見た。ワイルドは胸が張り裂けそうになっていた。「連邦保安官はわたしたちを遠くへ連れ出したがっていた。最後にはわたしも彼の意向に従った。わたしたちは新しい身分を与えられて、ほかの場所で暮らすことになった。あなたも知ってのとおり、そのあと娘が三人生まれた。人間ってつくづくおかしな生きものよ。でも、誰しもまえに進むしかない。ほかに何ができる？」

ソフィアの頬をとめどなく涙が伝った。

「わたしは息子を捨てた。やっぱりあのときとどまるべきだった。森の中であなたを捜してまわるべきだった。何週間でも何ヵ月でも何年でも捜しつづけるべきだった。わたしの可愛い坊やはひとりきりで、森で迷子になっていた。それなのに、わたしは捜すのをあきらめた。あなたを見つけなきゃいけなかったのに。見つけて、助け出さなきゃいけな――」

ワイルドは首を振りながら、ソフィアに近寄ると、泣き崩れる彼女を抱き止めた。

「もういい」とワイルドは囁いた。

ソフィアは泣きじゃくり、何度も繰り返した。「あなたを助けなきゃいけなかったのに」

「もういいよ」ワイルドは彼女を引き寄せた。そして言った。「もういいよ、母さん」

〝母さん〟――そう呼ばれて、ソフィアはいっそう激しく泣きじゃくった。

43

オーレンはバーベキューを一手に引き受けていた。そういうタイプの男なのだ。レイラはキッチンにいた。ワイルドはヘスターとグリルから少し離れたところにいた。〈アディロンダック〉のキャンプチェアに坐り、ヘスターとアイラが四十年以上まえに建てた家の裏庭から森を眺めていた。

ヘスターは白ワインのシャブリ、ワイルドはアズベリーパーク・ブルワリーのエールを飲んでいた。

「ようやくわかったわね」とヘスターは言った。

「おおよそは」

「ええ？」

「彼女の話にはいくつか抜けている穴があった」

ワイルドと彼の実の母親はあのあとも少し話をしたのだが、いきなりジョージ・キッセルがもう時間だと言ってはいってきたのだ。まだ現実に危険があるからと。実際のところ、どこまで信じていいのか、そもそも信じられるのか、ワイルドにはわからなかった。森で少年が発見されたとき、両親はそのニュースを知らなかったのか、あのときの息子だと考えもしなかったのか。

「大したことじゃない」とワイルドは言った。「肝心な部分はわかったから」

「あなたの母親はあなたを助けるために置き去りにした」とヘスターは言った。

「ああ」

「大事なのはそこだけよ」

ワイルドはうなずき、古いポラロイド写真をヘスターに渡した。ヘスターは写真を受け取ると、老眼鏡をかけてじっくり見た。写真は経年劣化で色が飽和していた。

「昔の結婚式のダンスフロアみたいだけど」

ワイルドはうなずいた。「母親が地下室に溜め込んでいた大量の写真をサイラスが見つけたんだ。水に濡れて駄目になってるものも多かったけど、ひととおり全部見た。それは七〇年代初頭のものだ」

「なるほど」

「たとえば？」

「うしろのほうのドラムのそばにいる女の子を見てくれ」

ヘスターは眼を細くして写真を見つめた。「うしろのドラムのそばには女の子が三人いるけど」

「緑色のワンピースを着た、ポニーテールの子だ」

ヘスターは言われたとおりに見た。「ええ」ややあってから言った。「待って。これって……」

「ああ、おれの母さんだ」

「サイラスはこの人が誰か知ってたの？」

ワイルドは首を振った。「覚えてないそうだ。そもそもその結婚式のときには彼はまだ生まれてもいなかったわけだし」

ヘスターはワイルドに写真を返すと、眼を閉じ、太陽に向けて顔を上げた。

「最近、あなたはここで過ごす時間が増えてる、ちがう？」とヘスターは訊いた。

レイラが空の大皿を持って戻ってきて、オーレンがグリルで焼いていた山ほどの料理をその皿に移した。

オーレンは大声で呼びかけた。「みんな腹ぺこだといいが」

ヘスターはふたりを見て手を振った。「わたしたちはよくやった」

「自分たちの守備範囲をはるかに超えて」とワイルドも同意して言った。「彼女を愛してるんだ」

「知ってる」ヘスターはそう言って、ワイルドの腕に手を置いた。「それでいい、あの子もきっと喜んでくれる」

ふたりはゆったりと椅子にもたれた。ワイルドは眼を閉じ、勇気を奮い起こして言った。

「訊きたいことがある――」

が、続きを言うまえに、背後からマシュウの声がした。「おおい、ワイルド、ちょっとこれを見て」

マシュウが駆け寄ってきた。隣りにサットンもいた。サットンが携帯電話を掲げた。

「どうかしたの?」とヘスターが訊いた。

「『ラヴ・イズ・ア・バトルフィールド』のファンのサイトなんだけど」とマシュウは言った。「最近、おかしなことになってる。マーニーは世紀の殉教者みたいに崇(あが)められてて、死体が見つかった倉庫は今じゃ大人気の聖地になってる。ジェンはいまだに言いわけに終始しているけど、彼女を擁護するファンが大勢いる。彼女は正当にゲームをプレイしただけだって言う人もいる。きっと虐待されてたにちがいないとか、彼女のせいじゃないって考えてる人たちもいる」

「でも、驚くべきはそのことじゃない」とサットンが言い、ワイルドに携帯電話を渡した。

「ほら、ここ、リンク先に飛ぶから見てて」

サットンがリンクをクリックすると、インスタグラムのアプリが起動した。

ピーター・ベネットのページが表示された。

ワイルドが最後に見たときには、直近の投稿はアディオナ・クリフスで飛び込み自殺をほのめかすものだった。

今は動画が表示されていた。投稿した時間は二十二分まえだった。右上に現在地が表示されているが、ただフランス領ポリネシアとだけ書かれていた。

サットンは再生ボタンを押した。

画面にピーター・ベネットが現われた。長い顎ひげを整えることもなく生やしていた。彼はカメラ目線で微笑んで言った。

「バトラーのみんな、おれは生きてる」カメラに向かって満面の笑みでそう言った。「ようやく真実が明らかになったから、家に帰ろうと思う」

ワイルドの手の中で電話が鳴り、動画が消えた。サットンは電話を取り返し、少し離れた場所に移動して電話を耳にあてた。「今見たとこ」相手が誰にしろ、彼女は電話に向かって興奮気味に言った。「ほんと、マジで信じられない、だよね？　ピーターは生きてた！」

マシュウがワイルドを見下ろして言った。「どう思う？」

「どうって？」

「ファンが掲示板に書き込んでた説が正しかったのかな？　ピーターがずっと裏で糸を引い

てたって説」

ワイルドは正直に答えた。「わからない。そうなのかもしれない」

マシュウはヘスターに眼を向けた。ヘスターは肩をすくめた。

「ふたりともいるからちょうどいい」とワイルドは言った。また緊張してきた。「訊きたいことがある」

マシュウはそばに近寄った。ヘスターは坐ったまま姿勢を正した。そして尋ねた。

「どうかしたの？」

「レイラにプロポーズしようと思うんだけど、いいかな？」

ヘスターもマシュウも笑顔になった。ヘスターが言った。「わたしたちの許しなんている？」

「ふたりの許しだけじゃなくて祝福も」とワイルドは言った。「おれはそういうところが時代遅れなんだよ」

謝辞

長々とした謝辞は読者も読みたくないだろうし、わたしも書きたくないので簡潔に記す。まずこれまでわたしの著作を十数冊担当してくれている、編集者であり、発行者でもあるベン・セヴィアに感謝する。制作チームのマイケル・ピーチ、ウェス・ミラー、ベス・デ・グズマン、カレン・コストルニク、オータム・オリヴァー、ジョナサン・ヴァルカス、マシュウ・バラスト、ブライアン・マクレンドン、ステイシー・バート、アンドリュー・ダンカン、アレクシス・ギルバート、ジョセフ・ベニンケース、アルバート・タン、リズ・コナー、フラムール・トヌジ、クリスティン・ルミア、マリ・オクダ、リック・ボール、セリーナ・ウォーカー（イギリス・チームのリーダー）、シャーロット・ブッシュ、リーサ・エアバッハ・ヴァンス（きわめて優秀なエージェント）、ダイアン・ディセポロ、シャーロット・コーベン、アン・アームストロング＝コーベンの各氏にも謝意を表する。

〝わたしが忘れている誰より寛大な人たち〟にも最大の感謝を送りたい。あなたたちは自分が何者かを知っている。あなたたちは最高だ。あなたたちがあなたたちでいてくれることに感謝する。

ティモシー・ベスト、ジェフ・アイデンバーグ、デイヴィッド・グライナー、ジョージ・キッセル、ナンシー・アーバン、マルティ・ヴァンダーヴォートにも謝意を表する。彼ら（または彼らの愛する人たち）は本書に名前を登場させることを条件に、わたしの選んだチャリティに多大な寄付をしてくれた。わたしの今後の作品に登場したい人は、メールでgiving@harlancoben.com まで問い合わせてほしい。

著者の写真はJR氏の〈インサイドアウト〉プロジェクトのために撮影されたものだ。プロジェクトについて詳しく知りたい、または参加したい人は、insideoutproject.net を参照あれ。

解説

吉野 仁

ハーラン・コーベン『THE MATCH ザ・マッチ』（*The Match 2022*）は、『森から来た少年』（*The Boy from the Woods 2020*）で活躍した天才調査員ワイルド、および有名弁護士ヘスター・クリムスティーンがふたたび登場する長編サスペンスである。しかも前作では不明のままだったワイルド自身にまつわる謎がいよいよここで暴かれる。彼の過去や家族がすべて明らかになるのだ。

あらためて『森から来た少年』をおさらいしておこう。作品冒頭で紹介されているのは、「置き去りにされた〝野生児〟森で発見される」という見出しの新聞記事だ。日付は一九八六年四月十八日。ニュージャージー州ウェストヴィル郊外に隣接する山の州有林で、六歳から八歳くらいと思われる少年がひとりで生活しているのが発見された。どれくらいそこで生活していたのか、どこから来たのか、一切わからなかった。名前も両親も不明のままだ。

それから三十四年後の二〇二〇年四月、高校生マシュウは、クラスメイトのナオミが姿を消したことで、祖母である弁護士ヘスターに相談した。日頃からナオミはクラスでいじめにあっており、ここ一週間は学校に来ていないため、マシュウは彼女の身になにかあったのではないかと心配したのだ。話を聞いたヘスターは、調査員ワイルドに協力を求めた。

ヘスターの息子デイヴィッドは、すでに事故で亡くなっていたが、生前、彼ともっとも親しい友人がワイルドだった。そのワイルドこそ三十四年まえに森のなかで見つかった少年だった。発見された当初、ワイルドはクリムスティーン家にとどまっていたが、児童保護局を通じてブルワー夫妻の里子となり、のちに正式な養子となった。ワイルドはウェストポイント陸軍士官学校を優秀な成績で卒業後、海外で特殊部隊の任務についたのち、同じ里親に引き取られたローラとともに警備関係の企業を起ちあげ、調査員のような仕事をしていた。また、ワイルドは、デイヴィッドの息子であるマシュウの名付け親である。さっそくナオミの捜索をはじめたワイルドだが、やがて失踪事件の意外な真実を知ることとなる。いったんは解決されたかと思ったが、さらに新たな失踪が起こった。しかも、その背後には、重大な事件が絡んでいたのだ。

いちばんの読みどころは、やはり主人公ワイルドの特異なキャラクターにある。いわゆる私立探偵とも単なる軍隊あがりの調査員ともちがうのは、その謎に包まれた生い立ちであり、いまも人里はなれたトレイラーハウスで自活しているということだ。社会の外で生きる文字どおりのアウトサイダーである。そしてもうひとりの主役が、七十代の女性弁護士ヘスターである。被告側弁護人として法廷で弁をふるうばかりか、ケーブルニュースや冠番組に出演するほどの売れっ子法律専門家なのだ。ワイルドや孫のマシュウがもちこんだ問題に対し、人気弁護士として協力する存在である。

ここで『森から来た少年』の後半からの展開には触れないが、未読の方がこの『ザ・マッチ』を先に読んでもかまわないだろう。シリーズ続編ではあるものの、『森から来た少年』における、少女失踪に端を発した事件の真相について具体的に触れていないからだ。作者はちゃんと本作だけ読んでも大丈夫なように配慮して書いている。

さて、本作『ザ・マッチ』だ。

物語は前作の一年後から始まる。ワイルドは、血縁者探しのDNA鑑定サイトを頼りに、ついに実父を見つけた。ダニエル・カーター。歳は六十一。仕事は総合建築業。住まいはネヴァダ州のヘンダーソン市。結婚しており、三人の成人した娘がいる。ワイルドはひそかにカーターを観察したのち、父に対面したが、そこで意外な事実を告げられた。

一方、弁護士のヘスターは大学生になった孫のマシュウから相談を受けた。長いことワイルドと連絡がとれないという。マシュウはすでにワイルドが海外から戻っていることを知らなかったのだ。そしてワイルドは、DNA鑑定サイトを通じ、四ヶ月前にもうひとり、母方の血縁者らしき人物から連絡があったことに気づいた。その人物の正体を探ると、なんとリアリティ番組のスターであるばかりか、現在行方がわからなくなっていることを知った。

こうしたワイルドによる親探しの物語や弁護士ヘスターの裁判シーンが描かれた章のあいだに、クリス・テイラーという謎の男の視点によるエピソードが挿入されている。それは、巨大モニターに映るビデオ会議の様子を追ったものだ。集まった〈ブーメラン〉のメンバーは、画面上キリンやクロヒョウなど動物の3Dキャラクターに変換されていた。顔や姿だけでなく、声やことばづかいなど個人のあらゆる特徴が変えられていたのだ。この集団の目的は、送られてきた被害申請書を審査し、その上で処罰する〝標的〟を選ぶことだった。しかし、〈ブーメラン〉による一種の私的制裁活動は、やがて恐ろしい殺人事件につながっていく。

いまや世界的な人気作家であるハーラン・コーベンだが、『沈黙のメッセージ』（*Deal Breaker* 1995）にはじまるマイロン・ボライター・シリーズから読んできたという日本の読者も多いことだろう。しかし第七作『ウイニング・ラン』（*Darkest Fear* 2000）で翻訳がとまったままなのは残念だ。ちなみに第十一作 *Home*（2016）以降、シリーズ新作の発表はない。それでも以前からのハーラン・コーベンファンにとって大変うれしかったのは、『WIN』（*Win* 2021）の邦訳刊行である。マイロン・ボライター・シリーズでマイロンの相棒だった冷血王子ウィンことウィンザー・ホーン・ロックウッド三世が主人公として活躍する長編作なのだ。しかも期待以上の出来映えといえる探偵小説だった。じつはマイロン・ボライター・シリーズからのこうしたスピンオフ作品は、『WIN』がはじめてではない。邦訳されてはいないが、マイロン・シリーズの*Live Wire*（2011）に登場したマイロンの甥（おい）にあたるミッキー・ボライター少年を主人公としたＹＡ小説が*Shelter*（2011）、*Seconds Away*（2012）、*Found*（2014）と三作書かれている。

そしてなにより『森から来た少年』『ザ・マッチ』で主人公ワイルドの母がわりとなったユダヤ系の女性弁護士ヘスターも、最初に登場したのはマイロン・シリーズ第六作『パーフェクト・ゲーム』（*The Final Detail* 1999）だった。このときヘスターはマンハッタンの有名な高級マンションであるサンレモ・アパートに住んでおり、マイロンとウィンが彼女のもとへ訪ねるシーンがあった。そのほか、マイロン・シリーズ以外のスタンドアローン（単独作『唇を閉ざせ』（*Tell No One* 2001）、*Gone for Good*（2002）、*Hold Tight*（2008）、*Caught*（2010）、『ランナウェイ』（*Run Away* 2019）などにも彼女は登場している。いわば、作者お気に入りのキャラクターであり、このたび、はじめて主役クラスで登場したのだ。作中では敏腕弁護士としての活躍ぶりだけでなく、ストイックで生真面目（きまじめ）なワイルドに対し、お茶目で怖いもの知らずなおばあちゃんの魅力を存分に発揮している。

こうして著作を振り返ると、なぜワイルドという新たなヒーローを作者が創造したのか、気になった。コーベンが生みだした最初のシリーズの主人公マイロン・ボライターは、元バスケット選手で、ＦＢＩに勤務したのちプロ・スポーツ界を仕事場とするスポーツ・エージェントとなった。彼は、本職の私立探偵ではないが、タフガイでへらず口、身の回りで起きたトラブルを解決していくという、いわゆるハードボイルド・ヒーローの典型といえる男である。彼がウィンという相棒をもつのも同様だ。人気作家ロバート・B・パーカーが主人公スペンサーの相棒として黒人ホークを登場させたことから、その後同じようなスタイルが数多く模倣されたものだが、マイロン・シリーズは、こうしたアメリカ私立探偵小説の伝統をそれなりに踏襲しているのだ。しかし、『森から来た少年』『ザ・マッチ』に登場するワイルドは、ロバート・B・パーカーのスペンサーとはまったく対照的な人物である。街の一流レストランや夜のバーへ赴き、人生や恋愛や蘊蓄(うんちく)を語ることなど一切ない。そればかりか、ワイルドという名のとおり、野生の男として生きつづけることをどこまでも貫いている。これはなぜか。

著者インタビューによると、ニュージャージー州のラマポの森を家族とハイキングしているときに主人公ワイルドのアイデアを思いついたらしい。コーベン自身は森のなかを歩くよりも、街でコーヒーショップや書店をまわるほうが好きだが、ちょうど森のハイキングに退屈していたとき、五、六歳くらいの男の子が歩いているのを目にした。もしもこの子がいつも森のなかにいて、親もおらず自力で生きている少年だったらと、ふと考えたのだ。ターザンやモーグリ（キプリング『ジャングル・ブック』の主人公）のような野生児が、発見されたのち、三十年経(た)っても正体がわからない。こうした発想をもとに書かれたのが、『森から来た少年』である。おそらく、都会生活を享受する近代人からもっとも遠い、純粋で自然な男を探偵役に設定すれば面白い物語になると直感したのだろう。野生の側から光を当てることで人工的な現代社会の歪みが鮮明に映し出されるというわけだ。

『森から来た少年』では、学校内のいじめや権力にまつわる事件が題材として扱われていたが、『ザ・マッチ』においてはリアリティ番組の闇をとりあげている。一九九〇年代末から世界的に流行したリアリティ番組も、さまざまな形があるので、ひとくちに説明しづらいが、無名の芸能人を含む一般の出演者たちがひとつの場所に集まって生活し、そこで繰りひろげられる人間模様や恋愛のかけひきなど台本なしのドキュメンタリーとしてつくられたテレビ番組の一ジャンルといえばいいのだろうか。出演者それぞれのプライバシーや生身の感情などがさらけ出されることで成り立つショーである。だが日本でも、あるリアリティ番組に出演していた女性が自殺するという悲劇が起きている。SNSによるバッシングが彼女を追い込んだといわれていた。これは欧米でも同様で、この手の番組の出演者で自殺した人は四十人以上にものぼるらしい。コーベンもまた「リアリティの嘘」とでもいうべき矛盾をそこに感じたのだろう。表に見えるものが必ずしもそのとおりではない。それは物語の最後で明かされる意外な事実とも通じている。二転三転したのちに、きっちりと伏線を回収し、まさかそこへ着地するとは、と驚く結末を見せる作者の手腕には感服するばかりだ。

　また、謎の集団〈ブーメラン〉がしかける私的制裁とは、ハードボイルド・ヒーロー小説において、これまでさんざん扱われてきたテーマのひとつでもある。すなわち、警察や司法機関ではなく、市民による自警団活動や暴力による悪の排除が許されるのか、ということだ。いきすぎた活動のすえに、誤認殺人をはじめ、あらたな被害者が生まれることがあるだろう。単なる正義の暴走にとどまらない、重大な危険性をはらんでいる。SNSや闇サイトなどネット社会がどこまでもひろがり、強化された匿名性と巧妙な手口がはびこる現代ならではの、新たな問題を本作では示唆しているのだ。

さてハーラン・コーベンは、本作のあと、三十五作目にあたる単独作 *I Will Find You*（2023）を発表した。主人公は、五年前に幼児の息子を殺害した罪で投獄された男デイヴィッド。だが、その子はまだ生きているかもしれないとされる写真を義理の姉から見せられたことから、彼は脱獄を決意した。真実を暴こうと奮闘する。なんと、すぐにでも読みたくなるサスペンスではないか。まだまだコーベンからは目が離せない。

（よしの・じん／書評家）

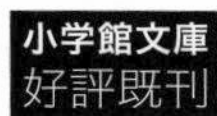

偽りの銃弾

ハーラン・コーベン　田口俊樹・大谷瑠璃子／訳

何者かに夫を射殺された元特殊部隊ヘリパイロットのマヤ。２週間後、２歳の娘の安全のために自宅に設置した隠しカメラに映っていたのは夫だった…。Ｊ・ロバーツ製作で映画化が進む、ベストセラー作家による傑作サスペンス！

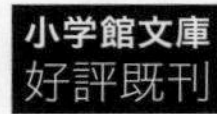

ランナウェイ

ハーラン・コーベン　田口俊樹・大谷瑠璃子／訳

サイモンは、恋人に薬漬けにされたあげく学生寮から姿を消した長女を探していた。ある日刑事から殺人事件の報せを受けた彼は、娘の塒(ねぐら)に踏み込むが…。米国屈指のヒットメーカーが放つ、極上のドメスティック・サスペンス！

森から来た少年

ハーラン・コーベン　田口俊樹／訳

ある日忽然と姿を消した、いじめられっ子の高校生ナオミ。豪腕弁護士ヘスターは孫のマシュウから相談を受け、森に暮らす天才調査員ワイルドとともに彼女の捜索を始める——。翻訳ミステリファン・井上順さん絶賛の傑作。

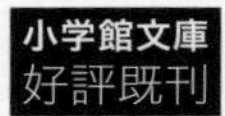

WIN

ハーラン・コーベン　田口俊樹／訳

容姿端麗、頭脳明晰、武術の達人で大富豪。あの大人気シリーズの名キャラ、ウィンザー・H・ロックウッド三世が四十代になって帰ってきた！　ページをめくる手が止まらない、極上のスピンオフ＆最高のノンストップ・エンタメ小説！

──本書のプロフィール──

本書は、二〇二二年にアメリカで刊行された『THE MATCH』を本邦初訳したものです。